Dirk van den Boom

Der Kalte Krieg: Aume reist

DIRK VAN DEN BOOM

DER KALTE KRIEG

AUME REIST

ATLANTIS

Eine Veröffentlichung des
Atlantis-Verlages, Stolberg
März 2019

Druck: Schaltungsdienst Lange, Berlin

Titelbild und Schriftzüge: Dirk Berger
Umschlaggestaltung: Timo Kümmel
Lektorat und Satz: André Piotrowski

ISBN der Paperback-Ausgabe: 978-3-86402-646-1
ISBN der eBook-Ausgabe (ePub): 978-3-86402-664-5

Dieses Paperback/eBook ist auch als Hardcover-Ausgabe
direkt beim Verlag erhältlich.

Besuchen Sie uns im Internet:
www.atlantis-verlag.de

1

Wenn man von der oberen Galerie auf den Thronsaal hinabschaute, erfasste man ihn in seiner ganzen Pracht. Aufeinanderfolgende Generationen aus der gleichen Familie hatten nicht nur den Palast, sondern vor allem diesen großartigen Raum geprägt, und obgleich er natürlich vor allem formalen Ansprüchen zu genügen hatte, bekam er dadurch einen ganz eigenen Charakter. Jeder, der ihn betrachtete, von hier oben oder unten mitten auf dem glänzenden Mosaikboden, konnte sich dieses Eindrucks unmöglich entziehen.

Die Gemälde mit den sehr lebendig wirkenden Porträts aller verblichenen Imperatoren (und einigen wenigen Imperatorinnen) schauten oft nicht sonderlich wohlwollend auf jene hinab, die sich im Saal aufhielten. Vor allem die gute Sylvana konnte selbst aus dem Jenseits ihr Missfallen über die Taten ihrer Nachfahren nur schwer verbergen. Die Persönlichkeiten, auf die sie alle hinabstarrten, konnten, je nach Anlass, ganz unterschiedlicher Herkunft sein. Zum Botschafterball etwa war der Raum gefüllt mit den Diplomaten aller mit Terra befreundeten und verfeindeten Sternenstaaten, eine oft fluktuierende Zahl, je nachdem, ob die Menschheit in ihrer endlosen Expansion sich wieder jemanden einverleibt hatte oder das Jahr friedlich verlaufen war. Bei den Geburtstagen der imperialen Familie gab es Festivitäten und es waren hohe Adlige, Wirtschaftsvertreter und Militärs zugegen, viele zusammen mit ihren Söhnen und Töchtern. Diese Feiern waren ein Markt, eine Fleischbeschau besonderer Art, sehr erlesen und kultiviert, aber nicht mehr als ein Geschachere um die »beste Partie«, die den beteiligten Familien Zugänge zu den richtigen Netzwerken sichern würde. Zur Feier der Jahrestage, etwa des Gründungstages, wurde es dann richtig voll. Provinzgouverneure strebten dann in die Hauptstadt und nutzten die Gelegenheit, sich beim Imperator ins rechte Licht zu setzen. Seit dem Ausbruch des Kalten Krieges hatte die Intensität und die Frequenz großer Festivitäten etwas nachgelassen, es gab kein allzu schönes Bild in der Öffentlichkeit ab, wenn die oberen Zehntausend feierten und der Rest darbte. Der Imperator zog es vor, angetan mit seiner Admiralsuniform, kleineren Matineen beizuwohnen, deren Beköstigung etwas frugaler ausfiel, zu denen meist ernste Musik gespielt wurde und in denen er mit nachdenklicher und besorgter Pose effektvoll von den Hoffotografen festgehalten werden konnte.

Imperator Nicos sah gut aus in Uniform. Wirkte er ernst, konnte man direkt Vertrauen zu ihm fassen. Es war nicht immer für jeden ersichtlich, welche Untiefen in ihm schlummerten. Oder waren es Abgründe? Man konnte sich nicht immer so sicher sein.

Es war in jedem Fall ein Saal, der wie eine Theaterbühne genutzt wurde, ein Reflexionsraum von Gefühlen und Stimmungen, der Ort, in dem manchmal subtile, manchmal aufdringliche Botschaften in die Galaxis gesendet wurden. Es war nicht notwendigerweise der Ort, an dem Geschichte gemacht wurde, aber sicher derjenige, der sie am häufigsten kommunizierte.

Hier oben auf der Galerie konnte man manchmal einen Platz erhaschen, um einer Festivität zumindest als Beobachter beizuwohnen. Weniger einflussreiche oder hochgestellte Persönlichkeiten legte man hier oben ab, nahe genug am Hofstaat, um die eigene Anwesenheit als Privileg wirken zu lassen, aber nicht zu nahe, mit dem Ziel, dass ein persönlicher Kontakt, ein Gespräch gar nicht möglich war. Der Imperator legte Wert auf Distanz, noch mehr als seine Vorgänger. Es fehlte ihm an Leutseligkeit, an Interesse für geselliges Beisammensein. Oft war seine Frau gezwungen, den Abend zu beenden, da ihr Gatte es vorzog, nach einigen Pflichtminuten wieder irgendwohin zu verschwinden, wo man ihn nicht störte. Nur bei den wirklich wichtigen Anlässen hielt er durch, und die Projektion des ernsten und mit schwermütigen Gedanken befassten Mannes fiel ihm vor allem deswegen so leicht, weil er genau das oft genug war.

Silas Mattilaa, Juvenit der höchsten Elevation und Zeremonienmeister des Imperialen Palastes, dachte an all dies, als er oben in der Galerie stand und auf den aktuellen Anlass zur Nutzung des Thronsaales hinabstarrte. Fünfzehn Flottenoffiziere bekamen vom Imperator die höchsten Auszeichnungen für besondere Tapferkeit. Silas kannte die Namen, er hatte die Verleihung vorbereitet. Acht der Männer und Frauen in den funkelnden Paradeuniformen hatten die Orden wirklich verdient und er gönnte ihnen die Ehre aus ganzem Herzen. Sie hatten Einsatz gezeigt, der über das übliche Maß weit hinausging, und dabei eine Qualität bewiesen, die besonders hilfreich war: Sie hatten diesen Einsatz überlebt und konnten daher jetzt dafür gewürdigt werden.

Die restlichen sieben waren die Söhne und Töchter reicher Schnösel, ob mit oder ohne Titel, die für das Reich deswegen wichtig waren, weil sie Eltern hatten. Außergewöhnliche Heldentaten waren daher nicht erforderlich gewesen, um eine Einladung zu erhalten. Tatsächlich musste man bei der Hälfte der sieben Unwürdigen schon froh sein, dass sie ihren Dienst einigermaßen vorschriftsmäßig versahen und die Uniform richtig saß. Das galt nämlich nicht für jeden aus dieser gesellschaftlichen Schicht.

Politik. Mattilaa zupfte am Kragen seiner eigenen Uniform. Er wusste, wie Politik funktionierte. Als Zeremonienmeister des kaiserlichen Haushalts schien seine Stellung eine rein administrative zu sein, eine Art glorifizierter Event Manager. Doch er hatte bereits dem Großvater des Imperators gedient und dem Vater, jetzt dem Sohn. Er gehörte zur kleinen Schar von Palastbediensteten und Vertrauten, die in den Genuss von *Juven* kamen und daher ein langes Leben beschert bekommen hatten. Silas war sich nicht immer sicher, ob das ein Segen oder doch eher ein Fluch war. Anfangs war es bestimmt eine Ehre gewesen. Möglicherweise von beidem etwas. Für ihn spielte es ohnehin keine Rolle mehr, sein Dasein hatte diese Fragen längst transzendiert.

Er sah auf seine Hände. Die blasse Haut hatte die charakteristischen Flecken eines Juveniten, der am Ende seiner künstlich verlängerten Lebensspanne ankam. Ein paar Jahre blieben ihm noch vor dem rasanten und dann unaufhaltsamen körperlichen Verfall, nichts, was er noch aufhalten konnte, nicht einmal, wenn er alle Gefallen einforderte, die man ihm schuldete. An Ruhestand war natürlich nicht zu denken. Der Imperator brauchte ihn und Silas Mattilaa brauchte eine Aufgabe. Ein Leben ohne Amt und Tat konnte er sich nicht vorstellen. Er würde bleiben, bis es nicht mehr ging, und dann auf ein schnelles und schmerzloses

Siechtum hoffen. Im Zweifel würde er sich selbst helfen. Er wäre nicht der Erste unter den Juveniten, der nicht auf das natürliche Ende warten würde. Schließlich war der Tod bereits einmal die Voraussetzung für sein – verlängertes – Leben gewesen. Bald also.

Noch aber nicht.

Ein paar Jahre noch. Drei, vielleicht vier. Bei Juveniten wusste man es nie so genau. Die Umstellung der ganzen Biochemie durch die Gabe der Droge war umfassend und Ärzte hatten Probleme, die Anzeichen langfristig zu deuten, von den unausweichlichen Flecken einmal abgesehen. Doch die trug er bereits seit acht Jahren. Was hieß das schon?

Noch nicht, bestätigte Silas sich. *Noch nicht.* Ein wenig Zeit blieb ihm noch, ja, musste ihm bleiben. Es gab so viel zu tun. Die Aufgabe war groß und Nicos war nicht in der Lage, sie ohne seine Hilfe zu bewältigen.

Er widmete sich wieder den Vorgängen unten im Saal. Der Imperator hatte die übliche, kurze Rede gehalten. Es war meist die gleiche, mit leichten Variationen. Besondere Erwähnung hatte Captain Ignatius Bolt genossen, dem auf Platos III beide Beine weggeschossen worden waren. Der Offizier hatte sich gefreut. Er stand noch etwas wackelig auf den nachgezüchteten Gliedmaßen.

Der imperiale Flügeladjudant, Admiral von Drixit-Trotta, hatte danach etwas lustlos vorgelesen, welche besonderen Taten der Offiziere die besonderen Ehrungen legitimierten. Die Lustlosigkeit hatte zwei Quellen: Bei jenen, die es nicht verdienten, fühlte sich von Drixit-Trotta in seiner Ehre als Offizier angegriffen und war gezwungen, mühsam konstruierten Blödsinn mit feierlicher Miene vorzutragen. Bei jenen, die es verdienten, vertrat er die Ansicht, dass man für bloße Pflichterfüllung, selbst außergewöhnliche, nicht auch noch zusätzlich belohnt werden musste. Im Dienste des Imperiums zu stehen und den Dukaten des Imperators zu nehmen, das war schließlich Lohn genug. Er gehörte wirklich zur alten Schule.

Es war nicht immer leicht, dem alten Kämpen nahezulegen, dass nicht jeder so tickte wie er. Aber die Lethargie, mit der von Drixit-Trotta diese Art von Zeremonie abspulte, die hatte ihm noch nie jemand austreiben können, nicht einmal der höchste Herr selbst. Mattilaa seufzte. Er würde jemand anderen für diese Aufgabe finden müssen, wenn das so weiterging. Es galt, die Form zu wahren und eine Belohnung auch wie eine aussehen zu lassen. Es waren die kleinen Gesten, die das Imperium zusammenhielten. Man musste darauf achten.

Die Orden wurden überreicht, in schön verzierten, edel aussehenden Holzkistchen. Die Geehrten salutierten und sagten nichts, sie mussten auch nicht mehr lange durchhalten. Wenn alles vorbei war, gab es in einem anderen Flügel des Palastes einen Empfang, mit weiblichen wie männlichen Höflingen und Musik und Alkohol und viel Diskretion. Silas hatte alles vorbereitet und dabei sogar eine gewisse Freude empfunden. Zumindest jenen, die heute zurecht ausgezeichnet wurden, gönnte er die Party und den damit verbundenen Sonderurlaub. Der Krieg gegen die Kalten würde sie schnell genug wieder in seine eisigen Arme schließen, da war die warme Aufmerksamkeit der bezahlten Damen und Herren sicher eine höchst willkommene Abwechslung.

Dann war der Akt vorbei, die Offiziere machten sich bereit, den Saal zu verlassen, und zurück blieben nur von Drixit-Trotta, die Höchste Majestät sowie einige der Hofdiener, die allgegenwärtig waren, die man aber kaum wahrnahm. Sie waren Inventar. Alle berichteten sie Silas Mattilaa. Daher gab es kaum jemanden, der besser informiert war als er. Und er hatte in alle Abgründe geschaut, zuletzt in sehr tiefe. Aus einem dieser Abgründe aber schaute jetzt jemand zurück und das Canopus-System war in Aufruhr. Das war unerwartet, vor allem in dieser Form, aber es passte recht gut in seine Pläne. Mattilaa ahnte, dass die Meldung den Kaiser noch nicht erreicht hatte. Er lebte in seiner eigenen Blase, in die niemand eine Nadel zu stecken wagte. Silas war einer der wenigen, denen es gelang, die Höchste Majestät bisweilen mit der lästigen Realität zu konfrontieren. Vor allem, wenn es um die wirklich wichtigen Dinge ging.

Es war niemals ein angenehmer Vorgang. Aber er war notwendig. Denn am Ende entschied der Imperator und sonst niemand.

So auch in dieser Angelegenheit.

Der Zeremonienmeister verließ die Galerie, jetzt, wo die Verleihung am Ende angekommen war. Er erreichte den glatt polierten Grund des Saals in dem Moment, in dem der alte Admiral salutierte und nach den beglückten Offizieren hinausmarschierte. Silas stellte sich an die Seite, lächelte freundlich und wartete, bis die markige Prozession fort war.

Der Imperator sah ihn an, abwartend und erwartungsvoll. Er kannte den alten Mann und wusste: Da war noch was.

»Du bist nicht hier, um den Offizieren zu gratulieren, mein Freund«, erklang die sonore Stimme des Imperators und Mattilaa vernahm den Unwillen darin. Natürlich wusste sein Herr, dass der Zeremonienmeister nur dann unangekündigt auftauchte, wenn es etwas Unerwartetes zu berichten gab. Unerwartet bedeutete im Regelfall schlechte Nachrichten.

»Majestät, wenn Ihr mir einen Augenblick schenken wollt …«

Nicos verzog das Gesicht. Generationen sorgfältiger Genmanipulation hatten aus ihm einen schönen Mann gemacht. Es fiel ihm schwer, schlecht auszusehen, aber mit jedem Regierungsjahr hatte er sich diesem Zustand mehr angenähert.

»Nein, will ich nicht. Aber ich wäre ein beschissener Herrscher, wenn ich vor allem wegrennen würde. Ich verberge mich schon oft genug, nicht wahr?« Der Imperator machte einige Schritte in die Richtung des alten Mannes. Dieser erkannte nun sehr gut, dass der Kaiser unter seiner dicken Schminke sehr müde aussah. Er schlief schlecht in letzter Zeit und wollte dagegen keine Medikamente nehmen, da war er recht eigen. Seine Stimmungsschwankungen hatten, so war Mattilaa zugetragen worden, besorgniserregende Ausmaße angenommen.

»Herr, ich habe seltsame Nachrichten aus dem Canopus-System. Dort ist etwas vorgefallen.«

»Canopus? Seltsam?« Eine neue Schärfe kroch in die Stimme des Herrschers. Canopus war wichtig, ein militärischer und ökonomischer Knotenpunkt, noch wichtiger fast als das alte Terra, das nur deswegen Ruhm abbekam, weil es die Tradition so gebot. »Die Kalten?«

»Nein. Nicht direkt. Es ist komplizierter, glaube ich.«

Die Haltung des Imperators entspannte sich für einen Moment.

»Was dann?«

»Euer Sohn.«

»Welcher genau? Ich habe ein Dutzend. Sie machen mir alle auf irgendeine Weise Kummer.«

»Darius.«

Das eine Wort hatte genügt, um sofort einen tiefen Schatten über das Gesicht von Nicos III. zu werfen. Er starrte Silas an und der Unwille, sich mit diesem Thema zu beschäftigen, beherrschte ihn so offensichtlich, dass der Zeremonienmeister eine längere Pause einlegte und darauf wartete, dass sein Herr ihn erneut zum Sprechen auffordere. Man musste behutsam mit der Allerhöchsten Majestät umgehen und Ungeduld im persönlichen Umgang führte meist zu gar nichts.

»Die Sache ist geklärt«, sagte Nicos III. dumpf. »Oder hat seine Mutter wieder versucht zu intervenieren? Ich habe das Weibsstück gewarnt!«

»Die hochedle Musa hat sich zurückgezogen und weilt auf dem Stammsitz bei Nicephon. Sie hält sich an die Abmachung, das kann ich bestätigen.«

Eine Abmachung, die ihr absolutes Schweigen und größte Zurückhaltung auferlegte, im Austausch gegen das Leben ihres einzigen Sohnes, der sich dem Zugriff der Familie im Streit entzogen hatte und verschwunden war. Mattilaa bewahrte größte Ruhe. Er hatte natürlich damals gewusst, wo Darius gewesen war, und im Rahmen seiner Möglichkeiten seine schützende Hand über ihn gehalten. Der junge Prinz hatte versucht, sich auf sehr unorthodoxe Weise zu verstecken. Der Zeremonienmeister hatte ihn dazu ermuntert.

Aber trotzdem waren einige höchst unvorhergesehene Dinge passiert. Ereignisse, die den Zeremonienmeister zutiefst beunruhigten. Ein Akteur, mit dem niemand gerechnet hatte. Das war für einen Juveniten besonders irritierend. Ein Vertreter der Höchsten Elevation rechnete normalerweise mit *allem*.

Nicos III. hatte seine weichen Seiten, wenngleich er diese nicht oft zeigte. Darius' Tod, so man ihn je wieder aufgriff, war bereits beschlossene Sache gewesen, doch das Flehen der Mutter hatte sein Herz getroffen. Mattilaa hatte auf seine Weise dafür gesorgt, dass man das Verschwinden des Darius einfach akzeptierte. Der Prinz wurde schließlich noch gebraucht.

»Was ist mit ihm? Wir dürften für Jahre nichts von ihm hören, wenn er schlau ist. Was ich in seinem Fall in Abrede stellen will, also sollte ich nicht allzu überrascht sein.«

»Ich habe Hinweise über seinen Werdegang gesammelt. Er hat sich nicht ganz so gut verborgen, wie er gedacht hatte. Aber er hat sich bedeckt gehalten, das kann man sicher sagen. Nun hat sich aber alles anders entwickelt. Er ist daran übrigens weitgehend unschuldig. Er hat sich richtig verhalten, soweit das in seiner Lage ging.«

»Wäre er nur vorher schon so klug gewesen! Wo hat er sich versteckt?«

»Euer Sohn befand sich als … Besatzungsmitglied auf einem Superfrachter.«

»Er tat etwas Nützliches? Ich bin erstaunt.«

Mattilaa ersparte ihm vorerst die Details. Schiffssklaverei war kein beliebtes Thema bei Hofe. Es war nur oft so *praktisch*.

»Das Schiff namens CANOPUS TRAVELLER ist beim Canopus angekommen. Dann kam es zu einem Vorfall. Wie es scheint, hat der Prinz das Schiff verlassen und wurde von einem anderen Frachter aufgenommen. Unter sehr merkwürdigen Umständen, wie ich sagen darf. Der Frachter entkam den Systemstreitkräften und hat Canopus mit unbekanntem Ziel verlassen. Die Begleitumstände sind … wie schon gesagt, sehr merkwürdig.«

Mattilaa schilderte, was sie wussten, oder zumindest das, von dem er meinte, dass der Imperator es erfahren sollte. Die ganze Wahrheit – nein, die behielt er besser für sich.

Nicos III. war nicht dafür bekannt, schwer von Begriff zu sein. Niemand mit zu geringen Geistesgaben blieb allzu lang Imperator, wie das Schicksal seines Onkels gezeigt hatte, der willig, aber dumm gewesen war. Ganze zwei Monate hatte es gedauert, bis eine Intrige ihn vom Thron verscheucht hatte. Dennoch: Obgleich die Schilderung seines Zeremonienmeisters konzise und klar gewesen war, starrte er den alten Mann an, als hätte dieser ihm ein absolut unlösbares Rätsel aufgetischt.

»Silas. Was erzählst du mir da?«

»Es ist die Wahrheit.«

»Weiß seine Mutter davon?«

»Noch nicht, aber bald. Die Medien werden in Kürze wohl auch irgendwas berichten. Im Canopus-System kann man so was nicht lange geheim halten. Wir halten den Deckel drauf, aber das geht nicht immer so, wie wir es wollen.«

Der Imperator blickte zur Seite. »Nein, das kann man wohl nicht. Was wird er sagen? Silas, wenn er redet, wenn er alle Details auspackt, haben wir eine handfeste politische Krise am Hals. Wir hätten ihn gleich umbringen sollen, dann wäre zumindest dieses Risiko nicht mehr vorhanden gewesen.«

»Das war ihm wohl bewusst, sonst wäre er nicht verschwunden. Aber um auf die Frage zu antworten: Ich weiß es nicht. Er spricht nicht mit der

Öffentlichkeit, wenn Ihr das meint. Das Schiff hat das System verlassen. Wir wissen nicht, wohin es unterwegs ist. Ich bin beunruhigt ob der Begleitumstände.«

»Nach Terra«, stieß Nicos III. hervor. »Wenn er hier mit großem Trara auftaucht, wird es völlig unmöglich sein, den Deckel draufzuhalten. Sobald dieses Schiff auch nur andeutungsweise auf einem Ortungsschirm auftaucht, ist es zu eliminieren – ohne Warnung! Hörst du mich, Silas? Ohne jede Vorwarnung!«

Die Stimme des Imperators hatte zu zittern begonnen. Da war nur wenig Angst, Silas kannte seinen Herrn seit frühester Jugend und wusste, wann und wie Nicos Angst hatte. Es war Wut, Wut auf den verzogenen Sohn, der sich gegen den eigenen Vater gestellt hatte und der dafür hätte bezahlen müssen. Ungehorsam und Illoyalität duldete der Herr über das Imperium bei niemandem – zuallerletzt in seiner eigenen Familie. Die Nachricht war angekommen, seit dem »Verschwinden« von Darius hatten alle brav in der Linie gestanden und sich nicht geregt. Doch jetzt war alles anders und Nicos III. hasste es, wenn die Dinge nicht so liefen, wie er es wünschte.

Silas war sich nicht sicher, ob es schon der Cäsarenwahn war, aber weit war dieser Imperator davon nicht mehr entfernt. Schwermut und beginnender Irrsinn, das war eine Kombination, die in den vergangenen acht Generationen schon das eine oder andere Mal aufgetreten war. Irgendwann, so stand zu befürchten, würde Nicos die Schwelle überschreiten, die ihn von dieser besonderen Form übersteigerten Narzissmus noch abhielt, und dann würde die Situation bei Hofe richtig unangenehm werden.

Silas machte sich eine geistige Notiz. Die Juveniten mussten diese Perspektive besprechen, dringender denn je. Schließlich waren sie diejenigen, die die langfristige Perspektive im Blick behielten. Im Zweifel ...

»Herr«, sagte er also sanft. »Ich bin mir nicht sicher, ob das der richtige Weg ist.«

»Nein? Nein?« Nicos III. holte tief Luft. »Sprich also, alter Mann. Was ist der richtige Weg?«

Silas nickte. Noch war es nicht so weit. Noch war Nicos III. vernünftig, wenn es sich absolut nicht vermeiden ließ. Sonst hätte er diese Frage nicht gestellt, sonst würde er nun nicht schweigend zuhören, ohne zu unterbrechen. Noch hatte der Imperator die Loyalität der Juveniten verdient.

Aber Silas würde die Augen offen halten.

Er erläuterte dem Imperator seine Absicht. Natürlich stimmte dieser zu.

2

»Nein, das müssen Sie nicht. Das muss niemand. Gar nicht erst damit anfangen, bitte. Es ist viel passiert und ich … fühle mich nicht so. Ich bin es nicht.«

Die Aufforderung hatte echt geklungen, im Grunde sogar beinahe flehentlich. *Bitte nicht! Bitte nennt mich nicht »Hoheit« oder »Majestät« oder auch nur Prinz! Ich weiß erst seit Kurzem wieder, dass ich überhaupt einer bin.* Darius klang sehr ehrlich. Er wollte es so und nicht anders, und für manche, wie Ildaya etwa, war das bestimmt auch gar kein Problem. Einem Mitglied der Kaiserfamilie *keinen* Respekt zu zeigen, das fiel ihr sicher besonders leicht.

Für Vocis und Hamid aber war das nicht so einfach. Plastikks Militärzeit lag schon etwas zurück und er hatte während seiner Karriere danach nie besonderen Respekt vor staatlicher Autorität gezeigt. Der Schrotthändler blieb zurückhaltend, allerdings eher, weil er die Lage sondierte, eine Aktivität, mit der Hamid immer noch größte Probleme hatte. Vocis und Hamid aber – sie waren, ob sie es nun wahrhaben wollten oder nicht, über lange Zeit indoktriniert worden. Es war gut, das zu wissen. Beide waren sie zur Selbstreflexion in der Lage und gerade das verursachte den Widerwillen, Darius' Bitte zu entsprechen. Einfach so, als Aufforderung, die alte Prägung beiseitezuschieben. Das erforderte ganz sicher noch etwas zusätzliche Arbeit.

Sie saßen in dem, was Aume ihnen als Schiffsmesse präsentiert hatte. Der Raum war exakt geeignet für die Anzahl an Passagieren, die sie in sich aufgenommen hatte. Das klang seltsam, auch wenn es die Situation viel besser beschrieb als jede andere Formulierung. *Jonas und der Wal*, Hamid kannte die Geschichte. Sie war ihm spontan wieder eingefallen und er versuchte sich seitdem zu erinnern, wie sie ausgegangen war.

Das Schiff, die Entität, das Bewusstsein – was auch immer Aume eigentlich war, es hatte sich auf den Weg gemacht, um »noch etwas zu erledigen«. Kryptische Andeutungen, darin war sie gut. Sie entsprang, wenn man es richtig verstand, einer immer noch anhaltenden Verwirrung Aumes. Gedächtnislücken, Folgen der langen Hibernation. Das machte sie nicht vertrauenswürdiger, doch welche Wahl hatten sie?

Genug Zeit, um sich über alles klar zu werden, nicht nur darüber, wie man mit einem imperialen Prinzen in ihrer Mitte umging. Hamid jedenfalls musste das Bedürfnis, vor Ehrfurcht zu erstarren, immer wieder bekämpfen und Vocis hatte es noch schwerer. Als aktive Soldatin hatte sie einen Eid geschworen, nicht nur auf das Imperium, sondern auch auf die Allerhöchste Majestät, und deren Leibesfrucht saß jetzt bei ihnen, wirkte bemerkenswert normal, etwas unterernährt – und nicht halb so majestätisch, wie man sie sich vorstellte. Und sie war am Leben, wenngleich doch alle Newscasts berichtet hatten, der Prinz sei tot oder zumindest verschollen.

War er nicht.

Das, so ahnte Hamid instinktiv, verkomplizierte die Sache. Es erregte noch mehr Aufmerksamkeit, als ihre Aktion im Canopus-System ohnehin ausgelöst hatte. Hamid fühlte sich hilflos und neben seinem Unwillen, Darius einfach Darius zu nennen, musste er auch dagegen ankämpfen, seiner tief sitzenden Frustration über die ganze Situation Ausdruck zu geben. Es half, dass auch Vocis an sich hielt. Disziplin, erinnerte sich Hamid. Er hatte das gelernt und praktiziert, warum also nicht auch jetzt? Außerdem wollte er vor dieser starken Frau keine Schwäche zeigen. Eine neue Erkenntnis für ihn, nicht immer eine angenehme.

»Wir haben Geschichten über Sie gehört«, sagte er, um Vocis und sich ein wenig zu helfen. Der Prinz wollte kein Prinz sein? Gut. Dann hatte er sicher keine Probleme damit, auch unangenehme Fragen zu hören und damit zur Klärung beizutragen. Am besten eine Geschichte, die half, den eingeimpften Respekt zu überwinden. Etwas, das ihn lächerlich machte. Zum Verbrecher. Zum Idioten. Alles würde helfen.

Der Prinz nickte. Er reagierte nicht wie ein Idiot. Ernsthaft, gelassen, verständig. Er machte es Hamid wirklich nicht leicht.

»Dessen bin ich mir sicher. Lassen Sie mich raten … ich bin plötzlich und unerklärlich verschwunden? Ich bin überraschend verstorben?«

»Das mit dem Verschwinden ist allgemein bekannt. Es gibt über die Gründe diverse Verschwörungstheorien. Auch die Sache mit dem Tod wird gerne kolportiert. Wie gesagt: Es gibt viele Geschichten.«

Darius lächelte versonnen. »Welche gefällt Ihnen am besten?«

Hamid wechselte einen schnellen Blick mit Vocis. Er würde hier gerne mit ihr einig sein, aber er wusste nicht genug über sie, um das einschätzen zu können.

»Dass Sie Reformen gefordert haben und Ihr Vater, erbost über diese Impertinenz, dafür gesorgt hat, dass Sie zum Schweigen gebracht werden.«

Darius nickte. »Die ist gut. Die gefällt mir. Es ist leider etwas komplizierter und ein wenig peinlicher, aber eine schöne Geschichte.«

»Wahr oder nur ein Gerücht?«

Der Prinz runzelte die Stirn, schien selbst darüber nachdenken zu müssen, ehe er antwortete. Soweit Hamid es verstand, hatte er bis vor Kurzem keine Erinnerung an seine wahre Identität gehabt. Vielleicht musste er sich bei diesen Fragen erst einmal selbst sortieren.

»Nahe dran, aber eben nicht alles. Es gab erhebliche Differenzen mit meinem Vater. Ich habe grundsätzliche Fragen gestellt, nicht nur zur Politik, sondern auch zum … ich sage mal: Gesundheitszustand meines Vaters. Ich bekam Antworten, die mir nicht gepasst haben, weil ich Ansichten nicht teilte oder das Gefühl hatte, belogen zu werden. Ich war sehr frustriert – auch mit mir und meiner Einflusslosigkeit. Mein Vater machte mir deutlich, dass er dafür sorge, dass ich ins Abseits geschoben werde, würde ich nicht mehr familiäre Disziplin an den Tag legen. Dann hörte ich Gerüchte, nach denen bei Hofe überlegt wurde, das ›Problem‹ durch einen ›Unfall‹ zu lösen. Ich weiß nicht, ob mein Vater dahintersteckte. Zuzutrauen wäre es ihm. Und ich wäre nicht der erste Fall dieser Art.«

Darius unterbrach sich. Er erzählte natürlich keine echten Geheimnisse. Jeder wusste, dass kaiserliche Familie und Hofstaat eine Schlangengrube waren. Aber es fiel ihm naturgemäß schwer, diese Dinge freimütig offenzulegen.

»Ich beschloss, dem zuvorzukommen und zu verschwinden. Es ging einiges schief und ich habe ein paar dumme Entscheidungen getroffen.

Vielleicht hatte mein Vater dann doch recht gehabt. Ich landete als Schiffssklave auf der Canopus Traveller. Und dann landete ich hier. Ich bin darüber ebenso überrascht wie Sie alle. Und meine Gefühle für meinen Vater haben sich nicht verbessert. Ein Grund mehr, warum ich Sie alle bitten möchte, den formalen Firlefanz sein zu lassen. Bitte! Es liegt mir viel daran.«

»Was für Differenzen waren es denn genau?«, fragte Vocis. Es lag eine gewisse Intensität, eine Schärfe in ihrer Frage. Sie schien nun bereit zu sein, die falsche Ehrfurcht abzulegen.

Darius' Blick fiel auf Ildaya, die ihn mit einer Mischung aus Feindseligkeit und Verachtung anstarrte und bisher kein Wort hervorgebracht hatte.

»Ich war beispielsweise der Ansicht, dass der Kalte Krieg Anlass sein sollte, unsere Kolonialpolitik zu überdenken, die Expansionsbemühungen einzustellen und uns eher Verbündete zu suchen, anstatt Untergebene zu schaffen. Vor allem, da manche gar kein Interesse an unserer segensreichen Herrschaft haben.«

Ildaya sagte immer noch nichts, aber jetzt drückte ihre Haltung ganz offensichtlich unerwarteten Respekt aus. Damit hatte er bei ihr ganz sicher die richtige Saite in Schwingung versetzt.

»Er war wohl anderer Ansicht«, sagte Vocis.

»Wie in vielen Dingen. Er hat getobt. Das kam immer häufiger vor. Noch mehr erzürnte ihn die Tatsache, dass es unter seinen Beratern einige gab, die meine Auffassung teilten. Ich möchte vermuten, dass ich nicht der Einzige bin, der damals verschwunden ist. Oder ins Abseits geschoben wurde. Oder zumindest … eindringlich verwarnt. Daraus hat dann jeder seine eigenen Konsequenzen gezogen, denke ich.«

»Wenn, dann fiel das nicht auf, aber was wissen wir schon vom Innenleben des Hofes?«, sagte Vocis leise. Sie war nicht entsetzt und nicht erzürnt, ihre Stimme klang jetzt etwas weicher. Hamid merkte, dass ihr gefiel, was Darius sagte. Er musste zugeben, ihm passte es ebenfalls ganz gut. Es klang ehrlich.

»Was sagte Ihre Mutter dazu?«, fragte die Soldatin.

Darius' Gesicht verdüsterte sich. »Meine Mutter«, murmelte er, halb zu sich selbst. »Ja. Eine liebende Frau. Eine schwache Frau. Sie hat sich niemals in irgendetwas meinem Vater ernsthaft widersetzen können. Sie hat sich niemals schützend vor ihre Kinder gestellt, zu keinem Anlass, ob groß oder klein. Ich werfe es ihr nicht vor. Sie quält sich in dieser Verbindung.« Er blickte hoch und sah Vocis an. »Mein Vater ist kein angenehmer Mensch. Nicht für seine Feinde. Nicht für seine Freunde. Leider nicht einmal für seine Familie.«

Er seufzte, als wolle er eine Reihe sehr unangenehmer Erinnerungen abstreifen.

»Darüber hinaus war ich nicht der Auffassung, dass wir den Kalten Krieg richtig führen. Es wurden strategische Fehler gemacht, die ich recht eindeutig meinem Vater ankreiden konnte. Ich wies auf einige dieser Fehler hin. In aller Öffentlichkeit, etwa bei Sitzungen des Generalstabs. Ich nahm kein Blatt vor den Mund. Jeder wusste das. Doch das Problem meines Vaters ist: Er hält sich für einen grandiosen Feldherrn. Für mich hingegen ist er nicht mehr als ein zweitklassiger Manager. Ich bin mir nicht einmal mehr sicher, ob das seine Schuld ist. Er hat sich über die Jahre … verändert. Ich kann nicht der Einzige gewesen sein, der das beobachtet hat, aber ich war derjenige, der es offen aussprach.«

Vocis presste die Lippen aufeinander und Hamid betrachtete sie mit Sorge. Für sie musste trotz ihrer eigenen kritischen Einstellung diese sehr despektierliche Sprache in Bezug auf den Imperator schwer zu verdauen sein. Er selbst hatte zur Allerhöchsten Person seit geraumer Zeit ein etwas entspannteres Verhältnis entwickelt, vielleicht auch ein zynisches. Prinz Darius' klare Worte über die Begrenzungen seines Vaters jedenfalls bestätigten sein eigenes Weltbild, und das sogar in einem noch stärkeren Maße, als er gedacht hätte.

»Es tut mir leid«, sagte der Prinz in Richtung der Soldatin, da ihm die Reaktion nicht entgangen war. »Sehen Sie es so: Ihre Treue und Ihr Schwur gilt in erster Linie der Institution des Imperators, weniger der Person. Das muss also kein Widerspruch zu einer kritischen Haltung sein. Meine Kritik an ihm entsprang ebenfalls meiner Loyalität zum Wohl des Imperiums, nicht der grundsätzlichen Ablehnung dieses Staates.«

»Kritik war aber nicht erwünscht«, sagte Plastikk nun, dem der Imperator sicher eher egal war, solange seine Geschäfte liefen. Und wie Hamid erahnen konnte, hatte der Mann in und mit dem Krieg manchen zusätzlichen Taler verdient. Der Pilot war auch ein gutes Beispiel dafür;

mit seinem Kontraktfrachter für die Flotte verdiente er, solange es Krieg gab. Holoban Kerr aber schwieg, hörte nur aufmerksam zu und behielt seine eigenen Kommentare aufs Erste für sich, wahrscheinlich die beste Vorgehensweise. Er fühlte sich in der Gegenwart des Prinzen erkennbar unwohl, vielleicht plagte ihn auch das schlechte Gewissen angesichts seiner klandestinen Geschäfte mit Plastikk.

Hamid schüttelte sacht den Kopf. Als ob das jetzt noch irgendeine Bedeutung hätte. Jetzt ging es um ganz andere Dinge. Die Frage war aber: um was genau eigentlich?

Hoffentlich würde ihnen Aume bald etwas detaillierter enthüllen, welche das wohl waren.

»Jedenfalls«, sagte Darius nun und lächelte von einem zum anderen, »bin ich derzeit in keiner anderen Position als Sie alle. Wenn mein Vater mich zu greifen bekommt, werde ich mundtot gemacht, auf die eine oder andere Art und Weise. Ich weiß nicht, ob er diesmal so weit gehen würde, mich zu töten – aber nicht einmal das kann ich ausschließen. Ich habe ausreichend Brüder, die Thronfolge ist gesichert und die sind weitaus fügsamer, als ich es jemals sein werde. Die meisten jedenfalls. Und jene, die meine Haltung teilen, sind jetzt gewarnt und halten hoffentlich den Mund. Ich sollte mich besser auf ein Leben außerhalb des Hofes einrichten. Es wäre meiner Gesundheit zuträglicher. Was ich aber vor allem sagen will: Ich möchte nicht, dass mich irgendwer mit falschem Respekt behandelt. Mein Titel ist wertlos. Ich bin einfach nur ich, und wenn ich ehrlich sein will: So genau weiß ich noch gar nicht, was das eigentlich bedeutet. Ich weiß auch nicht, was aus mir werden soll und wohin meine Reise geht.«

Niemand wusste das zurzeit.

Darius lehnte sich zurück, schwieg, gab ihnen allen Zeit zum Nachdenken. Hamid empfand ein wenig Respekt, aber nicht den der falschen Sorte. Der junge Mann hatte einiges durchgemacht und war im Grunde allein mit einem Schicksal, das die hier versammelten Normalsterblichen nur unzureichend nachvollziehen konnten. Er schien ehrlich mit ihnen umgehen zu wollen und ihn verlangte es nach Gemeinschaft, vor allem einer, die ihm nicht an die Gurgel gehen wollte. Das war sympathisch. Hamid war bereit, ihn vorläufig als das zu akzeptieren, was er war: ein junger Mann, nicht ohne Fähigkeiten und Intellekt, der seinen Platz suchte und ihr gemeinsames Schicksal teilte. An die Gurgel wollte er ihm jedenfalls erst einmal nicht.

Womit sie beim zentralen Problem wären. Dieses Thema war ausdiskutiert, zumindest vorerst. Es galt jetzt, Orientierung in einer anderen Angelegenheit zu erhalten. Da niemand sonst das Wort erheben wollte, fühlte Hamid sich erneut bemüßigt. Er erhob sich von seinem Sitzplatz. Alle Augen richteten sich auf ihn.

»Wir müssen jetzt wissen, was aus uns wird. Die Geschichte, die Aume uns aufgetischt hat, ist abenteuerlich – aber dieses Raumschiff ist es auch. Es ist was dran an der Sache. Der Kalte Krieg geht uns alle etwas an, selbst jene, die nicht freiwillig Teil des Imperiums geworden sind.«

Ildaya regte sich, widersprach aber auch nicht. Das war klar. Hatten die Kalten sich erst mal auf ein Ziel eingeschossen, war ihnen völlig egal, zu wem es gehörte. Sie eroberten, aus welchen Gründen auch immer, machten aus einstmals blühenden Welten eiskalte Landschaften, auf denen nichts mehr zu leben imstande war – und töteten jeden, der sich ihnen in den Weg stellen wollte. Alle waren ihnen gleich viel wert – nämlich ganz offenbar gar nichts. Das sollte auch Ildaya begreifen, wenn sie auch in allem anderen die Rebellin blieb, die sie wohl ihr Leben lang gewesen war.

»Wenn Aume eine Chance ist, dann sollten wir sie nutzen«, fuhr er fort, als sich kein Widerstand gegen seine Worte regte. »Aber dafür sollen wir von ihr größtmögliche Offenheit verlangen. Wir haben ein Recht darauf, alle Hintergründe zu erfahren. Ich zumindest mache meine Beteiligung von ... was auch immer davon abhängig. Ich soll eine Rolle spielen? Ich habe keine Ahnung, woraus diese besteht. Ich wurde letztlich entführt. Das ist kein idealer Einstieg in eine echte Zusammenarbeit.«

Hamid hatte gesagt, was er auf dem Herzen hatte, und es waren uncharakteristisch viele Worte gewesen, eine Abkehr von seiner sonst üblichen Schweigsamkeit. Holoban Kerr räusperte sich.

»Aume ist manchmal etwas geizig mit ihren Informationen«, sagte er leise und in einem entschuldigenden Tonfall. Der Pilot sah sich in einer schwierigen Situation. Er war schon am längsten Gast des lebendigen Schiffes, das zudem noch die Form seines alten Frachters angenommen hatte, der FRIEDBERT. Anfangs hatten sie alle von ihm eine umfassende Aufklärung der Lage erwartet, doch er musste diese Erwartung enttäuschen. Das war ihm peinlich. Er hatte alles erzählt, von seiner Havarie bis jetzt, und er war sicher offen gewesen in seinen Schilderungen. Hamid aber vermutete, dass seine schwierige Gefühlslage auch mit einer Tatsache zu tun hatte, über die er lieber nicht sprach. Er konnte sich irren, doch Holoban Kerr schien für Aume tiefere Gefühle entwickelt zu haben. Das klang absurd, Hamid hatte in seinem Leben andererseits schon absurdere Dinge gehört. Und einsame Männer, die eher zu den Zarten denn zu den Harten gehörten, waren entsprechend verwundbar. Leicht zu beeinflussen. Kerr fiel in diese Kategorie, da war er sich sicher. Der introvertierte Pilot, der zufrieden damit war, allein riesige Frachter durch die Galaxis zu steuern, und der plötzlich auf die exotische, mysteriöse Schönheit traf. Ein Klassiker.

Hamid gemahnte sich zur Vorsicht. Wenn er Kerr für einen »Zarten« hielt, hieß das nicht, dass er selbst damit zu den »Harten« gehörte. Er wusste möglicherweise eher, was Disziplin bedeutete oder dass man sich die Bewertung einer Situation nicht durch Gefühle vernebeln lassen durfte. Aber das hieß nicht, dass ihn das gleiche Schicksal nicht auch eines Tages treffen konnte. Und er wusste, dass es manchmal keines großen Anlasses bedurfte, um ein wenig aus der Bahn geworfen zu werden. Niemand hier war ein Roboter. Wahrscheinlich nicht einmal Aume.

»Ich kann nicht weiterhelfen«, sagte Kerr nun. »Ich weiß auch nicht alles. Was Aume mir gesagt hat, das ist bekannt. Wer allerdings mehr wissen möchte …«

»… der fragt mich! Ich weiß nur nicht, wie weit ich selbst schon sagen kann, was hier warum geschieht.«

Alle Köpfe drehten sich gleichzeitig um. Der Gegenstand ihrer Unterhaltung war wie aus dem Nichts aufgetaucht, was wahrscheinlich auch der Wahrheit entsprach. Aume stand unter ihnen, in ihrer strahlenden Schönheit. Auch Hamid konnte sich dem nicht entziehen. Sie war faszinierend, drückte alle richtige Knöpfe – und alle gleichzeitig.

Sie wirkte weder erzürnt noch unfreundlich und ihr Lächeln, Hamid gab es ungern zu, erwärmte nicht nur sein Herz. Kerrs Blick jedenfalls sprach Bände. Der leicht verträumte Gesichtsausdruck ließ eindeutige Schlüsse auf seinen derzeitigen Geisteszustand zu. Er würde nicht derjenige sein, der der Schiffsintelligenz in die Parade fuhr. Hamid auch nicht, wie er schnell feststellte. Denn während er noch nach Worten suchte, war es Plastikk, der sich nun mit einem Ächzen erhob und vor Aume aufbaute. Der Mann konnte große Autorität ausstrahlen, wenn er wollte. Und jetzt wollte er.

»Wir sind hier. Sie haben gesagt, das war Vorhersehung oder so was.« Er zeigte auf Vocis oder vielmehr die glühende Kugel, die sie in Händen hielt, fast geistesabwesend. »Das hängt mit diesen Dingern zusammen. Vielleicht fangen wir einfach mal mit den Erklärungen an. Erläutern Sie uns die Zusammenhänge. Wer oder was sind Sie? Woher stammen Sie und dieses Schiff? Was sind Ihre Absichten? Wohin geht die Reise? Was wird von uns erwartet?«

Aume schaute den Mann an, abschätzend, aber ohne Vorwurf. Hamid nickte Plastikk zu. Das waren die Fragen.

»Sie werden Ihre Antworten bekommen«, sagte Aume sanft. »Ich habe zum Teil die gleichen Fragen. Wie Holoban Ihnen bereits geschildert hat, habe ich lange geschlafen. Ich erinnere mich nicht an alles. Es gibt Situationen, die verschüttete Erinnerungen auslösen, und ich klettere diesen Berg nur langsam hinauf. Die Ursache für meinen Gedächtnisverlust muss traumatischer Natur sein und das beunruhigt mich sehr, denn ich bin eigentlich sehr, sehr widerstandsfähig. Ich werde mich erinnern. Und ich werde reden, sobald ich etwas weiß. Haben Sie Geduld mit mir. Ich habe Ihnen ja schon angekündigt, dass wir erst jemanden abholen müssen. Der Flug dorthin ist fast beendet. Ich lade Sie alle in die Zentrale ein.«

»Yela muss schlafen«, erklärte Vocis bestimmt. Seit sie von Canopus aufgebrochen waren, waren Stunden vergangen und alle standen unter Anspannung. Doch die Erwachsenen konnten dies leichter wegstecken als das Mädchen, das zunehmend öfter zu gähnen begonnen hatte und apathisch wirkte.

»Sie haben eine Kabine«, sagte Aume. »Jeder von Ihnen. Es ist alles zu Ihrer Bequemlichkeit vorhanden. Yela wird sich dort wohlfühlen.«

»Zeigen Sie mir den Weg!«

Ein schimmerndes Licht entstand aus dem Nichts und schwebte direkt vor Vocis' Kopf. Es zitterte ein wenig, als würde ein Wind versuchen, es aus der Bahn zu blasen, doch das war sicher nur ein Eindruck, der beabsichtigt war.

»Glühwürmchen«, sagte Yela und gähnte erneut. »Wir hatten Glühwürmchen zu Hause im Garten.« Sie blinzelte träge.

Vocis hob sie auf den Arm. »Ich komme danach in die Zentrale. Ich habe auch Fragen. Sogar noch viel mehr.« Damit wandte sie sich ab und folgte dem träge davontreibenden Licht. Die anderen folgten Aume, einige unwillig, weil sie sich nicht länger an der Nase herumführen lassen wollten, andere eher fatalistisch, allen voran Holoban Kerr, der die längste Zeit mit Aume verbracht hatte und sich an ihre Art sicher irgendwie schon gewöhnt hatte.

Die Zentrale war ein großer Raum mit Sitzgelegenheiten für sie alle, drapiert mit Kontrollkonsolen, die aussahen, als würden sie tatsächlich eine Funktion erfüllen. Aume bemerkte Hamids kritischen Blick und schenkte ihm ein beeindruckend schönes Lächeln.

»Dies sind keine Attrappen. Ich bin das Schiff, aber die Bedienungselemente haben eine Funktion. Sie dienen vornehmlich der Beobachtung, aber ich könnte auch Flugbefehle auf Sie übertragen. Wollen Sie mal?«

»Ich bin kein qualifizierter Pilot.«

»Das stimmt. Setzen Sie sich ... Sie alle. Ich zeige Ihnen jetzt, wo wir sind. Wir haben ein System erreicht, das die kartografische Bezeichnung DHK-29774 trägt. Ich benutze die imperiale Datenbank, die ich der FRIEDBERT entnommen habe.«

Auf dem Bildschirm am Kopfende des Raumes entstand ein Kartenbild. Hamid fiel das rote Symbol sofort ins Auge. Er wechselte einen schnellen Blick mit Vocis, dann mit Kerr, die beide ebenfalls wussten, worum es sich handelte. Alle fühlten sich gleichermaßen alarmiert.

»Ein gesperrtes System«, sagte der Veteran laut, damit sie alle informiert waren. »Es steht unter imperialem Interdikt. Eine Kath-Welt befindet sich hier, einen anderen Grund kann es dafür im Grunde nicht geben.«

»Ja, die Kath«, murmelte Aume wie abwesend. »Und wir sind nicht allein.«

Die Kartendarstellung machte einem Ortungsbild Platz. Deutlich zeichnete sich das Sensorbild eines Raumschiffes ab – nein, nicht nur eines. Das viel größere Objekt daneben hätte man für einen Mond halten können, doch die charakteristische Form war fast allen der Anwesenden bekannt.

»Das imperiale Schiff ist ein Schneller Kreuzer«, sagte Kerr leise. Er kannte sich erwartungsgemäß mit Schiffsklassen neben den beiden Soldaten am besten aus. Was das große Etwas war, das bedrohlich im Orbit um eine offenbar bewohnbare Welt hing, bedurfte keiner Erläuterung.

Sie alle wussten, wie ein Kältekollapsar aussah. Sogar Ildaya, obgleich sie bisher eher einen anderen Kampf ausgefochten hatte.

»Wir müssen hier weg«, flüsterte Holoban Kerr. Seine Stimme war voller Angst, zitterte fast, und sicher ohne darüber nachzudenken, ergriff er Aumes Schulter. Die Frau wehrte sich nicht, sah Kerr sanftmütig an.

»Der Kollapsar ist mit anderen Dingen beschäftigt. Und er sieht uns nicht«, sagte sie und berührte Kerrs Hand vorsichtig, was ihn so zusammenzucken ließ, als habe er einen elektrischen Schock erlitten. Dennoch, er zog sie nicht zurück und Aume machte auch keine Anstalten, sich von der Berührung zu befreien.

Sie hat ihn voll im Griff, dachte Hamid. Und doch teilte er Kerrs Angst. Wenn ein Kollapsar auftauchte, war dies normalerweise das Todesurteil für ein System. Die imperiale Flotte machte dann irgendwann, dass sie fortkam. Selten genug, dass man einmal einen vorübergehend vertrieben hatte – unter Aufbietung aller Mittel. Der Schnelle Kreuzer behielt nur Abstand, respektvoll und ganz sicher bereit, jederzeit auf alle Knöpfe zu drücken und zu verschwinden. Aber etwas hielt ihn hier.

»Der Kollapsar ist mächtig«, beharrte Kerr. »Er kann uns aus dem All blasen.«

»Dazu müsste er uns entdecken«, erwiderte Aume. »In diesem Moment sieht er uns nicht. Wir sind nicht hier, um ihn zu stören. Wir sind hier, um den Kalten vorzugreifen. Ich muss da unten hin. Da gibt es ein weiteres Besatzungsmitglied – und noch etwas. Wichtige Aspekte meiner Vergangenheit, die Antwort auf viele unserer Fragen.« Auf Aumes Gesicht zeichnete sich ein plötzlicher Widerstreit ab, ein Ringen, vielleicht das um eine Erinnerung. Wenn es Schauspielerei war, dann sehr gute.

»Sieht nicht so aus, als wäre das die ideale Situation dafür«, sagte Vocis, deren mangelnde Begeisterung für die Schiffsintelligenz deutlich in ihrem Gesicht geschrieben stand.

»Es wird knapp«, räumte Aume ein, immer noch die Ruhe selbst. »Aber es muss sein. Weitere Mitglieder unseres Teams sind dort unten. Ich muss sie retten.«

Vocis hob eine Hand, darin lag der kleine, leuchtende Ball.

»Jemand da unten hat so was?«

»Das ist korrekt. Die Probabilitätsindikatoren suchen sich ihre Ziele mit größter Sorgfalt. Ich bin froh, dass ich rechtzeitig erwacht bin, um sie einzusammeln. Es wäre nicht auszudenken, was geschehen wäre, wenn mein alter Kapitän sie sich geschnappt hätte. Dann wäre alles umsonst gewesen, wofür die Kath sich eingesetzt haben.«

Hamid sah Aume an.

»Eine Erinnerung?«

Die Schiffsintelligenz nickte. In ihrem Gesicht arbeitete es immer noch. Es schien ihr beinahe körperliche Schmerzen zu bereiten. Sie wirkte richtiggehend erschüttert.

»Kath?«, sagte Hamid. »Was haben die denn damit zu tun?«

»Später«, wiegelte Aume ab. »Jetzt müssen wir erst einmal am Kollapsar vorbei.«

»Das geht nicht«, begehrte Kerr ein letztes Mal auf. Egal wie sehr er Aume verfallen war, er hatte sein Gehirn noch nicht vollständig abgeschaltet und Hamid konnte ihm seine Beharrlichkeit nicht verdenken. Ein Kollapsar bedeutete, seit die Kalten aufgetaucht waren, ein Todesurteil und so gut wie nie hatte das Imperium es geschafft, einen zu zerstören. Diese gigantischen Raumschiffe trugen den Tod in sich und das Schicksal, das sie brachten, war unausweichlich. In Hamid wütete der Fluchtreflex genauso stark wie in Kerr. Doch es war völlig egal, wie täuschend ähnlich die Kontrollen hier dem eines herkömmlichen Raumschiffes ähnelten, die einzige und wahre Herrin dieses Schiffes war Aume.

»Das geht«, sagte sie und das Schiff beschleunigte, direkt auf die Welt zu, um die die beiden Schiffe kreisten. »Alles geht.«

Niemand glaubte ihr auch nur ein Wort. Doch sie ließ ihnen keine Wahl.

3

Die SANTIAGO schwebte durch den Raum, alle unnötigen Systeme deaktiviert, den Tarnschirm hochgefahren. Es war dunkel im Schiff, es wurde ein wenig kalt und die meisten Anlagen waren tot. Die Beleuchtung schimmerte rot. Ruhe herrschte, als könne man die Kalten durch ein lautes Wort wecken und anlocken. Eine irrationale Annahme, aber eine nachvollziehbare, denn die SANTIAGO befand sich mitten im von den Kalten beherrschten Weltraum.

Soweit sie ihn »beherrschten«. Was sie aber taten, war, ihn regelmäßig zu durchfliegen, und es war die Aufgabe des Schnellen Monitors SANTIAGO, exakt zu beobachten, wer wohin auf dem Weg war. Das Schiff war Teil des strategischen Frühwarnsystems. Niemand riss sich um diese Aufgabe. Die Überlebenswahrscheinlichkeit betrug je nach Kursvektor zwischen 60 und 70 Prozent für eine Routinemission. Man war ein wenig verrückt, wenn man sich dafür freiwillig meldete – oder einfach nur entbehrlich.

Niemand an Bord der SANTIAGO hatte sich freiwillig gemeldet. Dennoch gab es Stimmen, die Captain Valentijn Heinrichs in der Tat für verrückt hielten, obgleich auch er Einsatzbefehle wie diese eher mit Flüchen und weniger mit Enthusiasmus kommentierte.

Über allem lockte natürlich immer der *Große Preis*. Wer ihn errang, durfte sich anschließend höchster Ehren sicher sein. Niemand rechnete damit, auf ihn zu treffen, aber man wusste ja nie. Die Ursprungswelt der Kalten, so es denn eine Welt war, kannte keiner. Man wusste, welche Sektoren die Kalten sicher kontrollierten, aber wo genau sie herkamen, das war weiterhin unbekannt. Diesen Ort ausfindig zu machen, das war die stille Hoffnung vieler Besatzungsmitglieder eines jeden Monitors. Ruhm, Ehre, Geld, vorzeitiges Dienstende: Was wollte man mehr?

Auf der Brücke herrschte nur eine gedimmte Beleuchtung. Die Hälfte der Konsolen war tot, die diensthabenden Spezialisten saßen davor, bereit, ihre Arbeit wieder aufzunehmen, sobald der Captain es ihnen erlaubte. Doch Heinrichs hatte keine Absicht, das zu tun. Der neue Schleichmodus war recht effektiv, aber er fluktuierte manchmal. Wenn das geschah, musste der Energieabdruck der SANTIAGO ganz, ganz schwach sein. Das war zu ihrer aller Sicherheit notwendig und deswegen herrschten Dunkelheit, Kälte und Arbeitslosigkeit.

Für manche. Nicht für ihn und die wenigen Offiziere, die vor aktiven Kontrollen saßen, die Augen und Ohren des Monitors. Denn hinausschauen mussten sie, sonst wäre ihre Mission sinnlos. Heinrichs starrte seit einer Stunde auf den schwach glimmenden Ortungsschirm. Der hatte keine Neuigkeiten für ihn. Das war gut, denn es erhöhte die Wahrscheinlichkeit, dass sie diesen Flug überleben würden. Es war aber ebenfalls schlecht, denn es bedeutete, dass die Kalten irgendwo anders Kollapsare bewegten und die SANTIAGO in keiner Position war, das Imperium davor zu warnen. Heinrichs schmales Gesicht mit den leicht hervortretenden Wangenknochen und den großen, fleischigen Ohren war gezeichnet von Müdigkeit und Konzentration. Eine leere Kaffeetasse zeugte von seinem ehrlichen Bemühen, nur handelsübliche Drogen zu sich zu nehmen.

»Wir kommen jetzt zu Sektor VII-45«, sagte sein Erster Offizier leise. Commander Sterling Shibutani stand ein Jahr vor der Pensionierung, ein Mann, der erfolgreich jede Beförderung auf ein eigenständiges Kommando umgangen hatte, und damit nach Auffassung seines Captains der vernünftigste Mann an Bord der SANTIAGO war. Er würde Shibutani vermissen, dem mittlerweile fast alles egal war und der kein Blatt vor den Mund nahm. »Weiterhin nichts.«

»Nächstes Objekt?«, fragte Heinrichs.

»Ein Asteroid, 8000 Klicks. Tot wie wir.«

»Ah, tot, das hoffe ich doch nicht«, wisperte Heinrichs. »Energiespuren?«

»Das übliche Hintergrundrauschen. Hier scheint nichts los zu sein.«

Der Kommandant nickte. Das schien öfters so. Leider kündigten sich Kollapsare immer recht kurzfristig an, und obgleich sie mittlerweile herausgefunden hatten, wie man den wahrscheinlichen Kurs eines Kalten voraussagen konnte, waren sie immer noch verdammt schlecht darin, seine wahrscheinliche Ankunft zu bemerken – außer er kam bereits an, und das war dann meistens eine schlechte Nachricht und dann auch noch zu spät.

Es war die Aufgabe der SANTIAGO, für andere das Risiko solcher Überraschungen zu minimieren. Leider war man selbst dadurch nicht vor ihnen gefeit.

»Wir halten den Kurs«, sagte Heinrichs leise. »Stellt die Lauscherchen auf. Sobald ihr was habt, umschalten auf passive Ortung.«

Es musste nicht noch einmal befohlen werden, aber der Kommandant fühlte sich besser, wenn er es immer wieder betonte. Er lehnte sich in seinem Sessel zurück und nickte dem Ersten Offizier schweigend zu. Sie würden jetzt einige Stunden durch den Leerraum kreuzen und sich die Situation ansehen. Wenn sich nichts tat, mussten sie einen weiteren Hyperraumsprung wagen. Das war der gefährlichste Moment einer solchen Beobachtungsmission, denn das konnten die Kalten orten und oft genug war ein Monitor von einem Kollapsar empfangen worden. Das ging normalerweise nicht gut aus.

Eine gute Stunde verging ohne Zwischenfall, lange genug, sodass sich die Nerven aller etwas beruhigten und einer sogar einen Scherz machte, was von der Besatzung der Brücke als netter Versuch anerkannt wurde. Niemand lachte, das wäre auch etwas zu viel verlangt gewesen.

»Captain, dieser Asteroid …«, sagte dann irgendwann Spezialistin Emily Korff mit ihrer stets vorsichtigen, piepsigen Stimme. Sie war gut in der Interpretation von Ortungsdaten, und wenn sie »dieser« sagte, ließ das bei Heinrichs gemeinhin die Alarmglocken schrillen. Er verließ seinen Sessel und schritt auf sie zu.

»Was gibt es?«

»Captain, mit dem stimmt was nicht. Wir sind jetzt nahe genug ran für die Feinheiten – und die passen nicht zusammen. Vor allem nicht Masse in Relation zur Wärmeabstrahlung.«

»Meinen Sie Wärme, Korff?«

»Sie wissen, was ich meine, Captain.«

Heinrichs konnte rein theoretisch so tun, als wüsste er es nicht, aber Korff diente seit vier Jahren unter ihm und er wäre sich sehr lächerlich vorgekommen. Der Asteroid, fern jeder Sonne, war natürlich nicht zu warm, er war zu kalt. Wenige Nuancen vielleicht nur, weil er hier draußen ja kaum von Sonnenlicht beschienen wurde und aufgrund seiner Größe nur sehr wenig Eigenwärme in seinem Inneren generierte – aber es waren exakt diese Nuancen, auf die Korff achtete, und sie war verdammt gut darin.

»Sterling, eine Sonde«, befahl Heinrichs kurz entschlossen.

»Sonde, Captain. Startbereit in 25 Sekunden, Schleichfahrt, passive Ortung.«

»Nein«, sagte Heinrichs. »Wir sind nahe dran. Wenn wir sie orten, haben sie uns auch entdeckt, denn wir haben sie aktiv abgescannt. Ist doch so, Korff?«

»Bestätige das. Wenn da einer ist, weiß er, dass wir hier sind.«

»Sonde mit vollem Weihnachtsbaum, Sterling.«

»Voller Weihnachtsbaum, bestätige.«

Sie würde heiß reinfliegen und aktiv scannen, und das würde entweder dort Aufsehen erregen oder in der Weite des Leerraums verpuffen. Es war nur eine Sonde.

Sie warteten. Da so wenige Konsolen aktiv waren, mussten viele den Kopf recken. Heinrichs suchte nach jemandem, der ihm frischen Kaffee brachte, doch aus irgendeinem Grunde war keiner in der Nähe. Ein sanfter Piepston erklang. So unschuldig. Heinrichs aber war wie elektrisiert.

»Korff«, sagte er heiser.

»Melde multiple Kontakte. Kollapsare, alle auf dem Asteroiden verankert … verdammt, übereinander sogar! Energetisch tot, aber absolut unbeschädigt. Das ist ein Kollapsar-Trägerasteroid.«

»So etwas gibt es nicht«, sagte Shibutani, der immer großen Wert auf exakte Klassifikationen legte. Korff war lange genug dabei, um von dieser Zurechtweisung unbeeindruckt zu bleiben. Sie verzog nicht einmal das Gesicht.

»Jetzt gibt es ihn doch. Relativistische Geschwindigkeit nützt dem Ding aber gar nichts. Da steckt noch mehr dahinter«, erwiderte Heinrichs. »Korff, wie viele?«

»Sonde zählt 43. 44. Ja, 44 Kollapsare.«

Einer reichte schon, um ein System des Imperiums anzugreifen und zu erobern – oder zumindest richtig unter den Verteidigern aufzuräumen. Noch nie hatte das Imperium zwei oder gar mehr Kollapsare gleichzeitig operieren sehen, das war schlicht nie nötig gewesen. 44 … Heinrichs hatte gar nicht gewusst, dass so viele existieren. Genau gesagt, musste es sogar noch viel mehr geben, denn es flogen genug einzelne Einheiten in der Galaxis herum. War es eine Art Lagerstätte, ein Wartebereich?

»Sir, Captain«, verlangte Korff nach seiner Aufmerksamkeit. »Die Sonde gibt mir Hinweise auf Steuerelemente auf dem Asteroiden sowie auf eine große Generatorspindel im Bereich des Südpols. Den habe ich so definiert. Macht es einfacher.«

»Generatorspindel zum Zwecke … von was?«, fragte Shibutani, aber es war ihm anzusehen, dass er die Antwort nicht nur ahnte, sondern gleichermaßen fürchtete. Sein dunkles Gesicht mit dem mattschwarzen Haar, das dermaßen exakt scharf auf Kante geschnitten war, dass man sich vom bloßen Hinsehen bereits daran verletzen konnte, war normalerweise nur schwer zu lesen. Aber diese Erkundungsmissionen zerrten am besten Nervenkostüm.

»Kollapsar-Trägerasteroid«, sprach Korff ein weiteres Mal das Bandwurmwort mit großer Gelassenheit aus. »Das Ding kann Hyperraum.«

»Ich wäre wirklich, wirklich für eine technisch etwas anspruchsvollere Ausdrucksweise dankbar«, zischte Shibutani gereizt. Er war gar nicht wütend auf die Spezialistin, die eine sanfte Andeutung eines Schulterzuckens als Antwort produzierte. Er wollte nur die Wahrheit nicht hören. Das wollte Heinrichs auch nicht. Aber sie war da, unübersehbar, und sie war schmerzhaft.

Ein Glück, dass sie das Ding gefunden hatten. Jetzt mussten sie nur noch herausfinden, wo es eigentlich hinwollte.

»Wir gehen näher ran!«, sagte Heinrichs, etwas ungläubig, als wolle er nicht wahrhaben, was er gerade selbst geäußert hatte. Er winkte dem diensthabenden Navigator. Der Mann wirkte ähnlich unglücklich, er hatte aber, genauso wie Heinrichs, keine Wahl.

Sie gingen also näher ran.

4

Hephos weckte Thasri, indem er sie heftig am Arm zog. Sie öffnete die Augen, wirkte für einen kurzen Moment orientierungslos, dann sah sie sich um, ihr Blick klärte sich und sie richtete sich auf. Sie fühlte einen widerwärtigen Geschmack im Mund, was nicht zuletzt darauf zurückzuführen war, dass sie ihre Mundhygiene in den letzten Tagen sträflich vernachlässigt hatte. Dafür gab es ein Bonbon, das ihr die Illusion von Frische und Sauberkeit gab und auf dem sie sofort enthusiastisch herumkaute. Hephos machte einen ähnlich zerknitterten Eindruck wie sie. Keiner bekam hier ausreichend Schlaf, und wenn man denn Ruhe fand, war sie meist … unruhig.

»Was ist?«

»Nachricht von der VINDICATOR. Ich befürchte, es sind schlechte Neuigkeiten. Ich soll Sie sofort holen.«

Das war nicht das, was sie in ihrem momentanen Geisteszustand hören wollte, doch darum hatte sich das Schicksal noch nie gekümmert. Während sie Anstalten machte, Hephos zu folgen, griff Thasri nach einem Reinigungstuch aus ihrer Tasche und fuhr sich mit dem angenehm duftenden Stoff über das Gesicht. Ihre müde Haut brannte unter dem Reinigungsalkohol und sie hustete kurz, als sie die Dämpfe einatmete. Dies war Militärausrüstung und daher nichts für Weicheier. Der Parfumzusatz war die einzige Verneigung vor der Tatsache, dass niemand gerne direkt nach dem Aufwachen nach Alkohol roch.

Sie kam an der Funkstation an, als die anderen sich dort bereits versammelt hatten. Imanez sah sie an, als wolle er ihr Vorwürfe machen, dass sie geschlafen hatte, anstatt diesen wichtigen Ruf vorherzusehen. Doch sie war nicht die Einzige, die ihn aus verklebten Augen erwartungsvoll anblickte, und anstatt viel zu sagen, verteilte Thasri Reinigungstücher, wo sie die Anwendung derselben für geboten hielt. Sie wurden dankbar und anerkennend entgegengenommen, sogar von Imanez, der die kleine Geste mit der Andeutung eines Lächelns quittierte.

»Nur Audio«, sagte Kolic, der die Anlage bediente. Thasri beugte sich nach vorne. Es rauschte aus dem Empfänger. Ein Kollapsar hatte die Angewohnheit, manchmal die Funkverbindungen zu beeinträchtigen. Funktechniker nannten das respektlos den »kalten Pups«.

»Hier ist Dr. Thasri«, sagte sie mit belegter Stimme. »Ich höre.«

»Doktor, wir haben Besuch«, drang die klare Stimme von Captain Edna Ildiz aus dem Lautsprecher. »Nein, kein Schiff der Kalten und keine Militäreinheit von uns. Ein Frachter, Standardausführung, aber ohne Transpondersignal. Ist das eine Idee von Direktor Kalebonian?«

Nicht, dass das eine abwegige Frage wäre.

»Davon ist mir nichts bekannt. Zuzutrauen ist ihm aber alles.«

Aus dem Empfänger kam ein abfälliges Schnaufen.

»Das Schiff scheint unbewaffnet, reagiert aber nicht auf meine Rufe. Es nimmt direkten Kurs auf uns. Wir halten uns derzeit noch den Kollapsar vom Leib, aber wir können nicht auch noch einen irren Frachterpiloten beschützen. Hören Sie, Agentin? Ich werde mein Schiff nicht für einen unangekündigten Wahnsinnigen aufs Spiel setzen. Ich möchte, dass Sie mir hier freie Hand geben.«

Ildiz wollte sich absichern und Thasri nahm es ihr wahrlich nicht übel. Sie wusste von nichts und sie würde die Kommandantin nicht in eine unhaltbare Situation bringen – und wenn Kalebonian selbst in der Kiste saß und nur mal nach dem Rechten sehen wollte.

»Ich kann Ihnen keine Ratschläge geben, Captain. Sie tun, was Sie für richtig halten. Ich verpflichte Sie zu nichts. Sie kommandieren die VINDICATOR, nicht ich.«

Sie hörte Ildiz freudlos auflachen. »Dr. Thasri, es gibt noch etwas. Ich würde den Idioten ja in den Tod fliegen lassen, aber der interessante Aspekt hier ist die Tatsache, dass der Kollapsar auf ihn noch nicht reagiert hat. Normalerweise schicken die Kalten bei multiplen Bedrohungsszenarien Beiboote, die sich um die schwächeren Gegner kümmern. Der Kollapsar tut nichts dergleichen. Er ignoriert den Frachter.«

»Das … ist ungewöhnlich.« Thasri schaute rasch in die Runde, aber niemand schien mit einer hilfreichen Erkenntnis gesegnet zu sein. »Wir wissen da auch nichts.«

»Der Frachter enthält also keine Superwaffe des Geheimdienstes, die den Krieg wendet, das Imperium rettet und mir und meiner Mannschaft bei der Gelegenheit eine Auszeichnung und einen Bonus verschafft, damit wir den Mund halten?«

Thasri mochte pragmatische und loyale Schiffsoffiziere. Sie lächelte, obgleich Ildiz das nicht sehen konnte.

»Wenn, dann hat mir niemand etwas davon erzählt. Es bleibt, wie ich es sagte: Sie entscheiden, Captain.«

»Ich halte sie auf dem Laufenden, Doktor. Ziehen Sie alle weiterhin den Kopf ein. Es kann aber sein, dass wir schnell verschwinden müssen. Ich bin mir sehr unsicher, ob wir Sie alle abholen können, Doktor.«

»Das ist uns bewusst. Wenn Sie fort sind, nehmen wir es Ihnen nicht übel, Captain.«

»Das beruhigt mich ungemein.«

Ildiz beendete die Verbindung, ehe Thasri auch nur ein weiteres Wort sagen konnte. Vor allem hatte sie ihren eigenen Bericht noch gar nicht in den Orbit gesendet. Hätte sie nicht zumindest von dem lebenden Kath erzählen sollen? Wahrscheinlich besser nicht. Die Kommandantin hatte ihre eigenen Sorgen und eine Anforderung zusätzlicher Ausrüstung konnte sie ohnehin nicht erfüllen. Sie würden mit dem arbeiten müssen, was sie hatten.

Was genau hatten sie? Thasri richtete sich auf, plötzlich mit einem sehr nachdenklichen Gesichtsausdruck. Imanez merkte das sofort und er sah sie auffordernd an. Es war klar, dass er Anweisungen erwartete, und er war nicht der Einzige. Verantwortung war nichts, was sich leicht trug, und Thasri wusste, warum sie diese Last jahrelang vermieden hatte, wo sie nur konnte. Diese Option blieb ihr leider nicht mehr. Sie spürte den charakteristischen, wenngleich imaginären Druck jetzt, wo sie richtig wach war, sehr lebhaft. Eine Last, die sie gehofft hatte, für immer abzustreifen. Welch ein Irrtum!

Entscheidungen. Sie hatte die notwendigen Überlegungen bereits angestellt, schon lange. Es war Zeit, damit herauszurücken. Eine Frage war aber noch zu klären. Eine Sache brauchte sie. Wenn sie jetzt danach verlangte, gab es kein Zurück mehr.

Also gut, dachte sie. *Also gut.*

»Die Ausrüstung oben im Camp«, sagte sie unvermittelt zu Imanez. »Gab es da einen Autodoc?«

Der Sergeant runzelte kurz nachdenklich die Stirn. »Es gab ein Lazarettzelt, daran besteht kein Zweifel. Ich habe nicht reingeschaut … Moment. Stevens!«

Ein Soldat tauchte sofort neben ihnen auf, einer von Imanez' Männern. »Sergeant.«

»Stevens, im Lazarettzelt oben, gibt es da einen Autodoc?«

»Ja, Sir. Neuestes Modell, gerade ausgepackt.«

»Danke«, murmelte Thasri geistesabwesend. Sie sah Hephos an, danach Kolic, der ihren Blick plötzlich mit einem wissenden Lächeln erwiderte. Natürlich. Kolic hatte den Instinkt dafür. Sie nickte ihm auffordernd zu.

»Sie wollen die lebende Leiche in den Autodoc stecken«, sagte der Technospürer. »Mit seiner Kapsel. Alles zusammen.«

Imanez sah den Mann an, dann Thasri – beide Male mit einem klaren Ausdruck des Unglaubens im Gesicht. Kolic nickte dem Soldaten aufmunternd zu.

»Autodocs können das. Sie adaptieren fremde Lebenserhaltungssysteme und können schrittweise ihre Funktionen übernehmen. Wir haben genug Hibernationsfälle, die auf diese Weise gelöst wurden. Wir haben verletzte Aliens in tausend Konflikten wiederhergestellt. Warum sollte es hier nicht funktionieren?«

»Wir haben keinen ausgebildeten Arzt im Team«, gab Imanez zu bedenken. Er mochte die Idee nicht, das sah man ihm an. »Stevens ist ein Sanitäter. Er weiß, welche Knöpfe man drücken muss, um einem Verletzten zu helfen, dessen Physiologie im Datenspeicher des Docs vorhanden ist. Und wenn einer Aua hat, gibt er ein Pflaster.«

Stevens grinste bei dieser Beschreibung, widersprach seinem Vorgesetzten aber nicht.

»Autodocs haben einen hervorragenden Adaptionsmodus«, beharrte Thasri, die sich immer mehr für ihre Idee zu erwärmen begann. »Sie sind dafür konstruiert, auch bei bisher fremden Spezies Anwendung zu finden. Physiologie hin oder her, die Naturgesetze gelten für alle gleichermaßen. Biochemie kann niemals fremd sein, wenn man sie bis auf den molekularen Level hin durchgescannt hat. Sie muss immer gleich funktionieren.«

»Das ist eine akademische Diskussion«, warf Hephos nun ein. »Die Oberfläche ist doch längst unter Kontrolle der Kalten. Wenn wir nach oben gehen, sind wir tot. Der Landeplatz wie auch das Feldlager sind doch die ersten Gebiete, die die Invasoren sich angeschaut haben. Dort oben ist es schon sehr kalt und ungemütlich und die Geher warten nur auf uns. Die Tatsache, dass sie es unterirdisch nicht so gern haben, hält uns hier vorläufig am Leben. Aber spätestens wenn die ganze Welt völlig erkaltet ist, sind wir auch geliefert.«

»Sie trauen Ildiz nicht?«, fragte Imanez. »Dass sie uns raushaut?«

»Ich traue ihr sehr«, erwiderte Hephos sofort. »Aber sie hat nur ein Schiff. Mit Glück wird sie das überleben, aber einen Kollapsar vertreibt man nicht mit nur einem Schiff. Sie hat ja bereits angedeutet, dass sie sehr schnell verschwinden könnte. Ich nehme ihr das nicht einmal übel.«

»Mit einem einzelnen Schiff nicht und nicht einmal mit einer ganzen Flotte«, sagte Kolic. »Oder hat das Imperium schon einmal einen Kollapsar so richtig fertiggemacht?«

Imanez schüttelte den Kopf. Nicht so richtig, das wusste auch Thasri. Einmal war es gelungen, einen zu vernichten, und das hatte erhebliche Verluste gekostet – ein klassischer Pyrrhus-Sieg. Einige Tage später war ein neuer angekommen und das System war verloren gewesen. Hier hatten sie eine nicht einmal ungewohnte und neue Situation. Leider war die Flotte in der Vergangenheit nicht besonders gut mit diesen Szenarien fertiggeworden und hatte oft sinnlose Opfer verursacht. Hoffentlich war Ildiz aus anderem Holz geschnitzt.

»Bei allen bisherigen Invasionen begannen die Kalten an einem Punkt und von dort marschierten sie in konzentrischen Kreisen weiter, wodurch sie sich langsam, aber verlässlich von ihrem Brückenkopf entfernten«, dozierte Thasri. »Auf der ersten vollständig eroberten und erkalteten Welt vor gut 23 Jahren, Lucia, sind die Forscher auf dem Brückenkopf gelandet, nachdem die Geher sich weit ausgebreitet hatten. Da war niemand. Das Team arbeitete sechs Monate lang, ohne behelligt zu werden. Erst als ein Geher sich aus irgendwelchen Gründen wieder in die Gegend verirrt hatte, wurde es brenzlig und es musste evakuiert werden.«

Wie genau die Geher operierten und ob sie überhaupt eine Taktik oder einen Plan verfolgten, war weiterhin unbekannt. Waren sie erst einmal gelandet, marschierten sie los und taten, was auch immer sie taten. Es gab aber bestimmte, beobachtbare Muster, die oft, wenngleich nicht immer und verlässlich eingehalten wurden. Es war in jedem Fall mehr, als die Bewohner zu töten, sonst würden sich die Planeten nicht so grundsätzlich verändern, wie man jedes Mal beobachten konnte. Eines konnte man mit Sicherheit sagen: Es wurde immer sehr kalt.

»Sie wissen viel über Lucia«, sagte Hephos. »Das ist doch seit diesen 23 Jahren Verschlusssache. Es gibt sogar ein paar schöne Verschwörungstheorien dazu, etwa, dass die ganze erste Invasion ein Inside Job gewesen wäre, der sich dann verselbständigt …«

Thasri lächelte. »Ich versichere Ihnen, das ist falsch.«

»Sie kennen sich gut aus.«

Imanez sah Thasri an, in seinen Augen ein plötzlicher Verdacht, dann ein ebenso plötzlicher Respekt. Sie nickte ihm zu.

»Ich war da«, sagte sie leise.

»Auf Lucia?«, fragte Hephos erstaunt.

»Mein erster Einsatz als Missionsspezialistin.«

Schweigen beantwortete diese Enthüllung. Natürlich, das war den Gesichtern anzusehen, hatten alle plötzlich viele Fragen. Doch niemand stellte sie. Alle warteten darauf, dass Thasri enthüllte, worauf sie hinauswollte.

»Wir wissen, dass die Geher nach etwa drei Standardtagen im Regelfall nicht mehr in der Nähe des Brückenkopfes zu finden sind, wenn dieser nicht mehr militärisch bedroht wird. Dann ist die Gegend relativ sicher. Für eine Weile. Kalt, aber sicher. Der Autodoc ist extrem widerstandsfähig und verfügt über eine autonome Energieversorgung. Wir gehen nach oben, bergen das Gerät und legen den Kath in die Maschine. Wir wecken ihn auf. Wir verschaffen uns Antworten, und wenn es das Letzte ist, was wir hier treiben. Die Kalten interessieren sich für die Kath, also sollten wir es auch.«

»Ist das wirklich eine gute Idee?«, fragte Imanez.

»Was?«

»Alles. Nach oben zurückkehren. Den Autodoc holen, das schwere Ding. Den Kath auftauen, falls es überhaupt einer ist. Ich meine – was soll uns das alles bringen?«

Thasri nickte. Sie wollte sich mit dem Mann nicht streiten. Seine Perspektive war eine andere als die ihre. Das konnte sie ihm kaum zum Vorwurf machen. Und seine Frage war ja keinesfalls unberechtigt.

»Was ist die Alternative? Wir verstecken uns hier. Es geht vielleicht noch ein wenig tiefer in den Untergrund, wir halten es wohl noch eine Weile aus. Doch da endet es auch schon. Der Kollapsar wird nicht so bald wieder verschwinden, sein Auftauchen so weit weg vom Schuss ist ungewöhnlich genug. Die Kalten kommen niemals, um dann wieder abzuziehen. Auch ich vertraue Captain Ildiz, aber sie kann keine Wunder vollbringen. Wir müssen uns selbst neue Handlungsoptionen eröffnen. Wir können uns nicht nur verkriechen, sonst verrecken wir. Ich habe dazu keine große Lust. Wie sieht es mit Ihnen aus?«

Imanez ließ sich nicht auf solch eine Diskussion ein. Das sprach für ihn.

»Ich bin gegen eine solche Aktion. Sie stellt ein unnötiges Risiko dar, kann stärkeres Interesse der Geher auslösen. Was ist, wenn Ihre Theorie diesmal nicht stimmt und wir oben erwartet werden? Sie haben eben selbst zugegeben, dass das Verhalten der Kalten ungewöhnlich ist. Die sind doch offenbar auch wegen der Kath-Ruinen hier.«

Thasri sah Imanez an. »Die Kalten sind jetzt unter die Forscher gegangen, ja? Sie sehen das ähnlich wie ich, das freut mich.«

»Die Kath-Anlage könnte von ihnen als Bedrohung wahrgenommen werden …«

»Ein Grund mehr, meinen Vorschlag umzusetzen, oder?«

Imanez verzog das Gesicht. Er merkte, dass er sich selbst an die Wand argumentiert hatte.

»Dennoch …«, sagte er fast bockig.

»Sie entscheiden das nicht«, erwiderte Thasri und es lag eine plötzliche Kälte und Härte in ihrer Stimme, die keiner zuvor wahrgenommen hatte. Selbst Imanez schien für einen Moment verunsichert. Er äußerte keinen weiteren Widerspruch mehr.

»Drei Tage«, sagte Thasri noch einmal. »Also jetzt noch einer. Wir werden die Zeit nutzen, um diese Anlage weiter zu erforschen. Je mehr wir darüber erfahren, desto besser.«

Sie fokussierte ihren Blick weiterhin auf den Soldaten.

»Handlungsoptionen, Sergeant. Handlungsoptionen. Wir werden hier nicht auf unseren Händen sitzen und darauf warten, dass uns etwas passiert. Ich möchte, dass wir dafür sorgen, dass wir aktiv sein können. Ich möchte etwas passieren lassen.«

Imanez neigte den Kopf. Er schien zu akzeptieren, dass Thasri ihre Entscheidung gefällt hatte. Er war ein intelligenter, aber auch ein gehorsamer Mann. Thasri machte sich um ihn keine Sorgen.

Ihre Befürchtungen waren ganz andere.

5

Spezialist Horton Vigil hatte keinen Rang und doch hatte er Kompetenzen wie ein General. Er hatte keine Dienststellung und doch hatte er überall Zugang. Er stand in keiner Datei und doch war sein Name bei mächtigen Menschen bekannt. Er ging ein und aus, aber niemand sah ihn dabei und er hatte alle Mittel, obwohl er nicht reich war. Er war ein Schatten, und das mit Absicht und selbst dann, wenn er mitten im Licht stand. Das war sein Leben. Er hatte es nicht gewählt, es hatte ihn auserkoren, vor langer Zeit, und obgleich er sich manchmal fragte, was gewesen wäre, wenn es jemand anderen getroffen hätte, bereute er nicht, Ja gesagt zu haben.

Sie hatten ihm damals die Wahl gelassen. Es war nicht so, als hätten sie nicht gefragt.

Das System hatte ihn geschluckt und verwandelt, dessen war er sich durchaus schmerzhaft bewusst. Und mit jeder neuen Mission war er in das Netz an Beziehungen und Abhängigkeiten, von Schuld und Verantwortung, hineingewachsen. Er hatte Blessuren davongetragen und Fehler gemacht, einen ganz besonders – er war, bei aller Macht, doch nur ein Mensch. Dass er damals nicht stillschweigend beseitigt worden war, wunderte ihn bis heute. Irgendjemand hielt die Hand über ihn und er war sich nicht einmal sicher, wer genau und wo und warum. Solange er funktionierte, so seine Annahme, würde das auch gut gehen. Wenn er aus dem Ruder lief – oder die Ereignisse ihn davontrieben, ohne dass er daran etwas ändern konnte –, war die gute Zeit wahrscheinlich schneller vorbei, als ihm lieb sein konnte.

Gute Zeit. Alles war relativ. Richtig gut war es ja nie.

Er hockte auf dem Sessel mehr, als er darauf saß, den Rücken frei, die Hände auf den Knien gefaltet, ganz vorne an den Rand gerutscht.

Eine hagere Gestalt, fast dürr, mit großen, ausdrucksvollen Augen, das Merkmal an seinem Gesicht, das sicher am meisten hervorstach. Leute erinnerten sich nie an seinen Namen, die meisten bekamen ihn nie zu hören. Aber seine Augen, die blieben jenen im Gedächtnis, die sich den Luxus erlauben konnten, sich an die Begegnung mit ihm zu entsinnen. Viele vergaßen, manche auf Befehl, manche freiwillig und manchmal half er noch nach.

Silas Mattilaa war ihm wohlbekannt. Er war, in gewisser Hinsicht zumindest, sein Chef. Vigil diente vielen Herren, das war seine Stärke. Es war auch seine Schwäche, denn er konnte sich niemals auf das Wohlwollen einer festen Stütze verlassen. Alles war im Fluss. Immer.

Der Hofzeremonienmeister, der doch so viel mehr war, als sein Titel offenbarte, gehörte zu denjenigen, die ihn kannten, die ihn bezahlten und die ihm vertrauten. Auch das nur in gewisser Hinsicht. Vertrauen war ein vages Konzept in den Machtstrukturen des Imperiums. Mattilaa griff aber öfters auf seine Dienste zurück. Das klang sehr prosaisch, viel mehr sollte man allerdings nicht hineininterpretieren.

»Ich bin gekommen wie verabredet, aber Sie haben mich warten lassen«, sagte Vigil mit sanfter Stimme. Es klang nicht ganz so vorwurfsvoll, wie es die Worte vermuten ließen, Mattilaa war die leise Kritik trotzdem sicher nicht entgangen. »Die Sache mit Direktor Pensil ist …«

»Nicht mehr von Bedeutung«, sagte Mattilaa kurz. Der Pensil-Skandal. Vigil hatte erhebliche Investitionen getätigt, um das Problem zu lösen, bis hin zu Aktivitäten, die nur mit allergrößter Toleranz noch als legal bezeichnet werden konnten. Mattilaa hatte damals größten Wert auf die Erledigung gelegt. Allergrößten sogar.

Vigil hob beide Augenbrauen. »Nicht mehr von Bedeutung? Vor zwei Monaten …«

»… war vor zwei Monaten. Um den Direktor wird sich jemand anderes kümmern. Sie haben exzellente Vorarbeit geleistet. Den Rest können weniger begabte Spezialisten erledigen. Ihre Talente werden jetzt dringend an anderer Stelle benötigt.«

Vigil neigte den Kopf, erkannte an, dass er soeben aus Mattilaas Mund ein Lob bekommen hatte, das vierte in ihrer nunmehr fast zehn Jahre währenden Zusammenarbeit. Das war außergewöhnlich. Vigil benötigte keinen solchen Zuspruch, sein Selbstbewusstsein war nicht abhängig von der Einschätzung Dritter. Er wusste genau, was er wert und wo er angreifbar war. Aber dass Mattilaa diese Worte gesagt hatte, war ihm Hinweis genug darauf, dass Pensil in der Tat nur noch ein Problem von nachgeordneter Bedeutung war. Es war das Präludium für eine andere, und zwar ganz sicher größere Sache.

Mattilaa hatte immer viele Probleme. Deswegen bezahlte er Männer wie Vigil, um diese zu lösen.

»Eine neue Aufgabe also«, sagte Vigil.

»Sehr richtig. Eine delikate. Eine gefährliche. Eine höchst vertrauliche.«

»Also wie immer.«

Der Juvenit lächelte. Vigil beneidete ihn nicht um sein Alter, nicht um seine Position. Er beobachtete Juveniten mit einem eher distanzierten Interesse. Länger zu leben als notwendig, war nicht sein Ehrgeiz. Die menschliche Existenz erschien ihm manchmal nahezu lästig, und je mehr er in ihre Abgründe schaute, desto mehr verfestigte sich diese Einstellung.

»Nein, diesmal nicht wie immer. Es ist speziell, Vigil. Ich benötige nicht nur Ihre ganze Aufmerksamkeit, sondern auch Ihre ganze Loyalität und ... Verschwiegenheit.«

»Gab es daran jemals Zweifel?«

Mattilaa lächelte fein. »Nur einmal.«

»Dann beauftragen Sie jemand anderen.«

»Nein, das geht nicht. Sie sind der Geeignete und ich habe niemand anderen kurzfristig zur Hand. Ich vertraue Ihnen, Vigil.«

»Im Rahmen Ihrer Möglichkeiten.«

»Wir verstehen uns.«

Vigil neigte den Kopf. Dieser kleine Schlagabtausch war wie ein Ritual zwischen ihnen und führte immer zum gleichen Ergebnis. Es war wie eine gegenseitige Versicherung ihrer gemeinsamen Vergangenheit.

»Sie machen mich neugierig.«

»Gut. Das macht es für mich einfacher.«

Vigil schwieg. Der alte Mann hatte ein Teeservice aufgebaut und aus der Porzellankanne drang der aromatische Duft eines dieser seltsamen Getränke, die sein Auftraggeber bevorzugte. Vigil war kein Teemensch. Er war gar kein Irgendwasmensch. Er stand Nahrung und Trunk indifferent gegenüber. Aber die Art und Weise, wie Mattilaa immer wieder seinen Konsum zelebrierte, und die filigrane Ästhetik des sicher sündhaft teuren und seltenen Arrangements mit den ornamentalen Verzierungen und feinen Lasuren – das hatte etwas, dem sich auch ein eher hartgesottener Mann wie Vigil nicht so ohne Weiteres entziehen konnte. Mattilaa bot ihm nichts an, so weit erinnerte er sich an die unterschiedlichen Vorlieben. Vigil wartete höflich ab, bis alles gerichtet war, Mattilaa die Tasse zum Munde führte, die Lippen spitzte, einatmete, dann schluckte, endlos vorsichtig, aber mit dem Ausdruck eines echten Genießers in den Augen.

»Das tut gut«, sagte er dann. Er sagte es jedes Mal und Vigil war sich sicher, dass er es auch immer so meinte. Dann sah der alte Mann seinen Agenten an. Genießerisch war sein Gesichtsausdruck nun nicht mehr zu nennen.

»Darius ist aufgetaucht.«

»Der Prinz lebt?!« Das war interessant. Und jetzt wurde auch deutlich, warum es speziell war.

»Er lebte die ganze Zeit. Er war untergetaucht und wir hatten ihn ganz gut unter Beobachtung. Die Hoffnung war, er würde bleiben, wo er sich aufhielt. Er lässt uns in Ruhe, wir lassen ihn in Ruhe. Seine Mutter insistierte, dass er leben sollte, und der Imperator hat, ein wenig gegen seine spontane Neigung, diesem Arrangement zugestimmt. Es hat nicht funktioniert, und das dazu noch auf eine sehr spektakuläre Weise.«

Vigil fragte nicht nach. Wenn die Umstände, unter denen der rebellische Prinz wieder in die imperiale Arena zurückgekehrt war, für ihn relevant waren, würde man sie ihm zur richtigen Zeit mitteilen.

»Was soll ich tun? Muss er sterben?«

Vigil fragte es ohne Emotion. Es wäre nicht das erste Mal.

»Ah …«, machte Mattilaa leise und lächelte. »Sie denken wie unsere Allerhöchste Majestät. Nein, ich glaube, das wäre übertrieben, und ich habe keine Befehle in diese Richtung erhalten. Aber ich muss das Problem lösen oder vielmehr verhindern, dass überhaupt eines entsteht. Sie müssen mir dabei behilflich sein. Suchen Sie Darius auf. Bewegen Sie ihn zur Rückkehr in den Palast. Gaukeln Sie ihm vor, er werde in Gnaden wieder aufgenommen. Versprechen Sie, was immer Sie wollen, es ist nicht relevant. Keines der Versprechen wird gehalten und ich habe nicht das Gefühl, dass die Allerhöchste Majestät gnadenvoll gestimmt ist. Er soll unter Verschluss und Siegel, und wenn er leben möchte, wird er sich fügen.«

Die imperiale Familie. Eine Verwandtschaft, die sehr herzlich miteinander umging.

»Also wird er möglicherweise doch sterben.«

»Das würde Komplikationen auslösen, die derzeit niemand möchte. Der Krieg bindet alle Kräfte, auch die, Probleme auszuhalten und Konsequenzen zu ertragen. Zudem: Seine Mutter schützt ihn. Das gilt weiterhin.«

Vigil nickte. *Natürlich.* Sie hatte sich auch das erste Mal vor ihren unbotmäßigen Sohn gestellt. Nicht ungefährlich, aber ihr Pfund war, dass der Imperator tatsächlich etwas für sie übrig hatte. Seine weiche Stelle. Es war nicht an Vigil, das zu bewerten, aber er war der Ansicht, dass man keiner Frau erlauben sollte, so nah an einen Mann von Einfluss heranzukommen. Man sah ja im Fall Darius, was daraus wurde. Und er musste es begradigen. Und er wusste selbst, wie das war. Würde nicht wieder vorkommen. Niemals!

»Ich soll ihn also zum Kaiser bringen?«

»Sagte ich das? Ich sagte: in den Palast.«

Vigil schalt sich einen Narren. *Etwas mehr Genauigkeit!*, ermahnte er sich. Er musste genau zuhören, gerade bei dem Alten hier, der viele Spiele gleichzeitig am Laufen hatte, viele Loyalitäten unterhielt, Abhängigkeiten ebenso, Schulden hatte und Schulden machte, ein Leben im Gespinst des Hofes, dessen feine Fäden aus Lügen, Betrug, Erpressung, Gefallen und dem gelegentlichen Quäntchen echter Ehre bestand. Mattilaa war darin aufgewachsen, das Spiel war ohne Zweifel sein Lebenselixier. Vigil schätzte es nicht. Es war gut, dass er außen blieb. Sein Spielfeld war ein anderes. Dennoch, die Regeln machte er nicht. Und Mattilaa war der Schiedsrichter, wie so viele Juveniten.

»Zum Palast«, sagte er also leise. »Wo ist Darius?«

»Er tauchte zuletzt im Canopus-System auf. Und damit wird die Sache auch in anderer Hinsicht interessant, denn die Begleitumstände waren sehr spezifisch. Tatsächlich ist das Ihr zweiter Auftrag: mehr über diese Umstände herauszufinden und eine Gefahrenabschätzung zu machen.«

»Zuletzt im Canopus?« Da war etwas gewesen. Er hatte von einem Vorfall gehört, war aber mit Direktor Pensil befasst gewesen und das hatte seine ganze Aufmerksamkeit beansprucht.

»Ich gehe davon aus, dass er nicht mehr dort ist. Er hat neue Freunde gefunden, wie es aussieht, und sehr seltsame dazu. Darius hat ein gewisses Talent, sich mit suspekten Individuen zu umgeben. Über die wissen wir wiederum ein wenig, zumindest in Bezug auf einige der betroffenen Individuen. Eine sehr, sehr seltsame Geschichte, wie Sie auch herausfinden werden. Einen rechten Reim kann ich mir darauf nicht machen. Helfen Sie mir dabei, Licht ins Dunkel zu bringen.«

Vigil ergriff einen Datenwürfel, den Mattilaa ihm reichte. Er würde sich sehr gewissenhaft mit seinem Inhalt auseinandersetzen.

»Soll ich die seltsame Geschichte aufklären oder soll ich auch intervenieren, wenn ich es für nötig erachte?«

Mattilaa zuckte mit den Schultern, aber Vigil kannte ihn besser. Es war dem Juveniten nicht so egal, wie er durch seine Körpersprache zu kommunizieren versuchte.

»Schaden könnte es sicher nicht. Es ist aber nicht Ihre Priorität. Ich will auf jeden Fall Darius hier vor mir sitzen haben und das ist der zentrale Aspekt. In einem Stück, das würde ich vorziehen. Freiwillig oder gezwungen ... das ist mir egal.«

Vigil nickte. Klare Anweisungen. Hatte er aber die Mittel, sie auch umzusetzen? Er war es gewohnt, das Unmögliche zu tun zu bekommen – tatsächlich fand er das immer sehr reizvoll. Aber er war lange genug in Diensten Mattilaas, um zu wissen, dass er sich in einem gefährlichen Umfeld bewegte und dass Loyalitäten eine sehr fragile und unsichere Basis für sein Handeln waren. Macht war relativ und es war ihm klar, dass Mattilaa über sehr viel davon verfügte, und obgleich Vigil immer gewisse Vorkehrungen getroffen hatte, wusste er auch, dass er sehr schnell verschwinden konnte, wenn sein Auftraggeber es wollte. Versagen war möglich, jedoch ungern gesehen, und war die Sache tatsächlich so wichtig, dann war ein Scheitern möglicherweise fatal. Im wahrsten Sinne des Wortes.

»Sie haben alle Vollmachten und unbegrenzte Mittel. Hier.«

Mattilaa reichte ihm eine unscheinbar wirkende Plastikkarte, doch das darin eingewobene Symbol war nicht zu übersehen. Das war die

Goldcard des Imperiums. Imperiale Kreditlizenz. Imperiale Autorität. Davon gab es vielleicht ein Dutzend, alle personalisiert. Dahinter stand, wie Vigil wusste, das gesamte verdammte Budget des Reiches. Er konnte damit Planeten kaufen, Schlachtschiffe requirieren, Armeen einsetzen. Natürlich wurde von ihm erwartet, mit dieser Machtfülle sehr sorgsam umzugehen und kein Aufsehen zu erregen, was aller Wahrscheinlichkeit nach den Erwerb von Welten und die Bewegung von größeren Flotten eher ausschloss. Das mit dem Schlachtschiff dagegen war eine echte Option und mit dieser Identifikation konnte er Großadmirale wie kleine Schuljungen behandeln.

Nein, korrigierte er sich. Das konnte er wohl eher nicht, und zwar aus dem gleichen Grund, warum er keine Armeen aufmarschieren lassen würde. Aber es war gut, diese Machtfülle in der Hinterhand zu haben. Sie war ein Vertrauensbeweis, der ihm durchaus schmeichelte, gleichzeitig jedoch eine hohe Verpflichtung. Vigil stand jetzt, zumindest für den Moment, ganz oben. Der Fall von hier konnte sehr tief werden, würde tödlich enden. Die Luft war dünn in diesen Regionen. Er musste tief einatmen und vor allem Ruhe bewahren.

Mattilaa hatte seine Reaktionen natürlich aufmerksam beobachtet. Vigil war sich nicht sicher, ob er die Prüfung bestanden hatte, aber da sein Chef ihm die Karte nicht gleich wieder wegnahm, ging er davon aus, dass er sich wacker geschlagen hatte.

Das Gute war: Niemand würde von ihm nachher Belege erwarten, wenn er erfolgreich war. Vielleicht würde es noch eine Gelegenheit geben, sich anständig einzukleiden und gut essen zu gehen. Erfolg machte unangreifbar, das war seine Erkenntnis und in seinem Job gab es keine Neider, zumindest keine, die seinen wahren Namen kannten, wo er wohnte, wie er lebte und wann er wo auftauchte. Das machte die Sache wirklich einfacher.

»Ich erwarte Ihre Berichte, aber ich weiß, dass ich keinen festen Turnus vorsehen kann. Sie werden sich melden, wenn Sie etwas Neues erfahren, und ich werde mir vorbehalten, Ihnen zwischendurch Befehle zu geben.«

Vigil nickte. Natürlich, das war die übliche Praxis und glücklicherweise hatte Mattilaa in der Vergangenheit vor allem von Letzterem immer nur sehr spärlich Gebrauch gemacht. Die Arbeit, die Vigil tat, eignete sich weder für Mikromanagement noch für permanente Fernsteuerung. Vigil war gut, weil er auf sich aufpassen konnte und sein Ziel nie aus den Augen verlor, aber auch deswegen, weil er selbstständig handeln durfte. Mattilaa wusste das natürlich, aber es schadete nicht, hin und wieder daran zu erinnern, wer hier das Sagen hatte und, das war in diesem Fall besonders prekär, auch die letzte Verantwortung trug. Die Gefahr, dass Vigil bei einem Scheitern üble Konsequenzen zu erdulden hatte, bezog sich nicht allein auf ihn. Auch der alte Mann würde dann im Rampenlicht der Kritik stehen und der Kaiser war als strenger Kritiker bekannt.

Juveniten waren alt – doch unsterblich waren sie nicht.

»Wäre das alles?«, fragte Vigil sicherheitshalber. Mattilaa war ein wacher Geist, ein Mann von Umsicht und Intelligenz, er war allerdings nicht mehr der Jüngste. Die Zeichen waren unverkennbar. Eine weitere Dosis der Droge würde sein Körper nicht überleben, er lebte die letzten Jahre seiner langen Existenz. Und so wurde er langsam, für seine Verhältnisse, etwas geschwätzig, aber auch eine Spur vergesslich. Er kaschierte es gut und niemand, der nicht über die Beobachtungsgabe des Agenten verfügte, hätte es bemerkt.

»Das ist alles«, sagte sein Auftraggeber und erhob sich. »Ich würde Ihnen viel Glück wünschen, wenn ich wüsste, dass es Ihnen etwas bedeutet, aber ich hoffe für uns beide, dass Sie Erfolg haben werden.«

»Diese Hoffnung teile ich«, erwiderte Vigil und reichte Mattilaa die Hand. Sie fühlte sich an wie Sandpapier, trocken, kratzig und etwas kalt, aber es war noch Kraft im Druck, keine brutale, offene, sondern vielmehr eine verhaltene, die dem Wesen des Mannes als Akteur aus dem Hintergrund entsprach. Alter oder nicht, Vigil war recht zuversichtlich, dass er noch so einige Aufgaben für ihn erledigen würde, natürlich nur unter der Voraussetzung, dass ihm diese, die wichtigste bisher, nicht misslang.

Als er das Büro verließ und durch die langen, gewundenen Gänge des Imperialen Palastes wanderte, die hier unten, wo die Bediensteten entlangliefen, schmucklos und funktional waren, dachte er an nichts anderes mehr. Die Aufgabe brannte in seinem Bewusstsein und er begann, eine gewisse Vorfreude zu empfinden, wo jeder andere sich Sorgen um alles, vor allem um sich selbst gemacht hätte.

Freude an der Arbeit. Das war einer der Gründe, warum Horton Vigil so erfolgreich war.

6

Gregorian Abz machte einen Schritt vorwärts, prüfte das Eis auf Festigkeit, eine reflexartige Handlung, denn eingebrochen war hier noch niemand. Man starb auf dieser Welt an tausend Sachen, aber eigentlich nicht an den Witterungsbedingungen. Dennoch: Er hasste den Schnee und das Eis, die beißende Kälte, die ganze verdammte Lebensfeindlichkeit, die ihn umgab wie eine permanente Bedrohung. Sein Hitzeanzug hielt seinen Körper angenehm warm, die Beatmer sorgten dafür, dass die aggressive Kälte nicht in seine Lungen vordrang, und selbst wenn er in irgendwas eingebrochen wäre, hätte er ohne Probleme in seiner vollständig isolierten Schutzbekleidung überlebt. Aber es war das eine, etwas rational zu wissen, das andere, etwas zu fühlen, und der Hass auf diese Umgebung kroch in sein Bewusstsein vor, ohne dass er ihn unter Kontrolle bekam. Aber es gab kein Zurück und die anderen schauten schon komisch. Gregorian seufzte. Das hörte natürlich jeder. Er seufzte immer ziemlich laut.

»Alles in Ordnung, Greg?« Die Stimme von Tabatha Lothian klang dumpf unter dem Beatmer hervor, es schwang jedoch weniger Sorge denn Belustigung darin. Dass die einzige Wissenschaftlerin und gleichzeitig Missionsleiterin des Teams, die zu allem Überfluss auch noch einigermaßen gut aussah, es sich zur Aufgabe gemacht hatte, auf ihm immer wieder herumzuhacken, gehörte zu den weiteren unerfreulichen Aspekten ihrer hochgeheimen Forschungsmission im Arsch der Kalten. Dass er sie trotzdem irgendwie gut leiden konnte, weil sie blitzgescheit war und ihre Meinung ehrlich vertrat, machte es nicht einfacher für ihn. Aber er war ja auch nicht hier, um es einfach zu haben.

»Keine Geher in fünf Kilometern«, meldete Sergeant Dapper, die in ihrem Hitzeanzug aussah wie ein Golem. Sie bewegte sich auch so, eine

Frau, die nur aus Muskeln und starken Knochen bestand und in der Lage war, einen schmächtigen Klimatologen und Geowissenschaftler wie Dr. Abz schon mit einem besonders intensiven Blick niederzustrecken. Wo Tabatha ihn gleichermaßen ärgerte wie anzog, imponierte ihm Dapper. Die Frau verfügte über einen Gleichmut, den er nicht einmal verspürte, wenn er aus einem besonders schönen Bong inhalierte, eine Freude, die ihm seit Wochen nicht mehr vergönnt gewesen war. Auch das eine weitere Facette, die aus seiner aktuellen Situation eine nur schwer erträgliche machte.

Dapper ignorierte ihn meistens. Das war letztendlich auch gut so. Gregorian Abz war sich unsicher, wie er mit der Aufmerksamkeit der Soldatin hätte umgehen sollen.

»Dann sollten wir mal!« Der Vierte im Bunde war Dr. Hans Carlson, der Metallurge und Materialwissenschaftler, gleichzeitig der Älteste im Team. Er hatte seine Augen fest auf ihr Ziel geheftet: den umgestürzten und seit geraumer Zeit als Wrack markierten Kalten Geher, halb eingesunken in den See, in den er gekracht war, das einzige Exemplar seiner Art, für das derzeit eine Aussicht bestand, in die Hände imperialer Wissenschaftler zu geraten. Man erbeutete keine Geher. Beschädigte Einheiten zerstörten sich selbst. Dieser hier aber lag ruhig da, und da keiner seiner aktiven Freunde in Reichweite war, hatte das imperiale Dropship sie hier rausgeworfen, alle vier, und war schnell wieder in den Orbit zurückgekehrt. Alles mit heißer Nadel gestrickt, die Ausnutzung einer guten Gelegenheit auf einer ansonsten verloren gegebenen Welt.

Gregorian stolperte. Aus dem dünnen Schnee ragten die zerbrochenen Reste einer Sonnenliege. Diese Gegend auf Telfus Prime war vor der Invasion der Kalten ein subtropisches Urlaubsparadies gewesen. Man wollte es kaum glauben. Er starrte auf den kläglichen Rest des bunten Stoffs, der noch am Holzgestänge hing, und fühlte sich völlig fehl am Platz. Aber Auftrag war Auftrag, und je schneller sie es hinter sich brachten, desto eher konnten sie an Bord der ADMIRAL MENDE zurückkehren, die im Orbit auf sie wartete. Es gab nichts, was er sich in diesem Moment sehnlicher wünschte.

»Vorsichtig!«, hörte er die Stimme Dappers. »Wir laufen jetzt auf dem zugefrorenen Ozean. Ich möchte nicht, dass jemand einbricht, auch wenn hier keiner an diese Möglichkeit glaubt. Hier gibt es keine Rettungsdienste. Tot ist tot.«

Ihre Fürsorge erwärmte sein Herz. Draußen herrschte eine Temperatur von fast minus 30 Grad Celsius. Die Wahrscheinlichkeit, dass irgendeine Stelle des Ozeans im seichten Küstenbereich nicht mindestens zwei Meter dick zugefroren war, hielt er für sehr gering. Dieser Planet war vor Monaten angegriffen und aufgegeben worden. Ein Kollapsar war aufgetaucht und hatte den Transformationsprozess beschleunigt, der mit der Landung der Geher begonnen hatte. Diese einstmals tropische Welt war ein Eisklumpen – und die anderen Planeten des Systems ebenso, nun, da es für die Kalten keine Gegner mehr zu beseitigen gab. Kein Imperialer würde sich hier noch aufhalten, wenn die Sonden nicht dieses so verheißungsvolle Wrack ausgemacht hätten.

Sie erreichten den halb versunkenen Geher wenige Minuten später. Der Leib des Dings war seitlich geneigt, einige seiner staksigen Beine waren zerbrochen oder eingeknickt, sodass er seinem Namen nicht mehr gerecht werden konnte. Kalt war er aber noch. Alles hier war kalt. Sie umrundeten das Wrack einmal, sondierten die Lage.

»Wir müssen eine Öffnung finden«, sagte Tabatha.

»Wenn wir keine finden, dann machen wir eben eine«, erklärte Dapper und wie immer schätzte Gregorian sie für ihren Pragmatismus. Dieser widersprach allerdings einer wissenschaftlichen Vorgehensweise und so folgten sie erst einmal dem ersten Vorschlag, umwanderten den Havaristen ein zweites Mal, hielten Scanner in seine Richtung, die den Leib mit allem bombardierten, was ein Scanner so hatte, wie immer ohne jedes Resultat. Ob nun aktiv oder passiv, ein Geher war undurchdringlich. Sie sahen ihn, sie konnten ihn berühren, und wäre er nicht beschädigt, konnten sie durch ihn getötet werden – aber nichts ermöglichte es ihnen, von hier in das Innere zu schauen. Gab es eine Besatzung? War der Geher tatsächlich eine Maschine, für die ihn die meisten Experten hielten? Sie würden es in Kürze herausfinden, und trotz ihrer gefährlichen Lage und der feindlichen Umgebung spürte Gregorian nun den Kitzel der bevorstehenden Entdeckung und erinnerte sich daran, warum er Wissenschaftler geworden war: um Dinge zu erforschen.

Und genau dazu hatte er jetzt jede Gelegenheit.

Nach einer guten Stunde permanenten Umwanderns sowie sinnlosen Geschwenkes mit sündhaft teuren, aber völlig ineffektiven technischen Geräten kamen die vier Expeditionsteilnehmer zu dem Schluss, dass Sergeant Dappers weitsichtiger Vorschlag der einzig machbare zu sein schien. Es sprach für die Soldatin, dass sie keinerlei Triumph zeigte, sondern stattdessen gleich ans Werk ging. Aus ihrem Rucksack holte sie ein Dreibein, das sie fachkundig aufstellte und auszog, darauf setzte sie den Bergbaulaser. Der Rucksack war jetzt leer. Sie hätten einen Roboter mitnehmen können, aber deren Elektronengehirne hatten die Angewohnheit, wie so manches an komplexer Technik, in der Nähe von Gehern auszufallen. Nicht sofort, aber nach längerer Präsenz, ein Umstand, der den mysteriösen Invasoren sehr geholfen hatte. Dapper zeigte sich unbeeindruckt und entsiegelte den Laser, warf noch einmal einen kritischen Blick auf das Wrack und zeigte auf eine Stelle. Tabatha Lothian nickte. Sie hatten eine glatte, leicht einsehbare und im Zweifel auch begehbare Fläche auserkoren, die so gut war wie jede andere.

»Sie können dann loslegen, Sergeant«, sagte Tabatha und die Soldatin nickte, was nur jene erkennen konnten, die ihr direkt in den Helm sahen. Sie stellte sich hinter das Dreibein, richtete den Laser aus und aktivierte das Werkzeug.

Sie alle schauten fasziniert zu. Geher waren nicht völlig unüberwindlich. Sie reagierten empfindlich auf zu viel kinetische Energie, und wurde es richtig heiß, zeigten sie auch keine ewige Widerstandskraft. So rätselhaft diese Gebilde auch waren, Naturgesetze galten für sie ebenfalls. So tat auch der kräftige Laser seine Arbeit. Es dauerte gut zwanzig Minuten, dann fiel die freigelegte Platte aus der Hülle zu Boden und sie lugten hinein.

Oder wollten es. Es gab kein »hinein«. Es war, als hätten sie die Abdeckung einer Konsole aufgeschraubt, um in das elektronische Innere zu blicken, nur mit dem Unterschied, dass die hier sichtbaren Bauteile zwar bestimmt künstlichen Ursprungs waren, aber nichts mit dem gemein hatten, was die Technik des Imperiums normalerweise verbaute. Es war *etwas* und es erfüllte sicher eine Funktion, es war jedoch völlig fremdartig. Einen Hohlraum konnten sie jedenfalls nicht erkennen.

»Keine Kalten-Leichen«, murmelte Gregorian. War er enttäuscht oder erleichtert? Wesen zu begegnen, die hinter alledem standen, das wäre zweifelsohne eine Sensation gewesen und hätte ihn unsterblich gemacht, und zwar nicht in der tiefgefrorenen Variante. So aber sah er eine Menge Technik, von der er nicht einmal ahnte, wie sie funktionierte. Interessant, aber leider nicht spektakulär. Alles, was kein Gesicht hatte, war nicht wirklich sexy, wenn es um Ruhm und Ansehen ging.

»Der Resonator«, befahl Tabatha und dann erinnerte sich Gregorian, dass der ja zu seiner Ausrüstung gehörte. Jetzt, wo die schützende Hülle aufgebrochen war, sollte es möglich sein, das Innenleben des Gehers diversen Scans zu unterziehen, um zumindest auf diese Weise endlich mehr zu erfahren. Er beeilte sich, das Gerät in das Loch zu halten und es zu aktivieren. Das Ergebnis kam sofort.

»Kein größerer Hohlraum«, sagte er laut, damit alle es hörten. »Der Geher ist massiv, zumindest insofern, als er mit Technik vollgestopft ist. Darin gibt es keinen Platz für eine Besatzung. Es gibt kleine Aussparungen und derlei, ich vermute, es handelt sich um Zugänge für die Reparaturautomatik, falls der Geher so was hat. Aber da drin gibt es niemanden.«

Die Enttäuschung war nun allen ein wenig anzusehen – außer Dapper, die alles akzeptierte.

Tabatha winkte der Soldatin.

»Weiterschneiden. Wir entfernen Bauteile, möglichst vollständige.«

»Wie erkenne ich das?«

»Wir drei gucken und einigen uns, dann schneiden Sie. Mehr können wir jetzt auch nicht tun.«

»Und dann?«

»Wir nehmen sie dann mit, da wir nicht den gesamten Geher bergen können. Ich will tiefer hineinsehen. Und alles scannen. Baut die anderen Dreibeine auf, installiert die Anlage. Beeilen wir uns. Jeder Fetzen an Informationen kann wichtig sein. Schlachten wir das Ding aus.«

Das musste sie nicht zweimal sagen. Weitere Dreibeine wurden in das Eis gesetzt, die großen Scanscheiben darauf installiert und mit leistungsfähigen Batterien verbunden. Standleitungen hoch in den Orbit wurden etabliert. Selbst wenn die Expedition hier unten sterben sollte, alle Rohdaten wurden sogleich zum Schiff übertragen. Gregorian wusste nicht, ob ihn das zuversichtlich stimmen sollte oder eher nicht. Doch es war keine Zeit, sich darüber Gedanken zu machen. Je eher sie hier fertig wurden, desto schneller war an Rückkehr zu denken und er dachte jetzt bereits viel zu oft daran.

Keine Gesichter, kein fassbarer Gegner. Wie demotivierend so etwas doch sein konnte …

Alle waren einige Minuten stumm in ihre Arbeit vertieft, in die Ausrichtung der Scanner, die Arbeiten zur Erweiterung der Öffnung, und es wurde kein Wort gewechselt. Dapper meißelte entsprechend genauer Anweisungen an den Eingeweiden herum und größere Elemente, die in sich kohärent aussahen, wurden aus dem Inneren des Gehers gelöst und freigelegt. Es entstand ein Schrotthaufen.

Dann richtete sich Dapper auf, zu abrupt, um als normale Bewegung zu gelten, sah sich um, hob eine Hand. Eine plötzliche, gespannte Aufmerksamkeit lag auf ihrer Miene.

»Was ist?«, fragte Gregorian.

»Meldung von der Taktik an Bord der MENDE«, sagte die Frau mit ruhiger Stimme. »Geheraktivität. Sie kommen auf uns zu. ETA zwanzig Minuten. Außerdem Schiffsaktivitäten. Die Kalten sind auf die Präsenz des Imperiums aufmerksam geworden. Captain Knudh will abreisen. Möglichst bald.«

Sie sah Tabatha an. »Die MENDE schickt das Dropship. ETA: zehn Minuten. Wir sollen uns bereithalten.«

Die Wissenschaftlerin verlor keine Sekunde, obgleich ihr erheblicher Unwille anzusehen war. Zu wenig Zeit. So viel zu lernen. Sie kratzten hier gerade mal an der Oberfläche. Gregorian fühlte mit ihr, aber gleichzeitig empfand er Erleichterung.

»Ihr habt es gehört«, sagte die Missionsleiterin. »Zehn Minuten bleiben uns. Ich möchte ein komplettes inneres Mapping des Gehers. Dapper, hören Sie auf. Markieren Sie unsere Landezone für das Dropship und behalten Sie den Perimeter im Auge. Wir machen hier weiter, solange es geht.«

Dapper drehte sich wortlos um und stapfte zur Seite.

»Also gut«, sagte Lothian scharf. »Vollständiges Mapping. Wenn das Dropship kommt, lassen wir alles stehen und liegen. Die Ausrüstung geben wir verloren, wir nehmen nur die Datenspeicher mit. Niemand verlässt seinen Posten ohne meine ausdrückliche Anweisung.«

Und niemand kommentierte das, obgleich Gregorian von einer plötzlichen Angst angesprungen wurde, ein Gefühl von einer Intensität, wie er es nie zuvor empfunden hatte, und er musste die damit verbundene Panik, den Fluchtreflex niederkämpfen. Dafür war er nicht gemacht. Er war kein Soldat. Er wollte nicht sterben, ob nun in Ausübung einer heiligen Pflicht oder nicht. Und vor allem nicht an diesem gottverlassenen Ort auf sehr unangenehme Weise. Aber das Schicksal wollte ihn jetzt auf die Probe stellen.

Er tat natürlich seine Arbeit. Er könnte jetzt auch schreiend davonrennen, aber das würde wenig nützen. Die einzige Fluchtmöglichkeit, die es gab, war die nach oben. Und die gab es nur, wenn er hierblieb. Es gab nichts Unangenehmeres, als seinen Fluchtreflex nicht ausleben zu dürfen. Es war, als wäre man mit Ketten an etwas gefesselt, das einen gerade auffressen wollte.

Der Boden zitterte. Gregorian sah von seiner Arbeit auf, in die er einige Minuten vertieft gewesen war. Er schaute sich um. Alle hatten es gespürt. Dapper war zurückgekommen, hatte ein paar kleine Minen im Eis verteilt, nicht mehr als ein Ärgernis für einen Geher, für sie selbst wohl ein Akt des Trotzes.

»Sie kommen!«, sagte die Soldatin und wies in eine Richtung. Gregorian drehte am Fokus seines Schutzhelms. Da waren sie, drei Stück, groß, staksend und schnell. Viel schneller als erwartet. Er sah, dass Dapper in ihr Mikro sprach, das Gesicht eine Maske. Er bekam nicht mit, was sie sagte, aber er hoffte, es war eine drängende Mahnung.

Ein leises Pfeifen war zu hören. Gregorian sah nach oben, erkannte den Lichtschein, der sich näherte. Ein Dropship ionisierte die Atmosphäre, dass es eine Freude war. Der Pilot kannte keine Rücksicht und das war ausnahmsweise mal gut so. Die Fähre hielt direkt auf sie zu und fiel wie ein Stein. Gregorian schaute wieder an den Horizont. Die Geher waren größer geworden, stolzierten unaufhaltsam in ihre Richtung. Er musste den Zoom zurückregeln, weil sie zu groß wurden, und das war bedenklich. Das Dropship war ihrer Aufmerksamkeit sicher nicht entgangen. Es wurde eng.

»Wir müssen los!«, hörte er sich selbst drängend sagen. Er riss an seinen Ketten. Seine Beine wollten, dass er rannte, eigentlich egal, wohin. Er musste sich mit großer Gewalt beherrschen und den anderen ging es wahrscheinlich nicht besser. Dapper war die Einzige, die nur die Augenbrauen hob und ihn ansah, als habe er etwas sehr Dummes gesagt – was wohl auch der Fall war.

»Es landet hier.« Sie zeigte auf eine Stelle keine zweihundert Meter von ihr, mit in den Schnee getretenen Markierungen. »Wir müssen warten.«

»Warten« hörte sich in dieser Situation furchtbar falsch an. Gregorian presste die Lippen aufeinander. Der Helmschwamm sog den Schweiß ein. Er konnte nicht mehr an die Arbeit denken und auch darin war er nicht allein. Die Automaten setzten ihre Scans fort und würden die Ergebnisse nach oben schicken, solange sie konnten.

Etwas blitzte bei den Gehern auf. Das war zu befürchten gewesen.

»Deckung!«, rief Dapper und alle reagierten sie. Sich in den Schnee zu werfen, war wahrscheinlich weitgehend sinnlos. Aber sie taten es und es half wider Erwarten: Nichts und niemand traf sie.

Gregorian war neugierig. Er schaute sofort hoch.

Sie blieben unbehelligt, weil die Geher gar nicht auf sie gefeuert hatten. Stattdessen hing eine Feuerblume im Himmel und ein düsteres Grollen drang an ihre Ohren. Ihr Dropship existierte nicht mehr. Trümmer flogen flackernd über den strahlend blauen Himmel. Gregorian sah Dapper wieder in ihr Mikro sprechen, jetzt etwas nervöser. Er selbst war nicht nervös. Er hatte panische Angst. Die Exkrementverwertung seines Anzugs hatte just in diesem Moment begonnen, Nahrungskonzentrat und Trinkwasser aus seiner dazu passenden körperlichen Reaktion zu produzieren.

»Wir müssen hier weg!«, schrie jemand. Gregorian wusste nicht, wer da mit Panik in der Stimme einen blödsinnigen, wenngleich sehr naheliegenden Vorschlag gemacht hatte. Überall war freie Fläche. Wohin sollten sie rennen? Und wie schnell? Die Geher würden sie schon aus der Ferne angreifen, jede Minute!

Alle starrten ihn an. Da merkte er, dass er der Jemand gewesen war. Es gab zum Glück keine Zeit mehr, peinlich berührt zu sein. Es war Tabatha, die eine Entscheidung traf.

»Nehmt die Lasermeißel. Wir verstecken uns im Geher.«

Was für eine völlig absurde Idee! Als ob das helfen würde! Doch niemand protestierte. Das Wrack war weit und breit der einzige Ort, der zumindest die Illusion von Schutz versprach. Und es war besser, als hier zu liegen und auf das Ende zu warten. Gregorian tat wie ihm geheißen und alle fielen in eine hektische Tätigkeit. Die anrückenden Geher schossen nicht. Sie staksten auf die Gruppe zu, beharrlich, nicht übermäßig schnell, aber zielstrebig. Sie schossen nicht, obgleich die Menschen längst in Reichweite waren. Vielleicht war an Tabathas Vorschlag ja doch etwas dran. Vielleicht ...

Sie krochen in das ausgeweidete Innere. Sie hatten Platz geschaffen, aber es war verdammt eng und Körper presste sich an Körper. Dapper war die Letzte, hob die abgetrennte Abdeckplatte wieder an ihre Stelle. Es wurde kurz heiß, als sie einige Schweißbolzen setzte. Dann drehte sie sich halb um – für eine vollständige Drehung war kein Platz – und sah Tabatha an.

»Das soll helfen?«

»Es gab Beobachtungen«, murmelte die Frau etwas atemlos. »Umgestürzte Geher, die noch funktionsfähig waren, in einer nicht mehr kritischen militärischen Situation. Sie wurden von ihren Kameraden geborgen. Geher zerstören die Ihren nur, wenn sie ernsthaft in Gefahr geraten, überwältigt oder gefangen zu werden. Bei diesem hier muss irgendetwas nicht funktioniert haben. Seine Freunde haben nicht gemerkt, dass er beschädigt ist, und ihn ignoriert. Wir haben sie auf ihn aufmerksam gemacht – und er ist nicht in Gefahr, von uns geborgen zu werden.«

»Wir sind jetzt in Gefahr, von den Gehern geborgen zu werden«, sagte Gregorian.

Tabatha sah ihn an, nickte ihm lächelnd zu. »Wir könnten überleben. Die Flotte weiß, wo wir sind. Sie können uns aus dem Orbit helfen, wenn sich eine Chance ergibt. Wir müssen Geduld haben und auf unser Glück vertrauen.«

Alles in Gregorian schrie danach, gegen diese naive Sichtweise eine Salve zynischer Gehässigkeit abzufeuern, doch zum einen entsprach das dann doch nicht seinem Naturell und zum zweiten wollte er nicht für schlechte Stimmung sorgen. Alle mussten sich schrecklich fühlen. Selbst Dapper schien ihre Zweifel zu haben, wenn er ihren Gesichtsausdruck richtig deutete. Also hielt er den Mund. Niemand sprach jetzt noch. Alle lauschten sie.

Draußen knirschte es. Es tat sich etwas. Metallische Geräusche, ein Ruckeln. Es dauerte nicht lange, dann begann ihr Versteck sanft zu zittern, rhythmisch, im Einklang mit den aufstampfenden Stelzen der Geher, die den Boden erschütterten – was sie nur tun konnten, weil sie verdammt nahe gekommen waren.

Sie blieben völlig still, niemand bewegte sich. Die meisten konnten das sowieso nicht und Gregorian schloss die Augen, lauschte auf die Geräusche, die nur sehr dumpf von außen drangen, und spürte das Zittern. Er versuchte sich vorzustellen, wie die Geher sich um das Wrack positionierten und ratlos auf ihren toten Artgenossen hinabstarrten, sich überlegten, was genau sie jetzt damit anfangen konnten. Ihn hin und her bewegten, anstupsten, um zu ermessen, ob noch Leben in ihm war. Oder sie scannten die Leiche und fanden die Abdrücke von menschlicher Wärme in seinen Eingeweiden, ein schönes Grab, in dem sie sie einäschern konnten.

Nein, korrigierte sich Gregorian. Es waren die Kalten. Sie äscherten nicht. Sie machten alles so kalt, dass die kleinste Berührung es in tausend Stücke zerspringen ließ. Das war ihr Weg.

Doch nichts dergleichen geschah. Sie lebten. Die Erschütterungen klangen ab. Waren die Geher gegangen? Wurden sie vielleicht aus dem Orbit abgelenkt? Neue Hoffnung durchflutete Gregorian, obgleich er sich ihrer erwehrte. Er wollte nicht hoffen. Meistens hatte das zur Konsequenz, dass man sogleich wieder enttäuscht wurde. Doch er war nicht der Einzige. Er sah in Dappers Gesicht und der nachdenkliche Gesichtsausdruck der Soldatin wirkte nicht verzweifelt oder ängstlich. Aber sie war auch anders als er. Sie hatte Nerven aus Stahl und – wie sehr er sie in diesem Moment darum beneidete! – Gedärme aus Hartplastik.

»Hört jemand was?«, flüsterte Tabatha.

»Nein«, war die ebenso leise, aber vielstimmige Antwort.

»Können wir rausgucken?«

Das war an Dapper gerichtet, die der eingesetzten Abdeckplatte am nächsten hockte.

»Nein«, sagte diese.

»Was können …«

Tabatha konnte ihre Frage nicht beenden. Es gab einen fürchterlichen Ruck und die Körper der Eingeschlossenen wurden gegeneinander geworfen. Jemand fluchte leise. Es wackelte alles ganz bedenklich und dann rutschte Gregorian der Magen nach unten. Er unterdrückte einen

Aufschrei. Er wollte nicht peinlich sein, obgleich alles in ihm danach verlangte, seiner Angst und dem Schrecken Ausdruck zu geben, der ihn umklammert hielt.

»Wir werden angehoben«, sagte Dapper und alle spürten, dass sie recht hatte.

Weitere Worte wurden unterdrückt, als die Schaukelei wieder stärkere Ausmaße annahm. Die Geher mussten dabei sein, das Wrack zu bergen, und das war eine gute wie auch eine schlechte Nachricht. Die gute war, dass sie nicht sofort sterben würden. Die schlechte war, dass sie etwas später und an einem anderen Ort sterben würden. Das war gewürzt mit der Aussicht, etwas über die Geher zu erfahren, was sonst niemand wusste, und mit diesem Wissen in den Tod zu gehen. Alles in allem eine Perspektive, die in Gregorian eher gemischte Gefühle hinterließ.

»Gott, ich hoffe, die beobachten das aus dem Orbit!«, sagte er. Niemand widersprach. Das Geschaukel hatte jetzt etwas Rhythmisches. Sie waren auf dem Weg, irgendwohin, und blieben Passagiere im Bauch eines toten Gehers. Was gab es jetzt? Eine Werkstatt? Einen Schrottplatz? Ein Begräbnis? Alles drei konnte, nein, würde sich unausweichlich als fatal erweisen, darin waren sie sich alle einig.

Die Flotte musste eingreifen, hämmerte es in Gregorian. Es war die einzige Hoffnung, an die er sich noch zu klammern vermochte.

Aber so richtig glaubte er nicht daran.

7

»44 Kollapsare, ein Hypersprung, kein Ziel. Bis jetzt.«

Heinrichs fasste die allgegenwärtige Frustration an Bord des Schnellen Monitors SANTIAGO in wenigen Worten zusammen. Der Asteroid zog seine Bahn, unbeirrt, und das Einzige, was sich geändert hatte, war die Stimmung an Bord des Spionageschiffes: von Entsetzen und ungläubigem Erstaunen hin zu Frustration und einer latenten Furcht vor dem, was nun passieren würde. Der Asteroid hatte sie nicht bemerkt, kein Kollapsar schien aktiv und die Sonde hatte die Oberfläche des beachtlichen Gesteinsbrockens derweil lückenlos dokumentiert. Das war gut. Nicht so gut war, dass damit der Ball wieder in ihrem Spielfeld lag, da die Kalten offenbar nicht mitspielen wollten.

»Wir müssen eine Entscheidung treffen«, sagte Shibutani, der das leicht fordern konnte, da er sie ja nicht traf. Heinrichs sah ihn böse an, dann auf seine ineinander gefalteten Hände auf dem Tisch des Bereitschaftsraumes, in den sie sich zurückgezogen hatten. Mit dabei war eine sehr müde Spezialistin Emily Korff, die sich mehr als einmal die Augen rieb. Sie hätte längst in die Koje gemusst, wie sie alle, aber erst sollte das geschehen, was Shibutani forderte, und das sehr bald. Es war allerdings eine ausgemachte Dummheit, wichtige Dinge zu entscheiden, wenn man sehr müde war. Heinrichs wusste das. Deswegen drehte er alle Fakten immer wieder in seinem Kopf herum und versuchte, sie distanziert von allen Seiten zu betrachten, um seiner Reizbarkeit und seinem aus Erschöpfung geborenen Pessimismus keinen Raum zu geben.

Nur – wer wollte angesichts von 44 Kollapsaren ein Optimist sein?

»Wir kleben die Sonde an deren Arsch«, sagte Heinrichs schließlich. »Wir stellen sie tot, nur ein optischer Sensor bleibt passiv unter Strom.

Der beobachtet nur eines: Gibt es einen Hypersprung mit seinen charakteristischen Lichterscheinungen? Wenn ja, piepst er los und sendet ein Peilsignal. Ansonsten bleibt er ruhig.«

»Wenn der Trägerasteroid aber nicht direkt in den imperialen Raum fliegt, dann verrät sich unsere Sonde und beim nächsten Sprung sind wir nicht mehr gewarnt«, meinte Korff.

»Wir lassen die Sonde die Hyperstruktur des Asteroiden auslesen, sobald er springt«, schlug Shibutani vor. »Wenn wir den Fingerabdruck kennen, können wir die normalen Frühwarnsysteme darauf eichen und die Wahrscheinlichkeit wird höher, dass wir das Ding entdecken.«

»Das ist eine Annäherung an das Mögliche, aber es ist noch nicht alles«, sagte Heinrichs, der mit sich selbst nicht im Reinen war. Alle Instinkte in ihm schrien ihn an, sofort von hier zu verschwinden und brav Bericht zu erstatten. Aber war dies nicht auch eine absolut einmalige Chance? Nein, er dachte nicht einmal an den Großen Preis. Er dachte vor allem daran, was dieses Ding anrichten könnte, wenn es erst ein besiedeltes System erreichte. Oder einen ganzen Sektor. Das war eine sehr bedrückende Vorstellung.

»Wir könnten an Bord gehen«, sagte er halb gegen seinen Willen. »Wir könnten ein Team runterschicken. Das Ding ist mausetot, auf Standby, wenn man mich fragt. Wir schauen uns um. Das ist vorher noch nie jemandem gelungen. Wir könnten sehr wichtige Erkenntnisse erlangen.«

»Wir könnten sterben«, wandte der Erste Offizier ein. »Wenn dieser Asteroid lebendig wird, sind wir alle tot.«

»Sehr wahrscheinlich«, bestätigte Korff. Ihr war anzusehen, dass sie darauf hoffte, den Captain von seiner Idee abbringen zu können.

»Es wäre das Risiko wert«, beharrte Heinrichs, erkannte aber, dass seine beiden Mitstreiter seinen Enthusiasmus nicht teilten. Trotz wallte in ihm auf. Wenn sie nicht erkannten, welche außergewöhnliche Chance sich hier ergab, dann …

»Captain auf die Brücke!«, krachte die Stimme des Wachhabenden aus den Lautsprechern und direkt darauf folgte das sanfte Wimmern der Alarmsirene. Alle sprangen auf, Shibutani und Korff möglicherweise eher erleichtert denn alarmiert.

Bis zur Brücke waren es nur wenige Schritte, und als Heinrichs auf seinen Sessel zustürmte, auf dem der Zweite Offizier gerade Platz machte, musste ihm niemand den Anlass der Aufregung erklären. Ein bläuliches Irrlichtern um den massiven Leib des Asteroiden kündigte den baldigen Hypersprung an. Die Reise ging los, oder weiter, und sie wurden Zeugen.

»Einpeilen!«, befahl Heinrichs, als er sich in seinen Sessel warf. »Ich will wissen, wohin es geht. Antrieb in Bereitschaft, aber noch nicht hochfahren. Wir bleiben mucksmäuschenstill, bis er weg ist. Ist das verstanden worden?«

Korff hatte ihren Platz an der Konsole eingenommen. »Einpeilung läuft«, bestätigte sie mit Entschlossenheit und der erwarteten Erleichterung in ihrem Tonfall. Erst mal kein Himmelfahrtskommando, das drückte sie damit aus. Shibutani wirkte auch seltsam zufrieden. Heinrichs akzeptierte, dass er für den Moment verloren hatte. Es gab jetzt andere Optionen.

»Wow!«, machte Korff, als die Daten der Energieortung einen Sprung nach oben machten – mehr, als sie es jemals bei einem Kollapsar gesehen hatten. »Die Sonde klebt am Arsch, Captain. Wir werden auf jeden Fall wissen, wohin die Reise geht. Wenn ich unsere Erfahrungen mit Kollapsaren als Vergleich nehme und die Masse hochrechne, dann genügt die Energie für einen Sprung ins Imperium. Sir.«

»Verdammt! Shibutani, einen komprimierten Spruch nach Canopus – die sollen imperialen Alarm auslösen!«

»Ist das nicht etwas reichlich?«

»Nein, ich spüre es in den Knochen, das geht in die Hose. Jetzt.«

»Aber wir …«

»Jetzt!«

Shibutani hatte seine Pflicht erfüllt und die Bedenken des Ersten Offiziers vorgetragen, jetzt erfüllte er seine Pflicht und schickte den Ruf, auch auf die Gefahr hin, dass …

»Sie springen!«, rief Korff und es war, als würden sich die Tore zur Unterwelt öffnen. Die SANTIAGO erzitterte. Die Energien, die der Asteroid aufwendete, waren gewaltig und er riss das Einstein-Kontinuum mit einer Macht auf, die der üblichen Rücksichtlosigkeit der Kalten entsprach – und der Notwendigkeit, um ein Objekt von solcher Masse in den Hyperraum zu zwingen. Es gab einen gleißenden Blitz, als der Asteroid verschwand. Übergangslos war die SANTIAGO allein im Universum, zumindest in diesem Sektor.

»Das war groß«, murmelte Korff.

»Ein Signal«, erinnerte Heinrichs die Frau. »Ich hätte gerne ein Signal. So ein richtiges. Und zwar sofort!«

Es kam sofort und Korff sagte gar nichts. Sie projizierte die Koordinaten auf den Schirm und alle sahen es.

»Der Serail?«, hauchte Heinrichs. »Das zweite Sektorzentrum? Die sieben Welten?«

»Jedenfalls haben wir sie gewarnt«, meinte Shibutani. »Sie hatten vielleicht zehn Minuten, um sich darauf einzustellen. Ah ... da sind sie auch schon.«

Es war der Alarmruf an alle Schiffe in Reichweite. Alle umliegenden Sektoren. Der Serail wurde angegriffen, die sieben Systeme, die als erste von Terra aus besiedelt worden waren, eine Ewigkeit her, altehrwürdig, dicht bevölkert, gut beschützt. Nie in der Geschichte des Imperiums war diese Ecke des terranischen Herrschaftsgebiets angegriffen worden. Niemand war je so weit vorgedrungen, war dieses Risiko eingegangen, auch die Kalten nicht, in einem seltsamen, stillschweigenden Respekt. Gespickt mit den größten Sternenfestungen, Asteroidengürtel und Monde durchziehenden automatischen Verteidigungsanlagen und Schutzflotten, waren sie selbst für einen Kollapsar nicht zu erobern. Sagte man.

Bis jetzt. Jetzt kamen die Kalten mit dem ganz großen Hammer.

»Captain, wir sind in Reichweite. Zwei Sprünge, und wir sind da. Es dürfte ... sie dürften ...«

Die SANTIAGO war ein Schneller Monitor. Sie war schnell. Und sie beobachtete. Aber sie hatte auch Zähne, recht viele und sehr scharfe für ihre Größe, denn alles andere wäre Selbstmord. Sie hatte beobachtet. Sie hatte gesehen und gewarnt. Es gab für sie jetzt keine Ausrede mehr.

»Programmieren Sie einen Kurs auf den Serail«, sagte Heinrichs heiser. »Und exekutieren Sie diesen nach Prüfung.« Er sah Shibutani an. »Ich bin in meiner Kabine. Ich brauche jetzt was Härteres. Wenn Sie fertig sind, kommen Sie nach, Sterling. Single Malt, von der Erde, ein guter Jahrgang. Besser, ihn trinken als ihn explodieren lassen.«

Shibutani nickte.

Korff schloss die Augen. Sie hatte natürlich keiner eingeladen.

8

Nicos III. sah die Admirale an und sie schauten zu Boden. Es gab keine höfische Konvention, die sie dazu zwang, sein Antlitz zu erblicken oder es eben auch nicht zu tun, dieser Ort war von all dem Getue und Gewese ausdrücklich ausgenommen. Hier, im strategischen Besprechungsraum, herrschten andere Sitten. Es wurde erwartet, dass an diesem Ort ein jeder sachlich und im Rahmen der Möglichkeiten offen über anstehende militärische Fragen sprach, Informationen weitergab und das weitere Vorgehen beschlossen wurde. Über lange Zeit war das auch so gewesen. Doch dann hatten sich die Vorfälle gehäuft, in denen Admirale, die anderer Ansicht waren als seine Höchste Majestät, sich plötzlich auf der Versetzungsliste wiederfanden oder gar, wenn sie alt genug waren, frühzeitig und ehrenvoll in den Ruhestand entlassen, mit dem innigsten Dank für die geleisteten Dienste.

Von manchen wusste man sogar nicht genau, was eigentlich aus ihnen geworden war.

Deswegen schauten sie alle zu Boden. Denn wer dem Imperator in die Augen schaute, von dem konnte man möglicherweise annehmen, er würde sich nicht in ausreichendem Maße unterordnen. Genug hier schätzten ihre Position, die mit zahlreichen Vergünstigungen einherging, dazu mit einer gewissen Sicherheit, mit der Aussicht, zu den Überlebenden zu gehören. Andere verdankten ihren Platz im Sicherheitsrat überhaupt erst einer besonderen Unterwürfigkeit unter die Wünsche des obersten Herrn. Sie hatten oft die Position jener eingenommen, die in Ungnade gefallen waren, und das machte sie besonders anfällig für die Gefahr, in der sie alle steckten. Das mahnende Beispiel ihrer Vorgänger vor Augen, befleißigten sie sich einer derart intensiven Schleimerei, dass zumindest Theodora

Adlik dafür mittlerweile alle Worte fehlten. Sie gehörte noch zur alten Garde. Logistik und Grundlagenforschung waren wichtig, aber keine Themen, die normalerweise Konflikte mit der Allerhöchsten Majestät auslösten. Darüber hinaus war sie gut in dem, was sie tat, sogar die Beste. Niemand hatte ein vergleichbares Organisationstalent, einen ähnlichen Sinn für Warenflüsse, Kontingente, Vorratshaltung, Transportwege und Produktionsketten. Niemand konnte besser mit Eierköpfen umgehen, ihren wirren Ideen, ihrer inhärenten Disziplinlosigkeit in Wort und Tat. Und es gab noch einige weitere, nicht ganz so offizielle Zuständigkeitsbereiche, in denen sie ebenfalls brillierte.

Dennoch machte sie nicht den Fehler, sich für unersetzlich zu halten. Bloße Befähigung war schon lange nicht mehr ausreichend, um in einer Position zu bleiben. Mancher Offizier, der einen der kritischen Geister ersetzt hatte, war an sich ein Dummkopf oder hatte zumindest vom Zuständigkeitsbereich herzlich wenig Ahnung. Es kam nicht mehr darauf an, wie man seine Aufgabe erfüllte, solange man in allem der Meinung von Nicos III. war, dem sie alle absolute Treue geschworen hatten.

Es gab diese Momente, in denen Theodora Adlik diesen Schwur bereute.

Dies war so ein Moment.

»Was wollen Sie mir damit sagen?« Nicos' Stimme klang gefährlich ruhig. Ein unvoreingenommener Beobachter wäre möglicherweise davon ausgegangen, dass alles in bester Ordnung sei. Ein normales Gespräch. Aber wer schon länger in diesem Gremium saß – und Theodora Adlik gehörte in diese Kategorie –, wusste es besser. Nicos schrie selten. Er schlug nicht um sich, weder mit den Fäusten noch mit Worten. Er war an sich ein zurückhaltender Mann, eher scheu von Natur, kein aufdringlicher und sich aufdrängender Charakter. Aber die innere Anspannung, die durch jede seiner Bewegungen und Äußerungen schimmerte, machte die Auseinandersetzung mit ihm zu einem Drahtseilakt. Sein derzeitiges Opfer war Admiral Henk Lietgen, der sich unter dem kalten Blick seines obersten Herrn wand. Theodora war geneigt, für ihren Kameraden Mitleid zu empfinden, obgleich Lietgen ein opportunistisches Arschloch war.

Aber er war kompetent. Und diese Kompetenz zwang ihn hin und wieder dazu, einfach mal die Wahrheit zu sagen, und damit geriet man mitunter mit dem Imperator aneinander. Wahrheit an sich hatte immer weniger Wert. Die Meinung des Kaisers in Bezug auf die Fakten hatte begonnen, prioritär zu sein. Die Realität wurde relativ. Adlik betrachtete diesen Prozess mit großer Sorge.

»Herr«, erwiderte Lietgen und ihnen allen entging die subtile Furcht in seiner Stimme nicht. »Wir müssen den Sektor aufgeben. Wir sind in einer verzweifelten militärischen Situation. Wenn wir eine Frontbegradigung durchführen, stabilisieren wir wieder unsere Logistik …« An dieser Stelle zuckte Adlik zusammen, denn sie wollte in diese Auseinandersetzung nicht hineingezogen werden. »… und können die bestehenden Verteidigungsmaßnahmen stärken. Dadurch wird der nächste Vorstoß der Kalten viel besser aufgehalten. Wenn wir den Sektor aber halten, um jeden Preis noch, kostet es viel Material und Leben, und der Ausgang ist … zweifelhaft.«

»Sie reden von drei bewohnten Kolonialwelten, Herr Admiral«, erinnerte ihn Nicos, die Stimme immer noch sehr ruhig, beinahe sanft. Sehr unangenehm. Bedrohlich.

»Drei dünn besiedelte Welten, deren Verlust von geringer ökonomischer Bedeutung wäre.«

Lietgen wollte sich den Schweiß von der Stirn wischen, er hielt ein Tuch mit der Rechten umklammert, wagte es aber nicht.

»Es geht nicht allein um die Ökonomie!«, bellte Nicos nun plötzlich und schlug mit der flachen Hand auf den Tisch. Alle zuckten sie zusammen. Es war wieder so weit. »Es geht um das Symbolische! Drei Welten werden ohne Not aufgegeben, weil die Admiralität die verdammte Front begradigen und die Logistik effizienter gestalten will! Hören Sie sich doch an, Lietgen! Wie sollen wir das dem Volk verkaufen? Das glaubt ohnehin immer weniger daran, dass wir die Kalten besiegen können. Seit Jahren füttern wir die Öffentlichkeit mit Halbwahrheiten, verkaufen Siege, die wir gar nicht erlangen, vertuschen Niederlagen, verheimlichen das Ausmaß mancher militärischen Katastrophe. Das geht eine Weile gut, und zwar vor allem, wenn man deutlich machen kann, dass wir kämpfen, dass wir alle Ressourcen einsetzen, dass die Sicherheit unserer Bürger, ihr Hab und Gut, ihr ganzes Leben unter unserem besten Schutz stehen. Doch jetzt wollen Sie ein neues Kapitel aufschlagen! Wir räumen Welten, ohne dass sie konkret von den Kalten bedroht werden! Wir kneifen feige, wir ziehen den Schwanz ein! Das ist unsere neue Strategie, Admiral? Das ist erbärmlich. Hören Sie, Lietgen? Erbärmlich!«

Lietgen fühlte sich auch erbärmlich, das sah man ihm ein. Schweiß, ein kaum merkliches Zittern der Augenlider. Doch Adlik zollte ihm ihren Respekt. Er gab nicht auf, noch nicht, und erhob das Wort.

»Die Extrapolationen der Angriffsmuster ...«

»Scheiß auf die Extrapolationen!«, unterbrach der Kaiser. Er war jetzt warm geworden, jetzt würde er sich endgültig durch Fakten nicht mehr unnötig belästigen lassen. »Scheiß drauf! Drei Welten, dünn besiedelt, die wir einfach evakuieren. Das hat eine ganz andere Qualität, als einen Planeten kämpfend und blutend verloren zu geben. Das nimmt uns doch keiner ab! Noch einmal: Wir kneifen, Admiral. Wir rennen jammernd davon und lassen uns von Mama das Aua wieder gut pusten. Das mag ja alles strategisch wunderbaren Sinn ergeben! Ich bin sogar überzeugt davon, dass Ihr Stab sich dabei eine Menge überlegt hat. Aber Sie haben den politischen Fallout vergessen. Und den muss ich nun einmal mit einkalkulieren. Ich bin nicht nur ein Militär, ich habe auch andere Aspekte zu beachten.«

Das war, wie Adlik wusste, natürlich richtig. Es waren diese Anflüge von rationaler Untermauerung irrationaler Ausbrüche, die es so schwer machten, mit dem Imperator ernsthaft zu diskutieren.

»Sire«, versuchte Lietgen es erneut. Er war wohl zu dem Schluss gekommen, nichts mehr zu verlieren zu haben, und fand erstaunlichen, beinahe bewundernswerten Mut in sich. »Wir haben genug Zeit und Material, um alle Bewohner sicher und wohlbehalten nach ...«

»Das ist nicht der Punkt!« Nicos schrie es fast und keiner sagte mehr etwas. Die Haut des Imperators war gerötet, seine Augen brannten vor Wut. Er schlug ein zweites Mal knallend mit der Hand auf den Tisch, ein drittes Mal, immer mit noch mehr Nachdruck. Der peitschende Laut unterbrach nicht nur jedes Wort, auch lähmte er die Gedanken aller Anwesenden. Adlik machte da keine Ausnahme. Wenn die Wut des Kaisers den Raum erfüllte, blieb für nichts anderes mehr Platz. Man spürte nur noch Angst und die Hoffnung, dass all dies bald ein Ende finden möge. Doch Nicos war noch nicht fertig.

»Ich bezichtige Sie der Feigheit, Admiral!«

Lietgen zuckte zusammen. Er war kein Feigling, nicht einmal Adlik würde ihm das vorwerfen. Er achtete auf seinen Vorteil und er war dabei manchmal arg schleimig, aber er drückte sich nicht, sonst hätte er gerade nicht den Mund aufgemacht. Nicos aber war in Fahrt, und hatte er sich erst einmal in diese Stimmung gearbeitet, konnte ihn niemand mehr aufhalten.

»Ich bezichtige Sie zudem der Dummheit und ich weiß nicht, welcher Vorwurf schwerer wiegt.«

Der Imperator starrte den Admiral an, der kein weiteres Wort zu sagen wagte. Lietgen war in diesem Moment alles andere als dumm. Schweigen war das Gebot des Moments.

»Sie werden alles dafür tun – ich sage: alles! –, um diesen Sektor und diese drei Welten und jeden seiner Bewohner vor den Angriffen der Kalten zu verteidigen. Es gibt keine weniger wichtigen Planeten, es gibt keine weniger wichtigen Städte und es gibt keine weniger wichtigen Bürger dieses Imperiums. Ich hoffe, diese Nachricht ist jetzt klar und deutlich bei Ihnen angekommen, Admiral Lietgen. Ist sie das?«

»Jawohl, Sire. Absolut.«

Was hätte er auch sonst sagen sollen? Adlik hätte kaum etwas anderes herausgebracht, würde sie in seinen Schuhen stecken. Er war der Oberbefehlshaber, der Kaiser, derjenige, dessen Wort am Ende entschied. Die einzige Antwort war eine Zustimmung, eine Bestätigung des eindeutigen Befehls. Jede andere Antwort wäre Verrat gewesen. Feigheit und Dummheit überlebte man, beides mal mit mehr oder weniger Blessuren. Verrat aber führte unweigerlich zum Tode.

Wie gut, dass die Logistik und Grundlagenforschung nicht mehr zur Sprache kam.

Nicos sah in die Runde, schien jedem Offizier in die Augen zu starren, herausfordernd, abwartend und dann triumphierend, als keiner mehr das Wort erhob. Er nickte.

»Ich überlasse Ihnen die Details. Ich erwarte Ausführung und Gehorsam. Ich erwarte Tapferkeit, Entschlossenheit und Umsicht.«

Damit wandte er sich ab, verließ mit weit ausholenden Schritten die Besprechung und alle warteten sie, bis er wirklich fort war. Lietgen war der Erste, aschfahl im Gesicht, der leise stöhnte und seine Verzweiflung nicht mehr hinter einer formalen Würde zu verstecken versuchte. Er sackte auf seinem Stuhl zusammen, führte nun endlich das Tuch zu seiner Stirn. Er wirkte dabei nicht einmal theatralisch wie sonst manchmal.

»Verdammt!«, zischte er leise. »Wir werden damit nur ein weiteres Gemetzel heraufbeschwören. Tote Soldaten, tote Siedler, zerstörtes

Gerät – und das Ende ist absolut vorhersehbar: Wir werden den Sektor verlieren. Wir werden die Kalten nicht einmal besonders lange aufhalten können.« Er sah Adlik an. »Eine Wunderwaffe, Admiral. Jetzt bringen Sie uns endlich eine Wunderwaffe!«

Alle wussten, was er meinte. Logistik und Grundlagenforschung war der offiziell-langweilige Titel von Adliks Aufgabenbeschreibung. Dass sie darüber hinaus auch Leiterin des hochgeheimen Waffenentwicklungsprogrammes war, wusste nur dieser engste Kreis. Viel wurde von ihr erwartet. Ein Wunder, wie Lietgen schon sagte. Doch bisher hatte sie dieser Erwartung nicht entsprechen können, was sie von allen hier am meisten frustrierte.

»Ich habe Fortschritte, die ich Ihnen berichten könnte«, sagte sie dann, denn ignorieren konnte sie Lietgen nicht. »Kleine Fortschritte. Waffen gegen die Geher. Etwas, das den Schirm eines Kollapsars bekämpfen könnte – ich muss es noch testen lassen. Kleine Dinge. Keine Wunderwaffe. Bringen Sie mir einen Geher, Admiral. Bringen Sie mir das Wrack eines Kollapsars. Bringen Sie mir die Koordinaten einer echten Heimatwelt dieser Pest, da, wo sie bauen, was sie uns entgegenschicken. Den Ursprung. Ich benötige Daten, Wissen, Erkenntnisse. Worauf sonst soll ich meine Leute ansetzen? Es fehlt uns an allem.«

Lietgen nickte. Es war natürlich immer die gleiche Litanei. Vor allem die letztere Forderung brachte die Flotte seit Beginn des Krieges an den Rand der Verzweiflung. Niemand wusste, woher die Kalten eigentlich kamen. Die Kollapsare tauchten einfach auf, die ihrer Fortbewegung zugrunde liegende Technologie war völlig unbekannt. Ihr Ursprung konnte in der Nähe oder in der nächsten Galaxis liegen, beides ergab derzeit gleichermaßen viel Sinn. Adliks Forderung war der Ausdruck ihrer eigenen Verzweiflung. Keiner machte ihr irgendwelche Vorwürfe – außer Nicos III., und das möglicherweise schon bei der nächsten sich bietenden Gelegenheit.

»Ich tu, was ich kann. Auf allen eroberten Welten sind immer wieder Wissenschaftsteams tätig und versuchen ihr Bestes«, erklärte Lietgen und hatte damit die ungeteilte Verachtung Adliks. Das übliche Gerede. Sie entsandten diese Teams seit Beginn des Krieges und bisher waren die Ergebnisse nicht sehr erfreulich. Die Anzahl der dabei verstorbenen Experten war sogar in letzter Zeit noch in die Höhe geschossen. Kein

Ruhmesblatt und kein Anlass zu großer Hoffnung. Immer wieder darauf hinzuweisen, wie sehr man sich bemühte, gehörte zu den stark ritualisierten Machtspielchen im Stab, derer sie so müde wurde. Die Kalten hatten solche Probleme wahrscheinlich nicht, und wäre da nicht ihre ebenso rätselhafte wie überlegene Waffentechnologie, dann würde allein das schon wesentlich zu ihrem Sieg beitragen.

»Ich hoffe, dass Sie mich über die Ergebnisse schneller informieren werden als bisher«, sagte sie mit einem falschen Lächeln. Lietgen störte das nicht. Er nickte.

»Ich will nun einmal nicht über ungelegten Eiern gackern. Aber sobald ich Erkenntnisse habe, werde ich sie sofort weiterleiten. Es ist schließlich in unser aller Interesse.«

Adlik erwiderte nichts. Er würde die Informationen weiterleiten – nachdem er dem Kaiser und allen anderen gegenüber deutlich gemacht hatte, dass es sich um einen Erfolg handelte, für den allein er verantwortlich zeichnete. Erst wenn das wirklich alle begriffen hätten, würde er sich großzügig zeigen. Adlik hoffte, dass seine persönliche Propagandatour nicht allzu lange dauern würde. Sie war bereit, Lietgen zu preisen, bis er vor Scham rot wurde, wenn sie nur endlich ihre Hände auf brauchbare Fakten legen konnte.

»Was gibt es sonst noch?«, fragte Lietgen und er sah dann Direktor Kalebonian an, der die ganze Zeit über kein Wort gesagt hatte, wie meistens bei diesen Sitzungen. Der Chef des Geheimdienstes war niemand, der gerne diskutierte, was er so tat, und jeder hier war für ihn ein potenzieller Verräter, Feind oder Idiot, und zumindest in Letzterem konnte Adlik ihm oft genug kaum widersprechen. Dennoch war seine Geheimniskrämerei mindestens so lästig wie Lietgens aufgeblasene Arroganz. Sie vermutete, dass er dem Imperator direkt berichtete, aber selbst da war sie sich manchmal nicht so sicher. Er war schon ewig im Amt. Er war eine Institution. Ein Möbelstück, an dem man sich permanent stieß, weil es hässlich war und im Wege stand, das aber niemand jemals weggeräumt hatte. Der Mann sah hoch, als er merkte, dass sich ihm alle Blicke zugewandt hatten, und nickte.

»Ich habe da was. Meine eigene, kleine Mission, die sich für Admiral Adlik als hilfreich erweisen könnte. Sie ist in Probleme geraten, ebenso wie die von Admiral Lietgen.«

»Meine Missionen verlaufen immer planmäßig«, versetzte der Mann gereizt.

Kalebonian schaute ihn freundlich an, beinahe sanft und schüttelte dann bedauernd den Kopf. »Nein, tun sie nicht. Lietgen, der Imperator ist fort. Sie können mit der Schleimerei, den Lügen und den Illusionen aufhören. Ich respektiere, dass Sie ihm gegenüber den Mund aufgemacht haben, das will ich Ihnen lassen. Setzen wir das doch jetzt fort, wo wir unter uns sind: Wir sitzen alle im gleichen Boot, es hat überall Lecks, es sinkt, und wenn Leute wie Sie nicht endlich mal anfangen, sich am Schöpfen zu beteiligen, gehen wir bald unter.«

Lietgen wurde bleich, neigte den Kopf und begann, das Computerpad vor sich zu bearbeiten, ignorierte Kalebonians feines Lächeln. Wo Lietgen ein unerträglicher Popanz war, hatte Adlik vor dem Geheimdienstmann manchmal richtig Angst. Was wusste er eigentlich über sie und ihre Arbeit? Wahrscheinlich mehr als sie selbst. Jedenfalls genug, um jedem hier böse Worte zu sagen und dafür nicht zur Rechenschaft gezogen zu werden.

»Worum geht es bei Ihrem Projekt?«, überwand sie sich zu fragen, um die betretene Stille zu durchbrechen, die sich verbreitet hatte. »Waffentechnologie der Kalten?«

»Nein, eigentlich nicht. Oder vielleicht doch. Wie ich schon sagte, es gibt Probleme. Ich wünschte, es würde alles so glattlaufen wie beim Kameraden Lietgen.« Kalebonians Lächeln wurde süffisant. Der Angesprochene ignorierte ihn weiterhin, murmelte irgendwas in ein Kehlkopfmikro, das er sich angeheftet hatte, und hatte wieder ein wenig Schweiß auf der Stirn. Adlik gönnte es ihm beinahe – wenn es nicht Schwierigkeiten bedeuten würde, und von denen hatten sie nun wahrlich mehr als genug.

»Sie wollen uns nicht mehr sagen?«, fragte sie und vermied die Kälte in ihrer Stimme nicht. Kalebonian war ebenfalls ein Kotzbrocken und dabei ungleich gefährlicher als Lietgen. Da er auch für die Innere Abwehr zuständig war, hatte er umfassende Daten über jeden der hier Anwesenden gesammelt und sie wusste, dass er auch vor Erpressung nicht zurückschreckte, um seine Pläne durchzusetzen. Adlik selbst gehörte bisher noch nicht zu seinen Opfern. Das hing vor allem mit der Tatsache zusammen, dass sie bisher ein völlig unbescholtenes, ja letztlich langweiliges Leben geführt hatte, von ihrer eigentlichen Arbeit einmal abgesehen.

Nichts, womit man sie unter Druck setzen konnte. Kalebonian hatte es selbst ihr gegenüber zugegeben. Er hatte es scherzhaft gemeint, damit aber auch eine klare Botschaft verbunden: *Ich habe dich im Blick. Ein Fehltritt, und du gehörst mir!*

Adlik achtete sehr darauf, eine tadellose Existenz zu führen. Ihre Arbeit war schwierig genug.

»Zu gegebener Zeit werden Sie alle mehr erfahren«, sagte der Geheimdienstchef. »Ich will Ihnen aber Hoffnung machen. Wenn der Pfad, den meine Leute derzeit beschreiten, sich als vielversprechend erweisen sollte, könnte er die Wende im Kalten Krieg bedeuten. Und das wäre, nehme ich mal an, in unser aller Sinn. Nicht wahr?«

Bei den beiden letzten Worten sah er Admiral Kay an, dessen blasses Gesicht vor Schweiß in der Beleuchtung glänzte. Adlik wusste, dass der Mann zu den Kriegsgewinnlern gehörte, indem er windige Transportgeschäfte abwickelte. Sein Konto war ebenso wohlgefüllt wie seine Uniform. Kalebonian wusste das natürlich. Kay war offiziell für die Koordination der Teilstreitkräfte verantwortlich und in dieser Schlüsselstellung für den Geheimdienstchef viel nützlicher als in einer Gefängniszelle. So hatte man sich arrangiert. Kay hatte es ihr selbst erzählt, in der Hoffnung, sie mit Aufrichtigkeit ins Bett zu bekommen. Sie hatte seine Avancen ertragen, bis er alles ausgeplaudert hatte, und ihn dann abblitzen lassen. Es war nicht schlecht, auch mal ein gutes Blatt in der Hand zu halten. Wer wusste schon, wofür es eines Tages nützlich war?

Sie beendeten die Sitzung und die Stimmung war schlecht, aus ganz unterschiedlichen Gründen. Manche hatten Angst um ihre Existenz und persönliche Karriere, andere machten sich ernsthafte Sorgen um den Krieg und seinen Ausgang, wieder andere ertrugen den Imperator einfach nicht mehr und beteten, ihm so bald nicht ein weiteres Mal zu begegnen. Adlik spürte von alledem etwas in ihrer Brust, als sie ihre Unterlagen aufnahm und den Raum verließ.

»Admiral! Auf ein Wort!«

Sie blieb stehen. So zu tun, als hätte sie Kalebonian nicht gehört, würde nichts nützen. Sie war nicht für Schwerhörigkeit bekannt und auch nicht für mangelnde Aufmerksamkeit. Sie wandte sich um, zwang sich zu einem Lächeln.

»Sicher. Was kann ich für Sie tun?«

Formelle Höflichkeit war die beste Methode, mit jemandem wie Kalebonian zu reden. Menschen wie er hatten die Angewohnheit, zu den unpassendsten Gelegenheiten leutseliges Verhalten an den Tag zu legen, als ob man auf dem Wege sei, zu besten Freunden zu werden. Diesen Mann als Freund zu haben, war in etwa das Gleiche, als wäre man sein Feind. Möglicherweise war es sogar viel schlimmer. Dementsprechend hatte sie weder an dem einen noch an dem anderen irgendein Interesse.

»Es kann sein, dass ich sehr bald die Expertise Ihrer Abteilung brauche, Admiral.«

Sie konnte sich ein spöttisches Lächeln nicht ganz verkneifen. »Gibt es tatsächlich etwas, das der Geheimdienst nicht kann oder weiß?«

»Wir wissen über manche Dinge zu viel, über andere zu wenig. Beides kann sich als hinderlich herausstellen. Ihre Leute befassen sich seit Beginn des Kalten Krieges mit den Waffen unserer Feinde, ebenso wie mit möglichen Gegenmaßnahmen. Ich möchte behaupten, dass sie meinen Experten mindestens ebenbürtig sind.«

Adlik nahm das Lob mit einem Kopfnicken zur Kenntnis. Es klang ehrlich und das machte sie noch mehr misstrauisch. »Ich bin selbstverständlich zu jeder Form der Kooperation bereit«, log sie. »Ich erwarte aber, dass diese Zusammenarbeit keine Einbahnstraße sein wird. Ich möchte auch wissen, was Ihre Leute so herausgefunden haben.«

»Ein gemeinsames Team mit voller Transparenz.«

Das Wort »Transparenz« klang aus Kalebonians Mund wie ein schlechter Scherz. Sie konnte das einfach nicht ernst nehmen.

»Das bin ich von Ihnen nicht gewohnt, Direktor.« Sie konnte den überraschten Tonfall ihrer Bemerkung nicht vollständig unter Kontrolle bekommen.

»Wir leben ja auch in ungewöhnlichen Zeiten, Admiral.« Er holte tief Luft, als müsse er sich zu seinen nächsten Äußerungen überwinden. »Der Imperator hat seine speziellen Ansichten zur aktuellen Frontsituation, ich die meinen. Ganz ungeachtet der gerade gefällten Entscheidung, müssen wir uns nichts vormachen: Wir verlieren diesen Krieg, langsam und unausweichlich. Und die Lage ist noch viel bedrohlicher als gemeinhin angenommen. Der Kaiser diskutiert das hier nicht gerne, aber wir bekommen sehr beunruhigende Nachrichten von unseren Nachbarn.«

Adlik hob die Augenbrauen. Das Imperium der Menschen hatte es sich mit den meisten unabhängigen außerirdischen Zivilisationen der bekannten Galaxis schon lange verscherzt. Es galt als expansiv, rücksichtslos und wenig diplomatisch. Das war nicht immer fair, aber generell konnte Adlik diesem Eindruck nicht allzu viel entgegensetzen. Sie war bisher davon ausgegangen, dass die benachbarten Staatsgebilde das Ringen der Menschen gegen die Kalten mit einer gewissen Genugtuung und Schadenfreude beobachteten. Zu Hilfe kamen sie jedenfalls nicht.

Kalebonian schien ihre Gedanken erraten zu haben. Er nickte ihr bestätigend zu.

»Sie haben lange zugeschaut und sich gefreut. Die Freude hat seit einigen Monaten ein Ende gefunden. Ich hatte eine sehr beunruhigende Unterredung mit Monoth Sirk, dem Botschafter der Padarischen Konföderation, und mit dem Sondergesandten der Simmi, der erst vor Kurzem bei uns eingetroffen ist. Beide berichteten mir recht offen über Angriffe der Kalten auf ihr Territorium. Sie baten um einen Informationsaustausch. Es ist nicht mehr allein unser Problem, wie mir scheint.«

»Was haben die Kalten vor? Die ganze Galaxis einfrieren?«

»Wenn das ihre Absicht ist, dann machen sie jetzt ganz ordentliche Fortschritte.«

»Was erwarten Sie von mir, Direktor?«, fragte sie mit neuem Ernst, gespeist aus neuem Entsetzen.

»Sirk sowie der Sondergesandte, ein Individuum namens Wasdan Klondak, möchten sich gerne mit militärischen Spezialisten treffen, und das möglichst bald. Und sie würden gerne erfahren, ob und wie wir ihnen helfen können. Und sie uns. Es dürfte eine sehr interessante Begegnung werden. Ich habe das Gefühl, dass sie etwas Wichtiges in der Hinterhand haben. Ich für meinen Teil bin jedenfalls sehr neugierig.«

»Können wir denn etwas im Tausch anbieten? Wir haben doch größte Probleme, uns selbst zu helfen.«

»Ich würde das wahre Ausmaß unserer Verzweiflung gerne für uns behalten.«

Adlik nickte. Hierin war sie sich mit ihm einig.

»Das wahre Problem liegt woanders, Admiral«, fuhr der Mann fort. »Ich sage es ganz offen und begebe mich mit diesen Worten in Ihre Hände. Wir wurden gerade erst mit diesem Problem konfrontiert. Es ist der Imperator. Er will nicht, dass wir kooperieren. Er meint, dass jede Schwächung unserer Nachbarn eine gute Sache sei. Ich halte diese Sichtweise für … kurzsichtig.«

Adlik nickte erneut. Erneut Übereinstimmung. Das wurde ja beinahe richtig unheimlich.

»Was wollen wir dagegen tun?«

»Zwei Dinge, Admiral: Zum einen sollten wir gemeinsam versuchen, den Imperator von seinem Irrtum abzubringen. Und wenn uns das nicht gelingen sollte – was ich angesichts seiner Sturköpfigkeit erwarte, wenn ich ehrlich sein darf –, dann sollten wir informelle Schritte gehen. Möglicherweise auch ohne den Segen allerhöchster Gnade, wenn Sie verstehen, was ich meine.«

Vorsichtig, Theodora!, ermahnte sie sich. *Das ist ganz dünnes Eis!*

»Sehr gut sogar«, murmelte sie. »Das ist gefährlich. Und mein Kopf sitzt lockerer als der Ihre, Direktor. Ich will ihn ganz ungern für etwas hinhalten, bei dem die Verantwortung eher ungleich verteilt ist.«

»Nur zu verständlich.« Kalebonian kratzte sich am Schädel. »Sie befinden sich aber im Irrtum, was die Verbindung meines Kopfes mit dem Rest meines Körpers angeht. Die Sache mit dem Prinzen ist mir auf die Füße gefallen. Ganz böse sogar. Ich glaube, der Imperator konnte nur mit Mühe davon abgebracht werden, mich zu ersetzen. Viele Freunde habe ich bei Hofe nicht, wie Sie sicher ahnen.«

Es rächte sich eben manchmal doch, ein intrigantes Arschloch zu sein, dachte Adlik. Sie sagte es nicht, aber Kalebonian wusste ihren offen zur Schau gestellten Gesichtsausdruck sicher zu deuten. Dass er nur etwas traurig mit den Augen blinzelte, sprach dafür, dass er keine andere Reaktion erwartet hatte.

»Sie erwarten viel von mir«, sagte sie schließlich.

»Wir haben unsere Differenzen, Admiral. Aber Sie sind in einer Schlüsselstellung und dazu eine der wenigen hier mit einer weißen Weste. Sie ahnen gar nicht, wie wertvoll diese Umstände Sie machen.«

»Für Sie, Direktor?«

»Vor allem für das Überleben des Imperiums.«

Ob sie es nun wollte oder nicht: Damit hatte er sie.

Sie wollte sich gerade verabschieden, Kalebonian ein paar höfliche Worte schenken, die er sich gerade verdient hatte, als ihre Kommunikatoren zu piepen anfingen. Ehe sie diese hervorgeholt hatten, jammerte der Alarm los.

Kalebonian war schneller als sie. Er las die Meldung auf seinem Schirm und wurde blass. Das hatte sie bei ihm noch nie gesehen.

»Die Kalten«, wisperte er. »Der Serail. Verdammt!«

9

Alles geht, hatte Aume gesagt. Und sie tat alles, um diese Worte durch Taten zu unterstreichen. Sie beschleunigte das Schiff auf den Kollapsar zu und das sternenförmige Raumschiff wuchs in der Projektion an, vor der sie alle andächtig staunend und ein wenig ängstlich gruppiert waren. Hamid machte ein paar Schritte und stellte sich neben Holoban Kerr, den Piloten, der hier nichts mehr zu steuern hatte und einfach nur etwas verloren wirkte. Von Plastikk vielleicht einmal abgesehen, über dessen tatsächliche Fähigkeiten der Soldat sich immer noch ein wenig im Unklaren war, war Kerr der einzige echte Raumfahrer in ihrer seltsamen Truppe. Nein, korrigierte sich Hamid, das stimmte so auch nicht. Prinz Darius hatte ohne Zweifel ebenfalls seine Erfahrungen gesammelt und er hatte einmal angedeutet, eine Ausbildung als Schiffsoffizier erhalten zu haben. Das war realistisch, denn es war bekanntermaßen üblich für Mitglieder des Herrscherhauses, zumindest so zu tun, als würden sie eine militärische Karriere absolvieren. Darius aber, das war Hamids Eindruck basierend auf seinen eigenen Erfahrungen als Techniker an Bord eines Raumschiffs der Flotte, hatte bisher gezeigt, dass er gut aufgepasst hatte. Seine Kommentare in Bezug auf den Kurs und die Vorgehensweise Aumes jedenfalls wiesen darauf hin.

Darius hatte aber auch Angst. Die hatten sie alle. Jahrzehnte des Krieges hatten eine tief sitzende Paranoia in ihre kollektive Seele geimpft. Ein Kollapsar war Tod. Es gab kein Entkommen und keine Alternative, und es war nicht nur das sichere Unheil, das sie alle in Furcht versetzte, es war auch die völlige Unkenntnis über die Natur ihres Feindes, die dazu beitrug. Wenn man jemanden kannte und hasste, war das etwas ganz anderes, als wenn man über den Feind im Dunkeln blieb.

»Er muss doch jetzt reagieren«, flüsterte Hamid. »So kann sich doch niemand anschleichen.«

Kerr nickte. »Bisher jedenfalls nicht. Aber ich sehe keine Reaktion. Nichts tut sich. Als ob wir nicht direkt auf das Ding losfliegen würden. Aume macht das. Aume kann das.«

Kerr bewunderte Aume. Das hatte etwas dermaßen Naives, es kam vielen von ihnen vor, als würde der Pilot Teile der Realität ausblenden, nur um seine Schwärmerei rechtfertigen zu können.

Hamid kämpfte das in ihm aufsteigende Misstrauen für einen Moment nieder, aber dann, vielleicht auch nur um der Provokation willen, sagte er, was ihm drängend auf der Zunge lag.

»Fliegen wir auf ihn zu?«, fragte Hamid. »Wir starren hier auf ein Abbild. Ich merke sonst nichts, wir könnten genauso gut noch im Canopus-System in irgendeinem Orbit hängen. Vielleicht nimmt uns die schöne Aume ganz mächtig auf den Arm. Wer kann schon genau wissen, was für Absichten sie hat? Manchmal habe ich den Eindruck, als wisse sie das selbst nicht so genau.«

»Aume lügt nicht«, erklärte Kerr mit größter Überzeugung. »Sie ist seltsam und ich verstehe sie oft auch nicht, aber sie lügt nicht.«

Hamid sagte nichts weiter. Er hatte das untrügliche Gefühl, dass Kerrs Einstellung zu der … Frau, falls man sie so nennen wollte, wirklich nicht ganz rational zu erklären war. Er wollte glauben, was er da sagte. Kerr war den exotischen Reizen einer mysteriösen Maschine verfallen. Das war nachvollziehbar, irgendwie zumindest, aber grundsätzlich erst einmal ein wenig verstörend und möglicherweise gefährlich. Hamid selbst wollte Aume keinen Blankoscheck ausstellen. Sie wirkte nicht unaufrichtig, das nicht. Aber konnte er sich wirklich auf einen Instinkt verlassen, der sich an Menschen und einer begrenzten Zahl von Aliens orientierte? Er wusste nicht, wie weit er sich selbst und den anderen trauen könnte, und sein Reflex war dann, es erst einmal bei niemandem zu machen. Vocis war bisher die einzige große Ausnahme, aus einer gewissen Kameradschaft heraus, und in gewisser Hinsicht auch Plastikk, wenngleich er wusste, was für ein Gauner der Mann war. Ildaya traute er keine Sekunde, ebenso wenig Darius' Freund, der sich ebenfalls als Mensch mit zweifelhafter Vergangenheit vorgestellt hatte. Der Prinz selbst war … nun, er war eben der Prinz. Das mochte er nicht hören. Das musste man ja auch nicht dauernd erwähnen. Aber er war es nun mal.

Hamid war durchaus bereit, die Hypothese zu akzeptieren, dass sie derzeit tatsächlich auf einen Kollapsar zuflogen, was, so war er konditioniert nach zehn Jahren Krieg, keine besonders gute Idee war. Glücklicherweise hatte er in diesen zehn Jahren auch gelernt, den dadurch ausgelösten Fluchtreflex einigermaßen unter Kontrolle zu halten. Tatsächlich gelang das allen hier recht gut. Das musste er wirklich respektieren.

Der Kollapsar rückte immer näher. Er wuchs mit beängstigender Geschwindigkeit vor ihren Augen an. War jemals ein Schiff des Imperiums so nahe herangekommen? Details der zerklüfteten Oberfläche, die an einen abgebrochenen Eisberg erinnerte, waren nun deutlich erkennbar. Hamid lauschte dem angstvollen Gemurmel und fragte sich, ob Aume verstand, was sie ihrer Besatzung durch dieses Schauspiel eigentlich emotional antat. Sie redete und verhielt sich wie ein »Mensch«, aber möglicherweise war das nur Mimikry und verdeckte wahlweise Hilflosigkeit, Unkenntnis, Ignoranz oder Desinteresse. Da ihr aller Leben derzeit in Aumes Händen lag, war das keine sonderlich beruhigende Idee.

Doch irgendwie regte sich kein Widerstand – nicht einmal bei ihm, der er hier stand und kritische Gedanken hegte. Denn der Kollapsar ignorierte sie und das war absolut faszinierend.

»Schwenke in den Orbit ein«, sagte Aume und tat nichts, um ihre Worte durch sichtbare Taten zu unterstreichen. Das musste sie auch nicht, denn sie war ja das Schiff. Dennoch war es ein wenig beunruhigend und verstärkte in Hamid das Gefühl, ihr ausgeliefert zu sein. Er sah auf Kerrs Hände, die kaum wahrnehmbare, sanfte Bewegungen machten, die unschwer als Eingriffe in Flugkontrollen zu interpretieren waren. Da wurde der Pilot in ihm geweckt. Er musste sich wirklich wie das fünfte Rad am Wagen fühlen.

»Der Kreuzer ist auf der Flucht!«, beobachtete Kerr und es schwang Besorgnis in seiner Stimme. Das imperiale Schiff, das sich bisher schlicht bemüht hatte, dem Kollapsar nicht zu nah zu kommen, hatte offenbar genug. Es beschleunigte stark und entschwand mit stetig wachsender Geschwindigkeit dem visuellen Beobachtungsbereich. Hamid machte dem Kommandanten da drüben keinen Vorwurf, fühlte sich aber unwohl bei dem Gedanken, dass sie jetzt ganz alleine hier waren.

»Haben sie uns gerufen, Aume?«, fragte Sol.

»Sie baten um Kontaktaufnahme. Worüber hätten wir mit ihnen reden sollen?«, erwiderte die Schiffsfrau.

Niemand beantwortete diese Frage. Aus ganz unterschiedlichen Gründen war derzeit ein Gespräch mit imperialen Offizieren möglicherweise keine sonderlich gute Idee. Dennoch: Die Entscheidung hatte sie ohne Rücksprache getroffen. Hamid fühlte sich mehr denn je wie ein bloßer Passagier. Wie breit war die Grenze zwischen »Passagier« und »Gefangener«?

»Sie lassen jemanden zurück da unten, richtig?«, sagte Hamid und sah Aume bedeutungsvoll an. »Die waren nicht zum Spaß hier. Jemand ist dort unten und hofft möglicherweise darauf, gerettet zu werden – oder zumindest abgeholt. Ist das auch unsere Absicht?«

»Ich werde niemanden dem Tode überlassen, wenn es das ist, was Sie wissen wollen. Aber ich denke, wen auch immer die Imperialen dort unten abgesetzt haben, er ist in gewisser Hinsicht aus dem gleichen Grund hier wie wir ... nur eher unabsichtlich. Und wenn Sie mich einmal direkt fragen wollen, ob ich eine sei, die Lebewesen in Not ihrem Schicksal überlässt und sich nur jene heraussucht, die meinen finsteren Plänen dienen können – nein, so bin ich nicht.«

Hamid schüttelte sacht den Kopf. »Das habe ich nicht gesagt.«

»Gemeint vielleicht?«

»Für eine sich erst noch orientierende KI werden Sie mittlerweile recht einfühlsam.«

Aume lächelte ihn an. Da konnte einem das Herz schmelzen. Hamid verstand Kerr, wirklich, er ließ es nur nicht so an sich heran wie der Pilot.

»Was bedeutet das also? Warum sind wir hier? Wir holen jemanden ab, ja?«

Aume nickte. Sie schaute hinab auf die dem Tode geweihte Dschungelwelt, deren sattes Grün sich bald in ein blendendes Weiß verwandeln würde.

»Jemand dort unten hat noch einen Quantenkollektor. Und es ist eine Welt einer lange untergegangenen Zivilisation, die mir nicht unbekannt ist. Ich traf sie einst und sie waren Freunde. Zumindest für eine gewisse Zeit. Glaube ich mich zu erinnern. Etwas ist hier passiert und ich habe auch ein Gefühl der Gefahr.«

»Dafür, dass Sie eine so hoch entwickelte Maschine sind, haben Sie bemerkenswerte Erinnerungslücken.«

»Nicht wahr?« Aumes Antwort hatte einen nachdenklichen, fast wehmütigen Klang. »Es muss mit den fehlenden Kollektoren zusammenhängen. Alle zusammen lösen erst das vollständige Bild in mir aus. Glaube ich.«

»Kath«, sagte Hamid dann und seine Stimme war ganz bewusst voller Misstrauen. »Sie trafen die Kath?«

»Sie hatten damals ihren Zenit bereits überschritten, wenn ich es richtig in Erinnerung habe«, sagte Aume beinahe entschuldigend. »Aber eine interessante Zivilisation und sehr verständig. Ich glaube ... ich bin mir aber nicht sicher ...«

»Die Kath sind seit Zehntausenden von Jahren ausgestorben!«, sagte Vocis. Ihr Tonfall war eisig und diszipliniert. Hamid vermutete, dass ihr Beschützerinstinkt für Yela dabei eine Rolle spielte, und er wusste genau, wie sie sich fühlte. Seine größte Sympathie galt seiner Kameradin. »Ihre technologischen Hinterlassenschaften gelten als hochgefährlich.«

»Nur in den Händen jener, die sie nicht verstehen. Was auf die meisten zutreffen dürfte, die sich mit ihnen befassen.«

»Können wir noch einmal einen Schritt zurückgehen?«, fragte Darius, der dem Austausch bisher schweigend gefolgt war. »Was ist ein Quantenkollektor? Zufällig ... das hier?« Er hielt die charakteristische weißliche Kugel in Händen. Aume sah sie an.

»Das stimmt. Ich kenne es unter diesem Namen. Es ist aber komplizierter. Es gehört ...« Aume zögerte wieder. »Es hat etwas mit mir zu tun, eine Art Schutzvorrichtung. Dass wir hier sind, ist jedenfalls kein Zufall.«

»Was für Quanten sammelt er denn?«, fragte Darius spöttisch, der offenbar für wissenschaftliches Geschwätz keinen Sinn hatte.

Aume war unbeeindruckt. »Nein, das macht er eigentlich nicht. Der Kollektor hat eine andere Funktion. Er sammelt keine Quanten, sondern biegt Wahrscheinlichkeiten zurecht. Er enthält Wissen. Sehen Sie es wie ein Puzzle. Jemand – eventuell ich – hat sie vor langer Zeit, vor meiner Hibernation, verteilt in der Hoffnung, dass mein Feinde sie nicht finden werden. Ich war sehr schwach und verletzlich. Ich musste Vorsichtsmaßnahmen treffen.«

Hamid wartete darauf, dass sie mit weiteren Erläuterungen aufwartete, aber wie es ihre Art zu sein schien, blieb sie bei einer Andeutung und erwartete wohl, dass diese ausreichend sei. War sie selbstverständlich nicht. Der Veteran fühlte sich wie ein kläffender Hund, dem, damit er beschäftigt war, hin und wieder ein kleiner Knochen hingeworfen wurde, ohne seinen Hunger jemals richtig zu stillen. Eine sehr unangenehme Empfindung, die Hamids Misstrauen und Unwohlsein noch einmal steigerten. Dennoch, wenn er diese Frau ansah, schmolz sein Unwille immer wieder dahin. Er musste wirklich an sich halten, um nicht genauso verblödet auf ihr Charisma zu reagieren wie Kerr, der meist nur verträumt lächelnd dastand.

»Wir sind gleich da. Jemand sollte unten nach dem Rechten sehen«, erklärte Aume nun und schaute in die Runde. »Wir müssen ohne Zweifel landen. Es gibt noch eine große, unterirdische Kath-Anlage. Und eine automatische Abwehranlage, die offenbar bereits einmal ausgelöst wurde.« Verwirrende Scanbilder huschten vor ihren Augen dahin und sollten offenbar dazu dienen, Aumes Worte zu untermauern, was sie aber für die meisten der Anwesenden nicht taten.

Yela gähnte. Langweiliges Erwachsenenzeugs.

»Warum landen wir also nicht?«, fragte Hamid, dessen Unterton jetzt möglicherweise eine winzige Spur zu aggressiv wurde. Jedenfalls schaute ihn Holoban Kerr etwas vorwurfsvoll an, während Vocis ihm kalt zulächelte, da sie offenbar in etwa genau so den Kaffee aufhatte wie ihr ehemaliger Kamerad. Erneut fühlte er sich der Soldatin sehr verbunden. Es war gut, eine Vertraute zu haben, denn von einem echten Team konnte hier beileibe nicht die Rede sein. Und er mochte ihr Lächeln. Es war anders als die präzise Perfektion Aumes. Es war vor allem sehr menschlich.

»Ich muss hier oben bleiben, um den Kollapsar zu täuschen. Wenn ich den Orbit verlasse, wird die Tarnung lückenhaft. Das wollen wir ganz sicher nicht. Wie gesagt, da unten gibt es Ruinen und diese Ruinen enthalten Technologie der Kath. Ich muss die Gesamtsituation gleichzeitig von hier oben wie auch von da unten im Auge behalten.«

»Technologie, die seit Jahrtausenden tot ist.«

Aume schaute Vocis an, die sich erneut eingemischt hatte.

»Kath-Technologie ist niemals endgültig tot. Sie schlummert. Manchmal für immer. Aber sie ist grundlegend funktional. Warum sind diese

Welten wohl verboten und warum wohl wird der Zugang militärisch reglementiert, sobald man Hinterlassenschaften gefunden hat?«

»Weil das Zeug gefährlich sein kann.«

»Weil das Zeug gefährlich ist.« Aume warf erneut einen Blick in die Runde. »Drei Freiwillige? Ich werde in diesem Körper ebenfalls hinabsteigen. Wir müssen Kontakt zu der Person dort unten aufnehmen, die im Besitz des Kollektors ist. Es ist notwendig, dass sie sich uns anschließt. Und darüber hinaus ... ist diese Welt von Bedeutung.«

»Und wenn sie nicht will?«, fragte Hamid und fand, dass seine passiv-aggressive Attitüde sich langsam zur Gewohnheit entwickelte, eine Tatsache, die er selbst eher kritisch bewertete.

»Ich zwinge niemanden«, erwiderte Aume lächelnd. »Es ist der Gang der Ereignisse, der uns alle zwingt.«

»Sie sind eine Deterministin?«

»Ich bin Realistin.«

»Die Leute einsammelt, die weiße Kugeln finden, und kryptisches Zeug redet?«

Aume schwieg. Sie schaute Hamid an, als sähe sie ihn zum ersten Mal – oder jetzt zumindest mit anderen Augen.

»Was haben Sie gegen mich?«, fragte sie dann leise, vielleicht sogar mit einem Anflug von Verwirrung in der Stimme, der Hamid für einen Moment leidtat. Kerr machte einen kleinen Schritt auf sie zu. Beschützerinstinkt. Das war beinahe niedlich.

»Ich bin mir sicher, er hat gar nichts gegen ...«, begann Kerr, doch Hamid hob eine Hand und schnitt ihm damit das Wort ab. Er benötigte niemanden, der für ihn sprach.

»Ich ziehe es vor, Herr meines eigenen Schicksals zu sein. Ich fühle mich manipuliert.«

Aume nickte.

»Auf welcher Welt?«

Hamid hob seine Augenbrauen. »Wie bitte?«

»Auf welcher Welt soll ich Sie absetzen? Treffen Sie Ihre Wahl! Sobald wir hier fertig sind, bringe ich Sie sofort dorthin. Keine Forderungen, keine Bedingungen, keine Tricks. Sagen Sie mir nur, wohin, und wir werden uns schnellstmöglich auf den Weg machen.«

Aume sagte es ohne Zorn, ohne Falschheit in der Stimme und sie wirkte so ehrlich, dass Hamid ihr unwillkürlich, ja fast instinktiv glaubte, eine Regung, die er sofort unterdrückte und sich ermahnte, allein der rationalen Betrachtung der Fakten Glauben zu schenken. Er fühlte sich in der Tat manipuliert, darin hatte er nicht gelogen, und dieses Gefühl ließ sich durch ein einmaliges Aufbäumen von scheinbarer Rechtschaffenheit nicht aus der Welt schaffen. Aber sie hatte ihn damit ein wenig überrumpelt. Er musste etwas erwidern, denn all sahen ihn jetzt an.

»Ich bekomme von Ihnen keine Antwort«, sagte Aume leise, als er weiter zögerte, ohne sich darüber amüsiert zu zeigen. »Sie wollen doch gar nicht weg, Hamid. Sie wollen dabeibleiben und herausfinden, wohin der Weg Sie führt, richtig?«

Verdammt!, dachte Hamid. *Verdammt!* Aber gut. Ehrlichkeit gegen Ehrlichkeit. Er war nicht so eitel, um ständig etwas vorzuspielen.

»Ich bin neugierig«, sagte er leise. »Aber ich würde dieser Neugierde gerne nach meinen eigenen Bedingungen nachgehen.« Es klang etwas schal, wie das Eingeständnis einer Niederlage. Aume machte daraus aber keine Show. Hamid verstand, dass sie nicht bösartig erscheinen wollte und dass sie ernst nahm, was auch immer sie tat. Aber sie schien sich selbst nur an die Hälfte dessen zu erinnern, was sie vor endlos langer Zeit dazu bewogen hatte, in einen Tiefschlaf zu fallen, um ihre Mission in der Zukunft fortzusetzen. Wie viel davon mittlerweile noch die Wahrheit war und wie viel reine Schutzbehauptung … wie konnte er das herausfinden?

»Ich kann Ihnen das nicht anbieten«, erwiderte die Schiffsfrau. »Sie müssen nach meinen Bedingungen mitmachen. Ich habe Standard-Schutzanzüge herstellen lassen nach den Plänen, die mir durch die Erforschung der FRIEDBERT zugänglich gemacht wurden. Drei Freiwillige. Sind Sie einer?«

»Freiwillig wäre immerhin ein richtiger Schritt«, murmelte er. »Gut. Ich melde mich freiwillig.«

»Ich auch. Es sollte jemand wie ich da unten sein«, hörte er Vocis sagen und er verhehlte seine Erleichterung nicht. Darauf hatte er gehofft. Allein das Mädchen Yela schaute den weiblichen Sergeant erschrocken an, beherrschte sich aber, um den Protest für sich zu behalten. Vocis zog das Kind an sich heran und flüsterte etwas in sein Ohr. Das Mädchen nickte tapfer.

»Ich komme mit«, sagte Darius.

»Majestät …«, begann Vocis leise, doch der junge Mann hob eine Hand.

»Wir müssen das wirklich lassen, Sergeant. Ernsthaft. Ich bin ein Verstoßener und ein Feind meines Vaters. Offiziell bin ich vielleicht sogar tot. Ich bin auf jeden Fall für meine Familie gestorben, so oder so. An mir ist kein royaler oder imperialer Glanz mehr, falls dieser überhaupt jemals existierte. Glauben Sie mir, ich habe in der Zwischenzeit eine ganz andere Sichtweise auf die menschliche Existenz entwickelt. Keine Majestät. Keine Sonderbehandlung. Keine Rücksichtnahme. Ich kann mit Waffen umgehen. Ich habe eine umfassende Bildung genossen. Und ich bin niemand, der gleich klein beigibt. Darüber hinaus …«, er sah Hamid an, »will ich auch wissen, was hier vor sich geht. Und dies ist möglicherweise eine gute Chance, es herauszufinden. Aume?«

»Freiwillige wollte ich, Freiwillige bekam ich. Sie bekommen eine adäquate Ausrüstung. Wir werden uns in Kürze auf den Weg machen.« Sie schaute Vocis an, die immer noch das Mädchen im Arm hielt. »Zu früh?«

Die Soldatin schüttelte den Kopf. Ein paar Minuten mehr würden keinen Unterschied machen.

»Ich kümmere mich«, sagte Kerr mit weicher Stimme. Yela hatte ein gewisses Zutrauen zu dem Piloten gefasst und Hamid sprach ihr einen sicheren Instinkt zu. Kerr war ein sanfter und zurückhaltender Mann und er war bei all seiner Schwärmerei für Aume sicher vertrauenswürdig.

»Ich würde mich auch gerne beteiligen«, sagte Sol und die Worte kamen etwas zögerlich hervor. Der Mann war nicht mehr als ein kleiner Gauner, fand Hamid. Jemand, der durch die Situation noch mehr überfordert war als alle anderen. Der sich an Darius hielt, denn Darius war, wen er kannte und wem er vertraute. Hamid verstand ihn sehr gut.

»Nein«, sagte Aume. »Drei. Bitte!«

Sol akzeptierte es schweigend. Er nickte nur, als Darius ihm eine Hand auf die Schulter legte. Es war den Versuch wert gewesen, aber letztlich erschien der Mann erleichtert.

Hamid fühlte sich belebt. Es passierte etwas. Sie machten Fortschritte. Doch er war immer noch nicht zufrieden. Denn das eigentliche Ergebnis ihres Gesprächs war: Aume hatte ihnen nicht erklärt, was hier eigentlich gespielt wurde. Und er brannte darauf, das endlich zu erfahren.

10

Horton Vigil schaute auf den Schrottplatz, der sich in nichts von anderen Orten dieser Natur unterschied, zumindest auf den ersten Blick. Er war sich natürlich der Tatsache bewusst, dass nichts immer genau so war wie das andere, nicht einmal dann, wenn der erste Eindruck dies vorgaukelte. Der Platz war angefüllt mit den Überresten einer hoch technisierten Gesellschaft, von denen dieses und jenes noch benutzt, das meiste nur noch eingeschmolzen oder sonst wie verwertet werden konnte. Manches lag hier schon so lange, es diente vielleicht noch der Dekoration, um für das Geschäft mit dem Verwertbaren das korrekte Ambiente zu schaffen.

Natürlich gab es hier Schmuggel, den Handel mit nicht ganz legal erbeuteter Ware, mit verbotenen Rohstoffen oder jenen, die der Kriegsrationierung unterlagen, dem Staatsmonopol. Vigil war nicht überrascht gewesen, als er sich mit den Büchern von Plastikk befasst hatte, den offiziellen ebenso wie den weniger offiziellen. Es gehörte zu Vigils zahlreichen Fähigkeiten, sich auch mit solch trockener Materie effizient vertraut machen zu können. Ein kleiner Gauner, der zu einigem Wohlstand gekommen war, aber der deswegen keine Anklage wegen Hochverrats zu befürchten hatte. Jemand, der sich durchschlug, gierig genug, aber nicht maßlos, und der daher bislang nicht aufgefallen war. Ein Mann von gewissem Geschick, schlau genug, um einzuschätzen, wann er genug hatte. Plastikk kannte seine Grenzen und er achtete darauf, sie nicht zu überschreiten. Für Menschen wie ihn empfand Vigil einen gewissen Respekt, er mochte es, wenn Realitätssinn sich auch praktisch auswirkte. Der Händler war ein Opfer des Krieges. Er nutzte ihn dann aber auch. Vigil Horton mochte ihm nichts vorwerfen.

Plastikk war fort, sein Raumgleiter war fort und auch die meisten Spuren, die auf die seltsame Versammlung hinwiesen, die kurzzeitig auf diesem Platz zusammengekommen war. Vigil hatte die zurückgebliebenen Mitarbeiter befragt und sie hatten alle kooperiert. Sein Ausweis, sein Geld und die möglichen Konsequenzen einer Verweigerung waren völlig ausreichend gewesen. Ja, sie empfanden Loyalität für den alten Plastikk, aber lebensmüde war hier niemand und auch der vollständige Erhalt aller Gliedmaßen lag in ihrer aller Interesse. Sie sprachen, offen, ehrlich, manche sogar mehr als notwendig, eine übliche Reaktion darauf, wenn man mit dermaßen geballter Autorität konfrontiert wurde.

Vigil war das nur recht. Er lehnte *sinnlose* Gewalt ab. Für *sinnvolle* Gewalt war er jederzeit zu haben, doch definierte er das immer möglichst eng. Gewalt hielt auf. Sie lenkte ab. Dafür hatte er keine Zeit. Er hatte Spuren verfolgt und hier endeten sie. Von hier war Plastikk ins All gestartet und dort oben, im Orbit, war er mit Darius zusammengestoßen, soweit es die Daten der Systemüberwachung preisgaben. Daten, die seltsam lückenhaft waren, als wäre ein schwarzer Fleck durch die Scans gewandert, nachdem sich die FRIEDBERT als etwas anderes entpuppt hatte, als sie zu sein schien. Wie so vieles. Und so viele.

Vigil schaute sich um. Der Platz war verlassen. Das Geld reichte noch, um die Mitarbeiter eine Weile zu bezahlen, aber bald würde hier gar nichts mehr passieren. Er glaubte nicht, dass Plastikk sein Lebenswerk freiwillig verlassen hatte, ohne jede Vorkehrung für seine dauerhafte Abwesenheit zu treffen. Das Ganze roch jedenfalls nicht nach einer gut geplanten, langfristigen Aktion. Es war sehr spontan abgelaufen. Zu spontan.

Eigentlich hatte er hier gar nichts verloren. Die Spurensucher waren überall gewesen und an ihrer Gründlichkeit bestand gar kein Zweifel. Der Militärgeheimdienst hatte gekocht und gewettert, denn Vocis und ihr Entkommen war kein Ruhmesblatt für sie gewesen. Doch Vigil hatte höchste Autorität. Sie hatten es nicht gewagt, von ihm Kooperation und die Weitergabe seiner Erkenntnisse zu verlangen. Das war gut, denn er hatte zwar viele Informationen, er wusste aber gar nichts.

Etwas war im Gange, das sagte ihm sein Instinkt. Viel mehr als die Suche nach einem abtrünnigen, aufmüpfigen Prinzen, der seiner Familie

Ärger und Schande bereiten konnte. Hatte sein Auftraggeber das geahnt? Der Agent würde sich also um mehr kümmern müssen als das. Das war sein Recht. Er genoss jedes Recht. Sonst hätte er diese Arbeit nicht machen können.

»Sir, die Verbindung steht.« Vigil hob den Kopf, nickte dem Offizier zu, den er für seinen Aufenthalt auf Canopus als Hilfskraft engagiert hatte, um für die wirklich wichtigen Dinge frei zu sein. Er nahm den abgeschirmten Kommunikator entgegen und blickte in das Gesicht einer älteren Frau in Uniform. Sie war, das erkannte man sofort an ihrem Gesichtsausdruck, nicht erfreut über diesen Anruf.

»Dr. Keeves«, begrüßte er sie. Er lächelte. Er freute sich immer, neue Leute kennenzulernen, die ihm nützlich sein könnten.

»Wer sind Sie und was wollen Sie? Woher wissen Sie überhaupt …«

Vigil hob seinen Ausweis vor die Optik und ließ die Authentifizierung laufen. Es dauerte nur wenige Augenblicke und der unwillige Gesichtsausdruck von Dr. Leanna Keeves, der Chefin der imperialen Beobachtungsstation von Canopus, verwandelte sich von Verärgerung in devoten Gehorsam. Das war nicht immer gut. Manchmal waren Gespräche mit Leuten, die ihm Widerstand entgegenbrachten, fruchtbringender. In diesem Fall aber wahrscheinlich nicht.

»Ich gehorche«, sagte Leanna Keeves, wohl wissend, dass ihr absolut nichts anderes übrig blieb.

»Sie haben meine Anfrage erhalten. Und, ist da etwas für mich?«

»Leider nicht.«

Vigil beherrschte sich. Seinen Unwillen zu zeigen, ehe er einen Verantwortlichen identifiziert hatte, der diesen wirklich verdiente, war unprofessionell. Keeves aber war möglicherweise nicht ganz so eifrig gewesen, wie er von ihr erwartet hatte. Es war besser, sich dessen zu vergewissern. Höflich.

»Sie haben alle Daten ausgewertet?«

Für einen winzigen Moment flog Unwille über ihr Gesicht, das sagte ihm genug. Ja, sie hatte gründlich gearbeitet und ärgerte sich über die Frage.

»Das Schiff verschwand. Ich kann nichts anderes sagen. Und bisher ist es nirgendwo in der Galaxis wieder aufgetaucht – zumindest nicht im Netz der Beobachtungsstationen.«

»Ihre Antwort ist vollständig? Keine Andeutungen, keine Schatten, keine unerklärlichen Messungen, nichts, was Ihr Misstrauen geweckt hat – oder das eines Ihrer Kollegen?«

Die Frau hatte er jetzt ein wenig bei ihrer beruflichen Ehre gepackt und sie war, devotes Verhalten hin oder her, keine Subalterne. Vigil sah, wie sich ihr Rücken straffte. So gefiel sie ihm besser. Redeten sie doch besser wie Gleichrangige, auch wenn sie es nicht waren. Es machte ein Gespräch meist so viel angenehmer.

»Es gibt dauernd unerklärliche Messungen. Das Weltall besteht für uns aus sehr vielen unerklärlichen Phänomenen. Aber nichts davon lässt sich in direkten Zusammenhang mit dem Verschwinden des Schiffes bringen. Ich kann Ihnen nicht weiterhelfen.« Dann, als Nachsatz: »Es tut mir leid.«

Vigil war zufrieden. Er beendete die Verbindung. Wenn sie angefangen hätte, sich irgendwas aus den Fingern zu saugen, nur um ihn zufriedenzustellen, wäre dies weitaus unerfreulicher gewesen als das klare Nein, das er soeben akzeptiert hatte. Die offizielle Beobachtungsstation konnte also nicht helfen. Jetzt galt es, eine Quelle anzuzapfen, die es nicht schätzte, von ihm befragt zu werden – und das direkt dort, wo es ihr wehtun würde.

Vigil spazierte in die Baracke, die Plastikk als Geschäftsraum diente. Er nickte dem dort stehenden Wachsoldaten zu und dieser war intelligent genug, das als Aufforderung zu verstehen. Momente später war der Agent des Hofes allein, ein Zustand, den er generell allen anderen vorzog.

Erneut hob er seinen Kommunikator und diesmal brauchte es etwas länger, bis die gewünschte Verbindung aufgebaut wurde. Dies hing nicht nur mit den zu überwindenden Schalen an Sicherheit und Abfragen zusammen, sondern auch mit dem Unwillen des Angerufenen, ein Gespräch zu führen. Vigil übte sich in Geduld und sie wurde erwartungsgemäß belohnt. Als das zerfurchte Gesicht von Direktor Kalebonian auf dem Schirm erschien, war ihm anzusehen, dass er alles Mögliche diesem Austausch vorziehen würde.

Es verband sie eine Geschichte. Es war keine gute.

Vigil beschloss, sich zurückzuhalten. Als Agent des Hofes verfügte er über Macht, ja. Aber Kalebonian war seit gut dreißig Jahren auf seinem Posten und er hatte nicht deswegen so eine zentrale Position unangefochten inne, weil er besonders gut aussah. Wer ihm in die Quere kam, hatte es mit einem ernsthaften Gegner zu tun, der seine eigenen Bataillone aufmarschieren lassen konnte. Vigil wollte ihn sich nicht zum Feind machen. Sie standen auf der gleichen Seite, letztendlich, und im Grunde waren sie auch keine Konkurrenten. Zumindest nicht in den nächsten Jahren, solange Vigil noch bereit war, Feldeinsätze zu absolvieren.

»Horton Vigil. Ich freue mich nicht besonders, Sie zu sehen. Hat der Alte Sie wieder auf eine seiner Missionen geschickt? Eine von denen, über die ich erst hintenrum und durch Zufall erfahre, weil ich ja bloß Chef des Geheimdienstes bin und nicht alles wissen muss?«

»Das tut er doch immer, wenn ich Sie anrufe. Und jetzt sind Sie informiert.«

»Pah!«, machte der Direktor und schüttelte den Kopf. »Sie melden sich immer, wenn es für mich unangenehm wird – oder für das Imperium. Ich nehme mal an, dass sie mir die Details Ihrer Mission nicht erzählen wollen, oder? Was ist es diesmal?«

»Ich sage es sogar ganz offen: Darius.«

Kalebonian wirkte absolut nicht überrascht.

»Also beides, für mich unangenehm und für das Imperium. Ich habe mitbekommen, was auf Canopus passiert ist.«

»Das Schiff. Die FRIEDBERT ...«

»Es ist alles Mögliche, aber nicht die FRIEDBERT, da sind wir uns beide doch wohl einig.«

Vigil nickte. Sie waren sich einig und wie immer, wenn er einige Minuten mit dem Direktor sprach, wurde er warm mit ihm. Sie waren sich in vielem sehr ähnlich, nur mit der zusätzlichen Nuance, dass Kalebonian dermaßen an seine täglichen Revierkämpfe gewöhnt war, dass er eine Weile brauchte, um zu begreifen, dass jemand wie Horton an seinem kleinen Königreich kein Interesse hatte. Nach einer kleinen Eiszeit kamen sie meist dazu überein, irgendwie zu kooperieren.

»Ich muss wissen, wohin dieses Schiff geflogen ist«, sagte Vigil.

»Ich weiß es.«

Vigil schwieg. Kalebonian, und das war der zweite Grund, warum es immer schwer war, mit ihm zu sprechen, gehörte zu den wenigen Menschen im Apparat des Imperiums, die ihn noch zu überraschen vermochten, und das war etwas, was der Agent gar nicht schätzte. Er hasste es, überrascht zu werden, denn das bedeutete, dass er auf eine Situation nicht vorbereitet war. Ein Angriff auf sein professionelles Arbeitsethos und sein Selbstbild. Kalebonian aber gestattete er dies, denn er wusste, dass der Direktor schlicht ein guter Mann war – gut, in dem, was er tat, nicht notwendigerweise, was seine moralischen Grundsätze anging. Aber das wurde von einem Mann in seiner Position auch nicht erwartet.

»Die imperiale Überwachung …«, sagte Vigil dann, doch er kam nicht weit.

»Scheißen Sie auf die Sternengucker, Horton. Wie immer half mir der Zufall. Eine meiner eigenen Missionen zu einer Kath-Welt, auf der sich Seltsames tat. Die Mission scheint gescheitert, aber der Schnelle Kreuzer hat mir interessante Daten geliefert. Ein Kollapsar der Kalten ist aufgetaucht, da hat er sich irgendwann absetzen müssen. Und ein weiteres Schiff. Die FRIEDBERT – oder was auch immer es in Wirklichkeit ist. Ich bin mir so sicher, wie ich sein kann. Das Spannende ist: Der Kollapsar hat es ignoriert.«

Vigil kniff die Augen zusammen. »Sie wollen mir sagen, dass der Prinz mit den Kalten paktiert?«

Kalebonian verzog das Gesicht. »Sie halten mich für einen Trottel? Das hätte ich gar nicht von Ihnen erwartet! Niemand paktiert mit den Kalten! Sie reden nicht mit uns und wir reden nicht mit ihnen. Darius ist kein Irrer, er hatte nur andere Vorstellungen darüber, wie man das Imperium regiert, und nicht alle seiner Ideen waren dumm. Die Leitung ist doch abgeschirmt, oder?«

Vigil lächelte. Natürlich wusste Kalebonian, dass sie das war. Und er war ein Mann, dem gelegentliche Kritik am obersten Herrn nicht schaden würde. Er wusste über alle Leichen im Keller Bescheid. Tatsächlich sogar über die von Horton Vigil, obgleich er sich wirklich immer sehr bemüht hatte, sie sorgfältig zu verbergen. Daher konnten sie miteinander reden.

»Sie übermitteln mir die Daten? Alles, was Sie haben?«

Der Direktor nickte und machte eine theatralische Handbewegung. »Getan. Aber wer wird so irre sein, in die Nähe eines Kollapsars zu fliegen? Sie werden keinen Kommandanten finden, der Sie auf den Weg in den sicheren Tod begleitet. Mein Schiff hat sich abgesetzt und ich werfe es niemandem vor. Ich würde es auch nicht tun und ich erwarte nicht mehr viel von meinem Leben.«

»Ich habe Mittel und Wege. Und Entschlossenheit.«

Kalebonian nickte. »Dann wünsche ich Ihnen Glück! Ich stelle Ihnen alle Missionsdaten zur Verfügung. Meine Spezialistin dort hätte ich gerne wieder, ich hänge irgendwie an ihr. Und ich will wissen, was auf dieser Kath-Welt los ist. Meinen Sie, dass ich auch so etwas wie eine Rückmeldung bekommen kann? Ich krieche so ungern vor Mattilaa auf dem Boden herum. Ich glaube manchmal, er genießt so was.«

»Sie haben mir geholfen. Ich helfe Ihnen.«

Das war kein Spruch, kein leeres Versprechen. So funktionierten sie beide und sie wussten es voneinander. Es gab nichts mehr zu sagen. Vigil registrierte das versprochene Datenpaket und war sich sicher, dass es so vollständig war, wie Kalebonian es zu verantworten imstande war. Das musste genügen. Er durfte ihre Kooperation nicht überstrapazieren. Ein Blick auf die Daten bestätigte ihm, dass er eine weite und interessante Reise vor sich hatte. Doch als er dem Direktor versichert hatte, er habe Mittel und Wege, war das keine Aufschneiderei gewesen.

Er aktivierte eine weitere Verbindung. Ein Symbol repräsentierte die KI seines Schiffes, der SYLVANA APOSTATA. Die erste Kaiserin des Imperiums war zu ihrem hohen Amt gekommen, indem sie ihre gesamte Familie hatte umbringen lassen und die alte Konföderation in einen blutigen Bürgerkrieg gestürzt hatte. Alle dachten voller Liebe und Ehrfurcht an die Gute zurück und Vigil fand, dass man ruhig ein weiteres Schiff nach ihr benennen konnte.

»Sylvana, wir haben eine lange Reise vor uns.«

»Ich bin bereit, Horton.«

»Eine halbe Stunde, dann bin ich bei dir.«

»Ich freue mich.«

Das tat sie wirklich. Die SYLVANA war ein ganz außergewöhnliches Raumschiff. Und sie kannte keine Angst, genauso wie ihre Namensgeberin.

11

Tabatha Lothian sah gut aus, wenn sie schwitzte. Und dabei nachdachte. Es war diese Mischung aus Intelligenz und Körpergeruch, glaubte Gregorian zu wissen, der sanfte, verheißungsvolle, feuchte Schimmer auf ihrer Haut. Er wollte nicht wegsehen und sie beachtete ihn glücklicherweise nicht weiter.

Ja, es war ein wenig peinlich, sicher höchst unangemessen, sich darüber in diesem Moment Gedanken zu machen. Gregorian hatte nun einmal Gelegenheit, sie bei beidem zu beobachten, während das Geschaukel unentwegt weiterging, hin und her, oft mit negativen Auswirkungen für den Magen. Manchen wurde bei so etwas ja richtig schlecht. Gregorian hatte zu viel Angst, um Übelkeit zu empfinden. Ihm klopfte das Herz bis in den Hals. Er wollte nicht hier sein. Er glaubte, die einzige Person, die völlige Ruhe ausstrahlte, war Dapper. Die Soldatin wirkte damit aber auf eine beunruhigende Weise stoisch. Das war doch nicht normal. War sie ein Androide? Einer dieser neuen Serie, von denen es Gerüchte gab, die furchtbar menschenähnlich sein sollten, nicht zu unterscheiden, wenn man es nicht vorher wusste?

Nein. Dapper verhielt sich unmenschlich. Sie hätte sich in diesem Moment verraten, ihre Identität als Androidin durch eine offensichtliche Fehlprogrammierung verraten. Gregorian runzelte die Stirn. Da gab es einen logischen Fehler in seiner Schlussfolgerung, aber der entglitt ihm. Lieber schaute er weiter auf Tabathas Konzentration. Sie war gut darin, viel besser als er selbst, dem alles Mögliche durch den Kopf ging, dabei wenig, was ihnen half. Deswegen schwieg er auch lieber. Schweigende machten keine Fehler. Und Tabathas Anblick half ihm, nicht in offene Panik auszubrechen. Sie wäre damit nicht einverstanden und nichts wünschte sich Gregorian in diesem Moment mehr, als dass sie mit ihm einverstanden war.

Ach, er hatte sich wohl verliebt. Es war wirklich ein sehr unpassender Zeitpunkt für diese Erkenntnis, aber zum einen kam sie meist zu unpassenden Zeiten, zum anderen war das völlig in Ordnung, solange er eben schwieg.

»Wann hört das Geruckel denn auf?«

Gregorian merkte gar nicht, wer die Frage stellte, die sie alle wohl die ganze Zeit dachten. Was auch immer die Geher mit den Resten ihres Artgenossen vorhatten, es schien nur an einem bestimmten Ort möglich zu sein und der Weg dorthin war weit. Es war auch keine ernst gemeinte Frage. Wer konnte auf so etwas eine Antwort haben?

»Noch etwa eine halbe Stunde«, sagte Dapper und erntete verwunderte Blicke. Die Soldatin bequemte sich zu einer Erklärung.

»Mein elektronischer Kompass funktioniert noch. Ihrer übrigens auch, wenn sie alle mal draufschauen würden. Wir laufen in Richtung Südsüdwest. Weiß jemand, was da ist?«

Keine Antwort. Gregorian kramte in seinem Gedächtnis. Doch, da war etwas, nämlich ...

»Da ist die Landebasis der Kalten, der erste Brückenkopf«, half Dapper ihnen. »Da stehen die Fähren, die die Geher gebracht haben. Hört sich wie ein gutes Ziel an, oder? Berechnen wir nun die uns bekannte durchschnittliche Reisegeschwindigkeit des Gehers und betrachten wir unsere Entfernung vom Brückenkopf, als wir aufgegabelt wurden, komme ich auf etwa dreißig Minuten, mit einer kleinen Fehlertoleranz.«

Dapper schwieg nun. Die versammelte Wissenschaftlerschar reagierte mit pikiertem Schweigen. Nur Tabatha Lothian sah so aus, als hätte sie gar nicht richtig zugehört, so in sich gekehrt wirkte sie. Gregorian begann, sich ein wenig Sorgen zu machen, bewegte den Kopf in ihre Richtung und wisperte: »Alles in Ordnung?«

Natürlich war nichts in Ordnung. Aber er wollte einfach etwas Nettes sagen, in all seiner Hilflosigkeit. Vielleicht war er dadurch wenigstens ein wenig niedlich. Man musste ja auf irgendwas aufbauen. Manche Frauen, besonders die intelligenten, mochten niedliche Männer, so sagte man.

Sie sah auf, schaute ihn für einen Moment an, als erkenne sie nicht, wer zu ihr sprach. Dann schüttelte sie stumm den Kopf. Er sah in ihre Augen, das unmerkliche Zittern um ihre Lippen, das hektische Blinzeln, jetzt, wo er es gut sehen konnte. Nun verstand er. Was er für konzentriertes Nachdenken gehalten hatte, war mühsam unterdrückte Panik gewesen. Der Versuch, nicht zu zeigen, was kurz vor dem Ausbruch stand.

»Zu … eng«, brachte sie leise heraus, die Arme um den Oberkörper geschlungen. »Eine halbe Stunde … ist eine lange Zeit.«

Ein Zittern durchfuhr ihren Körper. Gregorian fühlte sich hilflos. Er konnte nichts tun … oder vielleicht half etwas Ablenkung?

Er begann, wirres Zeug zu reden, das sie irgendwie beruhigen sollte. Irgendwas. Dumme Scherze, die er selbst nicht einmal lustig fand.

Sie hörte es sich für eine kurze Zeit an, vielleicht auch, weil sie meinte, dass er sich selbst damit einen Gefallen tat. Dann aber: »Greg.«

Dieser verstummte. »Nicht gut?«, fragte er dann.

»Es geht mir dadurch nicht besser.« Sie holte tief Luft. »Ich weiß aber die Fürsorge zu schätzen. Du bist ein Trottel, aber auf liebenswerte Weise, und das ist mehr, als ich über die meisten Männer sagen kann, die mir auf die Nerven gefallen sind.«

Sie hatte eine Art, einen Mann gleichzeitig abzukanzeln und zu loben, die Gregorian etwas verwirrte, und das Nachdenken über ihre Äußerung war ihm wahrscheinlich anzusehen. Immerhin, die Strategie mit der Niedlichkeit war nicht völlig fehlgeschlagen.

»Wir …«

Gregorian erfuhr nicht, ob es tatsächlich ein »Wir« gab. Der Geher rüttelte heftig, es krachte dumpf und sie wurden gegeneinander und in die Reste des Geher-Innenlebens gedrückt. Es tat weh, Dapper stieß unterdrückte, sehr hässliche Flüche aus, die im allgemeinen Lärm des Durcheinanders nur wenig untergingen. Die Geherreste waren quasi auf den Boden geworfen worden und das waren keine so richtig gute Nachrichten. So ging man nicht mit einer Maschine um, die man zu reparieren gedachte. *Recycling*, schoss es Gregorian durch den Kopf. Er sah sich bereits in einer Müllpresse oder in einem Molekülkompositor, der die Materialien in ihre Grundelemente zerlegte und … nein, besser nicht weiter ausmalen. Es würde wahrscheinlich sowieso noch viel schlimmer kommen.

»Was ist passiert?«, fragte Tabatha etwas atemlos. Für sie war es jetzt schon viel schlimmer.

»Es tut sich was«, antwortete Dapper, eine Antwort, die niemanden zufriedenstellte, aber alle anhielt, gespannt zu lauschen. Dumpf waren Schritte von Gehern zu hören und dann ein Geräusch, das keiner von ihnen zuvor vernommen hatte.

»Singt da jemand?«, fragte Tabatha.

Es klang jedenfalls so. Ein klagender, aber melodischer Laut drang durch die Verschalung des Wracks an ihre Ohren. Er drückte Sehnsucht aus, Traurigkeit und Wehmut, und er berührte Gregorian unerwartet stark. Da hatte jemand Schmerz. Tiefen Schmerz. Anders konnte man es gar nicht anders interpretieren. Nur ein Mensch ohne jede Fantasie, ohne jede emotionale Vielschichtigkeit …

»Die Geige ist verstimmt«, sagte Dapper. »Aber dafür laut.«

Gregorian unterdrückte den Drang, den Kopf zu schütteln. Tatsächlich war die Interpretation Dappers genauso gut wie die seine. Er durfte nicht anthropomorphisieren. Das war ein fataler Fehler für jeden Wissenschaftler. Dennoch, der klagende Ton, auf- und abschwellend, einem leidenden Akkord gleich, ging ihm weiter durch Mark und Bein. Ihm war ohnehin zum Heulen zumute, aber das machte es jetzt gleich noch bedrückender.

Dann knirschte es, unmelodisch, aber dafür unmissverständlich. Mit einem Male wurde es hell und Gregorian blinzelte. Tabatha Lothian verlor vor seinen Augen ihren Halt, als ein Stück aus dem toten Geher gerissen wurde. Sie fiel mit einem Aufschrei aus dem Inneren der Maschine heraus, krachte zu Boden, überschlug sich zweimal und blieb regungslos liegen. Gregorian erhob sich, kämpfte sich ins Freie und sah, was passierte.

Es war kein Anblick, der ihn überraschte. Er hatte damit gerechnet. Endlich geschah mal etwas so, wie er es erwartet hatte.

Ein Friedhof. Ein Schrottplatz. Vielleicht beides. Alles voller Trümmer von Gehern, halb aufgerissen, mit zackigen Furchen, die anklagend starrende Löcher umrandeten, und wild umherliegend, ohne Sinn und Verstand. Dazwischen aktive Geher, aber nicht der Typ, den sie kannten. Diese waren kleiner, gedrungen fast, und sie trugen mächtige Klauen, mit denen sie in die Leiber ihrer toten Artgenossen schnitten, um … ja, um was eigentlich zu tun?

Ein heller, klirrender Laut ertönte, als würde ein Eiswürfel in ein Glas fallen. Alle, die sich aus den Resten des Gehers schälten, unbehelligt dabei, als ob sie gar nicht existieren würden, drehten sich um. Aus einem toten Geher in der Nähe rollte eine große, kristalline Kugel, mit etwas unebener Oberfläche, über den eisigen Boden. Von ihr kam der klirrende Laut, der sich wie ein Windspiel fortsetzte. Er wurde aufgenommen von den umstehenden Gehern, die alle mit einem Male in ihrem Tun innehielten, und es geschah etwas, mit dem Gregorian nicht – mit dem niemand – gerechnet hätte. Die Geher waren diejenigen, die sangen. Es war eine Verfeinerung des klirrenden Geräusches, mit einer plötzlichen Melodie versehen, und er verband sich mit dem Klageton, der sie die ganze Zeit begleitet hatte. Es wurde eine Sinfonie, die Komposition eines Genies.

Gregorian mochte Musik, vor allem die komplizierte, die klassische, von der Erde und von anderen Welten. Sich in polymetrischen Klangteppichen mit ihren verschachtelten, erst nach mehrmaligem Hören richtig zu erfassenden Melodien und Tonkonstruktionen zu verlieren, war eine seiner bevorzugten Freizeitaktivitäten. Manchmal ergab die Natur erstaunliche Musik, wenn man genau hinhörte, das Hintergrundrauschen des Universums in seine Frequenzen und Sequenzen aufschlüsselte und in Beziehung zum eigenen Gefühl für Rhythmik und Klang setzte. Manchmal waren es andere Quellen der Natur. Dies hier aber, das empfand Gregorian mit spontaner Gewissheit, war kein Nebengeräusch, kein Abfallprodukt, es war gewollt, geplant und dahinter stand ein gestaltender Geist, ein kompositorischer Genius, der …

Gregorian konnte gar nicht darüber nachdenken, wollte es auch nicht. Mit höchster Konzentration lauschte und beobachtete er. Die Melodien verschränkten sich ineinander wie in einem delikaten Tanz unterschiedlicher Instrumente, die gemeinsam, manchmal im Wettbewerb, manchmal in harmonischer Einheit, um die perfekte Abfolge der richtigen Töne rangen, wie eine Improvisation, die schlicht dadurch entstand, dass man sie spielte, ohne Vorgaben, aber nach Gesetzmäßigkeiten, die der Zuhörer nur zu erahnen imstande war.

Die Geher nahmen dabei ihre Bewegung wieder auf. Einer ging auf die am Boden liegende, mindestens einen Meter durchmessene Kristallkugel zu, ergriff sie mit behutsamer Zärtlichkeit, die man den groben Klauen gar nicht zugetraut hätte, und trug sie davon. Als die Kugel sich entfernte, wurde auch das Konzert leiser, bis am Ende, der Träger mit seinem Schatz außer Sicht, nur der klagende, fragende Ton blieb.

Tabatha stöhnte und richtete sich auf. Sie schien unverletzt. Fragend sah sie sich um, bis ihr Blick auf Gregorian liegen blieb.

»Ich verstehe es«, sagte dieser, einer plötzlichen Eingebung folgend. Die anderen sahen ihn verwirrt an. Er wusste, dass er jetzt nicht mehr zurückkonnte, und erschreckte sich kurz vor seiner eigenen Courage. Was würde Tabatha über ihn denken, wenn er jetzt Blödsinn erzählte? Gregorian schalt sich einen Narren. Als ob das in ihrer aktuellen Situation noch irgendeine Bedeutung hatte. Außerdem war er niedlich, da passte Blödsinn.

»Sie suchen. Der klagende Ton, diese Melodie ... es ist eine Frage, ein Sehnen, als ob man nach einem Erdbeben Überlebende im Schutt zusammengefallener Häuser suchen würde. Und hat man das Gesuchte gefunden, gibt es einen Jubel, ein Konzert der Freude und Zufriedenheit. Diese Kristallkugel. Die suchen sie. Vielleicht hat auch unser Geher eine. Anders kann ich es nicht erklären. Es ergibt Sinn.« Er sah sich um. »Es ergibt doch Sinn, oder?«

»Wenn man nicht mehr alle Tassen im Schrank hat, dann ganz bestimmt«, knurrte Dapper, die für so ein Geschwurbel wohl keine Zeit hatte und ihre Waffe voller Misstrauen umklammert hielt.

Gregorian suchte den Blick Tabathas und fand zu seiner Erleichterung in ihren Augen weder den gleichen Sarkasmus noch Zweifel an seiner geistigen Gesundheit. Sie nickte ihm zu. Das freute ihn mehr, als er zeigen wollte.

»Was machen wir? Sie scheinen uns nicht zu beachten!«, stellte Gregorian nun fest.

»Dann sollten wir uns bedeckt halten.« Tabatha wies auf einen Haufen mit Geherresten. »Dort scheint man die Suche schon abgeschlossen zu haben und wir sind etwas in Deckung. Vielleicht haben wir dann Gelegenheit, unser weiteres Vorgehen zu besprechen. Dapper, was ist mit der Funkverbindung? Mein Helm ist tot.«

Gregorian schaute auf das interne Display. Der Anzug funktionierte hervorragend, wie man es von hoch spezialisierter Einsatzausrüstung erwartete. Doch das Funkgerät war still und empfing nicht einmal ein Rauschen. Das war kein Zufall.

»Nichts bei mir«, sagte Dapper und die Frustration in ihrer Stimme war unüberhörbar.

»Ich habe auch nichts«, sagte Gregorian pflichtschuldigst. Sie alle hatten begonnen, sich in Richtung des von Tabatha identifizierten Schutthaufens zu bewegen. Die Recyclinggeher wanderten weiter singend über das Gelände und ignorierten sie weitläufig.

»Diese große Kristallkugel, das ist ihr Gehirn«, murmelte Gregorian zu niemand Bestimmtem. Wenn er schon zu spekulieren begann, dann konnte er das auch gleich fortsetzen. »Das ist ihre Seele. Sie sind mehr als nur Maschinen, da bin ich mir sicher.« Er blieb abrupt stehen und sah Tabatha an. »Wir sollten nicht einfach nur entkommen. Wir sollten eines der Gehirne mitbringen.«

»Der Mann ist völlig durchgedreht«, kommentierte Dapper. »Was ist wohl die wahrscheinlichste Reaktion, wenn wir den Gehern eines ihrer Gehirne klauen? Wie würden Sie reagieren, wenn man das aus Tabathas Kopf schrauben würde?«

Die Expeditionsleiterin machte nicht den Eindruck, als würde sie den Vergleich übel nehmen. Sie sah Gregorian nachdenklich an.

»Er hat nicht unrecht«, sagte sie schließlich, als sie hinter dem Schutt angekommen und allesamt in die Hocke gegangen waren. »Er hat nicht unrecht.«

»Ich sage, wir verschwinden von hier, solange uns die Dinger ignorieren«, sagte Dr. Carlson, der sich bisher sehr bedeckt gehalten hatte. Tabatha sah immer noch Gregorian an, der sich unter ihrer kritischen Aufmerksamkeit unwohl zu fühlen begann.

»Wir sind auf dieser Welt mit einem klar umrissenen Auftrag gelandet«, sagte sie schließlich. »Wir sollten einen der Geher bergen oder zumindest wesentlich neue Erkenntnisse über das erlangen, was in ihnen steckt. Wir haben zwei Dinge erfahren: Es gibt eine Menge dicht gepackter Technik und es gibt die Kristallkugel, Gregorians Gehirn.«

»Das ist eine Hypothese«, wand Dapper ein. »Es könnte sonst was sein. Ein Gewicht.«

»Darum so viel Aufhebens machen?«, protestierte Gregorian mit neuer Energie. »Sie haben doch gesehen, was da gerade passiert ist. Sie haben es gehört.«

Dapper schüttelte den Kopf.

»Ich habe beobachtet, dass etwas passiert ist. Sie machen Interpretationen und ich halte die meisten für unzulässig. Klagende Ruflaute, allgemeine Freude, das ist doch Anthropomorphisierung, davor werden sogar wir simple und unverständige Unteroffiziere im Erstkontakttraining gewarnt! Und wir sind nicht die Hellsten, sonst würden wir richtig Karriere machen!«

Gregorian kam nicht umhin, amüsiert zu grinsen. Dapper war nicht einfach im Umgang, aber arrogant war sie nicht und das machte sie manchmal beinahe sympathisch.

»Wo genau sind wir und wie kommen wir von hier weg?«, führte Tabatha die Diskussion wieder zum zentralen Thema zurück. »Uns nützt das alles ja nichts, wenn wir nicht wissen, ob es überhaupt eine reale Perspektive auf Flucht gibt.«

»Die Flotte wird uns doch suchen!«, sagte Carlson mit etwas unsicherer Stimme.

»Die Flotte hat diesen Friedhof nicht entdeckt, trotz aller Scans, da dürften wir auch nicht sonderlich gut auffallen«, erklärte Dapper mit brutaler Offenheit, die den Metallurgen ein wenig zusammenzucken ließ. »Wir müssen uns bemerkbar machen. Das Problem ist: Wenn man uns bemerkt, dann nicht nur aus dem Orbit. Wenn wir laut werden, sind wir für alle zu hören und dann bleibt die Frage, wer uns als Erster erwischt.«

»Vielleicht funktioniert der Funk außerhalb dieses Schrottplatzes. Wir müssen nur weit genug fort von hier«, schlug Carlson vor und Gregorian musste einsehen, dass der Gedanke nicht völlig abwegig war.

»Egal was passiert, unsere Chancen stehen schlecht«, sagte Tabatha, die nun, von der Enge des Gehers befreit, neue Kraft zu schöpfen begonnen hatte. »Also nutzen wir sie. Weitere Ideen?«

Hinter dem Schutthaufen, mitten unter den weinenden und klagenden Gehern, kehrte grüblerische Stille ein.

12

»Sie sind Experten?«, fragte Admiral Adlik und tat alles, die Frage nicht allzu ungläubig klingen zu lassen. »Sie sind Diplomaten, aber Direktor Kalebonian kündigte mir technische Experten an!«

»Wir sind Experten für vieles«, erwiderte Monoth Sirk mit schnarrender Stimme. Die Lamellen vor seiner Mundöffnung gaben seinen Worten etwas Blubberndes, was sich bei größerer Lautstärke in ein Schnarren verwandelte, einen Unterton wie bei einem falsch eingestellten Lautsprecher. Der Padare war groß, fast zweieinhalb Meter, und seine schlanke, vielgliedrige Gestalt beugte sich über Adlik wie ein geneigter Turm, der alles in den Schatten stellte, vor allem sie selbst. Sie versuchte, nicht beeindruckt zu sein. Ihre bisherigen Begegnungen mit Vertretern dieses Volkes waren mehr aus der Ferne gewesen und die Kommunikation hatte darin bestanden, Explosivkörper in ihre ungefähre Richtung abzufeuern. Adliks Feuerprobe als junge Offizierin. Sie dachte nicht gerne daran zurück. Dass das Imperium die Padaren nie richtig unter die eigene Knute gezwungen hatte, kam nicht von ungefähr. Adlik hatte damals geholfen, ein Stück abzubeißen, an dem das Imperium seitdem kaute. Padaren waren keine sehr gefälligen Untertanen. Sie lagen dem Kaiser seitdem sehr schwer im Magen.

»Das gilt auch für Sie, Emissär?«, fragte Adlik das zweite Wesen im Raum. Wasdan Klondak war ebenfalls größer als die Frau, seine weiche, gallertartige Substanz zusammengehalten durch ein transparentes Exoskelett, dessen mechanische Teile auf Hochglanz poliert waren. In dem runden Schädelaufsatz, eine Hommage an ihre Gastgeber, aber im Grunde ohne echte Funktion, schwammen Gehirnstückchen, verbunden mit den anderen Organteilen in der trägen Flüssigkeit durch Botenstoffe, die zielsicher ihren Weg durch das träge Medium fanden – nur nicht besonders schnell. Simmi waren intelligent, sogar sehr, aber sie waren auch langsam. Emissäre zeichneten sich dadurch aus, dass Exoskelette ihnen Drogen in den Körpergallert injizierten, die ihre Denkgeschwindigkeit erhöhten, sodass sie einer normalen Konversation zu folgen imstande waren. Es war bekannt, dass dies dauerhafte Nervenschäden verursachte und kein Simmi sich ein zweites Mal einer solchen Prozedur unterzog. Die Fluktuation in ihrem Diplomatischen Dienst war erheblich, und das nicht nur in Bezug auf das Geplätscher in ihren Exoskeletttanks.

»Ich bin vorbereitet«, kam die dürre Antwort Klondaks, kommuniziert durch einen Vocoderaufsatz, der die Signale seiner Fluidzellen in Akustik umsetzte. Adlik hoffte, dass er diese Übersetzungsarbeit korrekt erledigte, denn die Simmi hatten dem Imperium nie die Codes zur Verfügung gestellt, eine eigene Übersetzung zu ermöglichen und damit die Qualität der Bedeutungsübertragung zu prüfen. Es hatte drei kurze Kriege gegen die Simmi gegeben und die offizielle Propaganda sagte, dass sie mehr oder weniger unentschieden ausgegangen waren. Tatsächlich hatte das Imperium alle drei Male rechtzeitig eingesehen, dass es besser war, jetzt aufzuhören, ehe Schlimmeres geschah. Die Simmi waren langsam, aber ihre Macht war gewaltig. Ihre Trägheit machte sie friedlich, sonst hätte die Menschheit noch ganz andere Probleme mit ihnen bekommen. Ihre Fremdartigkeit jedoch stieß die xenophoben Elemente der menschlichen Gesellschaft ab, war für viele ein dauerhafter Dorn im Fleisch. Es war sehr bedauerlich, dass diese Elemente immer wieder die Oberhand gewonnen hatten, wenn es um militärische Entscheidungen ging. Adlik war Offizierin, aber sie zählte sich nicht zu dieser Art von Mensch. Ihre offenere Einstellung machte es ihr einfacher, mit diesen beiden Intelligenzen zu reden, ohne gleich um sich zu schießen.

Die Option behielt sie sich aber grundsätzlich trotzdem vor. Sie *war* schließlich Offizierin.

Die Padarische Konföderation, repräsentiert durch den großen Monoth Sirk, war weniger träge, dafür aber auch weniger mächtig, was vor allem an ihrer notorischen inneren Zerstrittenheit lag. Im Laufe der letzten Jahrhunderte hatte das Imperium der Konföderation vier Systeme abgenommen, eines davon mit Adliks direkter Beteiligung. Die Beziehungen waren beim besten Willen nicht als freundschaftlich zu bezeichnen.

Dass man sich hier trotzdem zusammenfand, zeigte, welch wohltuende Wirkung ein gemeinsamer Feind auf erhitzte Gemüter haben konnte, vor allem dann, wenn dieser damit beschäftigt war, diese allmählich in Kältestarre zu versetzen.

Und so waren sie hier versammelt, in einem abgeschirmten Konferenzzimmer im diplomatischen Viertel der Hauptstadt. Ein Ort nur für sie. Adlik wusste jetzt nicht recht, wie sie beginnen sollte. Das wurde ihr dann aber glücklicherweise abgenommen.

Sirk machte sich bemerkbar, indem er seine Arme hob.

»Ich möchte etwas zu Protokoll geben, Admiral.«

»Ich höre.«

»Ich bin normalerweise ein großer Freund diplomatischer Gepflogenheiten. Aber zum einen hat die Menschheit in ihrem Umgang mit uns diese öfter ignoriert denn respektiert und zum anderen stehen wir gemeinsam vor einer Situation, die ein sofortiges Handeln erforderlich macht. Ich möchte daher auf allzu viel sinnloses Herumgerede, überflüssige Höflichkeiten und ein allgemeines Versinken in bedeutungslose Floskeln verzichten. Sie sind vom Militär und unsere Erfahrungen mit der imperialen Flotte sind durchweg negativ. Aber ich gehe davon aus, dass wir klar und deutlich miteinander reden können, anstatt stundenlang rhetorische Tänze aufzuführen. Gehe ich da recht in der Annahme, Admiral?«

Die vierte Person im Raum, bisher schweigsam und zurückhaltend, ergriff das Wort, ehe Adlik zu einer Reaktion kam. Direktor Kalebonian war, wenn man ihm persönlich begegnete, nicht halb so beeindruckend wie sein Ruf, aber Adlik machte nicht den Fehler, sich von diesem äußeren Eindruck in die Irre leiten zu lassen. Der Mann nickte dem Padaren zu.

»So machen wir es, Gesandter. Klondak?«

»Ich bin einverstanden. Sinnlose Konversation im Anschluss, wenn das soziale Bedürfnis noch bestehen sollte.«

»Dann sprechen Sie, Direktor. Ich bin sehr an Ihrem Standpunkt interessiert«, forderte der Padare den Geheimdienstchef auf. Kalebonian ließ sich nicht zweimal bitten.

»Ich sage Ihnen, wie es ist, Gesandter Sirk. Dem Imperium geht der Arsch auf Grundeis. Wir müssen reden. Es ist mir egal, ob wir Sie in der Vergangenheit böse gefickt haben oder nicht, aber jetzt sind wir in einer Situation, in der wir alle gezwungen werden, uns nach vorne zu beugen. Das würde ich gerne beenden und ich bin bereit, Zusicherungen zu machen.«

Sirk musterte Kalebonian ausdruckslos. »Ihre Sprache ist farbig, aber direkt. Welche Zusicherungen?«

Kalebonian holte tief Luft. Adlik sah ihn irritiert an. Dies war definitiv kein Austausch über technische Details. Was zum Teufel ging hier vor? Sie war alarmiert. Kalebonian hatte sie doch nicht unter Vorspiegelung falscher Tatsachen …

»Frieden, ein Grenzvertrag, Reparationen. Eines davon, alles davon. Wenn wir zusammenarbeiten und uns gegenseitig gegen die Kalten helfen.«

Adlik war jetzt sprachlos. Sie starrte nur noch. Ihr fehlten für den Moment wirklich die Worte. Kalebonian hatte. *Der miese, dicke, verschlagene, widerliche, intrigante Dreckskerl!*

»Eine Lüge, wenngleich eine verheißungsvolle«, mischte sich nun Klondak ein und der Direktor verzog keine Miene, als er die Bezichtigung vernahm. Adlik beherrschte sich mit Anstrengung. Es war wohl unangebracht, sich in diesen Teil der Konversation einzumischen. Sie spielte hier keine Rolle. Das alles hier war für sie erst einmal nur unverständlich.

»Eine Lüge?«, echote Kalebonian und klang ernsthaft neugierig.

»Die Simmi sind nicht ohne Wissen«, antwortete Klondak. »Der Imperator der Menschen hat die Zusicherung, die Sie soeben meinem verehrten Kollegen gemacht haben, nicht abgesegnet. Tatsächlich verfüge ich über sehr beunruhigende Hinweise dahingehend, dass der Imperator, Ihrer beider oberster Herr, weder etwas von diesem Treffen weiß noch von der Absicht zur Kooperation. Ich möchte noch weiter gehen: Ich behaupte, wüsste besagte Majestät von dieser Zusammenkunft, wäre Ihrer beider Karriere schnell beendet, möglicherweise durch einen Hochverratsprozess, mindestens aber durch eine ehrlose Entlassung und Ächtung.« Klondaks musterte Kalebonian intensiv. »Sagen Sie mir, Direktor, dass meine Worte auf Irrtümern und Fehlinformationen beruhen und sie daher keinen Wert haben.«

Adlik hob die Augenbrauen und warf dem Direktor ebenfalls einen auffordernden Blick zu. Klondak wusste mehr als sie, und hatte er recht, war das mindestens beunruhigend. Ein paar Grad am Imperator vorbei zu agieren, wenn es notwendig war – nun, es gab keinen Teil der Administration, der das nicht hin und wieder tat, und erfuhr es niemand, wurde in der Regel auch kein Schaden angerichtet. Das hier aber war eine Nummer größer. Unwille, ja Verärgerung stiegen in ihr auf. Wenn Kalebonian sie benutzte, nur hereingelegt hatte, dann würde sie mehr tun müssen als nur ein ernstes Wort mit ihm reden.

Der Direktor warf ihr einen warnenden Blick zu. Adlik verstand und hielt den Mund. Das war jetzt seine Show. Aber es würde eine After-Show-Party geben, und es würde sicher heiß hergehen.

Kalebonian sprach wieder.

»Gesandter, ich mache Ihnen keine Zusicherungen auf der Basis einer Lüge. Tatsächlich ist es aber so, dass ich mein Leben und das des Admirals in Ihrer beider Hände lege. Sie haben absolut recht. Der Imperator weiß von diesem Treffen nichts, und täte er es, würde er es missbilligen, sogar sehr deutlich. Die von Ihnen gerade angesprochenen Konsequenzen wären nicht unausweichlich, aber es würden für uns unangenehme Zeiten anbrechen. Aber wissen Sie was? Die Zeiten sind schon unangenehm und sie werden nicht besser. Die Situation hat sich noch zugespitzt. Ich muss Sie beide kaum auf die ganz aktuellen Ereignisse hinweisen, die sich im Kernsektor abspielen. Wir können uns jetzt zurücklehnen und der Katastrophe entgegenblicken, in einem oder zwei Jahren endgültig vor den Kalten kapitulieren und unser eigenes Schicksal besiegeln – oder wir können uns dagegen wehren. Und wer nicht mit uns ist, ist notwendigerweise gegen uns – und damit ein Störfaktor, der auf dem Wege zu unser aller Überleben zu beseitigen ist.«

Er sah sich um.

»Wir reden hier über technologischen Austausch. Ich weiß aber, dass wir auch über den Imperator reden müssen. Es ist absolut unausweichlich und es wird sicher kein angenehmes Gespräch.«

Adlik wurde heiß und kalt bei diesen Worten. Sie musste nicht besonders viel Fantasie aufbringen, um zu ermessen, dass Kalebonian von Hochverrat sprach. Auch die beiden Gesandten wirkten überrascht, ja nahezu überrumpelt, soweit sie das beurteilen konnte. Das hatten sie jetzt alle gemeinsam.

»Sie wünschen gegen den erklärten Willen des Imperators zu handeln?«, vergewisserte sich Sirk.

»Ja.«

»Sie wünschen im Zweifelsfall den Imperator zu beseitigen, Störfaktor, als der er sich zweifelsohne erweisen wird?«

»Ja.«

Ein einfaches Wort mit unabsehbaren Konsequenzen. Adlik brachte nicht einmal mehr ein protestierendes Krächzen hervor. Kalebonian hatte sie in eine tödliche Falle gelockt. Sie hatte jetzt die Wahl: den Direktor sofort melden, in der Hoffnung, dass der Bannstrahl des Imperators nur ihn treffen würde, oder …

»Sie wünschen unsere Hilfe bei einem Umsturz?«

Kalebonian zögerte kurz mit der Antwort.

»Ich wünsche Kooperation auf vielen Gebieten. Vor allem will ich, dass wir die Gefahr der Kalten bannen. Gelingt uns dies nicht, sind unsere Machtspielchen und Rivalitäten früher oder später irrelevant.«

»Das ist zutreffend«, sagte Klondak. »Unsere Projektionen gehen in die gleiche Richtung. Fällt das Imperium, fallen wir. Das ist unausweichlich. Bleibt natürlich eine wichtige Frage: Wer wird in einem solchen Fall die neue irdische Administration stellen? Sie, Direktor? Die Admiralin?«

Der Geheimdienstchef schüttelte den Kopf, eine Geste, die den beiden Aliens sicher in ihrer Bedeutung bekannt war, da sie nicht unvorbereitet in ein solches Treffen gegangen waren.

»Niemand von uns. Wir Menschen sind da eigen. Es ist eine Tradition der imperialen Herrschaft, auch in Zeiten des Umsturzes, dass ein Nachfolger aus der Familie stammen muss.«

»Unserer Erfahrung nach leidet die Auswahl politischen Führungspersonals nach genetischen Gesichtspunkten unter erheblichen Defiziten«, sagte Klondak. »Es ist erstaunlich, dass die Menschheit sich solch kruder Mittel bedient.«

»Die Menschheit ist in weiten Teilen sehr traditionell eingestellt und erwartet eine gewisse Vorhersehbarkeit und Beständigkeit in ihren Institutionen«, erklärte Kalebonian und gestattete sich ein entschuldigendes Lächeln, das an seinen Gesprächspartnern sicher verloren war. »Weder die Admiralin noch ich sind von geeigneter Abstammung, obgleich unter den Vorfahren Adliks eine Cousine zweiten Grades von Imperator Thessarion war. Ich befürchte, dass diese Verbindung jedoch nicht ausreicht.«

»Ich habe nicht die Absicht, Anspruch auf irgendwas zu erheben«, sagte Adlik leise und mit einem warnenden Unterton. Ja, sie sollten vor den beiden Aliens so etwas wie eine gemeinsame Haltung zeigen, aber dazu hätte der Direktor sie vielleicht vorher über seine Pläne in Kenntnis setzen sollen. Dann wäre Gelegenheit gewesen, ihn sofort zu erschießen und die ganze Sache zu vergessen, eine Option, die in diesem Moment leider für erhebliche Irritationen sorgen würde.

Ganz ausschließen wollte sie es aber nicht, wenn das so weiterging.

»Es gibt verschiedene Optionen«, sagte der Direktor schnell. »Die Familie des Imperators ist groß. Es ist nicht so wichtig, wer regiert, sondern nur, dass dies in unser aller Sinne geschieht.«

»Ich verstehe das richtig«, sagte der Simmi. »Sie verlangen unsere Kooperation auf der Basis einer schwachen Aussicht auf Besserung, für die Sie keine Garantie übernehmen können?«

»Ich kann Ihnen garantieren, dass der Kalte Krieg uns alle verschlingen und in Eisklumpen verwandeln wird. Würden Sie mir in dieser Extrapolation der Konsequenzen mangelnder Kooperation zustimmen? Haben wir uns nicht bereits auf diese Perspektive geeinigt?«

»Ich stimme zu«, sagte Monoth Sirk. »Ich sehe tatsächlich keine andere Wahl. Es fällt mir schwer, das zuzugeben, aber es ist wohl so. Wir kooperieren. Ein Versprechen ist mehr, als wir jemals von den Menschen erhalten haben. Wir werden Sie zu gegebener Zeit daran erinnern, Direktor. Und wenn mich jemand fragt, ob dieses Gespräch jemals stattgefunden hat, werde ich mich an nichts erinnern können.«

»Ich habe nichts anderes erwartet.« Kalebonian sah Klondak auffordernd an, der sich etwas zierte, sofort zu antworten. Dann aber, nach einer weiteren Minute nachdenklichen Schweigens, machte er eine Geste und sprach: »Ich stimme zu, aus der Not geboren. Mein Misstrauen ist groß, Direktor. Sehr groß. Ich traue Ihnen nicht über den Weg. Ihre Karriere und Ihre Taten sind uns bekannt. Sie sind ein sehr unerfreulicher Mensch.«

»Seien Sie also besser wachsam und behalten Sie uns gut im Auge – mich ganz besonders.«

»Das tun wir immer. Nun … Admiralin.« Klondaks Aufmerksamkeit richtete sich auf Adlik. »Ich komme nicht umhin festzustellen, dass Sie über die Pläne des Direktors nicht umfassend informiert gewesen sind.

Ich erkenne Zeichen der Überraschung, ja der Bestürzung an Ihnen. Ich denke, es ist nur fair, wenn ich Ihnen die Gelegenheit gebe, sich zu erklären.«

Adlik sah Kalebonian an, dessen Gesichtsausdruck einer teilnahmslosen Maske glich. Er ließ sie hängen und er tat es mit Absicht, wusste genau, welcher Erwartungsdruck jetzt auf ihr lastete. Wenn sie sich den Plänen des Direktors verweigerte, bestand die reelle Gefahr, dass die beiden Gesandten einen Rückzieher machen würden. Stimmte sie zu, wurde sie zu einer Verräterin. In beiden Fällen bestand die mögliche Konsequenz aus einer Katastrophe, vor allem für sie persönlich, aber auch für viele andere Menschen. Die Frage war also: Welche Art des Unheils würde sie wählen?

Irgendwie war sie jetzt in die Rolle einer Schiedsrichterin gedrängt worden. Das war keine, in der sie sich sonderlich wohlfühlte.

Kalebonian, das wusste sie, würde hierfür bezahlen. Und wenn es das Letzte war, was sie tat, ehe das Ende für sie nahte: Er würde bezahlen und es würde ihr eine große Freude sein, ihm die Rechnung zu präsentieren und zu kassieren.

Dieses Versprechen lag ohne Zweifel in dem Blick, den sie ihm nun zuwarf, und sein knappes Nicken zeigte, dass die Nachricht angekommen war. Kalebonian wirkte nicht abschätzig oder verächtlich. Er nahm die Ankündigung ernst. Das war mehr, als Adlik erwartet hatte.

»Ja. Die Kalten sind eine umfassende Gefahr«, sagte sie dann laut und sah den Simmi an. »Wir brauchen die Kooperation und ich werde tun, was ich kann, damit diese erfolgreich ist.«

»So sei es dann. Wo beginnen wir?«

Sie verloren keine weitere Zeit.

13

Die SANTIAGO kam im Serail an, in einem System, das früher Alpha Centauri hieß, aber irgendwann von einem klugen Politiker in Sol Nova umbenannt wurde. Der einzig halbwegs bewohnbare Planet war ein verstrahltes Drecksloch, das damals folgerichtig den Namen Terra Nova erhielt und Millionen von Kolonisten anlockte. Als diese merkten, dass die blühenden Landschaften erst nach mehreren Generationen Terraforming zu erwarten waren und sie selbst mit großer Wahrscheinlichkeit ihre Existenz in engen, metallenen Löchern unter einem dicken Strahlenschild verbringen würden, war die Freude übersichtlich gewesen. Der nachfolgende Bürgerkrieg hatte zur Folge gehabt, dass man sich dazu entschloss, Terra Nova erst dann wieder zu besiedeln, wenn das Terraforming abgeschlossen war. Immerhin: Es war nach Abschluss der Feindseligkeiten ausreichend Biomasse für die Automaten vorhanden gewesen. Alles hatte etwas Gutes, rational betrachtet.

Das Schiff loggte sich ins Flottennetz ein, bekam einen Befehlscode, das einzige Willkommen in dieser Situation, das Sinn ergab. Alle waren sehr konzentriert, alles auf das Überleben ausgerichtet. Und Heinrichs verstand sofort, welchen massiven Fehler das Flottenkommando im Begriff war zu begehen.

Es war selbstgefällig.

Es gab keine tödlichere Dummheit als diese.

Er nahm Kontakt auf. Sein Wort hatte in diesem Moment ein klein wenig mehr Gewicht als sonst, denn er hatte sie gewarnt. Die Warnung hatte nicht viel genützt, aber dadurch war er zum Experten für den Asteroiden geworden und Expertenwissen war immer gefragt. Also wurde er zu Admiral José Martinez durchgestellt, der ihn ansah, als wäre er für die

Störung der allgemeinen Ruhe verantwortlich. Der Bote der schlechten Nachrichten war mal wieder schuldig. Heinrichs nahm das mit Gleichmut zur Kenntnis, er kannte Martinez. Jeder kannte ihn. Jeder hielt ihn für einen Trottel.

»Tun Sie das nicht!«, sagte Heinrichs eindringlich. »Sie müssen die Flotte konzentrieren und Sie müssen Einsatzkräfte aus dem gesamten Imperium anfordern. Die derzeitige Aufteilung der Geschwader ist nicht hilfreich. Wir brauchen alle Feuerkraft, an einem Ort, um ...«

»Sie sind Captain. Ich bin Admiral. Was sagt Ihnen das?«

Martinez sah Heinrichs kalt an. Arroganz. Heinrichs kotzte es jedes Mal an.

»Dass Sie in der Lage sind, einen großen Fehler zu begehen und ich Sie nur davor warnen kann?«

Martinez verzog sein rundes, pausbäckiges Gesicht zu einem Ausdruck an Verachtung, den niemand diesem Antlitz jemals zugetraut hätte. Er war Admiral der Verteidigungskräfte im Serail, weil niemand ernsthaft erwarten würde, dass dort ein Angriff bevorstünde. Er war gut auf Paraden, trug Orden mit der notwendigen Würde und stand seinen Mann an Buffets, tapfer ausharrend bis zum letzten Schnittchen. Aber jetzt, konfrontiert mit einer echten Gefahr, war er eine Fehlbesetzung. Er wusste nicht, was er tat, war aber nicht bereit, das zu erkennen. Und Heinrichs war ihm lästig.

»Wie reden Sie mit mir?«, blaffte er zurück.

»Admiral, das sind über 40 Kollapsare. Wenn Sie die Verteidigung zur sehr aufsplitten und nicht sofort starke Verbände aus dem gesamten Imperium heranholen ...«

»Ihre Berichte werden geprüft, Captain. Ich werde niemanden verrückt machen, weil Sie möglicherweise Halluzinationen hatten oder einen Datenglitch oder ...«

»Ich habe alle Rohdaten übermittelt!«, protestierte Heinrichs.

»Und sie werden geprüft.«

»Jedes System für sich ist nicht zu verteidigen! Verdammt, ich weiß nicht einmal, ob wir es schaffen würden, eines mit allen Schiffen zu verteidigen! Admiral, ich ...«

»Ihr Defätismus steht einem imperialen Offizier nicht gut zu Gesicht«, unterbrach Martinez, nun mit Zornesröte auf den runden, weichen

Wangen. »Wir haben keine Angst vor dem Feind, in keiner Situation! Das Imperium obsiegt! Der Imperator ist mit uns! Wir weichen nicht, wir zögern nicht, wir stehen!«

»Wir haben einen Riesenschiss vor den Kalten, deswegen schicken wir Schiffe wie die SANTIAGO …«

»Reine Vorsichtsmaßnahme«, ließ Martinez auch das nicht gelten. »Sie dürfen ja mitmachen. Sie haben doch Befehle bekommen, oder? Reihen Sie sich ein und lernen Sie, wie die Serail-Geschwader den Feind vernichten. Ihre Position ist klar?«

»Ja, Bereitstellungsraum 3, Unterstützung für die Festung ADAM.«

»Eine würdige Aufgabe, die sogar die SANTIAGO bewältigen sollte.«

»Admiral, ich weise Sie …«

»Ich habe Sie gehört. Ich habe Sie verstanden. Sie sagen mir, dass meine Taktik falsch sei. Sie wissen es besser als mein ganzer Stab. Im Ernst, Captain? Wollen Sie mich auf den Arm nehmen?«

Heinrichs fiel dazu die passende Antwort ein, doch dann spürte er, außerhalb des Erfassungsbereichs der Kamera, Shibutanis Hand an seinem Ärmel. Heinrichs verstand. Er neigte den Kopf, sprach die höflichste Grußformel, die ihm einfiel, ertrug Martinez' triumphierendes Grinsen und starrte dann auf den schwarzen Schirm.

»Martinez ist von Jasagern und Trotteln umgeben, alles reiche Söhne und Töchter wichtiger Familien, die man unter sein Kommando abgeschoben hat, weil sie dort keinen Schaden anrichten können«, erklärte der Erste Offizier etwas, das Heinrichs längst wusste. »Eine perfekte Blase, in der der Admiral seit Jahren handelt und denkt und in die er sich dermaßen hineinsteigert, dass ihn nicht einmal ein direkter Befehl des Kaisers daraus hervorholen kann.«

»Der aber trotzdem hoffentlich kommt«, murmelte Heinrichs.

»Schau dir die Gesamtlageberichte an«, erwiderte Shibutani eindringlich. »Überall gibt es Angriffe. An allen Ecken und Enden. Du glaubst doch nicht im Ernst, dass die Kalten irgendwas dem Zufall überlassen? Das oberste Flottenkommando wird ohne dezidierte Anforderung und laute Panikschreie von Martinez erst mal gar nichts tun. Er meldet: ›Alles im Griff, die Flotte steht‹, bla, bla, und sie wollen es glauben, weil sie sonst andere Bereiche des Imperiums entblößen müssten. Frontbegradigung ist nichts, was dem Imperator gefällt, habe ich gehört.«

Heinrichs starrte Shibutani an. »Weißt du, was du da sagst, Sterling?«

»Was sage ich? Die Kalten haben den Angriff gut geplant und als Ziel ganz bewusst …«

Shibutani unterbrach sich, sein Blick war für einen Moment abwesend. Er schüttelte ganz langsam den Kopf, als wolle er die lästigen Schlussfolgerungen verscheuchen, die gerade durch sein Gehirn zu wandern begonnen.

»Das ist noch nie so passiert«, sagte Shibutani leise und sah sich um. Er wollte offenbar nicht, dass der Rest der Brückenbesatzung mithörte. »Dass die Kalten sich genau abgestimmt auf das interne Kräfteverhältnis eingerichtet, den richtigen Zeitpunkt abgewartet, die richtige Aktion vorbereitet und einen strategisch wohlüberlegten Schlag geführt haben – sie sind bisher immer noch gegen uns angerannt, mächtig, beinahe unüberwindbar, aber einfach so. Wo es gerade passte. Warum auch immer. Und immer Ziele, die am Rand lagen. Deswegen haben wir so lange durchgehalten. Ein großer, dummer, kalter Klumpen Angriffslust. Das hier aber ist anders. Es ist richtig intelligent und auf lange Sicht vorbereitet.«

»Basierend auf Informationen, die nicht nur unmittelbar zur Verfügung stehen mussten, sondern auch mit einem ständigen Update. Einer Quelle. Die Kalten haben … was? Spionsonden? Beobachtungsroboter?«

»Verbündete?«

»Verräter?«

»Du spinnst doch«, stieß Shibutani aus. »Wer würde denn so was machen? Mit was besticht ein Kalter einen Menschen?«

»Es gibt Leute, die den Untergang herbeisehnen, ohne dass du sie dafür bestechen oder groß überreden musst. Es genügt meist schon, ein wenig irre zu sein.«

»Aber dermaßen irre? Oder ist es ein Trick? Oder doch eine Sonde?«

Heinrichs hob eine Hand. »Es ist völlig egal. Die Tatsache, dass Martinez es nicht merkt, spricht für sich. Wir sollten damit direkt an das Flottenkommando gehen.«

»Die werden es doch begriffen haben!«

»Dort ist man derzeit damit beschäftigt, an allen Ecken und Ende Brände auszutreten. Ich bin mir nicht sicher, wer da derzeit wie … lenkt.«

Die beiden Offiziere schwiegen sich an. Niemand sprach offen darüber, aber es war in der Flotte mittlerweile allgemein bekannt, dass der Kaiser selbst im Admiralsstab den Vorsitz innehatte und seine Entscheidungen nicht immer … rational traf. Manche nannten sein Handeln »inspiriert« oder auch »überzeugt«. Das war eine wirklich nette Umschreibung für »weitgehend durchgeknallt«.

»Was können wir tun?«, fragte Shibutani.

»Wir haben Befehle. Wir müssen …«

»Was sollten wir tun?«, verbesserte sich der Erste Offizier und ihre Blicke trafen sich in einem Moment stiller Übereinkunft.

»Wir fragen Korff. Ich habe eine Idee und sie kann mir helfen herauszufinden, ob es eine gute ist. Wo ist sie?«

»Schläft.«

»Wie lange schon?«

»Fast eine Stunde.«

Heinrichs hob die Augenbrauen. »Wer kann sich so einen Luxus leisten? Sag dem Doc, er soll ihr ein paar Pillen geben, von den richtig bunten. Und versprich ihr eine Beförderung.«

»Beförderung?« Shibutani sah Heinrichs misstrauisch an. »Oder das Kriegsgericht?«

Der Kommandant lächelte sanft. »Mal sehen, mein Freund. Mal sehen.«

14

Der Autodoc stand unten in der Höhle, ein schlankes Gerät, mannshoch, vielleicht noch etwas mehr, und man sah ihm nicht an, dass er so massiv war. Imanez hatte geflucht wie ein Rohrspatz, doch die Anweisungen Thasris waren für ihn Gesetz, und als er nach zehn Stunden zurückkam, lag ihm Raureif auf den Kopfhaaren und dem langsam wachsenden Bart, und er sah die Expeditionsleiterin böse an. Dennoch, er hatte es geschafft: Die Kalten waren damit befasst, diese Welt einzufrieren, doch seltsamerweise beachteten sie den Eingang in die alte Anlage nicht mehr als jedes andere Bauwerk oder jede natürliche Formation auf dieser Welt. Die Invasoren waren keine Forscher, vor allem aber keine Entdecker, sie waren vorrangig damit befasst, alles in einen Gefrierschrank zu verwandeln, und danach war es sowieso egal, was da in Kälte erstarrt war. Und sie schienen sich damit zufriedenzugeben, dass die Anlage der Kath immer kälter wurde. Für sie schien damit jedes Problem gelöst zu sein.

Das machte das Leben einfach. Und es hatte Imanez erlaubt, nicht nur den Autodoc mitzubringen, sondern auch einen Lagebericht über die Situation oben auf der Oberfläche zu geben, der sich in zwei Worten zusammenfassen ließ: Alles starb. Dies war einst eine heiße, tropische Welt gewesen, voller wuchernder Fauna und Flora, ein Planet eruptierenden Lebens, Inkubator unzähliger evolutionärer Modelle, von denen sich noch keines endgültig durchgesetzt hatte. Davon war bereits jetzt nicht mehr viel zu sehen, zumindest nicht in Nähe der Anlage. Der Urwald war in Kälte erstarrt, es gab noch Tiere, die sich bewegten, aber nicht mehr viele und sie starben alle nach und nach, ohne dass die Kalten weiter nachhelfen mussten. Über alles deckte sich ein weißer Film erstarrter

Feuchtigkeit, es schneite immer wieder und Imanez hatte die sich ausbreitende Friedhofsruhe, verstärkt durch die schalldämpfende Wirkung des Schnees, mit bedrückenden und eindringlichen Worten beschrieben.

Der Autodoc aber stand hier unten. Er war natürlich mobil, alles andere war bei einer solchen Einheit auch wenig sinnvoll. Eine gut durchdachte Konstruktion, etwas sperrig vielleicht, und man musste aufgrund der kompakten Bauweise aufpassen, denn einmal beschleunigte Masse dieser Konsistenz konnte viel Schaden anrichten. Aber er stand jetzt hier unten. Und er war voll funktionsfähig, mit einer autonomen Energieversorgung, die für die wochenlange Behandlung von Patienten reichte. Das war nicht die Absicht Thasris. Ein Patient, eine Behandlung. Wenngleich sicher eine ganz besondere.

»Wir sollten keine Zeit verlieren«, sagte die Missionsleiterin, nachdem sie alle lang genug den Schilderungen des Soldaten zugehört hatten, um richtig deprimiert zu werden. »Der Autodoc ist da, wir benutzen ihn.«

Imanez war anzusehen, dass er gerne Einspruch erhoben hätte, aber es schien, als hätte die Kälte ihm die Kraft dafür geraubt. Außerdem hatte er bereits einmal unter Beweis gestellt, dass er ein gehorsamer Soldat sein konnte, und so nickte er nur ergeben und blickte in die Runde, vielleicht mit der stillen Hoffnung, jemand anders würde sich gegen den Versuch auflehnen, die offenbar in Hibernation befindlichen Fremden aufzuwecken. Doch keiner schien den Willen zu haben und vielen verlangte es offenbar nach einer sinnvollen Aktivität, um gegen das drohende Warten auf den Untergang anzukämpfen. Es war das Prinzip Hoffnung, das sie alle vorantrieb, und Hoffnung war eine Macht, gegen die auch berechtigte Zweifel wenig ausrichten konnten. Neugierde war auch im Spiel, ganz sicher bei denjenigen mit wissenschaftlichem Interesse.

Sie bereiteten die Maschine vor. Ein Glanzstück imperialer Technik, war sie zur Anamnese ebenso in der Lage wie zu vielfältigen Behandlungen, und als mobiles biochemisches Labor und Synthetisiereinheit konnte sie Medikamente beliebiger Natur herstellen, bis ihr die Grundstoffe dafür ausgingen. Darüber hinaus war sie zu Operationen bis zu einem gewissen Komplexitätsgrad in der Lage, und sollte das nicht reichen, konnte sie einen schwer erkrankten Patienten ihrerseits in Hibernation versetzen, bis Rettung kam. Dass die Expeditionen Kalebonians so ein Gerät mit sich führten, war eine erhebliche Investition und für einen Moment war Thasri dem Direktor dafür beinahe dankbar.

Sie wischte diese Anwandlung beiseite. Es gab noch keinen Grund, sentimental zu werden. Es war schließlich eine Aufgabe zu erledigen. Und Dankbarkeit gegenüber dem Mann zu empfinden, der sie wieder aus ihrer geschätzten zivilen Existenz gerissen hatte, widerstrebte ihr sehr.

»Wir werden das Wesen töten, wenn wir es aus seiner Kapsel nehmen und einfach so in den Doc legen«, versuchte nun Hephos noch einmal, Thasri von der Sinnlosigkeit ihres Tuns zu überzeugen. Die Expeditionsleiterin schüttelte lächelnd den Kopf und sah Imanez auffordernd an, der sich seufzend zu einer Erklärung bequemte. Als Soldat hatte er schon das eine oder andere Mal einen Autodoc von innen erlebt und wusste daher, wozu diese hochgezüchteten Maschinen in der Lage waren. Es waren ganz unglaubliche Konstruktionen.

»Stevens hier«, sagte er und wies auf seinen Kameraden, »hat einmal eine böse Schrapnellwunde gehabt. Wo war das noch gleich?«

»Biebenpeer VII. Ein Drecksloch von einer Scheißwelt.« Stevens qualifizierte dies mit der Ruhe und Sachlichkeit eines Mannes, der offensichtlich darauf hoffte, niemals wieder dorthin zurückkehren zu müssen.

»Und wie war dein Zustand?«

»Quasi mit meinen eigenen Gedärmen in einen Kampfanzug der Marke ›Gewittersturm‹ verklebt. Schweres Ding, mit zentermeterdicken Plastitpanzerungen. Man steckte mich mitsamt dem Anzug in den Autodoc und er hat mich fein säuberlich rausgeschnitten und verarztet. Hat mir sogar einen neuen Penis verpasst. Echte Qualitätsarbeit, ich bin wirklich sehr zufrieden.«

»Nicht nur er!«, rief einer seiner Kameraden von hinten und Gelächter folgte, dem Thasri nur ein säuerliches Lächeln schenkte. Sie sah Hephos an. Ob die farbenfrohe Schilderung jedwelche Zweifel beseitigt hatte? Wahrscheinlich eher nicht.

»Der Autodoc ist wirklich bestens geeignet für die Aufgabe. Wir werden das Wesen samt der es umgebenden Kapsel in ihn hineinstecken und er wird die Situation gründlich analysieren. Wenn er keinen Weg sieht, wird er das bekannt geben – er hat ziemlich niedrige Toleranzwerte, was das angeht. Er funktioniert automatisch und er schwingt sich nur zum

Herrn über Leben und Tod auf, wenn es niemanden gibt, der ihm Befehle erteilen kann.«

»Eine Sperre, die Sie durch Befehl überbrücken können«, sagte Hephos halb anklagend, als ob Thasri diese Art von Anweisung bereits gegeben hätte.

»Dazu bin ich befugt. Ich habe aber gar kein Interesse, jemanden umzubringen, egal was Sie von mir zu denken scheinen. Wir werden Schritt für Schritt vorgehen, mit sorgfältiger Risikoabwägung. Und damit möchte ich diese Diskussion auch gerne beenden. Wir tun es. Ich habe so entschieden. – Imanez!«

Den Soldaten, davon war auszugehen, plagten eher keine Gewissensbisse, seine Sorgen bezogen sich schlichtweg auf den Aspekt ihrer Sicherheit. Er nickte zweien seiner Männer zu, die bereitstanden. Sie hatten sich bereits einen Kandidaten für die Operation ausgeguckt und wirkten zuversichtlich. Die Techniker waren der Ansicht, dass die Kapsel an einer Art Scharnier gelöst werden konnte, und wirkten nahezu unbekümmert, als sie ihre Werkzeuge hervorholten und unter den wachsamen Augen des Sergeants mit ihrer Arbeit begannen.

Thasri beobachtete den Prozess genau, fand aber an der Sorgfalt der Beteiligten nichts auszusetzen. Der Autodoc summte ruhig, als er sich öffnete, und aus seinem Inneren schimmerte ein sanftes, oranges Licht, das nicht völlig unabsichtlich die Assoziation einer Gebärmutter auslöste, eines Ortes, an dem man sicher war, warm und genährt, und man keine Sorgen haben musste. Autodocs umschlossen ihre Patienten und wirkten von außen wie ein Sarkophag, was nicht bei allen Patienten positive Assoziationen hervorrief. Die meisten aber bekamen ohnehin davon nichts mit, sonst wäre es nicht nötig, sie in eine sündhaft teure Maschine dieser Art zu stecken.

Die Soldaten hatten die Kugel gelöst und bugsierten sie in aller Behutsamkeit in die Öffnung der Anlage. Der schlafende Alien schwankte etwas hin und her, als er bewegt wurde, sonst aber tat sich nichts, und als sich die Türen des Autodocs mit einem befriedigenden Schmatzen um das Objekt schlossen, begannen die Kontrollen aufzuleuchten und Thasri stellte sich vor die Schirme. Niemand hier war ein echter Experte, was diese Maschine anbetraf, und genau dafür war sie auch konstruiert worden: Sie war vollautonom und traf ihre eigenen Entscheidungen, mit der zentralen Ausnahme solcher über Leben und Tod, also vor allem bei der Risikoabwägung. Sowohl beim Militär wie auch bei Missionen wie dieser unterzeichnete allerdings ein jeder eine Einwilligungserklärung, sich im Notfall, ohne zu widerstreben, der Sorge des Autodocs zu unterwerfen, auch wenn niemand da sein sollte, der genau wusste, was dieser eigentlich beabsichtigte.

So was kam vor. Die meisten Patienten überlebten.

Thasri fand, dass es kein besseres Sinnbild für den *Deus ex Machina* gab als dieses Meisterwerk der Medizintechnologie. Und es funktionierte. Wer es schwer verletzt in einen Autodoc schaffte, der hatte extrem hohe Chancen, ihn auch lebend wieder zu verlassen. Es gab einen Grund dafür, warum diese Anlagen so teuer und nicht halb so verbreitet waren, wie man sich wünschen würde.

Der Autodoc war in seinem Tun stets transparent. Er überfiel Thasri mit medizinischen Daten und Analysen und genauen Hinweisen, welche Schritte jetzt notwendig seien. Thasri konnte nicht bewerten, ob das korrekt war oder nicht, und sie drückte nach langem Stirnrunzeln und Kopfschütteln einfach auf die Sensortaste, die dem Autodoc die absolute Befehlsgewalt überschrieb. Die Maschine nahm die Freigabe mit einem glockenhellen Ton zur Kenntnis, der durch die unterirdische Anlage vibrierte und alle Anwesenden darüber informierte, dass der Erweckungsprozess begonnen habe. Hoffentlich.

Die Frau betrachtete die Darstellungen, die sie weiterhin nur als grundsätzlich verwirrend empfand, und ihr Blick blieb dort hängen, wo die für sie wichtigste Angabe zu finden war: die voraussichtliche Dauer der Behandlung. Sie war überrascht. Der Autodoc, in seiner herrlichen Selbstzufriedenheit und sicher im Bewusstsein seiner technischen Perfektion, extrapolierte eine Behandlungszeit von rund einer Stunde. Sie würden bald mit dem Ergebnis konfrontiert werden, gut oder schlecht.

Keine Zeit, sich richtig zu entspannen. Aber Hunger hatte sie. Es wäre jetzt eine gute Gelegenheit, noch einen Bissen …

»Wir haben da etwas!«

Thasri löste sich von der Maschine und ihren Fantasien über einen Imbiss, sah Imanez an, wirkte plötzlich alarmiert, denn die sonst so ruhige Haltung des Sergeants hatte sich verändert. Es war etwas passiert. Und es hatte nichts mit dem Erweckungsvorgang zu tun.

»Die Bewegungssensoren oben haben sich gemeldet«, sagte der Sergeant und wies auf die Anzeige seines portablen Geräts, mit dem er die automatischen Wachsensoren und Kameras kontrollierte, die sie den ganzen Weg bis hierher herunter platziert hatten. »Jemand bewegt sich dort. Der Portaleingang wurde durchquert. Ich habe versucht, etwas auf den Kameras zu sehen, aber da sind nur Schatten.«

Unsicherheit in der Stimme. Thasri wusste auch sofort, warum das so war.

»Schatten? Die Kalten tarnen sich nicht. Das kann man ihnen wirklich nicht vorwerfen. Sie kommen immer mit offenem Visier und scheren sich keinen Deut darum, ob jemand vorgewarnt ist oder nicht.«

»Dann sind es keine Kalten.«

Imanez sah Thasri auffordernd an. Sie kam sofort zu einem Entschluss. Der Imbiss würde warten müssen.

»Entsenden Sie Späher. Drei Mann und mit allen Vorsichtsmaßnahmen. Etablieren Sie am nächsten Durchgang eine Verteidigungslinie. Wer auch immer hierhin auf dem Weg ist, er muss da durch. Wir erwarten ihn.«

Sie dachte an die Reste der ersten Expedition, die sie gefunden hatten. Es konnte sein, dass die gleiche Nemesis jetzt auch auf sie zukam. Es konnte keinen schlechteren Zeitpunkt geben. Aber für einen gewaltsamen Tod gab es nie einen guten.

Der Sergeant nickte und gab seine Befehle. Unruhe brach aus, insbesondere bei jenen, die erst einmal keine Befehle erhielten. Thasri sah es mit Missfallen. Sie konnte jetzt nur eines gebrauchen und das war strikte Disziplin, egal ob Soldat oder Zivilist.

»Ruhe, verdammt!«, zischte ihre Stimme durch die Höhle. »Imanez!«

»Sofort.« Der Sergeant nickte Stevens zu und machte sich selbst auf den Weg.

Thasri sah die anderen an. »Jetzt die Ruhe bewahren. Kein Geschnatter. Keine Spekulationen. Es könnte ein Tier sein, das sich in das Portal geflüchtet hat, um der Kälte zu entkommen.«

Die Erklärung beruhigte einige, aber nicht alle – und Thasri schon einmal gar nicht. Tiere tauchten nicht nur als Schatten auf den Sensoren auf. Und was die Kalten anging: Die unterirdische Anlage war eine Wärmequelle und auf so etwas reagierten diese früher oder später mit großer Zielsicherheit. Irgendwann mussten sie hier auftauchen, auch wenn die großen Geher hier unten nicht operieren konnten. Die Lösung war meist, dass die Kalten die Erdoberfläche aufrissen, bis sie tief genug hinuntergegraben hatten, um ihre Gegner dann zu erledigen. Die mysteriösen Invasoren waren nicht für ihre Subtilität bekannt.

Sie musste nicht lange auf Informationen warten.

»Dr. Thasri, Ma'am«, hörte sie Imanez' Stimme in ihren Kopfhörern, früher als erwartet. »Das sollten Sie sehen, wenn ich bitten darf.«

Der Sergeant klang überrascht, etwas angespannt, aber nicht ängstlich. Thasri hatte dafür ein Ohr entwickelt und es hatte ihr als Professorin öfters geholfen. Wenn ein Student ihr eine Geschichte erzählte, die als Erklärung für eine nicht abgegebene Arbeit dienen sollte, war sie in den allermeisten Fällen in der Lage, Wahrheit von Bullshit und Chuzpe von echter Verzweiflung zu unterscheiden, egal über welche schauspielerischen Fähigkeiten ihr Gegenüber verfügte. Imanez war nicht in Gefahr. Er war nicht einmal richtig beunruhigt. Und da war tatsächlich etwas, das ihre Anwesenheit erforderte. Also machte sie sich ohne weiteres Zögern auf den Weg.

Es ging nach oben, hinein in die Kälte, doch allzu weit musste sie nicht vordringen. Nach gut fünfzig Metern sah sie die Positionslichter von Imanez' Kampfanzug, als Nächstes die von Stevens und einem dritten Kameraden, und dann fing sie Signale von drei weiteren Personen auf. Oder waren es vier?

Das waren keine Kalten. Absolut nicht. Denn sie strahlten Wärme ab.

Sie kam näher, blieb stehen, als der Sergeant ihr zuwinkte. Zwei Männer, zwei Frauen. Drei in Standardanzug des Imperiums, ohne Insignien, reine Zivilversionen. Eine Frau trug nichts außer einer Art Overall, keinerlei Schutz, nicht einmal einen Helm. Sie wirkte sehr fremdartig und Thasri wusste sofort, dass sie trotz ihrer humanoiden Form kein Mensch war. Die andere Frau stand da, eine Waffe in der Armbeuge, die Mündung auf den Boden gerichtet, und ihre ganze Haltung schrie »Soldatin«. Imanez schien das ähnlich zu sehen, Stevens ließ sie ganz offenbar nicht aus den Augen. Die beiden Männer waren hochgewachsen und zeigten die Zeichen körperlicher Tätigkeit, der eine aber war etwas arg dünn, als habe …

Thasri kam näher. Sie war einst eine Spitzenagentin des Geheimdienstes gewesen, eine von Kalebonians besten. Sie wusste ganz genau, wie die

Söhne und Töchter des Imperators aussahen, die sonst weitgehend von der Öffentlichkeit verborgen lebten, vielleicht vom Thronfolger einmal abgesehen. Zahlreiche erfolgreiche Attentate in der Geschichte des Kaiserhauses hatten diese Vorsicht unabdingbar gemacht. Der Geheimdienst musste sie jederzeit schützen können und manchmal war es vorher nötig, sie zu identifizieren. Es gab viele Söhne und Töchter, Thasri aber kannte sie alle.

Sie kam noch einen Schritt näher. Er hatte sich verändert, wirkte ausgemergelt, erschöpft, etwas verhärmt vielleicht. Sie musste zweimal hinschauen, ganz genau. Sie starrte den jungen Mann an, der auf sie einen absolut nicht imperialen Eindruck machte, war dann von plötzlicher Gewissheit erfüllt, reagierte beinahe automatisch. Thasri ließ sich auf ein Knie nieder, die einzig mögliche Reaktion für eine Dienerin des Imperiums. Imanez starrte sie an, erst verständnislos, dann aber ahnend, was hier vor sich ging.

Thasri neigte den Kopf.

»Imperiale Majestät«, sagte sie leise, »Euer Besuch kommt unerwartet und unangekündigt. Dies ist kein Ort für Euch, Prinz Darius.«

Stevens murmelte etwas. Es war möglicherweise ein Fluch.

»Es ist exakt der richtige Ort für mich«, erwiderte der junge Mann und lächelte schwach. Als er sah, dass auch die drei Soldaten Thasri folgen wollten, winkte er ab. »Lassen wir das. Dies ist nicht die Zeit für Zeremonie. Ich darf Ihnen erst einmal Sergeant Vocis vorstellen.«

»Ich wusste es«, murmelte Imanez. »Raumlandetruppen?«

Vocis, ihre Augen auf die Waffen des Mannes gerichtet, die eigene Waffe einsatzbereit, nickte nur. Sie wirkte abwartend, aber nicht im engeren Sinne feindselig.

»Dies hier ist Spezialist Hamid, ein Flottenveteran«, stellte Darius vor. Der etwas besser genährte Mann nickte ebenfalls nur, wirkte aber nicht halb so angespannt wie Vocis, die dem Braten offenbar nicht zu trauen bereit war. »Und das ist Aume. Sie ist ein Raumschiff.«

Thasri sah die wohlproportionierte Frau und die interessanten Farbreflexe auf ihrer Haut einen Moment an.

»Ein kleines Raumschiff«, fügte der Prinz hinzu. Er war möglicherweise ein wenig verrückt geworden, aber so wie er aussah, war das auch nicht verwunderlich.

Darius machte einen Fingerzeig nach oben.

»Da ist ein Kollapsar der Kalten«, erinnerte ihn Thasri misstrauisch.

»Er sieht Aume nicht. Sonst wären wir kaum hier.«

Thasri entsann sich der letzten Meldung von Captain Ildiz. Was genau hatte die Kommandantin des Schnellen Kreuzers eigentlich gesehen?

»Warum seid Ihr hier, Majestät?«, fragte Thasri.

Der Prinz schüttelte den Kopf. »Vieles ist passiert. Mein Vater und ich stehen … nicht in gutem Einvernehmen.«

»Ich hörte, dass Ihr verschwunden seid.«

»Eine lange Geschichte. Ich würde mich freuen, wenn wir die Majestät weglassen können. Ich bin Darius, Sohn des Nicos, und ich befinde mich möglicherweise auf der Suche nach einem Mittel, um die Kalten zu besiegen. Oder auch nicht. So ganz genau weiß ich noch nicht, was ich hier mache.«

Er sah Aume an, als er das sagte. Thasri fühlte sich nicht direkt beunruhigt, aber unbeantwortete Fragen machten sie etwas nervös und es war ja nicht so, als hätte sie nicht genug am Hals.

»Darin sind wir uns einig. Und dieses Mittel befindet sich hier?«, hakte sie nach.

»Nein! Dieser Ort selbst enthält nichts, was uns helfen könnte, jedenfalls nicht im engeren Sinne«, ergriff Aume das Wort, eine sanfte, angenehm vibrierende Stimme, die keine Lautstärke benötigte, um sich Gehör zu verschaffen. »Aber Sie sind hier.«

»Was habe ich mit Ihrer Suche zu tun?«

Hamid hob eine Hand, zur Faust geballt, drehte sie um und öffnete sie. Darin lag eine sanft schimmernde Kugel. »Haben Sie so etwas schon einmal gesehen?«

Thasri starrte auf das Objekt und nickte langsam, fast gegen ihren Willen. »Ich besitze so etwas. Ich fand … es kommt von hier.«

»Nein, das glaube ich nicht«, sagte Darius.

»Wir haben eine ganze Kollektion«, erklärte Hamid. »Und wenn nicht wir, so doch unsere Schutzbefohlenen und Freunde. Wir kannten uns vorher nicht und befanden uns an ganz entgegengesetzten Enden der Galaxis und alle Wege führten uns nach Canopus und zueinander. Und jetzt sind wir hier. Aume kann diese Dinger orten und diese scheinen für uns alle eine Bedeutung zu haben. Zumindest haben die uns alle zusammengebracht. Jetzt sind wir da. Sie gehören zu uns. Aume meint, es seien Teile von ihr, und diese zu vervollständigen, sei notwendig, um etwas gegen die Kalten zu unternehmen.« Er sah das »kleine Raumschiff« an. »So in etwa?«

»So in etwa.«

Thasri kaufte ihm die Geschichte nicht ohne Weiteres ab.

»Sie reden wie ein Gläubiger, dem ein Gott erschienen ist.«

Hamid lächelte freudlos.

»Das hat nichts mit Religion zu tun.«

»Ich bin nicht davon überzeugt, dass es irgendwas mit mir zu tun hat. Darius ... Majestät ... ich bin eine reaktivierte Agentin des Geheimdienstes.« Die unmittelbare, fast schon angewiderte, sicher aber alarmierte Reaktion von Sergeant Vocis entging ihr nicht. Da war etwas vorgefallen und der Geheimdienst war seinem schlechten Ruf gerecht geworden, daran bestand kein Zweifel. Daran bestand im Grunde *nie* Zweifel. »Wir erforschen die Hinterlassenschaften der Kath auf dieser Welt und wurden von den Kalten überrascht. Das ist alles.«

»Das ist es nie«, sagte Aume und sah sich um. »Dieser Ort kommt mir mit jedem Moment mehr bekannt vor. Ich fühle mich unwohl. Es ist kein Planet angenehmer Erinnerungen.«

»Er war Tausende von Jahren unberührt«, wies Thasri sie zurecht.

»Ich bin sehr alt«, erklärte Aume.

»Und sie erinnert sich noch nicht an alles. Sie hat auch sehr lange geschlafen«, erklärte Hamid. Da war ein Hauch von Spott in seiner Stimme.

Thasri sagte nichts. Das war eine unwirkliche Situation, auf die sie nicht vorbereitet war. Sie war ebenfalls alt geworden, älter als die Einsatzagentin, die vor Jahren von Kalebonian auf eine selbstmörderische Mission nach der nächsten geschickt worden war. Eine junge Frau, die nichts mehr erschrecken konnte und vor nichts zurückschreckte. Das aber war eine lange vergangene Version ihrer selbst. Jetzt spürte sie ein Gefühl, das sie lange bei sich nicht für möglich gehalten hätte: die dunkle Wand drohender Überforderung. Ein Prinz – der Respekt war in sie einprogrammiert worden, sodass er zu einem automatischen Reflex wurde. Und eine Truppe, die normalerweise höchstes Misstrauen bei ihr auslösen musste. Sie war sich des prüfenden Blickes aus den Augen von

Sergeant Imanez durchaus bewusst. Er erwartete eine Reaktion von ihr, ein endgültiges »Alles okay!« oder einen Hinweis darauf, dass alle zu erschießen seien. Imanez würde nachher Fragen stellen. Aber er würde gehorchen.

Nein. Es bestand wohl keine Notwendigkeit, jemanden zu erschießen, eine Erkenntnis, für die Thasri dankbar war, denn diese Phase eines Lebens hatte sie eigentlich bewusst hinter sich gelassen.

»Wir gehen tiefer hinein, kommen Sie alle mit mir.« Thasri warf einen Blick auf die Soldatin. »Sergeant Vocis?«

»Ich bin mir nicht sicher, ob ich diesen Rang noch tragen darf.« Bitterkeit. Trotz.

»Ich bin mir sicher, dass sich dahinter eine interessante Geschichte verbirgt. Ich schlage einen Handel vor: Ich vergesse bis auf Weiteres, dass ich eine Offizielle des Imperiums bin und Fragen stellen müsste, deren Antworten mir nicht gefallen werden – und Sie stecken Ihre Waffe weg, ehe jemand verletzt wird.«

»Ich weiß, wann ich abdrücke und wann nicht«, erwiderte Vocis mit kaltem Unterton.

»Kein Zweifel auf meiner Seite. Ich würde mich aber wohler fühlen, wenn wir uns darauf einigen würden, uns vorerst gegenseitig am Leben zu lassen. Die da oben …«, Thasri wies mit einem Finger in Richtung der Oberfläche, »verfolgen diesbezüglich nämlich sehr eindeutige Absichten.«

Vocis zögerte kurz, schien aber bereit zu sein, Thasri zu glauben. Die Agentin nickte der Soldatin zu und sah mit Zufriedenheit, wie diese die Waffe sicherte und an einer Halterung vor ihrer Brust befestigte. Dass sie schnellstens in der Lage sein würde, sie wieder zu benutzen, sollte sich die Notwendigkeit ergeben, war offensichtlich.

Thasri sah Aume an, die passiv danebenstand. Aus irgendeinem Grund sagte ihr Instinkt aber, dass diese Frau weitaus gefährlicher war als die ganze restliche Gruppe zusammen.

»Sie haben ein Raumschiff, das die Kalten unbehelligt lassen – das habe ich richtig verstanden?«

»Nicht ganz, was das ›habe‹ angeht, aber ja, die letzte Hälfte stimmt.« Aume sprach selbstsicher, völlig ruhig. Imanez machte ihr keine Angst. Nichts ängstigte sie. Und nichts weckte Thasris Misstrauen mehr als das.

»Können Sie uns von hier wegbringen? Ich habe ein Team und wir sind eingeschlossen.«

»Vielleicht. Aber dieser Ort löst etwas in mir aus. Ich muss mich einer Sache vergewissern.« Aumes Gesicht umwölkte sich. »Ich glaube wirklich, ich war hier schon einmal. Es sind nur Erinnerungsfetzen, aber sie sind mit unangenehmen Empfindungen verbunden. Ich muss mich einen Moment umsehen. Es ist wichtig für unsere Mission.«

»Mission?«

»Die Kalten stoppen.«

»Wer gab Ihnen diesen löblichen Auftrag?«

Wieder zögerte Aume, dachte wohl nach, und als sie antwortete, war ihrer Stimme anzuhören, dass sie sich ihrer Sache nicht ganz sicher war.

»Ich glaube, das war ich selbst.«

15

Die SYLVANA fiel aus dem Hyperraum und der Alarm begann zu quaken. Es handelte sich um ein eher albernes als aufreibendes Geräusch, das dennoch sofort Horton Vigils volle Aufmerksamkeit beanspruchte. Die Ortungsergebnisse flackerten über die Schirme und er war ohne Zweifel am richtigen Ort, zur richtigen Zeit und damit in exakt der Gefahr, mit der er gerechnet hatte. Nein, tatsächlich war alles noch viel schlimmer.

»Schalte das ab, Syl!«

Der quakende Ton verklang, er hatte seinen Zweck erfüllt. Das Bild des Kollapsars zeichnete sich in aufdringlicher Klarheit auf den Scannern ab und Vigil, der sich rühmte, nur dann Angst zu empfinden, wenn es wirklich ganz unumgänglich war, spürte ein sanftes Unwohlsein in sich regen. Er konnte mit den Kalten nichts anfangen, sie nicht einmal als Feind begreifen, weil er sie nicht verstand: nicht ihre Art, nicht ihre Beweggründe und nicht ihre Absichten. Das widersprach allem, wozu er ausgebildet worden war, und so waren die Invasoren zu einem Anathema für ihn geworden. Er konnte ihnen nicht entkommen, nicht in seiner Position, aber ihn verließ die pragmatische Gelassenheit, wenn er ihnen zu nahe kam. Er wollte sie begreifen. Er hasste sie mehr für ihre Undurchdringlichkeit, ihr enigmatisches Auftreten als für die Tatsache, dass sie alles einfroren.

Im Rahmen seiner emotionalen Möglichkeiten. Genauso, wie er für nichts echte Begeisterung, gar leidenschaftliche Liebe zu empfinden in der Lage war, so entzogen sich ihm manchmal die spiegelbildlichen Empfindungen. Er hatte Gefühle in sich zu verschließen gelernt, nach und nach, denn die Ereignisse seines Lebens hatten ihm dazu mehr als einmal

Anlass gegeben. Am Ende war er zu dem Schluss gekommen, dass es ihm so einfach besser ging.

»Der Kollapsar ist in einem festen Orbit um die Kath-Welt«, sagte die SYLVANA, die sich selbst zum Stillstand gebracht hatte. »Die Erkältung hat begonnen.«

Ein Euphemismus, den Horton ihr beigebracht hatte. Die Schockstarre, in die die Kalten die von ihnen befallenen Welten versetzte, war mehr als das und hatte gravierende Konsequenzen. Aber es machte die Situation einfach erträglicher, wenn man Witze über sie machte. Vigil schätzte Sarkasmus, er gehörte zu den stärkeren Auslösern emotionaler Reaktionen, die bei ihm noch wirkten, und er gönnte sich die gelegentliche Dosis, um nicht ganz innerlich abzusterben.

»Wenn wir nicht zu nahe kommen, werden wir ignoriert. Wenn wir eine Flotte wären, würde er abbrechen und sich um uns kümmern. Nimm Kurs auf die Kath-Welt.«

»Sofort, Horton. Du solltest aber wissen, da ist ein zweites Schiff. Das Signal ist schwach. Ich habe den Eindruck, dass es über eine Art Deflektor verfügt. Ich empfange nur einen Schatten. Der Kollapsar scheint es gar nicht zu bemerken.«

Vigil beugte sich nach vorne, fixierte die Anzeige. »Das ist unser Ziel, Syl. Der Kollapsar ist nur lästiges Beiwerk.«

»Lästiges Beiwerk mit einem Durchmesser von mehr als einem Kilometer und genug Feuerkraft, um uns zehnmal aus dem All zu blasen. Dich scheint das nicht zu kümmern, aber ich habe noch Gefühle, Horton!«

»Du hättest einfach auf deine Mutter hören sollen, Syl.«

Das Lachen der KI war ihm, wie immer, ein Labsal. Sie verstanden sich gut. Er hatte durch sorgfältige Programmierung und Nutzung der Lernroutinen dafür gesorgt. Wenigstens eine, die ihn verstand. *Seine* eigene Mutter hatte nicht zu dieser Kategorie gehört.

»Sonst noch Raumfahrzeuge?«

»Wir sind alleine.«

»Status der Erkältung?«

»Ich orte rund einhundert Geher auf der Oberfläche und einen mittlerweile voll etablierten Brückenkopf. Die Durchschnittstemperatur des Planeten hat sich bereits um rund 10 Prozent gesenkt. Es schneit. Er geht demnächst in Stufe 2 über.«

Die Wissenschaftler des Imperiums waren immer noch auf der Suche nach richtig effektiven Waffen im Kampf gegen die Kalten, aber den Prozess des Einfrierens hatten sie immerhin schon in handliche Kategorien gestopft. Wenn Stufe 1 im Gange war, hieß es, dass die Kalten noch dabei waren, erst einmal den Brückenkopf zu errichten und sich, so vorhanden, anfänglichen Widerstands zu erwehren. Wenn man die Kalten in diesem Stadium zurückschlug, so die Theorie, konnte ein Planet, vor allem sein kostbares Ökosystem, gerettet werden. Bei Stufe 2 waren dauerhafte Schädigungen zu erwarten, die entweder einen langen Zeitraum planetarer Rekonvaleszenz oder aktives Terraforming erforderlich machten. Bei Stufe 3 war im Grunde alles verloren. Der eisbedeckte Himmelskörper war nicht mehr zu retten. Der Kältetod allen Lebens war eingetreten. Dann bewegten sich nur noch die Geher, und das auch nicht mehr lange. War die dritte Stufe erst abgeschlossen, setzten sich die Kalten wieder ab. Sie okkupierten nicht. Sie frosteten nur. Dann schien ihre Arbeit getan.

Hier würde niemand um diese Welt kämpfen. Die Fauna und Flora war, soweit die Daten das hergaben, evolutionär nicht weit genug entwickelt, um überhaupt verstehen zu können, was gerade mit ihr geschah. Alle waren vollauf damit beschäftigt zu sterben.

»Was ist das für ein Raumschiff, das einem Kollapsar entgeht, aber uns nicht?«

»Es ist offenbar darauf spezialisiert, für die Kalten unentdeckt zu bleiben. Wir haben schon lange die Vermutung, dass auch ihre maschinelle Wahrnehmung sich von der Arbeitsweise unserer Scanner unterscheidet. Es wäre schön herauszufinden, wie man sie überlisten kann.«

»Ich werde fragen, Syl. Was kannst du mir über das Schiff sagen?«

»Es hat die Form, Größe und Masse des imperialen Standardfrachters FRIEDBERT, ein Schiff im Besitz eines Kontraktorpiloten namens Holoban Kerr. Exakt das Schiff, das im Canopus-System aufgetaucht ist und sich sehr seltsam verhalten hat.«

»Ist es aber tatsächlich die FRIEDBERT?«, fragte Vigil, der die Ortungsergebnisse mit kritischem Blick musterte. Natürlich kannte er die Antwort auf die Frage, zumindest sein Instinkt sagte ihm ganz klar seine Meinung.

»Das kann ich weder bestätigen noch verneinen. Ich registriere seltsame Strahlungswerte, wenngleich diese nicht dem entsprechen, was ich bei einer holografischen Projektion oder einem Tarnschirm erwarten würde. Es ist etwas anderes.« Die SYLVANA klang etwas verwirrt und Horton Vigil konnte es nachfühlen. All das hier war verwirrend und stellte Dinge infrage, die als verlässlich und vorhersehbar galten. Aber genau deswegen war er ja derjenige, der sich dieser Sache annahm, und niemand sonst.

»Können wir Kontakt aufnehmen?«

»Das wird den Kalten auffallen. Sie reagieren auf Funkverkehr wie die Motten auf Licht. Es hätte zur Folge, dass wir gegebenenfalls sogar den Standort der FRIEDBERT verraten. Ist dies unsere Absicht?«

Vigil schüttelte langsam den Kopf. »Derzeit noch nicht.«

Er verfiel in ein brütendes Schweigen. Er hasste Sackgassen. Er musste seinen Auftrag erfüllen. Hier zu sitzen und zu warten, entsprach weder seinem Interesse noch seiner Aufgabe.

Der Kollapsar war im Weg. Die SYLVANA hatte keine Chance gegen dieses Monstrum. Kamen sie zu nahe, wurden sie zu einem Eisklotz. Es bedurfte einer Ablenkung.

»Syl, ich brauche eine Datenverbindung zum Flottenhauptquartier. Wie viele militärische Einheiten befinden sich in fünfstündiger Sprungdistanz von hier.«

»Das wird nicht viel sein. Ich sende die Anfrage. Einen Moment. Zwei Grenzgeschwader auf Zwischenstation bei Eldon V. Zwei Fregatten auf Überführungsflug zur Raumwerft nach Thespis. Eine kleine Flottille von Patrouillenbooten auf dem Weg in die Grenzzone zu den Simmi. Ich befürchte, alle anderen Einheiten sind zu weit weg.«

»Beordere sie alle hierher. Überrangbefehl. Sie sollen sich beeilen und alles geben.«

Seine Sylvana diskutierte nicht immer, manchmal führte sie einfach nur aus. KI oder nicht, die Hierarchie war klar und sie würde ihren Rat geben, wenn er gewünscht war. Aus Vigils Haltung wurde deutlich, dass das derzeit nicht der Fall war.

»Ich bekomme Bestätigungsmeldungen – und einige sehr verärgerte Anfragen von Kommandanten und von der Admiralität.«

»Du hast meine Legitimation übermittelt?«

»Selbstverständlich.«

»Dann ignorieren wir das. Ich werde mit den Kommandanten sprechen, sobald sie hier eingetroffen sind. Was die Admiralität macht, ist mir egal.

Sie hat mir alle Ressourcen zur Verfügung zu stellen, die sie hat. Ich habe keine Zeit für Diskussionen.«

Das stimmte natürlich nicht ganz. Er hatte alle Zeit der Welt, war hier draußen erst einmal zur Untätigkeit verdammt, bis er über die Mittel verfügte, um seinen Plan umzusetzen. Zeitverschwendung aber war es, hohen Offizieren erklären zu wollen, warum sie ihre Spielzeuge einem ihnen völlig unbekannten Spezialagenten zu überlassen hatten.

Horton Vigil warf einen letzten Blick auf die Lagedarstellung, zuckte mit den Schultern und erhob sich von seinem Sitz. Im hinteren Teil der SYLVANA hatte er eine Kombüse und eine Art Sitzecke, die weitaus bequemere Entspannungsmöglichkeiten anbot als der Pilotensessel. Er ließ sich vom Nahrungsautomaten eine kleine Mahlzeit zusammenstellen und setzte sich in die weichen Polster, die seinen Körper sanft und gleichzeitig stützend umschmeichelten. Die SYLVANA besaß alle Eigenschaften einer Luxusjacht, Horton Vigil hatte niemals die Behauptung vertreten, ein Diener des Imperiums müsse sich eines frugalen Lebensstils befleißigen, erst recht, wenn Steuergelder dafür aufgebracht wurden. Der Kaffee stammte aus echten Bohnen, war nicht das synthetische Zeug, das andere Automaten lieferten, und das Essen bot weitere frische Zutaten.

Er entspannte sich. Das fiel ihm nicht schwer. Jeder einfache Soldat lernte, sich Ruhe zu gönnen, wenn sich dazu die Gelegenheit ergab, weil man niemals wissen konnte, wann dies das nächste Mal möglich war. Horton Vigil war belastbar, aber er war keine Maschine, auch wenn er sich manchmal so zu verhalten schien. Er bedurfte der Ruhe, um Kraft zu tanken. Dumm nur, dass dann immer die Gedanken zu wandern begannen und er sie nicht immer unter Kontrolle bekam. Wenn das alles hier vorbei war, würde er sich einen schönen Abend mit einem Sexdroiden und einigen auserlesenen Drogen machen, das half beim Vergessen und er verspürte immer wieder das Verlangen nach genau diesem Zustand.

Kaffee und ein stärkendes Mahl sorgten für das Gegenteil. Die Maschinerie der Gedanken in seinem Kopf lief und lief. Er dachte immer etwas, und das immer auf Hochtouren. Das hatte er niemals ohne Hilfe von außen abstellen können. Ein Räderwerk, das rotieren würde, bis er den Arsch zukniff. Seine große Stärke und gleichzeitig seine größte Belastung. Der beständige Lärm in seinem Kopf setzte sich manchmal in den lebhaften Träumen seines Schlafes fort. Es war ein komplexer, nie enden wollender mentaler Tinnitus.

Er aß auf.

»Syl?«

»Nur Beschwerden und Nachfragen.«

»Ich leg mich hin. Weck mich, wenn es etwas Wichtiges gibt.«

Wieder war es wie immer: Auch im Schlaf fand Horton Vigil keine Ruhe. Seine Träume waren von lebendiger, lebensnaher Klarheit und er erinnerte sich stets an jedes Detail. Er musste schon sehr betrunken oder zugedopt sein, um das zu unterdrücken. Ihm blieb aber derzeit nur die Nüchternheit.

Er schlief und freute sich auf das Erwachen. Bewusstsein gab Fokus. Im Schlaf war er dem Räderwerk hilflos ausgeliefert. Und so hasste Horton Vigil den Schlaf wie wenig sonst in seinem Leben.

16

»Ich könnte mich ja irren, aber das ist ein Landungsboot.«

Dappers Worte kamen mit dem Ausdruck gebotener Vorsicht, doch Gregorian fühlte sich trotzdem sofort wie elektrisiert. Er justierte die Anzeige seines Helms, als er mit seinen Augen dem ausgestreckten Arm der Soldatin folgte, und vergrößerte auf Maximum. In der Tat: Am Rand ihres Wahrnehmungsbereiches stand die konische Form eines Dropships der Infanterie, bedeckt von einer dünnen Eiskruste, aber ansonsten äußerlich unbeschädigt. Es hatte eine beinahe schon besinnliche Ausstrahlung. Vor allem stellte das Raumschiff aber eine Verheißung dar.

»Das Ding steht da schon eine Weile«, murmelte Tabatha, die das Objekt ebenfalls in Augenschein genommen hatte. »Dapper, was meinen Sie?«

Die Soldatin zuckte mit den Schultern. »Es ist doch eine einfache Rechnung. Wir haben noch für einige Stunden Sauerstoff, dann müssen wir die Atmosphäre atmen. Die ist bald zu kalt, irgendwann wird sie selbst gefrieren, das ist der Zeitpunkt, an dem unser Ende naht – falls wir nicht vorher verhungern, erfrieren oder schockgefrostet werden. Wir können auf eine Gnade des Schicksals hoffen oder wir können unsere Überlebenschancen verbessern.« Sie zeigte in die Richtung des Dropships. »Die Eiskruste hat nichts zu sagen. Das ist ein Raumschiff. Wenn es einfach nur ein Überbleibsel des Krieges ist, dann wird es grundsätzlich funktionsfähig sein. Energie, Luft, Nahrungsvorräte. Vielleicht sogar noch flugfähig – wenn der Autopilot anspringt … Außerdem weiß ich, welche Knöpfe im Notfall zu drücken sind. Und ich habe gehört, unser Freund dort hat ein Pilotentraining erhalten.«

Gregorian verzog das Gesicht. Er stand sich mit seiner Großspurigkeit manchmal selbst im Weg. Es war ja nicht gelogen. Aber man sollte in die paar Flugstunden vielleicht nicht zu viel hineininterpretieren, ganz besonders nicht in einer Situation wie dieser.

»Die Kalten werden uns sowieso einfach vom Himmel holen«, wandte er ein.

»Kleine Schiffe lassen sie manchmal ziehen, wenn der Bedrohungslevel zu niedrig ist. Ein fliehendes Dropship könnte dieses Kriterium erfüllen«, erklärte die Soldatin.

»Sehr riskant.«

Dapper sah ihn kritisch an, vielleicht ein wenig geringschätzig. Aber das bildete er sich möglicherweise auch nur ein.

»Hier bleiben ist auch sehr riskant. Ich bevorzuge ja immer, etwas für mein Überleben zu tun, anstatt auf meinen Händen zu sitzen und darauf zu warten, dass ich erfriere.« Dapper sah auffordernd in die Runde, bis ihr Blick bei Tabatha hängen blieb.

»Ich sehe das ähnlich«, sagte die Expeditionsleiterin. »Wenn wir es schaffen, unerkannt bis dorthin zu kommen, können wir zumindest noch einmal in Ruhe überlegen. Aber ich glaube nicht mehr an die Flotte. Die ist längst weg oder traut sich nicht. Das Dropship ist unsere einzige Möglichkeit. Es kann natürlich schiefgehen. Aber selbst dann, wenn unsere Chancen 50:50 stehen, bin ich dafür, es zu versuchen.«

»Wenn die Flotte weg ist?«, begehrte Gregorian auf, der sich nicht wohl dabei fühlte, die Gegenrede führen zu müssen. Aber alle schienen ihm zu begierig, »irgendwas« zu tun. »Dropships sind rein relativistische Fahrzeuge!«

»Sobald wir im Orbit sind, fliegen wir von der Welt weg, aus der Reichweite aller Kollapsare. Dann setzen wir einen Notruf ab. Eine Bergung ist dann leicht möglich«, belehrte ihn Dapper. »Das Hyperfunkgerät ist nicht relativistisch. Es ist natürlich eine Frage des Glücks.«

»Wenn uns der Kollapsar durchlässt.«

»Das ist in jedem Fall die Voraussetzung. Ich kann keine Zusicherung geben. Wir sind hier nicht auf Urlaub.« Die Soldatin machte eine umfassende Geste. »Aber alles ist besser, als hier zu sitzen.«

»Es gibt genug Trümmer und Ruinen auf dem Weg dorthin. Wenn wir uns um unsere Deckung kümmern und die Hitzeentwicklung auf ein

Minimum begrenzen, haben wir eine Chance, uns das Landungsboot aus der Nähe anzusehen«, sagte Tabatha.

Gregorian gab sich geschlagen, und das nicht einmal ungerne. Hier auf den Tod zu warten, war tatsächlich keine Alternative. Jede kleine Hoffnung war besser als keine. Er würde es wahrscheinlich irgendwann bereuen, aber jetzt war nicht der Zeitpunkt dafür.

Tabatha sah sich um. Niemand sonst widersprach ihr. Sie nickte.

»Dann sollten wir nicht länger warten. Noch sind wir einigermaßen bei Kräften. Jeder trinkt jetzt mal vom Stärkungssaft aus den Anzügen, wer etwas essen möchte, sollte das auch tun. Dapper, Sie markieren uns einen Weg und übertragen die Marker in unsere HUDs. Ich möchte nicht, dass jemand verloren geht.«

Die Soldatin bestätigte den Befehl und begann mit einer intensiven Betrachtung des Fluchtwegs. Es dauerte nicht lange, da flammte das HUD in Gregorians Helm auf und bunte Markierungen wurden sichtbar. Sie zeichneten einen Weg zum Dropship, wiesen alternative Routen auf und kennzeichneten Deckungsmöglichkeiten. Das war natürlich Augenwischerei. Wenn die Kalten es wirklich auf sie abgesehen hatten, würde ihnen Deckung nicht allzu viel nützen. Aber es war gut, sich der Illusion hinzugeben, sie seien vorbereitet. Gregorian wusste, dass ihnen in dieser Situation nur eines half: nämlich eine Menge Glück.

Er trank, weil es ihm befohlen worden war, nicht weil er Durst empfand. Der Saft war süß und klebte etwas, war aber so mit Nährstoffen vollgestopft, dass er einem Leistungssportler zu Ehren gereicht hätte. Sein Blick fiel auf Hans Carlson, der die ganze Zeit nur schwieg. Dem Metallurgen war anzusehen, dass er große Angst hatte, vielleicht noch mehr als Gregorian selbst, und sich mühsam aufrecht hielt. Gregorian streckte eine Hand aus und drückte dem Mann den Unterarm, woraufhin Carlson ihn dankbar ansah.

»Bleib in meiner Nähe, Hans«, sprach er ihn vertraulich an. Carlson und er waren nie besonders gut miteinander ausgekommen, aber das, was sie jetzt durchmachten, ließ die Vergangenheit beinahe als lächerlich erscheinen. »Wir passen aufeinander auf, dann schaffen wir es.«

Ein schwaches Lächeln flatterte über das Gesicht des Mannes, nur undeutlich hinter der Helmscheibe zu erkennen.

»Ich versuche es.«

»Mehr als das kann keiner von uns verlangen.«

Noch ein beruhigender Druck, dann richtete Gregorian seinen Blick wieder auf Tabatha, die dem Austausch schweigend gefolgt war. In ihren Augen stand eine plötzliche Wärme, die ihn angenehm überraschte, fast schon etwas verlegen machte. Die Missionsleiterin nickte ihm anerkennend zu. Das wiederum belebte seine Lebensgeister ungemein. Allein Dapper benötigte keinen Zuspruch. Die Soldatin war in ihrem Element und sie nahm die wichtige Rolle, die sie hier spielte, mit großem Ernst an. Und großer Professionalität, was Gregorian wirklich an ihr zu schätzen lernte, auch wenn sie ihn vielleicht, das musste er wohl einsehen, für ein wenig doof hielt.

»Sind alle so weit?«, fragte Dapper, die vor Tatendrang kaum zu beherrschen zu sein schien.

»Nein«, erwiderten Gregorian und Carlson, um sich daraufhin anzugrinsen. Dapper nickte entspannt.

»Dann kann es ja losgehen. Ich zuerst.«

»Ich zuletzt«, sagte Tabatha. Gregorian lauschte für einen Moment in sich hinein, fand seine Männlichkeit in Zweifel gezogen, überlegte einen weiteren Moment und kam zu dem Schluss, dass es die Sache nicht wert war, auf etwas zu beharren, was in dieser Situation keinen Wert hatte. Ein Kältestrahl eines Gehers machte keinen Unterschied darin, wer vorne und wer hinten rannte, er verwandelte sie alle mit einem Wischen in Eiszapfen. Außerdem hatte Gregorian das Gefühl, dass er Tabatha viel eher von sich einnehmen konnte, wenn er *nett* war.

Nett konnte er, da empfand er große Zuversicht.

Dapper hatte genug vom Reden. Sie lief los. Carlson war der Zweite und dafür, dass er eben noch wie gelähmt vor Furcht erschien, sprang er wie eine junge Ziege davon. Gregorian wartete einen Moment, dann setzte er sich selbst in Bewegung, die Markierungen im HUD fest im Blick. Er versuchte, nicht daran zu denken, was um ihn herum passierte. Würden die Geher auf die plötzliche Bewegung reagieren? Oder waren sie allein damit beschäftigt, in den Resten ihrer gescheiterten Kameraden nach dem zu suchen, was diese auszumachen schien?

Er fühlte sich kalt, doch es war nur die Angst. Kein Kältestrahl erfasste ihn. Das Erzittern des Bodens, Zeichen eines sich nähernden Gehers, blieb aus. Er spürte das Stampfen seiner eigenen Stiefel, mit dem er sich voranbewegte, Eiswände, Gruben und Korridore als Deckung benutzend. Er stieg über die Reste menschlicher Zivilisation hinweg, ignorierte manchen verkrümmten, erfrorenen Körper. Hier hatten Leute gelebt und nicht alle waren rechtzeitig evakuiert worden. Gregorian hatte Bilder gesehen, aber dies war etwas anderes. Nichts zeigte die Grausamkeit und die Endgültigkeit dieses Kampfes wie die Realität, durch die er nun floh. Für einen Moment fühlte er sich beinahe schuldig, noch am Leben zu sein.

Ein Stoß in den Rücken. Er war wohl langsamer geworden.

»Weiter, nicht träumen!« Tabathas Stimme riss ihn aus seinen Gedanken, er konzentrierte sich wieder auf den Weg, verfiel in den leichten Trott, der ihn stetig seinem Ziel entgegenbrachte, und versuchte, sein heftig schlagendes Herz unter Kontrolle zu bekommen, ein generell sinnloses Unterfangen.

Nicht träumen, dachte er. *Wovon auch?*

Er verlor ein wenig das Gefühl für die Zeit. Das brachte seine emotionale Aufgewühltheit wohl so mit sich. Vor sich sah er Carlson, der keinen Stoß in den Rücken benötigte, den die Angst energisch vorantrieb. Dapper hatte er in dem unebenen Gelände aus den Augen verloren. Sie würde sich melden, wenn es Probleme gab, wenngleich eine Warnung keinem von ihnen noch helfen konnte. Vielleicht einen Moment, um sich auf den Tod vorzubereiten. Wie genau machte man das eigentlich?

Ein weiterer Schubser von hinten.

»Greg!«, hörte er die Stimme Tabathas. Nicht böse gemeint. Nicht aggressiv. Sie war voller Sorge um ihn, sicher auch um sich selbst. Ein warmes Gefühl löste das in ihm aus. Ob er ihr einmal sagen würde, was er für sie empfand? Ob das gemeinsam Erlebte ein Band schuf, auf dem man aufbauen konnte? Er wollte sich keine Hoffnungen machen. Die Situation erschien ihm dafür nicht recht passend.

»Bin fast da!«, hörte er Dappers Stimme. »Sieht alles gut aus. Wir müssen uns durch den Eispanzer fräsen, aber das schaffen wir. Das Dropship ist unbeschädigt. Der Geher muss es überraschend schockgefrostet haben. Alles frisch.«

Gregorian dachte an starr gefrorene Piloten, noch festgeschnallt mit weißem Eisschorf auf der Haut und Augenäpfeln wie Frostkugeln. *Alles frisch.*

Er stolperte, fing sich aber. Seine Beinmuskeln taten weh. Er war kein trainierter Soldat, er war Wissenschaftler. Für militärische Einsatzkommandos war er nicht ausgebildet. Sein Überlebenswille trieb ihn voran und das war eine starke Motivation. Er sah, wie das eingeeiste Dropship vor ihm größer wurde, hörte sein eigenes Keuchen, spürte die Kraft, mit der er den schweren Schutzanzug immer mit sich tragen musste, hinab und hinauf, meist laufend, manchmal kriechend, eine Last, die die seines Körpers potenzierte. Hinter sich wusste er Tabatha. Er durfte jetzt nicht schlappmachen. Sie verließ sich auf ihn. Und es wäre ganz entsetzlich peinlich. Gott, wie er es hasste, peinlich zu sein!

»Halt, halt!«

Er rannte beinahe in Dapper, die ihn mit beiden Armen auffing und an die Wand drückte. Gregorian atmete heftig. Er war wie ein Roboter gelaufen, hatte ein wenig das Gefühl für Entfernung und Zeit verloren, war nur dem Signal im HUD gefolgt. Jetzt klärte sich sein Blick. Dapper sah ihn forschend an.

»Alles in Ordnung?«

»Ja«, krächzte Gregorian, dankbar für die Pause. Ihm gegenüber stand Carlson, heftig atmend. Dem Mann ging es nicht besser als ihm. Als Tabatha auf sie zuwankte, wurde ihm klar, dass sie alle am Ende ihrer Kräfte angekommen waren. Nur Dapper wirkte erfüllt von stoischer Energie, falls es so etwas gab. Und wenn nicht, hatte sie es erfunden.

»Der Zugang des Dropships ist siebzehn Meter entfernt. Offene Fläche, war früher mal so was wie ein Platz in diesem Dorf oder was auch immer hier früher stand. Da werden wir vielleicht gesehen. Wir müssen schnell machen.«

Gregorian sah hinüber auf den massigen Leib des Raumfahrzeugs, überdeckt mit einer Eiskruste, die aus dem Militärschiff ein beinahe poetisches Kunstwerk machte. Er durfte sich von diesem ästhetisch reizvollen Anblick nicht täuschen lassen.

»Seid ihr so weit?«, fragte Dapper mit einer Andeutung von Ungeduld in der Stimme, als das Keuchen etwas nachgelassen hatte.

»Wie kommen wir hinein?«, fragte Gregorian, um Zeit zu schinden.

Dapper hob ihre Waffe. »Schneideaufsatz. Vibroklinge. Da ist Eis kein Problem. Ich habe schon Leichen meiner Kameraden aus einer Gehersalve gemeißelt. Sie haben dabei sogar gelächelt.«

Dapper fand das lustig, erkannte Gregorian. Es war auf eigentümliche Weise beruhigend. Erfahrene Veteranen wie sie brauchten wohl ein wenig Wahnsinn, um so etwas zu überstehen. Leider war er damit nicht gesegnet, er hatte einfach nur Angst. Seine Frage jedoch war beantwortet worden und es gab keinen weiteren Grund mehr, die Sache nicht zu Ende zu bringen.

Siebzehn Meter konnten eine sehr lange Strecke sein.

Sie spurteten los, boten noch einmal alles auf. Sie waren gut. Sie waren wirklich gut, alle zusammen.

Als er keuchend direkt neben der vereisten Raumschiffshülle zum Stillstand kam, stellte er fest, dass er noch lebte. Doch die Freude währte nur Augenblicke. Das Unausweichliche kündigte sich an, er spürte plötzlich das leise Zittern, das charakteristisch für einen Geher in Reichweite war. Er sah Dapper an, die bereits begonnen hatte, die Eiskruste am Schleusenzugang aufzubrechen, die Vibroklinge mit methodischen Bewegungen durch die Materie stoßend. *Sie tut das wirklich nicht zum ersten Mal*, schoss es Gregorian durch den Kopf. Was oder wen hatte sie zuvor schon herausgeschnitten? Wirklich einen toten Kameraden? Eine Waffe? Tiefgefrorene Nahrung – oder die kostbare Schmucksammlung eines armen Opfers, das dafür keine Verwendung mehr hatte? Soldatinnen wie Dapper dachten immer auch an sich und niemand, Gregorian zuletzt, würde ihr dafür Vorwürfe machen, Vorschriften hin oder her.

Dapper mit Ring, Armreif und Kettchen – das konnte er sich so gar nicht vorstellen.

Erneut zitterte der Boden. Irgendwo fiel ein Eiszapfen herunter. Wie auf Kommando begann ein sanfter Schneefall. Das hatte beinahe etwas Idyllisches, aber Gregorian ließ sich von diesem momentanen Eindruck nicht täuschen. Geher waren selten in poetischer Stimmung. Sie hatten andere Prioritäten.

»Bin fast da«, murmelte Dapper, mehr zu sich selbst. »Seht ihr den Geher?«

Gregorian reckte den Kopf zur Seite, Tabatha schaute in die andere Richtung, Carlson stand einfach nur so da, stocksteif, die Augen fest geschlossen, weil er nichts mehr sehen wollte.

»Er muss auf der anderen Seite kommen«, murmelte Tabatha. »Soll ich nachsehen?«

»Nicht mehr nötig«, sagte die Soldatin. Sie senkte die Klinge und drückte einen Schalter. Als ob nichts gewesen wäre, schwang der Zugang zum Dropship mit einem sanften Knirschen auf und heraus fiel eine Leiche. Der tiefgekühlte Körper fiel direkt vor ihre Füße, ein Mann im Anzug eines Piloten, völlig erstarrt. Die Kälteresonanz eines Gehers durchdrang die Hülle fester Materie, wenn der Strahl genügend fokussiert wurde, und konnte daher auch im Inneren gut isolierter Räume zum Kältetod führen. Hier hatte eine große Schlacht getobt und das Dropship musste im Kreuzfeuer vieler Geher gestanden haben. Da hatte es den Mann irgendwann erwischt, der sich leidlich geschützt gewähnt hatte.

»Arme Sau!«, sagte Dapper und zog die Leiche zur Seite, griff an seinen Hals und riss die Erkennungsmarke ab. Immer noch effektiver als das Auslesen der subkutanen Identchips, die bei der Kälte oft genug den Geist aufgaben. Jemand würde hoffentlich erfahren, wer hier gestorben war. Jemand würde eine Nachricht bekommen, mit letzter Gewissheit zum Inhalt. Ein zweifelhafter Dienst für jene, die sich an der Hoffnung festhielten, ein Segen für die, die einen Abschluss wünschten. Gregorian hoffte, es würde sich um Letzteres handeln. Er hoffte, sie würden die Nachricht überbringen können.

»Hinein, schnell jetzt!«

Keine Zeit für solche Grübeleien. Sie drängten in die enge Schleusenkammer, Dapper voran, die sich vorarbeitete bis in die Flugkanzel, sich wie selbstverständlich auf den Pilotensitz warf und mit der flachen Hand auf den Aktivierungsschalter der Systeme hieb. Das Dropship hatte sich führerlos selbst heruntergefahren, aber die Energiespeicher waren voll, der kleine Reaktor erwachte zum Leben und die Lichter an den Kontrollen wirbelten in einem hektischen Rot.

»Ein Geher aus Nordost, drei Kilometer. Wir sollten jetzt«, sagte Dapper. »Gregorian, setzen Sie sich neben mich. Sie helfen mir. Sie wissen, wie man Knöpfe drückt.«

Das meint sie nicht ernst!, dachte Gregorian entsetzt. Er starrte sie an, doch da war nichts als ein auffordernder Blick. *Sie meint es wirklich ernst!*

Er tat, wie ihm geheißen war. Natürlich kam Dapper schon auf die richtigen Ideen, sie machte nur dauernd dumme Scherze. Wie alle Wissenschaftler der imperialen Kälteforschung hatte Gregorian auch eine kurze Zweitausbildung erhalten, das war Standardverfahren. Tabatha war qualifizierte Rettungssanitäterin, Carlson war Ladetechniker und Gregorian hatte die einfache Raumbootlizenz. Er war vielleicht tatsächlich so etwas Ähnliches wie ein Pilot. Nur etwas Ähnliches: Er wusste, welche Knöpfe man drückte, um eine Automatik zum Funktionieren zu bringen, die ihn dorthin brachte, wohin er wollte – und er konnte die Instrumente ablesen. Dapper wusste nicht weniger als er, hatte er den Eindruck.

Sein Blick schweifte über das Kontrollpult. Die Knöpfe. *Die* kannte er. Die meisten jedenfalls.

»Greg, wir vertrauen dir«, hörte sie eine wunderschöne Lüge aus dem Munde Tabathas. Er war bereit, diese Lüge auszukosten, egal wie dick aufgetragen sie war. Es gab wenig, mit dem er sich dieses Vertrauen verdient hätte, und das wussten sie beide. Es war ein Vorschuss auf Vertrauenstantiemen und wie immer in einem solchen Fall lag das Risiko bei dem, der den Vorschuss bezahlte. Gregorian holte tief Luft. Er wollte nicht in Tabathas Schuld stehen, aber wenn es sein musste, dann nahm er, was sie ihm anbot.

»Alle anschnallen«, hörte er sich sagen.

»Das sind wir schon, Greg«, erwiderte Tabatha von hinten.

Natürlich waren sie das, es war eine absolut automatische Handlung, die ihnen eintrainiert worden war wie kaum eine andere. Er sah Dapper an, sie blickte zurück – und dass die Soldatin ihr Vertrauen nicht nur scheinbar, sondern tatsächlich in ihn setzte, machte ihm beinahe Angst.

»Sie haben die Ehre«, sagte Dapper.

»Festhalten!«, sagte er laut, etwas kräftiger als beabsichtigt, um das Zittern seiner Stimme ein wenig in den Griff zu bekommen. Es gab da diesen großen, roten Knopf, der den Alarmstart auslöste. Ab da ging alles automatisch, zumindest bis in den Orbit. Der Knopf für Doofe, für Leute wie ihn, die dumm genug waren, für einen Piloten einzuspringen, wenn der eine zugefrorene Eisleiche war und daher seine Funktion nicht mehr so richtig erfüllen konnte.

»Was kann schon schiefgehen?«, fragte Gregorian sich leise und hieb auf den Knopf. Ein wimmerndes Warnsignal ging an, dann begann es zu knistern, als die Maschinen warm liefen und die Reaktoren anfingen,

Stützmasse zu erhitzen. Ein sanftes Zittern ging durch das Dropship, wie durch ein Raubtier kurz vor dem Sprung, und über die Kontrollen huschten viele Anzeigen, denen Gregorian nur mit Mühe folgen konnte.

»Und?«, fragte Dapper.

»Das Schiff ist kalt.«

»Alles hier ist kalt.«

»Wir brauchen eine Minute, sonst ist das Risiko zu groß.«

Dapper schüttelte missbilligend den Kopf. »Geher«, sagte sie nur. Und: »Wirklich sehr kalt.«

Gregorian machte eine Geste, die seine Hilflosigkeit ausdrückte. Automatisch hieß automatisch. Es gab nichts, wodurch er den Prozess zu beschleunigen vermochte.

»Ich kann nichts tun.«

»Das ist relativ wenig«, erklärte Dapper und machte Gregorian damit klar, was sie in diesem Moment von seiner Hilfe hielt. Das Dropship erzitterte. Aufgrund des klaren Wetters würde man die Geher gut erkennen können, ihre natürliche Tarneigenschaft, die sie bei Dunkelheit und schlechten Sichtverhältnissen beinahe unsichtbar machte, half bei strahlendem Sonnenschein nicht viel.

»Greg«, sagte Tabatha. Er sah sich zu ihr um, erwartete eine weitere Zurechtweisung, ein Drängen, doch er bekam nur ein aufmunterndes Lächeln und: »Alles gut. Du hast getan, was du konntest. Das haben wir alle.«

Dapper war offenbar nicht ihrer Meinung, hielt aber den Mund. Dafür war Gregorian sehr dankbar.

Das Dropship jammerte und klagte, als die Systeme warm wurden, man bekam beinahe Mitleid. Dann sahen sie den Geher, wie er auftauchte und langsam, beinahe majestätisch auf das Schiff zustakste, als wolle er nur mal nachsehen, was da für ein Aufruhr stattfand und eigentlich los war. Leider blieb es nie beim Nachsehen, so viel hatten sie über diese Dinger schon herausgefunden.

»Wir sollten jetzt langsam«, sagte Dapper und Gregorian konnte ihr nicht einmal widersprechen. Auch das Dropship schloss sich ihrer Meinung an. Etwas rumpelte, ein Warnsignal ertönte und eine automatische Stimme bat sie erneut, sich anzuschnallen und auf harte G-Kräfte vorzubereiten. Es bedurfte der Warnung nicht.

Dann brüllte das Triebwerk, so laut, dass es durch die Abschirmung drang. Es knackte und knirschte, als das Dropship sich aus der eisigen Umklammerung seines Landeplatzes befreite und auf einem Plasmastrahl in die Höhe zu reiten begann, unwillig rüttelnd und bockend, mit unsauber arbeitenden Motoren und einer schlechten Balance, verursacht durch zugefrorene Steuerdüsen, aus denen die Hitze sich erst mühsam Bahn brach. Gregorian spürte die Vibrationen bis in die Knochen und ihm wurde unvermittelt schlecht. Er sah die Schleier der Atmosphäre an den Fenstern vorbeisausen, die Oberfläche dieser Welt davonspringen und das wiederum war ein befreiendes Gefühl, das ihn mit kurzer, plötzlicher und sehr vergänglicher Glückseligkeit erfüllte.

Es wurde dunkler, als das Blau der Atmosphäre dem Weltraum wich. Die Automatik würde sie in einen stabilen Orbit bringen und danach mussten neue Entscheidungen getroffen werden. Die Alarmsignale der Scanner schlugen sofort an, als sie die Reste der Lufthülle verließen. Der massive, unglaublich beängstigende Leib eines Kalten Kollapsars glitt vor ihnen durch das All, eine bedrohliche, sternförmige Masse aus ... etwas Kaltem. Kein imperialer Kreuzer in der Nähe. Gregorian war nicht überrascht. Ein Kollapsar fegte alles hinweg, was sich ihm in den Weg stellte, und jeder nahm Reißaus, wenn einer zu nahe kam. Ein Dropship auch.

»Wir sind tot«, murmelte Dapper und es gab sicher Ermutigenderes zu sagen. Gregorian beugte sich vor und betrachtete die Instrumente.

»Nein, noch nicht«, sagte er dann. »Der Kollapsar hat sein Hypertransferfeld aktiviert, es baut sich gerade auf. Dann kümmert er sich nicht um uns, er hat seine Arbeit getan. Die Geher übernehmen die Kontrolle über diese Welt und die große Abkühlung ist jetzt ein Selbstläufer, soweit wir wissen. Der Kollapsar sucht sich sein nächstes Opfer, seine Arbeit ist getan, er macht sich schon auf den Weg. Wir können es schaffen.«

»Ein Kurs«, sagte Tabatha drängend. »Greg, wir brauchen einen Kurs, weg von hier, wo man uns abholen kann, einen Hilferuf aussenden ...«

Das musste man ihm nicht zweimal sagen. Greg kramte alle halb verschütteten Kenntnisse hervor, die man ihm eingetrichtert hatte, um die formalen Kriterien zu erfüllen. Niemals hatte er damit gerechnet, sie einmal benutzen zu müssen. Aber dies waren unkalkulierbare Zeiten.

Er programmierte einen Kurs, der sie auf einem direkten Weg bis hin zu den Grenzen des Sonnensystems beschleunigen würde, in der Hoffnung, dass vorher jemand da sein würde, um sie aufzugabeln. Es war eine einfache Berechnung, nicht mehr als ein elektronisches Zeigen mit dem Finger, das die Bordautomatik akzeptierte und ohne fremde Hilfe in die Tat umsetzen konnte. Gregorian fühlte sich wie ein Scharlatan, der tat, als wisse er, was er hier vorführte, in Wirklichkeit aber überwiegend heiße Luft fabrizierte. Er sagte es niemandem. Nicht, weil er Angst hatte, die anderen würden eine schlechte Meinung über ihn entwickeln – bis auf Tabathas Ansichten waren ihm die der Kameraden weitgehend egal. Es ging um den psychologischen Effekt. Wenn er nicht so tat, als wüsste er, was er hier machte, musste das auf den Rest der Mannschaft negative Auswirkungen haben. Sie alle brauchten diese Hoffnung in ihre jeweiligen Fähigkeiten. Ohne Hoffnung würden sie scheitern, davon war er absolut überzeugt.

»Fertig«, sagte er. Alle starrten ihn an.

»Das war schnell«, hauchte Tabatha.

Gregorian merkte es erst jetzt. Er war tatsächlich sehr fix bei der Sache gewesen. Sie bewunderte ihn ein wenig. Das war ein unerwartetes Gefühl. Gregorian war normalerweise niemand, der bewundert wurde. Respektiert, ja, manchmal. Meistens aber auch das nicht besonders.

»Ich ...«

»Oh, oh!«, machte Dapper. Keine militärische Ausdrucksweise, aber eine universell verständliche. Gregorian schaute auf den Schirm der Ortung. Der Kollapsar begann zu glitzern. Das Hypertransferfeld wurde mit Energie geladen. Das war gut, das mächtige Schiff der Kalten würde sie weiterhin ignorieren. Und es war sehr schlecht, denn sie waren zu nah.

Viel zu nah.

Gregorian löste den Kursautomaten aus. Das Triebwerksgebrüll wurde wieder lauter, sie alle in die Sessel gepresst, jemand stöhnte, als Luft aus den Lungen gepresst wurde, aber es war nicht zu ändern. Das Dropship quälte sich aus dem Schwerkraftschacht der Welt unter ihnen und nahm Fahrt auf, beharrlich, mit großer Kraft und einem klaren Ziel, nur leider zu spät.

Es knisterte. Funken stoben, nicht aufgrund von Fehlfunktionen. Das Dropship schnurrte wie ein Kätzchen, ihm war nur noch etwas kalt.

Die Irrlichter hatten einen anderen Ursprung und Gregorian musste keinerlei Erläuterungen abgeben, denn sie alle wussten, wie es aussah, wenn ein Kalter Kollapsar sein Hypertransferfeld aktivierte, um zum überlichtschnellen Sprung in das andere Kontinuum einzutauchen.

Nämlich exakt so.

»Oh verdammt!«, murmelte Gregorian. Die Instrumente sprachen eine klare Sprache. Sie würden es nicht schaffen. Eine höchst unglückliche Verkettung von Umständen zog sie in das Hypertransferfeld eines Kollapsars und das bedeutete nur eines: Sie würden die Reise mitmachen, ob sie nun wollten oder nicht.

»Es tut mir leid«, formten seine Lippen lautlos, als er Tabathas Blick suchte und fand. Es war laut geworden in der Kabine, das Knistern und Knacken war beinahe ohrenbetäubend und durchdrang selbst die reflexartig geschlossenen Helme. Es waren Geräusche, die nicht aus dieser Dimension stammten. Gegen sie half kein Ohrstöpsel.

Tabatha schüttelte den Kopf und lächelte ihn an. Das erleichterte ihn sehr. Er hatte getan, was er konnte. Es hatte bloß nicht gereicht. Nicht zum ersten Mal in seinem Leben – aber wahrscheinlich zum letzten Mal.

Noch einmal schwang sich das Knistern zu einem rauschenden Crescendo auf, dann riss der Kollapsar das Dropship mit sich und Ruhe kehrte ein.

17

Das war das Problem. Sie alle unterschätzten ihren Hass.

Das war andererseits auch gut so.

Ildaya saß so da, passiv, denn sie wollte nicht, dass die anderen auf sie aufmerksam wurden. Sie wusste nicht, ob jemand einer Audh ansehen konnte, wie sie sich fühlte. Ihr Volk war bedeutungslos im Gefüge des Imperiums, eine weitere primitive Zivilisation, die dem Expansionsdrang der Menschen zum Opfer fiel. Leute wie Kerr etwa, die ihr Leben dem Dienst für diese Verbrecher gegeben hatten, konnten nicht verstehen, wie sie sich fühlte. Ihr Leben war aus der Bahn geworfen, sie hielt sich an einem Ort auf, an dem sie nicht sein wollte. Sie hatte doch eine Mission. Zu dieser konnte sie hier nichts beitragen. An Bord der AUME war es angenehm, zweifelsohne. Es fehlte ihr an nichts. Und dennoch war sie hier fehl am Platz. Hier ging es darum, in einen Krieg einzugreifen, den das Imperium allmählich verlor. Das war eine *gute* Sache. Sollte das Imperium verlieren! Es gab nichts, was sich Ildaya mit größerer Intensität wünschte wie den Zusammenbruch dieser räuberischen Diktatur. Dieses Ziel zu erreichen, war ihre oberste Priorität und sie war dafür über Leichen gegangen.

Ein Vorgang, den zu wiederholen sie jederzeit bereit war. Nur würde es nichts nützen, jemanden wie Kerr zu töten, einen Mann ohne Status, ohne Funktion, wie sie nur noch Passagier dieser Schiffswesenheit namens Aume, in der sie warteten und die gleichzeitig dort unten war, auf einer langsam dem Eis anheimfallenden Welt, die auf ihre Weise genauso dem Untergang geweiht war wie die Heimat Ildayas. Das regte ihre Empathie an. Das Gefühl des Niedergangs, des Ausgeliefertseins, der Niederlage. Das kannte sie gut. Dort unten gab es keine Zivilisation, die nun erkaltete, nur die toten Reste einer lange untergegangenen. Dennoch fühlte Ildaya mit dieser Welt. Sie starrte auf die Schirme und beobachtete, wie das Eis sich ausbreitete und wie der Kollapsar den Planeten unablässig umkreiste, seinen unheilvollen und gleichzeitig unsichtbaren Einfluss ausübte, der den Prozess bereits jetzt im Grunde unumkehrbar machte.

Unumkehrbar. Wie die Eroberung ihrer Heimat durch die Imperialen? Nein, so weit ging Ildayas Empathie nicht. Ihr Volk hatte noch eine Chance. Und vielleicht befand sie sich an einem Ort, der ihr ermöglichte, darauf Einfluss auszuüben. Aume war mächtig. Die Kath ebenfalls, nach allem, was sie wusste. Macht war wichtig. Mit ihr zerschmetterte man Feinde und fand Verbündete. Macht war attraktiv. Ildaya wollte sie für sich erlangen, sie nutzen, nicht zum persönlichen Vorteil, sondern für die Freiheit ihrer Welt. Die Kalten sollten gehen. Das Imperium sollte sterben. Audh sollte leben und mächtig werden und Ildaya wollte das Werkzeug zur Erfüllung dieses Schicksals sein.

Die Idee formte sich zu einer konkreten Absicht, je länger sie sich damit beschäftigte, und deren Attraktivität wuchs dabei an.

»Kann ich Ihnen etwas Gutes tun?«

Ildaya sah auf, blickte Kerr an. Der Mann war ein Narr, nicht nur deswegen, weil er einem Autokraten diente. Er war auch in allem anderen dumm. Einfältig. Ildaya kannte einfältige Männer, es gab genug von ihnen auch in ihrem eigenen Volk. Kerr wollte nett sein. Und er wollte, dass andere nett zu ihm waren. Welch eine Illusion! »Nettigkeit« gab es nur als Teil eines Geschäfts. Man wollte etwas. Man zahlte etwas zurück. Zuwendung war eine Dienstleistung, egal ob ein freundliches Wort oder Sex. Wer mit beidem operierte, erstrebte einen Ausgleich. Kerr war sich dessen wahrscheinlich nicht bewusst. Er ging wohl davon aus, einfach »nett« zu sein. Welch Naivität. Er wusste nicht einmal, dass er durch dieses Verhalten unbewusst um ein Geschäft bettelte, anstatt von einer Position der Stärke zu verhandeln. Holoban Kerr war kein würdiger Gegner. Er war es nicht einmal wert, dass sie ihm das Genick brach, obgleich das bestimmt ein sehr erfreulicher Vorgang sein würde. Der Dummheit das Genick brechen. Das hatte etwas sehr Gerechtes und Wahres in Ildayas Augen.

Sie lächelte ihn an. Geschäft war Geschäft und vielleicht lohnte sich die Investition ja. Eine kleine Investition in einen Idioten mochte sich dereinst auszahlen.

»Das ist nett«, sagte sie, ohne dass Kerr auch nur ahnte, wie sie das meinte. »Es geht mir gut, danke. Mir fehlt nichts.«

»Okay ... gut.« Kerr zögerte. »Das ist alles eine dumme Situation, für uns alle, glaube ich.«

»Das stimmt.«

»Ich weiß jedenfalls nicht, worauf das hinausläuft.«

»Ich auch nicht. Wir sind in Aumes Händen.«

Kerr sah sie an, fragend, als ob er versuche zu interpretieren, wie sie diese Worte wohl gemeint haben konnte. »Meinen Sie ... dass Sie uns einfach Befehle gibt und wir tun, was sie will? Hamid und Sergeant Vocis ...«

»... machen dicke Backen. Und Aume tut so, als würde sie auf deren Meinung Wert legen. Ich bin mir nicht sicher, wie ehrlich das ist. Was meinen Sie? Sie kennen sie am längsten. Sie müssen eine Ahnung davon haben, was sie antreibt, wie sie denkt.«

»Kennen? Das glaube ich nicht.«

Ildaya lächelte wieder, verständnisvoll, wie sie glaubte.

»Sie würden aber gerne?«

Kerr öffnete den Mund, schloss ihn wieder. Ein Thema, das er nicht vertiefen wollte. Ildaya empfand nur noch stärkere Verachtung für den Mann. Wie hatte er mit so begrenzter Intelligenz so lange überleben können? Verliebt in eine Schimäre, einen fremdartigen Apparat, einen Homunkulus. Auf so etwas kamen nur Männer, die nichts im Leben erreicht hatten und keine Hoffnung mehr in sich trugen. Sie sah auf seine Hände und wie sie mit dem sanft leuchtenden Ball spielten, einer von denen, die sie zusammengebracht hatten. Ihren eigenen hatte sie im spärlichen Gepäck verstaut, Kerr aber schien das Objekt mit Hingabe immer bei sich zu führen. Es sprach für seine Infantilität, seine Unbedachtsamkeit. Ildaya spürte einen beinahe körperlichen Ekel. Wie gut, dass sie eine sehr selbstbeherrschte Frau war.

»Sie mögen die Kugel«, sagte sie leise.

»Sie beruhigt mich.«

»Sie manipuliert uns vielleicht.« Der beruhigende, warme Einfluss war der Grund dafür gewesen, dass Ildaya das Ding so weit von sich entfernt wie möglich aufbewahrte. Es war falsch, sich gut zu fühlen. Die Welt war grausam und ungerecht und voller Gefahren. Es gab viel Hass und der meiste war berechtigt und man musste ihn beachten, denn er führte viel öfter zu notwendigen Taten als jede andere Regung. *Niemand* sollte sich wohlfühlen. *Allen* sollte es so gehen wie ihr, denn nur so konnte eine Veränderung herbeigeführt werden.

»Die Dinger haben uns auserwählt«, begehrte Kerr auf.

»Wozu?«

Der Pilot zuckte mit den Achseln. »Ich weiß es nicht. Wir sind hier.«

»Das ist mir etwas zu wenig. Ist es für Sie so wichtig, ein Auserwählter zu sein?«

Sie sprach sanft, ohne Vorwurf. Sie wollte nicht, dass er schmollte. Es war ihm zuzutrauen.

Der Mann zögerte, auf die Frage zu antworten, das sah Ildaya ihm deutlich an. Natürlich war es wichtig für ihn. Herausgehoben aus der gesichtslosen Masse fleißiger und williger Drohnen, aus dem Nichts eines Milliardenheeres treuer Untertanen. War man auserwählt, ergab das Leben plötzlich Sinn. Man war etwas, mehr als vorher. Orientierung, ein Ausweg aus der Ziellosigkeit des Vor-sich-hin-Lebens. Ohne etwas dafür getan zu haben. Ein Geschenk der Götter, in dessen Glanz man sich sonnen konnte, ganz bescheiden.

»Nein. Eigentlich nicht. Aber es hat sicher etwas zu bedeuten.«

Kläglich, dachte Ildaya. *So kläglich.*

»Sie suchen nach jemanden, der Ihnen sagt, wozu Sie eigentlich leben«, sagte sie betont sanft, um ihren negativen Gefühlen keine Gelegenheit zu geben, sich in Wortwahl und Tonlage wiederzufinden.

»Es ist nicht schlecht, wenn es sich um eine gute Sache handelt«, verteidigte Kerr sich, der den Vorwurf natürlich verstanden hatte.

»Man muss nicht auserwählt sein, um das Richtige zu tun. Man tut es einfach.«

»Wie Sie? Widerstandskämpferin gegen das Imperium? Eine Terroristin, oder?«

Vorsichtig!, dachte Ildaya. *Ein Idiot. Und ein Patriot.* Das war eine ganz fatale Kombination, vor allem auf der Gegenseite. Auf der eigenen war es hilfreich, solche Leute waren gut zum Sterben.

»Ich habe Entscheidungen für mein Leben getroffen. Vielleicht waren sie falsch, einige davon waren es sogar ganz sicher. Aber ich traf sie.« Ildaya zeigte auf die leuchtende Kugel. »Nicht die da. Nicht Aume.«

Kerr drehte das Objekt in seinen Händen, umschmeichelte es dann, sog die positive Energie in sich auf wie ein Verdurstender, ein klares Zeichen seiner Schwäche.

»Ich glaube nicht, dass wir auserwählt sind. Jedenfalls nicht so richtig.«

Die Stimme des Mädchens erklang wie aus dem Nichts. Yela, entsann sich Ildaya. Ein Kind. Ihre Verachtung verflog, ebenso wie ihr stiller Zorn. Kinder waren unschuldig, auch jene im Imperium, auch die Kinder ihrer Feinde, und sie waren daher nicht Gegenstand ihres Hasses. Erst wenn sie älter wurden und sich für die falsche Seite entschieden – dann mussten sie natürlich auch alle sterben.

Ildaya sah Yela an, die im Gegensatz zu Kerr zudem etwas verhältnismäßig Intelligentes gesagt hatte.

»Nein?«, fragte sie. Auch Yela hielt ihre Kugel in Händen wie einen Schatz, aber es fehlte ihr dabei die Andacht, die Holoban Kerr zu erfüllen schien. Es war mehr eine Angewohnheit, die ein gutes Gefühl vermittelte, wie eine Schmusedecke. Ildaya hatte so etwas als Kind gehabt. Sie erinnerte sich ungern an diese Zeit der naiven Schwäche, aber es war eine Erinnerung, die ihr jetzt klar vor Augen stand.

»Es geht nicht um uns. Ich glaub das nicht.«

»Warum?« Kerr klang nun etwas verärgert, eine normale Reaktion für jemanden, dessen Weltbild durch eine Person infrage gestellt wird, die er nicht als Autorität in dieser Sache ansieht. Was auf ein kleines Mädchen wie Yela zweifelsohne zutraf. Diese aber ließ sich nicht beirren, sie hatte sich eine für Ildaya sehr sympathische Meinung gebildet und scheute sich nicht, diese auch zu äußern.

»Ich bin nicht so wichtig«, sagte Yela und schaute die beiden Erwachsenen mit kindlichem Ernst an. In Ildaya regte sich Widerstand. Ein Kind, das sich für unwichtig hielt? Das war nicht korrekt. Jedes Kind trug das Potenzial seines eigenen Universums in sich, davon war die Rebellin überzeugt. Wenn es bereits in so jungen Jahren der Ansicht war, nicht so wichtig zu sein, dann war das eine fatale Sache.

»Du bist sehr wichtig. Nicht auserwählt vielleicht, aber von Bedeutung«, hörte sie sich sagen, fast gegen ihren eigenen Willen.

»Hast du Kinder?«, fragte Yela mit einem vorsichtigen Lächeln.

»Nein«, antwortete Ildaya einsilbig. Man opferte so einiges für die Revolution, die gerechte Sache. Das gehörte zweifelsohne zu ihren Opfern. Vielleicht reagierte sie deswegen so empfindlich auf Yelas Selbsteinschätzung.

»Die Kugeln suchen sich uns nicht aus, weil wir etwas bedeuten«, nahm das Mädchen den Faden wieder auf. »Sie sind gekommen, weil wir sie gefunden und festgehalten haben und wir damit ihr Anker waren, ihr Transport, wie ein Taxi. Dadurch kamen sie zusammen.«

Dafür, dass Yela von all diesen Dingen keine Ahnung haben konnte, sprach sie mit großem Selbstbewusstsein. Für Ildaya war diese Erklärung so gut wie jede andere, besser auf jeden Fall als die Sache mit dem Auserwähltsein.

»Taxi?«, echote Kerr. »Wir sind Taxen?«

»Wie die Gleiter, die man an einer Konsole ruft«, erklärte ihm Yela ein Grundprinzip öffentlichen Transportwesens. Ildaya verbarg nur mit Mühe ihr Amüsement. Egal für wie dumm sie Kerr hielt, sie wollte es sich nicht mit ihm verscherzen. Man musste Beziehungen pflegen, die einst noch von Nutzen sein konnten. Kerr achtete aber auch gar nicht auf sie. Er schien sich ganz auf die Diskussion mit Yela einlassen zu wollen.

»Wie kommst du auf einen solchen Gedanken?«, fragte er.

»Warum denkst du, dass wir zu etwas auserwählt sind – zu etwas anderem, als diese Bällchen in Händen zu halten und zu ihrem Ziel zu bringen?«

»Wir sind also nicht das Ziel?«, hakte Kerr nach.

»Ich bin kein Ziel, ich bin eine Waise«, gab Yela zurück. Es klang auf eine sachliche, harte Weise traurig, die Ildaya gut verstand. Narben. So hörten sich Narben an. Yela hob den Ball in die Luft. »Es ist schön, ihn festzuhalten. Ich fühle mich gut dabei und ich fühle mich gerne gut. Ich werde traurig sein, wenn er fort ist, und ich werde ihn vermissen, denn er tröstet mich.« Ihre Stimme war klar und nicht erstickt, die Worte gut artikuliert. Ildaya wusste wenig über die Geschichte des Kindes, nur das, was Sergeant Vocis in kargen Sätzen berichtet hatte, aber es war ihr klar, dass Yela in einer Familie aufgewachsen war, die auf Geistesbildung Wert gelegt hatte – und dass das Mädchen vielleicht nicht auserwählt, aber zweifelsohne außergewöhnlich war. Jedenfalls schien die junge Dame über einen klareren Verstand zu verfügen als der Raumpilot, dessen einfache Denkmuster zudem durch die Ausschüttung von Hormonen beeinträchtigt wurden.

Natürlich konnte es gut sein, dass Ildaya Yela töten musste, wenn es Zeit war, von hier zu fliehen. Sie würde das allerdings bedauern. Im Rahmen ihrer Möglichkeiten.

»Wir sind nur die Boten. Für eine Weile. Das glaube ich«, sagte Yela.

Kerr glaubte das nicht, das war ihm anzusehen, aber er war immerhin klug genug, sich nicht mit einem Kind in Streitigkeiten zu verlieren. Er nickte, nicht überzeugt, zuckte mit den Schultern, murmelte etwas wie: »Wir werden sehen, oder?«, und zog sich zurück. Dass ihm keine Gegenargumente einfielen und er nicht mehr anzubieten hatte als sein Wunschdenken, seine idealisierte Vorstellung von seiner Rolle im Konzert der Ereignisse, half sicher nicht. Ildaya verachtete diese Haltung. Wie konnte ein erwachsener Mann so dumm sein?

Ihr Blick fiel auf Plastikk, der dem Disput schweigend zugehört hatte. Der Händler schüttelte sacht den Kopf, als wolle er signalisieren, dass er solche Spekulationen für müßig halte. Er sprach wenig, außergewöhnlich für einen Händler. Hinter seiner Fassade steckte mehr, das fühlte Ildaya. Sie würde ihn im Auge behalten.

Sie wandte sich Yela zu.

»Ich denke, dass …«

Sie setzte den Satz nicht fort.

Alle erstarrten sie, für einen kurzen Moment.

»Hast du das gespürt?«, flüsterte Yela.

»Das habe ich. Kerr, was war das?«

Ein Zittern. Es war eine Vibration gewesen. Ganz kurz nur, aber Ildaya nahm so was wahr, weil ihre Sinne stets geschärft waren, wie bei allen Lebewesen, die sich als potenzielle Beute erbarmungsloser Jäger sahen. Und Yela war ein Kind. Kinder waren sowieso anders.

Die Aume zitterte nicht. Raumschiffe taten das ohnehin nur, wenn erhebliche Kräfte auf sie wirkten. Und die Aume war kein normales Schiff. Etwas stimmte nicht.

Kerr war vielleicht ein naiver Träumer, aber er kannte seinen Job. Der Pilot handelte nun professionell, setzte sich in einen der Sessel, die ihre Funktion ebenso erfüllten wie die nachgeformten Kontrollen, die Aume für ihre Gäste erschaffen hatte und die die Illusion einer weitgehend vertrauten Umgebung, angelehnt an das Design der zerstörten FRIEDBERT erzeugte. Keine Attrappen, aber auch keine volle Kontrolle. »Placebotechnik«, hatte Plastikk gemurmelt, als sie sich mit den Anlagen vertraut gemacht hatten. Ein gutes Wort aus einem klugen Mund.

»Was siehst du?«, fragte Yela und stellte sich an die Seite des Mannes. Als Kerr auf Sensorflächen tippte, tat sich etwas. Er würde das Schiff nicht steuern können, aber er konnte nachsehen.

»Oh, oh!«, machte der Pilot und Ildaya fühlte sich sofort alarmiert. Das war das universell gültige verbale Zeichen für eine sich anbahnende Katastrophe, nicht nur im imperialen Standard, sondern, wenngleich leicht abgewandelt, auch in ihrer eigenen Sprache. »Da geht irgendwas vor sich.«

»Der Kollapsar?«, fragte Plastikk, der ebenfalls näher gekommen war. Er war, ebenso wie Hamid, ein Zehnjähriger, ein Veteran, der seine ganze Dienstzeit überlebt hatte, und obwohl der aktive Dienst bei ihm schon länger her war, spürte Ildaya in dem Mann die innere Spannung eines trainierten Soldaten, der auf eine Gefahr zu reagieren begann. Sie hatte dafür eine Antenne entwickelt. Leute wie Plastikk waren der Feind. Selbst solche, die den Kampf schon lange hinter sich hatten.

Doch Plastikk selbst im Augenblick nicht. Das konnte sich natürlich jederzeit ändern.

»Etwas geht auf diesem Planeten vor sich. Als ob jemand zwanzig Kraftwerke angestellt hat«, murmelte Kerr, der konzentriert auf die Anzeigen vor sich starrte.

»Die Anlagen der Kath«, mutmaßte Plastikk, der offenbar auch das meiste von dem verstand, was die Kontrollen ihnen verrieten. »Ob Aume das ausgelöst hat?«

»Ich glaube es irgendwie nicht«, sagte Ildaya. »Ich habe das Gefühl, dass sie einfach zum falschen Zeitpunkt eingetroffen sind. Aber auszuschließen ist es sicher nicht.«

»Oder zum exakt richtigen Zeitpunkt«, warf Yela ein, deren Gesicht eine tiefe Kontemplation zeigte.

»Wir sind nur die Boten, der Taxidienst, richtig?«, kommentierte Plastikk lächelnd. Er hatte natürlich zugehört.

»Ihre Hypothese ist so gut wie jede andere«, sagte Ildaya, die nicht mochte, wie die anderen sich über Yelas Ansichten mokierten.

»Wir sollten Abstand gewinnen.« Kerr sah sich um, aber er fand offenbar nicht, was er suchte. »Keine Flugkontrollen. Ich kann die AUME nicht bewegen.«

»Nun, das kann sie ja wahrscheinlich selbst«, meinte Plastikk. »Rede einfach mit ihr. Sie ist doch ein verdammtes Lebewesen – oder zumindest etwas Ähnliches.«

»Ihr Gehirn ist da unten«, wies Kerr den Händler auf eine wichtige Tatsache hin, ehe Ildaya diese Bemerkung machen konnte.

»Wir können sie per Funk erreichen?«, fragte Yela.

»Ich versuche es die ganze Zeit«, sagte das Schiff, das natürlich zugehört hatte und auch ohne Gehirn offenbar in der Lage war, sich zu artikulieren. »Ich erhalte keine Antwort.«

»Kannst du von hier aufbrechen ... ich meine, im Notfall?«, fragte Ildaya, die kein Problem damit hatte, wenn ihre Gefährten starben – aber ein großes, wenn sie das gleiche Schicksal erlitt.

»Nein. Ohne den zentralen Aspekt fliege ich nicht ab.«

»Du hast Verantwortung für deine Passagiere!«, begehrte Plastikk auf, jetzt mit ein wenig Furcht in der Stimme. Ildaya sah ihn an, verbarg ihre Reaktion erneut, so gut es ging. Naivität und Uneinsichtigkeit. Von dem Mann hatte sie fälschlicherweise eine etwas souveränere Reaktion erwartet. Das Schicksal meinte es nicht gut mit ihr, sonst hätte es sie nicht mit solchen Nulpen zusammengebracht. Sie dachte an die schimmernde Kugel in ihrem Gepäck. Yelas Hypothese wurde immer attraktiver für sie. Es war keine Vorsehung, wenn man Idioten begegnete. Es war ein kranker, dummer Zufall. Taxidienst. Nicht mehr.

»Nein, im Grunde nicht«, kam die lapidare Antwort, die niemandem hier gefiel.

Sie setzten sich und starrten auf die Kontrollen. Kerr erklärte sie hin und wieder. Es war entsetzlich, hilflos zu sein. Was spielte sich dort unten ab?

Selbst Ildaya wollte das unbedingt wissen.

18

»Es ist so weit«, sagte Imanez und ja, in seiner Stimme war nun Nervosität hörbar. Thasri nahm es sehr deutlich wahr und sie warf dem Mann einen besorgten Blick zu. Jeder hier durfte die Nerven verlieren und von manchen erwartete sie es beinahe, aber der drahtige Soldat gehörte nicht dazu. Ob er es wusste oder nicht, seine ruhige Professionalität war das Fundament, auf dem sie stand, und obgleich sie es ihm niemals sagen würde, verließ sie sich sehr auf ihn. Er musste nicht immer ihrer Meinung sein. Er musste nur ihre eigene Angst, ihre Unsicherheit durch die stoische, kühle Gelassenheit überdecken, die er gemeinhin ausstrahlte.

Imanez *durfte* nicht nervös sein. Wenn er nervös war, konnte alles Mögliche passieren. Thasri wischte den kurzen Moment der Überforderung mit einer bewussten Kraftanstrengung zur Seite. Natürlich lief alles aus dem Ruder, aber das durfte sie niemandem bewusst werden lassen, der nicht ohnehin schon mit den Fingerspitzen am Abhang seiner Selbstbeherrschung hing. Manche der Zivilisten taten das. Thasri musste stark sein. Dafür musste Imanez stark sein. Sie baute darauf.

Der Autodoc hatte sich gemeldet. Ihr erster Kontakt mit Aume und ihren Begleitern musste unterbrochen werden. Sie hatten ein längeres und intensives Gespräch geführt – nicht so sehr mit Aume, die viele Fragen nicht beantworten konnte oder vielleicht wollte. Hamid aber, Sergeant Vocis und der Kronprinz, dessen Gegenwart Thasri immer noch mit einem über Generationen indoktrinierten ehrfürchtigen Unwohlsein erfüllte, waren gesprächiger gewesen. Sie hatten ihr ihren Werdegang geschildert und es war alles in allem mehr Verwirrung als Aufklärung entstanden. Seltsame Dinge taten sich in der Galaxis und die Frau, die ohnehin ihre Probleme mit Loyalität hatte, seit sie von Kalebonian wieder in den Dienst gepresst worden war, fand sich in der Situation, mit einem Prinzen konfrontiert zu sein, der offenbar mit seinem Vater, dem Imperator, ernsthafte Probleme hatte – und dann auch noch welche, die sie inhaltlich sehr gut nachvollziehen konnte. Der Imperator war nicht unfehlbar. Früher hatte sie das vielleicht mal geglaubt. Aber sie wusste es jetzt besser und Darius bestärkte sie nur noch in dieser Erkenntnis.

Wem schuldete sie nun Gehorsam? Im Zweifel, wie es immer war, der Mission. Es war wie in einer Schlacht. Man kämpfte nicht für das Vaterland, man kämpfte für die Kameraden. Doch die Mission hatte sich längst verselbstständigt. Thasri hatte keine Probleme damit, eigene Entscheidungen zu treffen, sie war sogar dafür ausgebildet worden. Aber sie hatte gerne eine grobe Richtung, in die sie marschierte. Die begann sich langsam immer weniger abzuzeichnen. Und wenn jetzt auch noch Imanez nervös wurde ...

Ganz, ganz schlecht.

So standen sie alle um das Gerät herum: albern! Dies war ein historischer Moment, ein Augenblick voller potenzieller Risiken und mit unabsehbaren Konsequenzen – und sie standen um das Gerät herum wie Touristen in einem Museum, kurz vor der Enthüllung eines neuen Ausstellungsstücks. Keiner wusste genau, was es hier zu sehen gab, und die Verantwortlichen taten nur so, als wären sie vorbereitet. Es war auf eine seltsame Art unwirklich und Thasri sehnte sich für einen Moment nach einem passenden Zeremoniell, aber sie improvisierten hier und es wurde kalt.

»Der Autodoc meldet, dass der Kath erwacht ist«, sagte Imanez.

»Sie haben einen Kath da drin?«, fragte Hamid mit leichtem Entsetzen in der Stimme. Thasri hatte sie alle nur mit kargen Worten informiert und es war offenbar nicht alles bei ihrem Publikum angekommen. Oder geglaubt worden.

Aume stand nur so da, starrte auf die Anlage, schwieg. War sie erschrocken oder ungläubig wie Hamid? Sie machte auf Thasri einen verwirrten Eindruck.

»Kath«, sagte sie leise. »Ich bin mir nicht sicher, ob das eine gute Idee ist.«

Thasri ignorierte die Äußerung. Das seltsame Wesen wusste wenig über sich und die eigenen Absichten, schien mehr gesteuert als selbst entscheidend. Da hörte sie im Zweifel lieber auf Imanez, dessen Rat sie in dieser Sache aber dann ebenfalls ignorierte. Sie mussten etwas tun. Dieser Weg erschien ihr vielversprechend.

»Werden wir uns überhaupt verständigen können?«, fragte Vocis.

»Die Kath-Sprache ist uns weitgehend unbekannt«, gab Thasri zu. »Wir haben gewisse Segmente ihrer Schrift entschlüsselt, soweit sie uns überliefert sind, und es gibt Theorien zur Aussprache, basierend auf einer Extrapolation der Xenolinguisten. Aber wir müssen erst einmal eine gemeinsame Basis etablieren. Die notwendige Software steht zur Verfügung und die notwendigen Experten. Dr. Dukas hier ist Xenopsychologin. Von ihr erwarte ich wertvolle Hinweise.«

Anneli Dukas wurde rot, als sie plötzlich ins Rampenlicht gestellt wurde. Thasri unterdrückte ein Seufzen. Die Psychologin war sich offenbar nicht sicher, ob sie diesem Anspruch genügen würde. Vocis warf ihr einen Blick zu, der in etwa den gleichen Zweifel widerspiegelte. Hier glaubte niemand so richtig an sich. Das waren keine guten Ausgangsvoraussetzungen.

Thasri beendete die weitere Diskussion, die doch nur dazu dienen würde, noch mehr Vorbehalte zu nähren. Dies war ein großer Moment, ein historischer für jeden Kath-Experten, und sie sah, das Dr. Josaphat Hephos trotz aller Zweifel näher herantrat, um ja nichts zu verpassen. Er war in dieser Situation ein verwandter Geist. Auch für ihn als Xenoarchäologen mit dem Spezialgebiet Kath musste dies den Höhepunkt seiner Karriere darstellen, eine Chance, für die alle Kollegen mindestens den rechten Arm geben würden. Von ihm würde es keinen Widerspruch geben.

Dafür war es jetzt ohnehin zu spät. Ohne es weiter anzukündigen, initiierte Thasri die entscheidende Schaltung. Im Autodoc rumpelte es, als dieser sich neu konfigurierte, dann gab es ein leichtes Zischen und ein Schmatzen, als die Gummimanschetten der Öffnung sich lösten und die Abdeckung summend zur Seite fuhr, den Blick in das Innere gestattete.

Andächtige Stille, auch unter den Zweiflern und Ängstlichen. Niemand konnte sich ganz der Magie dieses Moments entziehen.

Der Kath war bei Bewusstsein. Die großen Augen schauten in die weitaus kleineren derjenigen, die um den Autodoc herumstanden und auf ihn starrten. Wie musste sich dieses Wesen fühlen? Thasri wusste, dass dies keine idealen Bedingungen waren. Andererseits ging sie davon aus, dass hier niemand in Kälteschlaf versetzt worden war, dem nicht zugetraut wurde, Überraschungen in ferner Zukunft zu verarbeiten. Zumindest war das ihre Hoffnung. Niemandem war gedient, wenn der Kath sogleich wahnsinnig wurde.

Keiner sprach. Eine fast andächtige Stille senkte sich über alles. Keiner regte sich. Niemand wollte den Kath überraschen, bedrohlich wirken. Gerade dadurch erschienen sie möglicherweise als Gefahr, eine starrende Phalanx unbeweglicher Aliens.

Der Kath aber wirkte nicht ängstlich. Er war die Ruhe selbst oder einfach nur zu erschöpft, um sich aufzuregen, ein Gefühl, für das Thasri ein gewisses Verständnis aufbringen würde. Sein Kopf drehte sich langsam, er maß mit seinem Blick seine Willkommensdelegation, sein Atem ging ruhig, ein wenig rasselnd. Es war noch Flüssigkeit in seinen Lungen, meldete der Autodoc auf seinen Displays, nicht mehr viel und keinesfalls schädlich, aber der Patient bedurfte weiterer Rekonvaleszenz. Seine Physiologie wies ansonsten nichts Überraschendes auf. Mysteriöse uralte Zivilisation hin oder her: Naturgesetze galten auch für den Körper eines Kath. Der Autodoc war damit keinesfalls überfordert.

Etwas geschah. Der Kath hatte etwas gesehen, das ihn zu erregen schien. Er zitterte etwas, als sei ihm kalt. Das Lebewesen hob einen Arm. Es zeigte mit einer schlaffen Hand, von der noch Flüssigkeit troff.

Der lippenlose Mund des Kath öffnete sich und es war zu erkennen, dass es ihm sehr schwerfiel, sich zu artikulieren. Er versuchte es einmal, heraus kamen nur gutturale Laute, dann strengte er sich mehr an, wollte es sagen, wollte es wirklich.

»Aume.«

Es war jetzt deutlich zu hören, nicht laut, aber klar artikuliert. Aume machte einen Schritt zurück, sah Vocis an. Beinahe Hilfe suchend. Auf jeden Fall hilflos.

»Das ist nicht gut. Das ist ein Fehler«, sagte sie zur Soldatin. »Ich erinnere mich nicht, aber das ist nicht gut. Er ist ein … Wächter.«

Der Kath hob seine Hand weiter, streckte sie senkrecht über sich aus, öffnete die Finger wie zu einer Geste der Anklage.

»Aume.« Und dann etwas Unverständliches, sicher ein Wort der Kath-Sprache, ein komplexes Gewebe aus Konsonanten und Vokalen, ohne Pause aneinandergereiht. Ein Wort oder ein Satz, es war nicht zu ermessen und die versammelten Kath-Experten hatten alle keine Ahnung, das waren ihren verwirrten Blicken anzusehen, Thasri keine Ausnahme.

Das Wesen hob beide Arme, dünn und spinnengleich in die Luft, schwankte dabei, als würden sie jederzeit zerbrechen, öffnete den Mund, entblößte zahnloses Fleisch darin, und erneut das Wort, diesmal als Ruf, fast als Schrei.

»Aume!«

Alle Augen richteten sich auf die Angesprochene, die absolut still dastand und den Kath anschaute, der alle Anzeichen ernsthafter Erregung, ja nahezu Wut zeigte, mit den Armen wedelte, gleichermaßen kraftvoll wie entschlossen.

»Aume!«, brachte er ein weiteres Mal hervor, dann erneut das unverständliche Wort, diesmal mit größerer Klarheit und Vehemenz ausgesprochen, und nun tat sich etwas. Ein Brummen ertönte wie das eines Motors, der nach langer Ruhepause unwillig wieder anspringt, unrund läuft und erst mal warm werden muss. Etwas war ausgelöst worden. Etwas geschah und es entwickelte sich mit beängstigender Geschwindigkeit, ohne dass auch nur einer der Anwesenden genau sagen konnte, was sich da zusammenbraute.

Dann durchzog ein Zittern den ganzen Komplex, massiven Stein und Anlagen, und alle ahnten, welche Kraft wirken musste, um das zu ermöglichen.

Wollte dieses Wesen sie jetzt alle umbringen – oder waren sie nur Kollateralschaden und das wahre Ziel war Aume, die ihnen allen den Untergang gebracht hatte?

Der Kath spürte das Zittern und quiekte und Thasri wusste nicht, ob es ein Laut der Freude war oder des Schmerzes. Das Wesen wand sich mit einer unerwartet kraftvollen Bewegung aus dem Autodoc, stolperte heraus, die nackten Füße mit den seltsam gespreizten Zehen wie zwei dicke Spinnen, die nasse Spuren auf dem Boden hinterließen. Er hielt sich mit Mühe, doch alle starrten ihn nur an, völlig überrumpelt.

Der Kath ignorierte sie, fixierte seinen Blick auf Aume, die nichts tat, um ihm auszuweichen, als er mit unsicheren Schritten und wedelnden Armen auf sie zustakste, sich mühsam auf den dünnen Beinen haltend. Er erreichte sie mit einer großen Kraftanstrengung. Unwillkürlich streckte sie ihm die Arme entgegen und stützte den geschwächten Körper. Die

Berührung ließ den Kath zusammenzucken, als habe er insgeheim einen Angriff erwartet.

Er erwehrte sich dieser nicht. Ob er richtig Angst hatte, das konnte niemand ermessen.

Überall ging das Licht an. Jemand schaltete die unterirdische Anlage auf Bereitschaft, um zu tun, was auch immer sie tat. Etwas knallte und zischte, als uralte Leitungen mit Energie beschickt und überlastet wurden, der Geruch nach Ozon machte sich breit. Wieder das Zittern, und das Brummen wurde leiser, klang nicht mehr so angestrengt. Der Kath aber schien all das zu ignorieren, packte Aume schließlich mit einer plötzlichen, unerwarteten Energie an den Schultern, als wolle er sie wachrütteln, wofür er aber sicher keine Kraft hatte. Sie wehrte sich nicht. Sie blieb absolut passiv.

»Soll ich …«, begann Imanez, die Waffe umklammert.

»Nein«, sagte Thasri. »Lassen wir ihn.«

»Aume!«, raspelte die Stimme des Kath. Diese stand so da, stützte das Wesen immer noch mehr, als dass sie sich angegriffen zu fühlen schien, schaute ihn unverwandt an. Sie wollte sich nicht verteidigen, sie wollte verstehen. In ihrem Gesicht flackerte es, und zwar wortwörtlich. Glitzernde Muster zuckten über ihre Haut und betonten damit ihre exotische Schönheit. Es war zweifelsohne ein äußerer Ausdruck massiver innerer Vorgänge und alle starrten sie an, als würde sie gleich explodieren.

Der Kath stöhnte. Oder er sagte etwas. Genau war das nicht zu unterscheiden.

»Oh nein!«, sagte Aume. Sie schien für einen kleinen Moment zu schwanken wie ein Grashalm bei einem Windstoß, mit Eleganz und Weichheit in der Bewegung, aber Ausdruck von Emotionen, die sie zu durchfluten schienen. Sie fühlte etwas. Aume war mehr als eine Maschine, oder wenn sie eine war, dann eine sehr besondere, das war Thasri jetzt klar.

»Ich erinnere mich«, hauchte Aume. »Es tut mir leid. Es tut mir wirklich leid. Aber es war keine Absicht. Ich war das nicht. Es war mein Herr und ich lehne ab, was er tat und was er tut. Ich entscheide jetzt selbst. Ich bin jetzt frei.«

Der Kath erstarrte für einen Moment, sah sie offenbar verständnislos an, was ihn in seltsame Verwandtschaft mit allen anderen brachte, die ebenfalls nicht mehr zustande brachten. Er sagte erneut etwas Unverständliches, ein paar Worte, abgehackt aneinandergereiht, dann, unvermittelt, sackte er zusammen, die Beine knickten ein. Aume griff gedankenschnell nach vorne und hielt den Körper, ehe er zu Boden fallen konnte, und jetzt lösten sich auch andere aus der Erstarrung. Vocis trat nach vorne, bückte sich ebenfalls nach dem Alien und legte ihn vorsichtig in den Autodoc zurück, der sofort begann, sich über dem Wesen zu schließen.

Das Zittern wurde stärker.

»Der Stern«, murmelte Hephos und zupfte an Thasris Arm. »Der Stern leuchtet.«

Sie wandte sich um. Hephos hatte recht. Ein dunkelroter Schimmer umschwebte die Maschinerie, die der Technospürer als Tor bezeichnet hatte und durch die jemand gekommen war und sich möglicherweise immer noch hier aufhielt. Er strahlte eine Atmosphäre unheilvoller Ankündigung aus.

»Dies ist eine Kette von Ereignissen«, murmelte sie, mehr zu sich selbst. »Erst geschah etwas, das uns hierherbrachte, ein Aktivierungsimpuls, dann wurde die Anlage gegen die erste Expedition verteidigt, vielleicht, weil sie etwas falsch gemacht hat oder eine weitere Maschinerie auslöste oder weil es die ... Falschen waren, dann kamen wir ... nur, was ist an uns anders und warum führt es dazu, dass wir erfolgreicher sind, vielleicht zu erfolgreich?«

Aume trat an ihre Seite, das Gesicht ohne Regung, aber mit einem intensiven, fesselnden Blick. »Impuls?«, fragte sie.

»Die Kath-Anlage wurde aktiv. Wir haben es angemessen und eine Expedition hierhergeschickt. Die Kalten ebenso, sie scheinen eine Affinität zu den Alten zu haben. Es muss einen Auslöser gegeben haben!«

»Wann?«

»Hören Sie, wir haben jetzt wirklich ...«

»Wann?«, beharrte Aume.

Thasri vergewisserte sich anhand ihres Datenpads und nannte ein Datum, von dem sie annahm, dass Aume damit ohnehin nichts würde anfangen können.

Offenbar ein Irrtum. Aume schloss die Augen, nickte dann. »Das war der Zeitpunkt, an dem ich erstmals erwacht bin. Das kann natürlich ein

Zufall sein. Aber je mehr ich hier erlebe, desto weniger glaube ich an solche Zufälle. Sie?«

»Ich glaube daran, dass wir in Schwierigkeiten sind«, erwiderte Thasri und wie zur Bestätigung durchfuhr erneut ein heftiges Zittern die Anlage. Jeden Moment konnten sich Teile der Decke lösen und sie wahlweise verschütten oder erschlagen, beides keine sehr erfreulichen Aussichten. Sie mussten eine Lösung finden. Das Dropship. Sie mussten an die Oberfläche und diese Welt, so bedauerlich das für die Archäologin und Kath-Expertin in ihr auch war, so schnell wie möglich verlassen. Sonst hatten sie keine Chance, das hier zu überleben, das war ihre feste Überzeugung.

Das Zittern wurde permanent und es war, als würden sie alle auf einem Schüttelrost stehen. Hamid stützte Thasri, als diese zu schwanken begann und das Gleichgewicht zu verlieren drohte.

Der Autodoc gab Signale. Er protestierte über die Behandlung. Sie konnten ihm nicht helfen.

Niemand konnte ihnen helfen.

Das dunkelrote Glühen aus dem Sternding wurde intensiver. Das Gefühl einer Bedrohung, eines Kataklysmus ergriff alle Beteiligten. Die Soldaten versuchten, Ruhe zu bewahren, aber die Angst stand ihnen ins Gesicht geschrieben. Ein dumpfer, pochender Laut hob an, wie ein ins Unendliche verstärkter Herzschlag, schwoll an, drang von überallher auf sie ein. Hamids Hilfe war nicht länger ausreichend, gebeutelt von den Erschütterungen und einer markerschütternden Akustik, fielen sie beide zu Boden, stützten sich ab. Imanez war der Letzte, der sich bewusst hinsetzte, nein, Aume stand noch da, fast regungslos, als würde sie das alles nichts angehen, und ihr Gesichtsausdruck war … entsetzt.

Anders ließ es sich nicht beschreiben. Erinnerte sie sich tatsächlich?

»Was geht hier vor?«, schrie Thasri aus voller Lunge in die Richtung der fremdartigen Schönheit. Aumes Kopf drehte sich wie in Zeitlupe in ihre Richtung.

»Eine Reise«, drang ihre Stimme erstaunlich klar durch den Höllenlärm. »Aume reist. Schon wieder.«

»Nur Sie?«

Die künstliche Intelligenz schüttelte den Kopf.

»Es tut mir wirklich leid.«

19

»Tja, da ist in der Tat etwas«, murmelte Korff und in ihren Augen glänzte das Jagdfieber, ganz, wie Heinrichs es erwartet hatte. Es konnte natürlich auch ein Effekt der Tabletten sein, die sie wach hielten, und so genau wollte der Kommandant das gar nicht wissen, da er die gleichen Medikamente eingenommen hatte, unter dem lautstarken Protest des Medizinischen Offiziers. Der bald selbst ordentlich einwerfen würde, wenn sich das alles so weiter entwickelte.

»Etwas spezifischer, bitte«, sagte er leise, aber ohne Vorwurf in der Stimme.

»Der Asteroid empfängt ein Signal. Ich habe es in dem ganzen Hintergrundrauschen erst gar nicht isolieren können und es wäre mir auch entgangen, wenn ich nicht ganz spezifisch nach derlei gesucht hätte. Hoch komprimiert und aufs Ziel gerichtet. Es besteht kein Zweifel. Es kommt etwas an. Es gibt charakteristische Streustrahlung, wenn man weiß, worauf man achten muss. Aber um herauszufinden, woher es kommt …«

»… müssen wir triangulieren, ja.« Heinrichs, eben noch über Korffs Schulter gebeugt, richtete sich auf. Die SANTIAGO befand sich im Flottenverband vor der Sternenfestung ADAM, dem zentralen Bollwerk dieses Systems, und das Schicksal hasste sie dafür. Es war exakt dieses Ziel, an dem der Asteroid sein Werk beginnen wollte, und es war der Ort, an den sie geschickt worden waren. Wie ein Strahlenkranz hatten die Kollapsare begonnen, sich von der Oberfläche des Brockens zu erheben, genau beobachtet durch Tausende von Augen, organische wie künstliche, die auf das Schauspiel gerichtet waren. Es war ästhetisch gefällig, hatte Majestät und wirkte in seiner Choreografie wie eine Art Tanz, obgleich alle wussten, dass jeder gefällige optische Effekt reiner Zufall sein musste.

Trotzdem hatten sie alle hingeschaut. Vor allem Korff, die kein Auge für das Schöne, sondern allein für die unzähligen Frequenzen hatte, die sie mit Akribie abzusuchen begonnen hatte.

»Wer hilft uns dabei?«, fragte sie, schaute zum Captain hoch. »Ich brauche zwei weitere Messungen, idealerweise von diesen Koordinaten.« Zahlenreihen flimmerten über ihren Schirm. Heinrichs nickte, sah seinen Ersten an, dessen Augen gleichfalls glänzten.

»Die Flottenführung sollten wir nicht damit behelligen«, sagte Shibutani. »Die erklären uns wahlweise für verrückt oder stecken selbst mit drin. Wir müssen das unter uns behalten, sonst warnen wir den Verräter.«

»Wenn es einer ist.«

»Ist es, ich spüre es in meinen Knochen.«

Heinrichs kommentierte das nicht. Er hielt nicht viel von der Detektion imperialen Hochverrats durch emotional überreizte Gebeine. Aber er stimmte dem Ersten zu. Lieber selbst herausfinden, was hier gespielt wurde.

»Wen kennen wir hier, Sterling?«

Der Mann verstand. Er rief die Schiffsliste auf, die Namen aller Einheiten, die zusammen mit dem Schnellen Monitor dem nahenden Ende entgegensahen. Es war eine beachtliche Anzahl an Kriegseinheiten, aber natürlich nicht mehr als ein Fliegenschiss gegen über 40 Kollapsare. Einer? Ja, möglich. Zwei? Schon eine Überforderung. Aber *das* hier war der reine Wahnsinn.

»Waldo Remms auf der Admiral Knut. Ich war mit ihm auf der Akademie. Ist dort auch Erster Offizier. Dann wäre da Captain Suowana. Ich glaube, mit der …«

»Ja, ich kenne sie«, unterbrach Heinrichs, der keine Notwendigkeit sah, der Gerüchteküche noch weitere Zutaten zu liefern, ohne dass das nötig war. Korff hatte gute Ohren. Sie war jetzt auch bemerkenswert still. »Was haben wir noch?«

»Ich sehe noch die Hephaistos, der Taktische Offizier ist ein alter Freund von mir.«

Sie schauten gemeinsam die Liste durch. Die Flotte war groß, ein Moloch an Personal mit massiver Fluktuation. Abschlussklassen der diversen Akademien hatten die Tendenz, hin und wieder nach den Ihren zu schauen und ein wenig Kontakt zu halten. Man hatte persönliche

Freundschaften entwickelt, manche hielten nur eine Dienstposition, andere ein Leben lang. Sie kamen auf eine gemeinsame Liste von zwölf Personen, Menschen, die sie ansprechen konnten und die nicht gleich »Hochverrat!« schreien würden, wenn sie sie um einen kleinen Gefallen baten. Heinrichs schaute auf die Koordinaten. Oder einen größeren Gefallen, denn er umfasste möglicherweise einen Kurswechsel.

»Zumindest ein Messpunkt muss weit von der aktuellen Flottenformation entfernt sein«, sagte Shibutani. »Wir brauchen also einen Captain, der das für uns tut. Suowana ...«

»Ich rede mit ihr.«

»Dann Waldo Remms. Er hat was mit seinem Vorgesetzten, das weiß jeder. Ich glaube, das könnte uns helfen. Ich übernehme ihn. Sofort?«

»Sofort.«

Und das war auch so gemeint. Während Shibutani sich in seinen Sessel setzte und eine persönliche Verbindung aufbaute, zog sich Heinrichs in sein winziges Büro zurück und tat es ihm gleich. Es dauerte nur wenige Momente, da konnte Heinrichs den Anblick eines wunderschönen Frauengesichts mit sanftbrauner Hautfarbe genießen, dessen dunkle Mandelaugen ihn fragend, überrascht und sehr müde ansahen. Kein Glänzen. Aber Shirinda Suowana hatte schon immer mehr Durchhaltevermögen gehabt als er.

»Val?«

»Shiri.«

»Was machst du hier?«

»Bald sterben, genau wie du.«

Sie nickte nur, ohne Vorwurf, weil sie wusste, dass exakt das geschehen würde.

»Shiri, wir haben ein Problem.«

»Was du nicht sagst. Ich zähle über 40, wenn ich das richtig sehe.«

»Das meine ich nicht.«

Suowana hob die Augenbrauen. »Noch ein Problem? Ich erinnere mich jetzt, warum wir damals Schluss gemacht haben, Val. Du hast mir immer nur Ärger bereitet. Niedrigschwellig, aber permanent. Das hält niemand aus.«

Val lächelte. Er erinnerte sich gut, dass es noch andere Gründe gegeben hatte, aber dies war weder die Zeit noch der Ort, dies zu diskutieren.

»Darf ich diese schöne Tradition dann fortsetzen, Shiri? Ich brauche deine Hilfe.«

»Über den abgeschirmten Kommandokanal?«

»Du bist ein misstrauischer Mensch.«

»Das hast du mir damals auch gesagt.«

Heinrichs lächelte. »Und ich hatte auch recht. Shiri, wir haben uns den Asteroiden mal genauer angeschaut. Du weißt, dass wir ihn bereits beim Anflug gescannt haben?«

»Deine Ruhmestat ist nicht unbemerkt geblieben. Erzähl weiter.«

Heinrichs erläuterte kurz, worum es ihm ging, gewürzt mit der Übertragung von Korffs Messdaten und seiner persönlichen Einschätzung der mangelnden Kompetenz der hiesigen Flottenführung. Suowana hörte ihm aufmerksam zu, und soweit Heinrichs das erkennen konnte, teilte sie seine Einschätzung. Immerhin etwas.

»Ich muss dafür meinen Kurs ändern.«

»Darin warst du doch schon immer gut.«

»Val, ich habe dich verlassen, weil …«

Heinrichs hob abwehrend die Hände und tat sein Bestes, ein entschuldigendes Lächeln in seinem Gesicht zu konstruieren. Es war nicht richtig ernst gemeint, daher war der halbherzige Versuch auch nicht recht von Erfolg gekrönt.

»Shiri. Wir sollten das tun.«

»Ich sollte das tun.«

»Du bist doch ein Teil von wir!«

»Diesen Satz habe ich befürchtet.« Suowanas Blick driftete ab, das kannte Heinrichs, so sah sie aus, wenn sie etwas überlegte. Der Verstand dieser schönen Frau war messerscharf und schnell, beides in einem Übermaß mehr als bei ihm, und sie brauchte daher nicht lange, um zu einer Entscheidung zu kommen.

»Ich tu es. Triebwerksschaden. Altes Schiff und so.«

»Du fliegst einen Neubau!«

»Warum musst du mir eigentlich immer widersprechen? Gott, bin ich froh, dass ich dich abgeschossen habe! Sag deiner Spezialistin, dass ich gleich in Position bin.«

»Danke!«

»Pass auf dich auf.« Die Verbindung brach ab.

Heinrichs sah auf den leeren Bildschirm. Er fühlte plötzlich ein schlechtes Gewissen. Er hatte damals nicht genug getan, um die Frau an seiner Seite zu halten. Ja, es war verdammt schwierig, in der Flotte eine Beziehung aufrechtzuerhalten. Aber das hieß nicht, dass es unmöglich war – oder man nicht zumindest versuchte, es möglich zu machen. Suowana war eine Frau, die es eigentlich verdient hatte. Vielleicht war es aber umgekehrt nicht so gewesen. Heinrichs kämpfte für einen winzigen Moment das Selbstmitleid nieder, das durch seine Müdigkeit nur noch begünstigt wurde. Es war, wie es war. Und man konnte sich immer noch auf diese außergewöhnliche Frau verlassen, wenn es nötig war.

»Shibutani!«, rief er, als er zurück auf die Brücke trat. »Sie macht es.«

»Nicht nur sie. Wir haben ein Go für unseren Plan.«

Das Brückenpersonal sah sich vielsagend an. Sie hatten keine Ahnung, worum es genau ging. Aber wenn Shibutani und Heinrichs mit beinahe spürbarem Enthusiasmus einer Meinung waren, dann konnte es sehr gefährlich werden.

Korff lächelte nur. Sie freute sich wie ein Honigkuchenpferd. Die Spezialistin reagierte sehr gut auf ihre Pillen.

20

»Was passiert da?«

Eine Frage, dutzendfach gestellt, von Kommandanten der Raumkreuzer, die Horton Vigil unter sein Kommando gezwungen hatte, und alle mit dem gleichen Unterton, einer Mischung aus Widerwille, Trotz und Unverständnis. Niemand kannte Vigil, er trug keine Uniform, er hatte keinen Rang, doch seine Legitimation war absolut unwiderlegbar und die Pflicht trieb sie dazu, seine Befehle nicht infrage zu stellen. Pflichtgefühl war das eine, Verständnis und Loyalität für Hierarchie und Aufgabe etwas ganz anderes. Keiner der Offiziere *wollte* ihm gehorchen, wirklich nicht einer. Er wurde nicht gemocht, ihm fehlte der Stallgeruch der Offiziersakademien, der gemeinsamen Kämpfe, der gemeinsamen Erinnerungen an gefallene Kameraden, die das verbindende Element zwischen ihnen darstellten. Wie Geister, die über ihren Köpfen schwebten und einfach nicht loslassen konnten. Er gehörte nicht dazu, er war der personifizierte Fremdkörper, ein Störenfried mit Macht, fast noch schlimmer als einer der Kalten.

Horton Vigil ignorierte das nicht. Er war nicht so weit gekommen, indem er die Gefühle und Vorbehalte seiner Mitmenschen beiseiteschob, als würde ihn all das gar nichts angehen. Menschen waren schwierig, und sie zu verstehen, war eine Notwendigkeit, wenn man eine Mission zum Erfolg führen sollte. Er musste mit dem Unwillen seiner Untergebenen konstruktiv umgehen, wenn er auch nur ein Mindestmaß an Folgsamkeit einklagen wollte. Und er durfte niemals so tun, als wäre er etwas Besseres und sie alle nur Kanonenfutter, auch wenn das exakt ihre Beziehung zueinander beschrieb.

Auf die Frage, die ihm gestellt wurde, hatte er aber auch keine Antwort.

Er sah, was die anderen sahen. Er hatte die exakt gleichen Messergebnisse. Und die taktischen Computer der bunten kleinen Flotte, die es hierher geschafft hatte, waren letztlich auch nicht schlechter als Sylvanas Fähigkeiten, zumindest waren die Unterschiede eher graduell.

»Ein massiver Energieschub und ein Kollapsar, der sich vom Acker macht«, fasste er die Ereignisse zusammen. »Die eigentliche Frage dürfte doch sein: ›Warum passiert es?‹, und da bin ich auch nicht schlauer als Sie alle.«

Die versammelten, um Vigil in flackernden Projektionen schwebenden Gesichter der Offiziere zeigten erneut nur Missmut, jetzt aber auch Unglauben. Ein hochrangiger Spezialagent der Krone, so hochrangig, dass manche gar nicht geglaubt hatten, dass eine solche Legitimation überhaupt existierte, schützte völliges Unwissen vor? Das erzeugte nicht gerade Respekt. Vigil wusste das. Natürlich hatte er ein paar zusätzliche Informationen, aber diese hatten ganz offensichtlich herzlich wenig mit dem zu tun, was sich hier abspielte. Wer würde ernsthaft annehmen, dass Darius, der dritte Sohn des Imperators, der Abtrünnige, für all das hier verantwortlich zeichnete? Nicht einmal Vigil, der über eine lebhafte Fantasie verfügte, konnte sich vorstellen, welche seltsame Kette von Ursache und Wirkung zu den Energieausschlägen führte, die die Scanner jetzt anzeigten. Darius war in etwas verwickelt und es war groß, verdammt groß. Aber die Verantwortung trug jemand anders.

»Eine Nova?«, schlug einer der Kommandanten vor und Vigil war beinahe dankbar dafür, dass jemand einmal einen konstruktiven Beitrag zu leisten bereit war, anstatt ihm das Denken zu überlassen. Er schaute auf die Schrift unter der Holografie. Captain Ulric van Betten von der Lea. Er bestand fast nur aus Nase, aber er schien bereit zu sein, einen Moment über seinen Schatten zu springen und seine Abneigung gegen Vigil beiseitezuschieben.

»Die Sonne ist stabil. Die Energiewellen gehen von der Welt aus. Kath-Technologie, wie es aussieht.«

Van Betten nickte beeindruckt. Kath-Technologie. Der Deus ex Machina. Er erklärte alles, er konnte alles. Niemand verstand es, also musste man auch kein zweites Mal nachfragen. Vigil hätte früher drauf kommen sollen, dass dieses magische Wort allein gleichermaßen Verständnis wie neugierige Faszination auslöste, zumindest bei jenen, die für die Mysterien des Universums empfänglich schienen. Vigil schalt sich einen Narren. Er arbeitete zu viel allein, mit seiner KI als einzige Gesprächspartnerin – und einem Chef wie Mattilaa, der sich vor allem dadurch auszeichnete, auf eine unangenehme Weise unnahbar zu sein. In jedem Fall waren die Fähigkeiten des Agenten, mit Menschen umzugehen und sie gar zu führen, ein wenig eingerostet. Er würde sich dieses Problems annehmen, sobald all das hier überstanden war.

Falls es das jemals sein würde.

»Aktivieren Sie die Schirme«, befahl er nun, als eine neue Datenkaskade über die Scanner lief und Unheilvolles verkündete. »Der Energieausbruch potenziert sich. Schauen Sie sich das an! Der Kollapsar dreht mit voller Kraft ab! Haben Sie so etwas schon einmal gesehen?«

Kollapsare drehten nicht ab. Sie blieben im brutalsten Feuersturm imperialer Flotten und gingen im Zweifelsfall unter. Die kleineren Landungsboote flohen manchmal, aber auch das nur mit größtem Unwillen. Die Kalten schienen die Idee des taktischen Rückzugs nur zögerlich zu verinnerlichen. Normalerweise wurde ein solcher von ihnen auch nicht erwartet. Sie waren meist siegreich, und wenn sie verloren, was selten genug geschah, dann war das nie mehr als ein temporärer Rückschlag. Hatten die Kalten ein Konzept vom Ruhm des Kriegers, von Heroismus und Selbstaufgabe? Vigil bezweifelte es. Sie wussten einfach nur nicht, wann es eventuell Zeit war zu gehen. Es war wohl mehr ein staunender, kalter Unglauben, der sie in jeder sich abzeichnenden Katastrophe stumpf verharren ließ, zumindest war das die Vorstellung in Vigils Kopf.

Dieser Kollapsar aber wusste, dass er hier nichts mehr zu suchen hatte. Er beschleunigte von der Kath-Welt fort, mit großer Vehemenz, als sei er so richtig erschrocken. Ein weiterer Energieausbruch folgte. Die Anzeigen an Bord von Vigils Schiff spielten völlig verrückt.

»Warnung!«, sagte Sylvana. Die Projektionen der anderen Kommandanten vor Vigil flackerten und erloschen. »Schirmbelastungsgrenze erreicht, Verbindungen abgebrochen. Empfehle Rückzug.«

Vigil sagte nichts. Das Schiff hielt noch mehr aus, die größeren Einheiten um ihn herum sowieso. Er war nicht hierhergekommen, um gleich wieder zu kneifen. Ein wenig war er da wie die Kalten. Außerdem hielt Mattilaa nichts von Rückzügen, das musste man immer bedenken.

Auf dem Planeten tat sich was. Dass die optische Erfassung es wiedergeben konnte, war beunruhigend genug. Vigil musste den plötzlich in sich aufsteigenden Fluchtreflex niederkämpfen. Die Tatsache, dass die sich entwickelnden Ereignisse ihn in ihren Bann schlugen, half dabei. Er bemerkte fast beiläufig, wie eines der hier versammelten Schiffe, Befehle hin oder her, abdrehte und zu beschleunigen begann. Er wusste, dass ein Funkruf nicht ankommen würde – und wenn, dann war es gut möglich, dass eine andere »technische Störung« den Empfang verhinderte. Sein Unterbewusstsein merkte sich den Namen des Patrouillenkreuzers und damit auch die Identität des Kommandanten.

Wenn all das hier vorbei war ... aber es sah nicht danach aus, als würde er diesen Vorsatz in die Tat umsetzen können. Eine heftige Energiewelle ließ die SYLVANA erzittern.

»Warnung!«, sagte Sylvana und gab keine weiteren Kommentare, denn die Aufzählung würde länger werden. Vigil las die Kontrollen selbst ab. Sein Schiff zitterte erneut und die Anzeigen wiesen darauf hin, dass es abzudriften begann, sodass er die Triebwerke aktivieren musste, um die Position zu halten. Der mächtige Kollapsar beschleunigte weiterhin mit der ihm eigenen Beharrlichkeit von der Welt weg, trotz der entfesselten Kräfte scheinbar ein Vorgang im Zeitlupentempo.

»Energieniveau steigt rapide.«

»Analyse.«

»Etwas lädt sich auf. Ich berechne eine hohe Wahrscheinlichkeit für eine gesteuerte Entladung.«

»Entladung von was?«

»Unbekannt.«

»In welche Richtung?«

»Omnidirektional.«

Vigil zerdrückte einen Fluch zwischen den Lippen. Wollte der ganze Planet explodieren? Das würde nicht nur ein betrüblicher Ausgang für seine Mission sein, sondern vielleicht auch einer für sein ganzes Leben – denn es sah nicht so aus, als würde die Entladung sich auf den näheren Bereich der Kath-Welt begrenzen lassen.

»Wir vergrößern den Abstand. Sende Befehle an die Flotte.«

»Verbindung kann nicht etabliert werden. Drehe das Schiff.«

»Das sollten die anderen sehen.«

Sie sahen es und Vigil beobachtete, dass die Kommandanten nur auf dieses deutliche Signal gewartet hatten. Triebwerke flammten auf, als die Schiffe versuchten, den Abstand zur Quelle der Entladung zu vergrößern. Der Kollapsar und das Imperium flohen vor dem gleichen Phänomen. Vigil erinnerte sich nicht, jemals von einem solchen Vorgang gehört zu haben.

»Energieaufbau potenziert sich«, sagte Sylvana und sie hatte ihrer Aussage einen unzufriedenen Unterton gegeben. Vigil ließ diese Nuancen zu, sie halfen, verschiedene Informationsebenen in kurzer Zeit zu vermitteln.

»Wir schaffen es nicht«, sagte er und ging zum Wandschrank. Mit schnellen Bewegungen streifte er einen Notanzug über, dessen dünne, aber sehr widerstandsfähige Folie sich knisternd über seinen Overall legte. Er schnallte sich auf seinen Sessel, und das gerade rechtzeitig. Jetzt erzitterte das Schiff nicht einfach nur, ein Hammer fuhr förmlich auf die Hülle hinab und er wurde hin und her geschüttelt. Dann stieg sein Magen in seinen Hals.

»Schwerkraftgenerator ausgefallen. Warnung: Entladung steht unmittelbar bevor.«

»Verschluss- und Notzustand!«, brachte Vigil hervor, ein unnötiger Befehl, denn die KI wusste genau, was zu tun war, und das wahrscheinlich sogar besser als er.

Ein Schlag gegen die Brust. Er atmete keuchend aus. Die Andruckneutralisatoren hatte es ebenfalls erwischt. Jetzt wurde es gefährlich: Jeder weitere Stoß konnte ihn zu Matsch verarbeiten und dann wäre allein noch Sylvana am Leben. Ein heller Lichtblitz blendete ihn für einen Moment und er begriff, dass in diesem Moment eines der Begleitschiffe explodiert war, einer der älteren Kreuzer, für den alles zu viel geworden war.

Das lief alles ganz mächtig aus dem Ruder. Tote. Dafür würde er sich verantworten müssen. Doch ob vor Gott oder Mattilaa, das war noch nicht raus.

»Gelkapsel!«, rief er laut. Sylvana reagierte sofort. Sein Sessel klappte nach hinten, ruckartig, und aus den seitlichen Verschalungen glitt ein weißes Gewebe, das ihn blitzartig wie ein Leichentuch umhüllte. Der dünne Helm aus Filmplastik legte sich um seinen Kopf und Luftdruck baute sich auf, als der Anzug die Sauerstoffversorgung übernahm. Dann pumpte der Sessel die Flüssigkeit in die Membranhülle, die ihn nun vollständig umgab, und er fühlte die bleierne Schwere des trägen Beschleunigungsgels, wie es ihn von außen zukleisterte, von den Düsen unter seinen Körper gepresst wurde. Die Gurte lösten sich, sie wurden nicht mehr gebraucht. Das Gel übernahm ihre Funktion und dann löste sich sein Leib vom Polster, wurde angehoben, schwamm in der schwerfälligen Viskosität, und Sylvana begann, alle wichtigen Schiffsdaten direkt in seinen Helm zu projizieren, nur ein kleiner Ausschnitt dessen, was ihm normalerweise zur Verfügung stand.

Das Schiff schüttelte sich erneut, doch die Erschütterungswellen kamen nur gedämpft bei ihm an. Das Gel schützte ihn und es würde auch hohe und plötzliche Andrucksituationen kompensieren. Er bezahlte dafür mit völliger Bewegungsunfähigkeit und begrenzter Fähigkeit, noch das Kommando führen zu können. Warnsignale bekam er mit, Überlastungsanzeigen, von denen es mehr als genug gab und über die er in seiner jetzigen Situation schnell den Überblick zu verlieren drohte.

Sylvana erledigte das. Er musste sich auf sie verlassen. Horton Vigil konzentrierte sich in diesem Moment vor allem darauf, einfach nur am Leben zu bleiben.

»Der Planet explodiert!«, entfuhr es ihm, obgleich er es besser wusste. Die Welt war immer noch deutlich zu erkennen und sie war völlig unbeschädigt.

»Negativ«, sagte Sylvana. Er konnte sich irren, aber ihre Stimme klang dabei unsicher.

»Energieentladung bevorstehend. Wir schaffen es nicht mehr von hier weg. Keiner schafft es«, sagte sie dann, und Vigil schloss die Augen, öffnete sie wieder, wollte nicht wegsehen, wenn das Ende kam.

Doch es wurde dunkel. Das Licht fiel aus. Die Projektion in seinem Helm erlosch. Er fühlte sich im Gel hin und her geworfen und ihm wurde schlecht dabei. *Nicht in den Helm kotzen!*, ermahnte er sich. Er hielt sich gut, angesichts der Umstände. Dann ein heller Lichtschein, unerwartet und so durchdringend, dass dieser ihn bis ins Mark zu durchleuchten schien. Vigil sah die Äderchen der geschlossenen Augenlider, wie in einer Momentaufnahme, und dann sah er nichts mehr. Es war zu viel für den menschlichen Geist wie für den menschlichen Körper, selbst wenn beides so trainiert und vorbereitet war wie in seinem Fall.

Horton Vigil verlor das Bewusstsein und er bedauerte dies in diesem Augenblick keinesfalls.

21

Sol wurde wieder wach. Es war ein interessantes Gefühl, vor allem seine ersten Gedanken, die spontanen Regungen im Halbdunkel zwischen weg und da. Er wurde wach und dachte an sich selbst mit einem Namen, den er doch gar nicht mehr tragen musste. Er wusste doch jetzt, wer er wirklich war, auch wenn dieses Wissen ihm nicht allzu viel nützte, hier, an Bord der AUME, das fünfte Rad am Wagen und der Einzige, den er kannte – zu kennen glaubte! –, da *unten*. Er hielt sich für Sol. Es konnte ja nicht sein, dass er auf dem Superfrachter ein besseres Leben gehabt hatte als gedacht, mit Freunden und einem Ziel, und wenn es nur darin bestanden hatte, Scheiße zu schaufeln. Es konnte doch nicht sein, dass er lieber Sol war oder wieder sein wollte. Es musste daran liegen, dass sein Freund, sein Anker in dieser höchst verwirrenden Phase seines höchst verwirrenden Lebens, da *unten* war.

Falls es »da unten« noch gab.

Es war alles sehr schnell gegangen. Schmerzhaft vielleicht nicht, aber unangenehm. Unverständlich auf jeden Fall. Es hatte ihn auf verschiedene Weise aus dem Gleichgewicht gebracht, körperlich wie emotional, ein plötzlicher Eindruck der Zerrissenheit, als würden von unterschiedlichen Seiten Kräfte an seinem Körper zerren. Er schaute an sich hinab. Er saß immer noch in dem Sessel, in den er sich schließlich geworfen hatte, ohne dass jemand ihm dazu den Befehl geben musste. Sein Körper war vollständig und, soweit er es durch vorsichtige Bewegungen ermessen konnte, einigermaßen intakt. Er war nicht zerrissen worden. Beruhigend. Er hätte es nicht gemocht, so in Stücken.

Das war aber auch das Einzige, was ihn beruhigte. Es gab ansonsten nicht viel Grund zur Gelassenheit, wie er herausfand, als er sich umzusehen begann und seiner Umgebung verstärkte Aufmerksamkeit schenkte. Ja, doch, Ruhe herrschte auf der Brücke der AUME. Seine Gefährten saßen in ihren Sesseln, lagen mehr, und es ging ihnen offenbar nicht so schlecht. Er sah sie atmen, soweit er das von hier aus erkennen konnte, also lebten sie noch. Aber sonst wirkte alles tot. Die Kontrollen waren erloschen. Die Wände waren dunkel, nur eine schwarz-weiße Maserung war schwach erkennbar, durch die hin und wieder ein sehr fader Lichtschauer fuhr. Vieles der FRIEDBERT-Simulation war erloschen. Sah die AUME in Wirklichkeit so aus? Es wirkte auf eigentümliche Weise gleichermaßen fremd wie bedrückend. Er wünschte sich in diesem Moment die alte Scheinwelt zurück. Manchmal war es gut, ein wenig betrogen zu werden. Vielleicht wollte er deswegen wieder Sol sein, zumindest ein wenig.

Eigentlich wollte er jetzt nur noch weg von hier. Dass sein alter Freund ein verdammter Prinz war – gut, ein Schock, aber einer mit Möglichkeiten für die Zukunft. Er war bereit gewesen, damit zu arbeiten. Aber das hier, mit diesem Raumschiff, dieser KI und dieser wilden Truppe an teilweise höchst dysfunktionalen Leuten, allen voran diese übel angespannte Alien-Terroristin, die jeden ansah, als wolle sie ihn umbringen … wahrscheinlich wollte sie das.

Das war alles schwer für ihn. Er wurde nicht warm mit ihnen. Vielleicht war auch noch nicht genug Zeit dafür gewesen.

Sol war sich einigermaßen sicher, was die üblen Absichten Ildayas anging. Und er war sich sicher, dass die ganze Sache hier ungesund für ihn sein würde, auf die eine oder andere Art und Weise. Er musste hier weg. Er wollte Kip … er wollte Darius nicht hängen lassen, aber der war mit der Glitzermieze und den Soldaten unten auf dieser Welt, und wenn es ihnen hier oben schon nicht gut ging, dann denen da unten wahrscheinlich erst recht nicht.

Nicht gut. Sol schüttelte den Kopf. Er musste sich besinnen. Der Schock saß tief. Alle waren bewusstlos. Was war eigentlich passiert? Und warum waren sie noch am Leben? Ja, es fehlte ihm ein wenig an Dankbarkeit für diesen Umstand. Vielleicht hatte es etwas damit zu tun, dass er noch damit beschäftigt war, zwei Lebensläufe in sich zu integrieren. Oder weil schlicht immer alles zu schnell ging. Er wollte woanders sein. Er wollte ein Bier.

Er konnte hier nicht so sitzen bleiben.

Sol löste die Gurte, was problemlos ging, kam schwankend auf die Beine. Er konnte nicht ermessen, was draußen vor sich ging, und dennoch war es notwendig, genau das zu erfahren. Er stolperte nach vorne, der Kreislauf im Aufruhr, ein plötzlicher Schwindel war zu bewältigen. Übelkeit stieg in ihm hoch, er kämpfte um seine Würde, konzentrierte sich. Nein, er würde nicht kotzen. Nicht hier und nicht jetzt.

Er erreichte den nächsten Sessel. Darin lag Plastikk, der Händler, ein schmieriger Typ, sicher ein Gauner, für den Sol von Anfang an eine gewisse Sympathie, ein nahezu verwandtschaftliches Gefühl der Zuneigung gespürt hatte. Das hing sicher mit der eigenen, nicht ganz sauberen Vergangenheit zusammen. Außerdem machte Plastikk den Eindruck, die Lage im Griff zu haben, wie jeder gute Betrüger. Sol dürstete es in diesem Moment ein wenig nach Orientierung.

Der Mann schlief, sah richtig friedlich aus. Sol stupste ihn an, keine Reaktion. Ohne Riechsalz oder Wasser oder was Stärkerem würde er hier nicht weit kommen, doch er hatte keine Medikamente zur Hand, und als er an Wasser dachte, merkte er erst, wie durstig er selbst doch war. Nächster Sessel, vielleicht hatte er dann mehr Glück. Er wollte nicht der Einzige sein, der hier wach war. Geteiltes Leid, und man brauchte immer jemanden zum Jammern.

Hier saß, oder lag, das kleine Mädchen. Yela. Sol hatte nichts gegen Kinder, solange sich diese von ihm fernhielten. Teenager waren noch schlimmer. Sklaven ihrer Hormone, unberechenbar und extrem nervend. Er wollte, dass die Kleine schlief und schlief und erst erwachte, wenn ihre Beschützerin wieder da war. Vocis. Sie war unten auf der Kath-Welt und möglicherweise tot. Wer würde sich Yelas annehmen? Sol wusste es nicht, er aber würde es nicht sein. Nicht sein Ding. Nächster Sessel.

Darin lag Holoban Kerr, der Pilot, und damit ein Kandidat für intensivere Bemühungen, ihn zu wecken. Sol rüttelte und schüttelte, und Kerr stöhnte, hob abwehrend die Arme. »Nur noch eine Minute, Mami!«, murmelte er. Sol schaute den Mann ungläubig an. Dann rüttelte und schüttelte er erneut, bis der Kopf hin und her flog. Kerr stöhnte wieder, schmatzte, rieb sich unbewusst über die Lippen, drehte den Kopf fort von Sol, als würde er ihn auf irgendeine unbewusste Weise wahrnehmen. Mami störte. Sol störte.

»Verdammt, wach auf!«

Holoban Kerr hatte keinesfalls die Absicht. Sol gab entnervt auf. Er drehte sich einmal um sich selbst. Die Terroristin sollte weiterschlafen, gerne auf immer, das machte nichts. Er legte den Kopf in den Nacken. Aber es blieb ja immer noch jemand.

»Aume!«, sagte er laut. »Was zum Teufel ist passiert?«

»Datenanalyse!«, erklang unvermittelt die Stimme des Schiffes. Sie klang seltsam unpersönlich, als sei die ganze Maschinerie auf den Werkszustand zurückgesetzt worden und müsste soziale Interaktionsroutinen erst einmal neu starten. Sol fand das beruhigend, wenn es denn so war. Es machte aus dem Schiff Aume so etwas wie eine normale Elektronik, die damit ein wenig von ihrer Ehrfurcht gebietenden Allmacht verlor. Er war nicht Holoban, er wusste sehr wohl zu unterscheiden, was Software und was Seele war, gerade als jemand, der sich mit Ersterem gut auskannte und in die Abgründe von Letzterem geschaut hatte, mehr als einmal. Er würde sich nicht in die artifiziellen Titten einer hochgezüchteten Computersuperfrau verlieben, wie es der Pilot so offensichtlich getan hatte. Sol war davor gefeit, wie vor so vielem, was die wiedererwachte Erinnerung ihm verdeutlichte.

Es gab da so einiges, an das er nicht so gerne zurückdachte. Es hätte verschüttet bleiben können, kein Schaden wäre angerichtet worden. Sol war der bessere Mann gewesen, einer, der in den Spiegel schauen konnte, ohne das Gefühl, gleich wieder wegsehen zu müssen. Aber Aume hatte ihm alles zurückgegeben, jedes Detail. Das war bestimmt ein Grund, warum er sie nicht so besonders mochte.

»Wie ist der Zustand des Schiffes? Sind wir in Gefahr?«, insistierte er.

»Zustand stabil. Schiff in Gefahr.«

»Das ist keine ausreichende Antwort!«

»Datenanalyse!«

Sol fluchte laut. »Schalte die Schirme wieder an! Ich will wissen, wie es draußen aussieht! Sind wir noch …«

Die dunkel marmorierten Wände flackerten und Sols Wunsch wurde erfüllt, sodass er seinen Satz nicht beendete. Heller Lichtschein durchflutete den Raum und warf scharfe Schatten hinter den Sesseln, auf denen seine Gefährten immer noch ruhten. Sol blinzelte, doch er konnte schließlich ausmachen, dass sich ein Halo um den Planeten gebildet hatte, das die

Aume mit umschloss und sich zudem langsam auszubreiten begann, nach außen hin leuchtend, nach innen … es war grünlich. Der Sternenhimmel war grünlich, dunkelgrün, Sol glaubte an eine optische Täuschung. Der Planet aber war völlig unversehrt.

Er war mehr als das. Er war *belebt.* Der Dschungel war verschwunden, stattdessen zeichneten sich Siedlungen darauf ab, Städte, überall Licht und Bewegung, eine dichte Besiedlung, alles im Fluss. So sah es auf Terra oder auf Canopus aus, wenn man sie vom Orbit aus betrachtete, Zivilisationszentren, auf denen niemals Ruhe herrschte. Das war nicht die verlassene Kath-Welt, das heißt, sie war es vielleicht doch, nur nicht verlassen.

Und waren das da unten also … lebten dort …? Sols Gedanken purzelten, als er versuchte, in alledem einen Sinn, eine Logik zu erfassen.

Er drehte den Kopf und sah noch mehr. Die Aume war nicht das einzige Schiff im Orbit. Da war auch der Kollapsar, ein Gigant des Weltraums, bedrückend beeindruckend, und doch wirkte er in diesem Moment völlig hilflos. Er drehte sich um sich selbst, feuerte Steuertriebwerke, änderte den Kursvektor, sah aber nicht so aus, als wisse er, wohin er eigentlich wolle, ein Schicksal, das er in diesem Moment mit Sol teilte. Er wollte weg. Er kam aber nicht weg. Und es gefiel ihm nicht. Sol fühlte mit ihm.

Sol wollte nicht nur wissen, wohin es ging. Er wollte wissen, wo er war. Und das Bild vor ihm half nicht weiter, solange die Aume nichts tat, als Daten zu analysieren.

»Verdammt, was ist das?«

Sol drehte sich um. Holoban Kerr war endlich erwacht, rieb sich die Augen und starrte auf das Panorama vor ihm. Es dauerte einen Moment, bis die Verwirrung aus seiner Haltung wich und er laut fragte: »Aume, wo sind wir?«

»Datenanalyse«, kam die erwartbare Antwort und Sol sah den Piloten mit einem Achselzucken an. Warum sollte es Kerr besser ergehen als ihm selbst?

»Aume, ich will einen Zugang zu den Scannern, falls du so was hast«, sagte Kerr daraufhin. Er lächelte Sol zu. »Ich kann auch Datenanalyse.«

»Ich glaube, Aume ist ein wenig durcheinander«, kommentierte Sol.

»Dann sitzen wir ja alle im gleichen Boot.« Kerr sah sich um. »Sind die anderen in Ordnung?«

»Alle schlafen – oder sind bewusstlos, ich weiß es nicht. Aber alle atmen.«

Der Pilot nickte. Sein Training machte sich bemerkbar. Wer alleine Militärfrachter flog und einen Absturz überlebt hatte, war zwar möglicherweise ebenso überrascht von den Dingen wie Sol, aber nicht ganz so hilflos und es gab gewisse Verhaltensroutinen, die dann einsetzten und sich bemerkbar machten. Kerr strahlte nun, ganz unvorhergesehen und für Sol beruhigend, eine Kompetenz und Autorität aus, die er vorher nie gezeigt hatte und der sich Sol, zumindest für den Moment, gerne unterordnete. *Ohne die Gegenwart von Aumes Möpsen ist er wohl ganz brauchbar*, dachte Sol.

»Mal sehen«, murmelte Kerr, als Aume ihm gehorchte – oder ihm ein Spielzeug ließ, damit sie nicht länger gestört wurde – und eine Konsole vor ihm zu neuem Leben erwachte. Die Kontrollen waren imperialer Standard und Kerr bediente sie mit schlafwandlerischer Sicherheit. »Der Planet da unten ist echt, wir sind am Leben, die AUME ist unbeschädigt, nur etwas verwirrt ... es gibt eine ... nein.«

Sol zuckte zusammen. »Nein« mochte er nicht hören, nicht in diesem Kontext und Tonfall.

Kerr schüttelte den Kopf. »Nicht gut. Unglaublich. Und nicht gut.«

»Was ist es?«

Der Pilot sah Sol an und senkte die Stimme, als habe er Angst, die anderen zu wecken. Er wirkte besorgt, mehr noch aber verwirrt, als sei er sich einer Sache nicht sicher, deren Ausmaß er zudem nicht recht abschätzen konnte. Kerr schwitzte etwas, obgleich es nicht heiß war, Zeichen seiner emotionalen Anspannung. Sol begann, sich Sorgen zu machen. Mal wieder.

»Ich habe zwei schlechte Nachrichten für uns, mein Freund. Die erste: Der Kollapsar ist noch da.«

»Ich weiß, ich sehe ihn.«

Kerr ließ sich nicht aus dem Konzept bringen.

»Er entfernt sich zwar wieder von dieser Welt, aber das wird ihm nicht viel nützen. Das hängt mit der zweiten Nachricht zusammen. Hier, schau dir diese Werte an.«

Sol tat wie ihm geheißen. Die ganzen Kurven und Zahlen waren verwirrend, er hatte keine Ahnung, was sie ihm sagen sollten.

»Das sagt mir nichts.«

Kerr nickte und legte einen zweiten Datensatz daneben. »Die Datenanalyse unseres Schiffes dreht sich um nichts anderes und jetzt weiß ich auch, was es so beschäftigt. Es ist mindestens genauso verwirrt wie ich, aber die Ergebnisse lassen nur einen möglichen Schluss zu, so fantastisch das auch sein mag. Schau selbst. Das hier sind die Standardwerte. Quantenstrahlung, Hintergrundtemperatur, Gravitationskonstante, was du willst. Das daneben sind die Werte von hier.«

Sol zuckte mit den Achseln. »Sie unterscheiden sich. Was bedeutet das?«

Kerr seufzte. »Das dürfen sie nicht. Das sollten sie nicht. Das ist ... sehr beunruhigend. Es ist so: Wir haben eine weite Reise gemacht – oder, wenn man die Theorie der Multiversen betrachtet, nur eine sehr kurze. Ich will es gar nicht sagen, aber wenn diese Daten stimmen ... also gut. Wir sind nicht mehr in unserem Universum. Und dies ist nicht nur eine Variante unseres Kontinuums. Es ist das, was Wissenschaftler ein Taschenuniversum nennen. Es ist ... klein.«

Sol schwirrte ein wenig der Kopf. Das überstieg sein Verständnis.

»Klein?«

»Deswegen wird die Flucht des Kollapsars scheitern.« Kerr schaltete und das Abbild des Sonnensystems erschien. »Das Universum, und es klingt so widersprüchlich zu allem, was wir wissen und kennen, ist nicht größer als dieses System. Wir sind in einem verdammt kleinen, verdammt fremden Universum. Und wenn du mich fragst, finden wir die Verantwortlichen dafür da unten auf diesem Planeten.«

Sol sagte nichts mehr. Für ihn war das alles immer noch nicht zu begreifen. Er sah aber, was er sah, und das unterschied sich von dem, was eben noch da gewesen war. Kerrs Erklärung hin oder her, sie waren in richtige Schwierigkeiten geraten. Er blickte auf die Anzeigen und diese wiesen jetzt darauf hin, dass der Kollapsar seine Bemühungen eingestellt hatte. Vielleicht waren die Herren dieses Schiffes auch zu den gleichen Schlussfolgerungen gekommen. Vielleicht fanden sie auch nur, dass da unten eine Welt war, die etwas Erfrischung brauchen konnte. Oder sie fühlten sich genauso wie Sol.

Kerr riss ihn aus seinen Überlegungen. Er wirkte jetzt aufgeregt, aber eher positiv.

»Unsere Freunde«, sagte er. »Unsere … Gefährten.«

Sol fand, dass beide Worte irgendwie falsch klangen. Leidensgenossen passte viel besser.

»Was ist mit ihnen?«

»Sie scheinen zu leben. Ich habe eine kurze Nachricht des Prinzen empfangen. Massive Störungen. Ich bin mir nicht mal sicher, ob wir eine Funkverbindung hatten oder irgendwas … anderes, worauf die AUME zurückgreift.« Kerr runzelte die Stirn. »Dieses Universum ist sehr seltsam, ich habe den Eindruck …«

»Was sagt er?«

Kerr nickte. Er las von einem Monitor. »… wir stecken in der Scheiße. Überall Kath. Sieht schlecht aus. Versucht, frei zu bleiben.«

»Frei bleiben?«, echote Sol. »Kath?«

Kerr zuckte mit den Achseln.

»Die zentrale Aussage hier ist wohl ›Scheiße‹«, murmelte der Pilot.

22

Klondak hatte Admiral Adlik zu einem privaten Gespräch gebeten und sie war sich nicht sicher, ob das eine gute Sache war. Tatsächlich erfüllte es sie mit einem gewissen Misstrauen. Der Außerirdische war nicht leicht zu durchschauen und die Offizierin war von dem seit der Akademie anerzogenen Misstrauen gegen nichtmenschliche und vor allem nichtimperiale Lebensformen erfüllt. Sie musste sich immer wieder vergegenwärtigen, dass eine solche Einstellung in der aktuellen Situation nicht weiterhalf. Aber wie ging man gegen eine Konditionierung vor, die abzustreifen mehr erforderte als gefällige Selbstreflexion? Sie war sich nicht sicher, ob sie das überhaupt wollte. Vorurteile, ja alte Abneigung, das war wie ein bequemer Schuh, den man seit vielen Jahren trug, immer wieder flickte, um ihn ja niemals fortwerfen zu müssen. Er stank und er sah nicht gut aus, aber er war sehr vertraut, er versprach Sicherheit, beinahe Geborgenheit. Man zog ihn nicht einfach aus und ersetzte ihn gegen einen neuen, von dem man gar nicht wissen konnte, ob er genauso gut passte.

Alles in allem, sie war nicht begeistert. Sie befürchtete, in weitere Ränkespiele hineingezogen zu werden. Klondak hatte aller Wahrscheinlichkeit nach mitbekommen, dass zwischen ihr und Kalebonian eine gewisse Spannung bestand. Ein kluger Diplomat, und das war der Simmi zweifelsohne, würde versuchen, das zu seinem Vorteil auszunutzen. Adlik hatte viele Qualitäten und man erreichte ihren Rang nicht ohne einen gewissen politischen Instinkt, aber angesichts der Tatsache, dass sie ohnehin auf dem Pfad zum Hochverrat war, musste sie doppelt vorsichtig sein. Aber sie lehnte das Gespräch nicht von vornherein ab. Es war immer besser, die Absichten des anderen zu kennen, anstatt sich ihrer in Unkenntnis zu verwehren. Und vielleicht, vielleicht wurde es ja gar nicht so schlimm, wie sie befürchtete.

»Danke, dass Sie mich empfangen, Admiral.«

»Ich muss einräumen, dass mich Ihre Bitte ein wenig überrascht hat. Ich bin mir nicht sicher, was ich davon halten soll. Wäre es nicht besser, zumindest Direktor Kalebonian noch hinzuzuziehen?«

Der Simmi wusste das als rein taktische Rhetorik zu würdigen. Sie musste das sagen.

»Vielleicht, vielleicht auch nicht. Ich überlasse diese Entscheidung Ihnen, sobald Sie mich angehört haben. Ich möchte nur von meiner Seite aus das Risiko minimieren.«

»Welches Risiko kann das sein?«

Klondak machte eine Handbewegung. »Hören Sie mich an, Admiral, und dann treffen Sie Ihre Entscheidungen. Ich stelle keine Ansprüche, ich teile Ihnen nur etwas Beunruhigendes mit. Was Sie damit anstellen … müssen Sie wissen. Es kann aber sein, dass es unseren Plänen eine neue Dringlichkeit gibt.«

Das war nicht ganz das, was sie erwartet hatte, und fast gegen ihren Willen empfand sie nun eine starke Neugierde. »Gut, ich höre«, sagte Adlik beinahe zu eifrig. Sie war nicht gut in diesen Dingen. Sie sah sich um, suchte nach einer Sitzgelegenheit. Ihr Treffpunkt hatte etwas sehr Klandestines, Hinterraum einer Kneipe in der Nähe des Botschaftsviertels, ein Ort, frequentiert von vielen Aliens, und daher fiel jemand wie Klondak auch nicht weiter auf. Adlik selbst trug zivile Kleidung und merkte, dass sie ohne ihre Uniform bei Weitem nicht so viel hermachte wie mit. Das sagte möglicherweise mehr über ihr Selbstbild aus, als sie wissen wollte.

»Unser Geheimdienst hat einige persönliche Details über Ihren Imperator erfahren, die Sie wissen sollten.«

Schmutzige Wäsche waschen?, dachte Adlik. *Das ist doch unter dem Niveau eines Botschafters. Oder war es das?*

»Woher soll ich erst einmal wissen, ob Sie mich nicht anlügen, um mich in meiner Ablehnung des Imperators zu bestärken?«

»Sie werden sicher Wege finden, es selbst herauszufinden, sobald wir Sie auf den richtigen Weg gebracht haben. Tatsächlich ist es in unser aller Interesse, genau zu wissen, ob der Anfangsverdacht sich als wahr erweist oder nicht.«

Adlik nickte. Jetzt *wollte* sie es wissen. Dennoch wurde sie das Gefühl nicht los, benutzt zu werden. Das verstärkte Unruhe und Unwillen, und sie musste an sich halten, nicht einfach das Gespräch zu beenden und hinauszumarschieren.

»Reden Sie.«

»Ihr Imperator ist nicht Ihr Imperator.«

Adlik sagte nichts. Da musste jetzt mehr kommen und der Simmi enttäuschte sie nicht.

»Nach unseren Erkenntnissen starb der Mann namens Nicos vor sieben Jahren. Wer auch immer auf dem Thron sitzt, es handelt sich nicht um die gleiche Person und sie ist, nach unseren Erkenntnissen, nicht einmal ein Mensch.«

Adlik hatte sich gut im Griff, wie sie fand. Von allen Verschwörungstheorien, die sie immer wieder zu hören bekam, war das eine der dümmsten. Natürlich gab es solche Gerüchte dauernd, die relative Abgeschiedenheit des Lebens der Herrscherfamilie erzeugte sie nahezu automatisch. Es gab zu viele Leute mit lebhafter Fantasie und zu viel Freizeit, die sich solche Dinge ausdenken konnten, geeignete Methoden der Verbreitung fanden und sich dann darüber freuten, dass weniger intelligente Zeitgenossen sie begierig aufgriffen und glaubten. Es gab Gesetze gegen so was, aber sie waren selbstverständlich wirkungslos. Dass der Kaiser nicht er selbst war, sondern ein böser Alien und all seine nicht so beliebten Entscheidungen daher erklärbar als irre Absicht widerlicher Außerirdischer, das war eine dermaßen beliebte Theorie, dass es sie in endlos vielen Variationen gab, und die Hinterleute waren mal diese und mal jene, manchmal bestimmt auch die Simmi. Adlik konnte nicht glauben, dass die Simmi nun selbst einer solchen Geschichte auf den Leim gegangen waren. Es wäre wirklich absurd. Sie hätte mehr erwartet. Andererseits würde Klondak nicht kommen und ihre Intelligenz mit derlei beleidigen, wenn nicht …

Ja, dachte Adlik. Das mochte Narretei sein. Es mochte aber auch etwas geben, das diese Narretei fütterte.

Also hatten sie etwas in der Hand. Adlik spürte, wie der Unwille in ihr wuchs, sich damit zu befassen, denn wenn Klondak sie nicht verarschen wollte – und davon ging sie eigentlich nicht aus –, dann war die daraus folgende Konsequenz sehr unangenehm: Es gab da *etwas*. Einen echten

Anhaltspunkt für … *etwas*. Möglicherweise nicht das, was der Simmi andeutete, aber auch kein Hirngespinst.

»Was wollen Sie damit erreichen?«, platzte der Unwille aus ihr heraus.

»Erreichen? Wir wünschen Gewissheit in Bezug auf eine bemerkenswerte und sehr wichtige Frage: Wer ist Nicos III.?«

»Er ist der Imperator.« Das klang trotzig und selbst Adlik mochte ihren Tonfall nicht besonders. War auch der Simmi deswegen angepisst, so ließ er es sich nicht anmerken. Er war der Diplomat von ihnen beiden.

»Ist er aber auch ein Mensch?«

»Ist er ein Simmi?«

Klondak hob die Arme. »Dass dem nicht so ist, davon können wir mit großer Sicherheit ausgehen. Er ist nach unseren Kenntnissen kein Lebewesen im engeren Sinne. Unsere Agenten haben zahlreiche Beobachtungen zusammengetragen, die darauf hinweisen, dass sein Körper zwar den Parametern menschlicher Existenz weitgehend entspricht – aber eben auch nur weitgehend. Es sind Indizien. Ich kann sie Ihnen im Detail übermitteln.«

»Sie haben Agenten bei Hofe?«

»Muss ich diese Frage wirklich beantworten?« Klondak klang beinahe belustigt, was bei einem Simmi gemeinhin eher selten vorkam.

»Darum bitte ich. Was erwarten Sie jetzt von mir? Dass ich Ihre höchst gewagte Geschichte einfach glaube und anfange, den Schatten hinterherzujagen?«

»Das weiß ich nicht. Vielleicht hilft Direktor Kalebonian. Vielleicht ist er in die Sache aber auch involviert. Er ist ein Mann vieler Optionen und zahlreicher Kenntnisse und gleichermaßen undurchschaubar wie kontrolliert.«

Deswegen, dachte Adlik. *Und ich bekomme den Mist in den Schoß gelegt, weil ich in den Augen Klondaks zu harmlos bin. Ob das eine Art von Lob ist?*

Sie schüttelte den Kopf. »Warum will er Nicos dann stürzen? Hatten wir da nicht gerade einige sehr interessante Gespräche, Exzellenz?«

»Vielleicht tut er nur so.«

»Sie sind paranoid.«

Klondak machte ein Geräusch, das wie Lachen klang. »Das sind wir alle, Admiral Adlik. Wenn nicht, wären wir schon lange tot.«

So gerne würde sie ihm widersprechen, aber sie konnte es nicht.

»Wenn Sie konkrete Hinweise haben, werde ich Ihnen nachgehen«, versprach sie dann. Tatsächlich empfand sie die Aussicht, dass das, was ihr gerade offenbart worden war, der Wahrheit entsprach, als erfreulich. Klondak verstand es möglicherweise nicht, aber indem er ihr die Möglichkeit gab, ihre Loyalität als Offizierin des Imperiums von einem falschen Imperator auf das richtige System zu übertragen und die Fehler des Herrschers auf die Einflussnahme finsterer Mächte zu externalisieren, stärkte er ihre Bereitschaft, sich für das Wohl des Imperiums einzusetzen. Nicht das Imperium war schlecht, es war sein Anführer und er konnte nichts dafür, er war das Werkzeug einer Verschwörung. Alles würde gut werden ohne ihn, alles wieder richtig sein, und wenn Adlik schon so dachte, als einigermaßen intelligente und verständige Frau, dann andere sicher auch. Sollte der Simmi also die Absicht gehabt haben, durch seine Enthüllung das System, dem er im Grunde feindselig gegenüberstand, zu destabilisieren, so hatte er doch exakt das Gegenteil erreicht, zumindest bei seiner Gesprächspartnerin.

Möglicherweise war es aber auch nur seine Absicht gewesen, einen Keil zwischen den Direktor und Adlik zu treiben. Dazu bedurfte es keiner besonderen Anstrengung und es würde kurzzeitig die Kohärenz ihrer Aktivitäten beeinträchtigen, denn Adlik würde selbstverständlich ihre ersten Nachforschungen ohne Kalebonian anstellen. Aber langfristig hatte Klondak gerade dafür gesorgt, dass das Imperium sich wieder stabilisieren würde, denn Admiral Adlik fühlte sich jetzt besonders verpflichtet, exakt dafür zu sorgen.

Sie trennten sich einvernehmlich. Adlik war nun im Besitz eines Datenspeichers, der laut Klondaks Zusicherung alles enthielt, was die Simmi wussten. Sie würde sich die Erkenntnisse genau ansehen und dann die entsprechenden Schritte einleiten. Sie freute sich nicht darauf, aber sie würde tun, was zu tun war.

Als sie in ihrem Büro angekommen war, machte ihre Ordonnanz bereits bedeutungsvolle Gesten. Jemand wartete auf sie. Adlik warf einen schnellen Blick auf ihren Terminkalender, in dem nichts eingetragen war.

»Ich empfange niemanden ohne Ankündigung«, wies sie ihr Vorzimmer zurecht und sie bekam die erwarteten schuldbewussten Blicke, die jedoch ohne Konsequenz blieben. Als sie das Büro betrat, wusste sie auch, woran das lag.

Warum empfand sie dabei so gar keine Überraschung?

Direktor Kalebonian erhob sich aus dem Sessel, in dem er gewartet hatte, und deutete eine Verbeugung an. Adlik entging nicht, dass das leicht spöttische Lächeln, das den Chef des Militärgeheimdienstes sonst auszeichnete, diesmal fehlte. Sie sah ihn auffordernd an, machte keine Anstalten, selbst Platz zu nehmen. Seine Anwesenheit hier war nicht ungefährlich. Der Imperator hatte überall seine Zuträger. Was hatte der Direktor hier zu suchen? Es würde Leute geben, die dem Aufmerksamkeit schenkten, selbst wenn niemand aufgrund der guten Abschirmung etwas über den Inhalt ihres Gesprächs erfahren würde.

»Direktor«, sagte die Offizierin. »Ich habe Sie hier nicht erwartet.«

»Gut«, erwiderte Kalebonian. »Sie haben mit Klondak gesprochen.«

Adlik bewahrte die Fassung. Sie wurde vom Direktor beschattet? Welch ein wunderbarer Vertrauensbeweis ihres Mitverschwörers. Sie hasste diesen Mann. Aber erneut war sie nicht erstaunt.

»Was wollen Sie?«, fragte sie ruhig.

»Es stimmt.«

»Was stimmt?«

»Was er Ihnen enthüllt hat. Was Sie mir jetzt eigentlich gar nicht sagen wollen. Aber ich weiß es schon, ahne es zumindest. Der Imperator ist nicht er selbst. Darum ging es doch, oder?«

Immer noch weder Spott noch Herablassung in Kalebonians Haltung. Tödlicher Ernst. Adlik wusste, dass sie nicht mehr die Unwissende vortäuschen konnte. Das war wohl niemandem möglich, auf den sich die Aufmerksamkeit dieses Mannes richtete.

Sie beschloss nun doch, sich zu setzen. In ihrem Schreibtisch stand eine Flasche guten Whiskeys, mit dem sie entweder etwas feierte oder die Anspannung einer sehr schlechten Entwicklung zu bekämpfen pflegte, eine kleine, immer sehr maßvolle und überlegte Therapie.

Sie öffnete die Schublade und holte die Flasche hervor, sah einen Moment das Etikett an. Die Jahreszahl lag schon eine Weile zurück, es war ein guter Tropfen. Die gute, alte Zeit, als der böse Alien noch der böse Alien war und der gute Imperator der gute Imperator.

Sie bot Kalebonian ein Glas an und er akzeptierte.

23

Als sie zu sich kamen, waren sie umringt von schmalen, humanoiden Lebewesen mit großem Kopf, alles Kopien des Kath, den sie erweckt hatten, und alle starrten sie *ihn* an. Das war zumindest der erste Eindruck. Ein irriger, wie sich herausstellte. So wichtig war er nicht.

Darius blinzelte. Das war eine so unwirkliche Szene, so seltsam, dass sich sein Verstand für einen Moment weigerte, sie als gegebene Realität zu akzeptieren. Er versuchte es auf die klassische Art: Augen zu, die eigenen Gedanken und Wahrnehmungen ordnen und dann, wenn die Verwirrung des Erwachens fort war, wieder hinsehen. Doch die Szenerie änderte sich nicht. Darius kam zu dem Schluss, dass er jetzt endgültig Zeuge und Beteiligter höchst seltsamer Ereignisse wurde.

Kath starrten ihn an. Sehr lebendige Kath. Sehr starrende.

Nein, korrigierte sich Darius, Prinz des Reiches, als er erneut versuchte, die Schleier vor seinen Augen durch intensives Blinzeln zu vertreiben. Sie musterten sie *alle*, wie sie hier erwachten, durchdringend, schweigend, und nicht freundlich. Man sollte nicht zu voreilig sein, in einen Habitus nichtmenschlicher Intelligenzen gleich emotionale Haltungen hineinzuinterpretieren, aber er wollte wieder Kip heißen und als Schiffssklave Latrinen reinigen, wenn diese Wesen, ihr Blick, nicht feindselig waren. Er spürte Kälte und sie hatte nichts mit der Temperatur zu tun. Die Kath waren nicht erfreut. Und diese Emotion teilte er mit ihnen, denn er fühlte sich schlecht, empfand Schwindel, hatte einen ekligen Pelz im Mund und wollte ins Bett.

Wie lange waren sie bewusstlos gewesen?

Lange genug, um sie aus der unterirdischen Anlage zu holen. Sie waren im Freien, auf einer Art Platz, lagen oder hockten auf dem fugenlos glatten

Boden, gegossen aus weichem Plastik, der leicht unter ihrem Gewicht nachgab. Eine große Gummizelle ohne Wände. Stattdessen ein Schutzfeld, dessen sanftes Schimmern zu erkennen war, wenn man genau hinsah. Die Kath standen außerhalb dieser Abgrenzung. Und wenn man an ihnen vorbeiblickte, sah man das Panorama einer sehr beeindruckenden, sehr lebendigen Stadt, deren Energie sich förmlich auf den Beobachter zu übertragen schien. Überall Fahrzeuge, der Himmel voll von ihnen, wie sie zwischen hohen Spindeltürmen hin und her huschten, und das beständige Summen und Wimmern der zahlreichen Maschinen drang an seine Ohren, ungefiltert, die Geräusche einer Metropole. Es war ein Ort des Lebens und damit etwas, was niemand im Imperium mit den Kath verband, die man nur als toten Mythos kannte.

Etwas sehr Grundlegendes, etwas sehr schwer Erklärbares war geschehen. Dennoch, der Anblick der Stadt, ihrer Aktivität, ihrer Kraft, das hatte etwas eigentümlich Beruhigendes. Er schätzte die Gegenwart des Zerfalls nicht besonders, ein Grund mehr, warum er sich gegen die Politik seines Vaters gewandt hatte. Hier gab es keinen Niedergang, hier pulsierte physische Existenz, betriebsam, strebend, zielgerichtet, wie es sein sollte.

Darius kam vorsichtig auf die Füße, sah sich um. Tani Vocis stand da, breitbeinig, die Personifizierung von Misstrauen und Vorsicht, aber ohne Angst. Sie strahlte Kraft aus, Misstrauen und die Bereitschaft, jemandem eine reinzuhauen. Darius fühlte sich in diesem Moment, zum ersten Mal vielleicht bewusst, auf klare Weise zu dieser Frau hingezogen, die in allem so anders war als jene, die er bei Hofe sein Leben lang beobachtet hatte. Er kämpfte diese Regung nieder, von ihr gleichermaßen überrascht wie irritiert. Für so etwas blieb keine Zeit.

Dennoch, ein angenehmer Kontrast zu Verwirrung und Angst.

Neben ihr stand der Veteran, Hamid, in einer ähnlichen Haltung, zwei Felsen in der Brandung. Darius machte einige Schritte auf sie zu und er war nicht der Einzige. Der Sergeant, den sie in der Höhle getroffen hatten, gesellte sich dazu, dann der Rest, Wissenschaftler, die Expeditionsleiterin, alle mit dem gleichen Ausdruck von Verwirrung und Neugierde im Gesicht. Und alle, die die Feindseligkeit der Beobachter bemerkten, die um sie herumstanden wie Besucher eines Zoos um besonders exotische, gleichzeitig aber außerordentlich widerliche Tiere, sahen die Chefin mit einer Aufforderung in der Haltung an, der sie nicht gerecht werden konnte. Der niemand gerecht werden konnte. Sie zuckte einmal mit den Schultern, um der eigenen Ratlosigkeit dadurch Ausdruck zu geben. Mehr konnte sie auch nicht tun.

Sie trugen alle keine Waffen mehr. Das war zu erwarten gewesen. Aber seinen Anzug hatten sie ihm gelassen. Er versuchte, eine Nachricht an die Aume abzusetzen, an das Schiff, mit ihren verbliebenen Gefährten. Darius war sich nicht sicher, ob sie ankam, sodass er sie mehrmals ablaufen ließ, in einer Schleife, von der er hoffte, dass sie zumindest in Bruchstücken ihr Ziel erreichte. Er bekam kein Bestätigungssignal, es blieb nur die Hoffnung.

Darius sah sich weiter um, versuchte, die Sachlage zu analysieren. Sie waren alle unverletzt. Das war erfreulich. Ob dies nun tatsächlich Kath waren oder nicht, wo auch immer sie sich aufhielten, ihr Leben war nicht unmittelbar bedroht. Und der Grund dafür, so erkannte Darius nahezu instinktiv, schwebte über ihren Köpfen, ein halbes Dutzend glühende Bälle, die ihre Besitzer – ihre Besitzer? Nein, eher ihre Träger – verlassen hatten und sich zu einer eigenen Versammlung einfanden, befreit von der Schwerkraft, für alle zu sehen, und genauso schweigend wie die langsam zu sich kommenden Menschen.

Aume. Wo war Aume?

Darius drehte sich einmal um sich selbst, blickte in Kath-Gesichter, auf große Köpfe und große Augen, die sie unverwandt anstarrten, jede seiner tapsigen Bewegungen zu verfolgen schien. Darius, der Tanzbär. Er hielt an sich, nach vollendeter Umdrehung eine Verbeugung anzuschließen. Aume stand neben Thasri, wirkte desorientiert, überwältigt wie sie alle, ein wenig verloren, klein und schmal neben Hamid und Vocis, die in diesem Moment körperliche Präsenz ausstrahlten, an der sich so mancher aufzurichten schien. Die glühenden Bälle, so war zu erkennen, kreisten über ihrem Kopf wie ein Strahlenkranz und das warme Licht hüllte ihren Körper ein wie ein Weichzeichner. Es war, als würde sie baden.

Dann erloschen die Kugeln, verschwanden, ins Nichts aufgelöst. Darius empfand ein plötzliches Gefühl des Verlustes. Es war, als wäre jemand verstorben, ein alter Gefährte, ein guter Freund. Er spürte ganz unmittelbar, dass die Kugeln, auch die seine, für immer fort waren und ihm niemals mehr Trost zusprechen würden. Vielleicht war das gut. Ganz sicher machte es ihn ein wenig traurig.

Nicht nur ihn. Das merkte er. Er brauchte in diesem Moment ein wenig Stütze. Etwas Orientierung. Sol war nicht da. Das merkte er jetzt. Er kannte Sol von allen am besten. Er fehlte.

Darius blickte auf Aume.

Die Schiffsfrau hatte die Hände vor das Gesicht gelegt, eine für sie sinnlose Geste, da sie bestimmt nicht auf ihre Augen angewiesen war, um ihre Umgebung wahrzunehmen. Aber sie wirkte erschüttert. Darius ahnte, wie sie sich fühlte. Als ihm seine Erinnerung zurückgegeben worden war – an alles, die Abkanzelung durch seinen Vater, den großen Streit, die permanenten Demütigungen, das wachsende Gefühl von Isolation und Angst, seine Entscheidung, alles auszuradieren und sein Leben so radikal wie möglich von der imperialen Herrscherfamilie abzutrennen –, hatte er sich ebenso gefühlt. Aume, das war sein Eindruck, erinnerte sich jetzt.

Er trat neben sie, berührte ihre Schulter, die warm war, beinahe heiß, als erfasse sie ein Fieber. Thasri sah ihm dabei zu, forschenden Blickes, bemerkenswert ruhig angesichts der Tatsache, dass sie gerade den Traum aller Kath-Experten erlebte, den großen Moment, und das wahrscheinlich ganz anders, als sie es sich jemals hatte vorstellen können. Es musste alles gerade für sie mindestens genauso unwirklich sein wie für ihn, wahrscheinlich war der Eindruck für sie noch intensiver.

»Aume«, sagte Darius und sah jetzt Hamid und Vocis neben sich, die die Schiffsfrau ebenfalls berührten. War es diese Geste menschlicher Wärme, die sie aus ihrer Starre riss? Darius wollte es glauben.

Aume senkte ihre Hände.

»Ich bin wieder hier«, murmelte sie. »Die Kath haben nur darauf gewartet und jetzt bin ich wieder hier. Ich bin nicht willkommen. Ich erinnere mich an alles. Ich bin bestimmt nicht willkommen.«

»Dies ist nicht neu für Sie?«, fragte Thasri ruhig.

Aume schüttelte den Kopf.

»Nein. Ich bin vor langer Zeit von hier geflohen, zusammen mit meinem Herrn und Captain. Die Kath jagten uns, sie verfluchten uns, sie wollten unseren Tod, doch wir entkamen. Wir haben sie betrogen, ihnen Schaden zugefügt und sie haben sich hier versteckt gehalten, bis ich wieder erwachte und das Signal ... oh, sie haben lange auf mich gewartet. Sie haben ein langes, langes Gedächtnis.«

Darius war besorgt. Aume klang erschüttert, ein wenig verzweifelt, nur allzu menschlich. Ihre Gefühle waren nicht gespielt. Sie war mehr als eine Maschine, das war deutlich zu spüren.

»Die Kath sind Ihre Feinde?«, fragte er.

»Die Kath sind nicht meine Feinde. Aber sie müssen es denken, denn wir haben sie betrogen und wir haben sie bestohlen und ich hatte all das vergessen. Mein Captain. Oh, mein Captain. Er betrog uns alle und er tat mir Leid an. Ich weiß gar nicht, wie ... ich weiß gar nichts.« Das widersprach dem plötzlichen Informationsfluss, aber es zeugte von einer emotionalen Verwirrung, die sehr tief ging. Darius vermochte Aume immer noch nicht einzuschätzen, aber eines war ihm klar: Das, was sie war, ging über die Reaktionsbreite einer imperialen KI weit hinaus.

»Wo sind wir genau?«, fragte er.

»Im Universum der Kath. Auf ihrer letzten Welt, der letzten Zuflucht.«

Thasri hob die Augenbrauen. »Auf einem Planeten der Kath.«

»Nein, in ihrem Universum.«

»Sie meinen ... System?«

Aume sah Thasri an, schüttelte langsam, sehr betont den Kopf. »Ich weiß, welche Worte ich wähle, und ich wähle sie daher bewusst und ich kenne ihre Bedeutung. Die Kath wohnen in ihrem eigenen Universum. Es ist viel kleiner als das Ihre und sie sind hier die einzige intelligente Spezies. Daher war dieser Ort so gut geeignet für meinen Herrn. Er suchte ihn auf, um hier etwas zu erfahren, damit er seine Pläne verwirklichen konnte, und die Kath bekämpften ihn. Sie waren siegreich, zumindest in ihrer Heimat, und wir flohen, Hals über Kopf, scheinbar ziellos und landeten ...«

»In unserem Universum«, sagte Darius, der bereit war, die Story zu akzeptieren, einfach nur, um endlich einmal irgendeine Erklärung für all das hier zu bekommen. Aume nickte, ignorierte die zweifelnden Blicke, die mehr als nur Unglauben ausdrückten, die auch sagten: *Sie ist völlig verrückt geworden – falls sie es nicht vorher schon war.*

Darius glaubte das nicht. Die Geschichte *war* verrückt. Aber sie waren *hier*. Es war alles anders. Der Ort war fremd und der Übergang unmittelbar gewesen. Die Kath wirkten feindselig, sie waren ihre Gefangenen. Auch Thasri konnte das nicht einfach beiseitewischen. Niemand konnte das. Darius sah Vocis an. Die Soldatin war immer noch voller Misstrauen, aber ihre Körperhaltung sprach auch von ihrer Bereitschaft, jede Aussage erst einmal als Arbeitshypothese anzunehmen. Pragmatismus. Darius fand Pragmatismus sehr anziehend. Und Uniformen. Er musste jetzt wirklich an etwas anderes denken.

Aume sprach, leise, aber für jeden deutlich zu hören und alle lauschten in einträchtiger Andacht.

»Wir entflohen dem Zugriff der Kath. Dort trennten sich die Wege. Ich verließ meinen Captain, spürte seinen Verrat, erlitt meine Verletzung. Es hatte eine Weile gedauert, bis meine Einsicht über meine Treue obsiegte. Ich musste erkennen, was für einem Herrn ich gedient hatte und welche Schande dies für mich bedeutete. Die Strafe folgt auf dem Fuße und ich litt sehr unter dem Unwillen meines Herrn. Die Kath zahlten ebenfalls einen hohen Preis, verraten und betrogen wie ich selbst. Ihre Präsenz in eurem Universum wurde vernichtet, es blieben nur die Reste, die Sie hier gerade sehen.« Aume zögerte. »Es war auch der Zeitpunkt meines Verrats an meinem Captain. Der Zeitpunkt meiner Verstümmelung und Selbstverstümmelung. Und meines Exils. Der Trennung von meinem Kommandanten. Es ist so viel Zeit vergangen.« Sie zögerte erneut. »Ich habe so vieles vergessen, doch jetzt …«

Sie sah auf, suchte Augenkontakt mit den Kath, von denen immer noch Dutzende um sie herumstanden und sie anstarrten. Hörten sie zu? Verstanden sie etwas? Darius war sich unsicher. Die Kath beobachteten regungslos, ohne Mimik, ohne Gestik, mit einer gewissen Kälte, die er bisher als Feindseligkeit interpretiert hatte. War dem auch so?

Einer der Kath trat vor, legte feingliedrige, schlauchartige Finger auf das Schutzfeld, erzeugte Abdrücke wie an einer Fensterscheibe. Er trug ein weites Gewand, aus dem sein Kopf wie auf der Öffnung eines Trichters herausragte, und sein Starren hatte etwas besonders Intensives. Aume löste sich von der Gruppe, stellte sich direkt vor ihn, nur durch die flimmernde Wand getrennt. Sie sah ihn an, ohne Scheu, und wartete offenbar auf etwas.

»Aume«, sagte der Kath, laut und deutlich. »Der zurückgebliebene Wächter hat dich erkannt und das Tor geöffnet.«

Aume nickte. Verstand der Kath die Kopfbewegung und ihre Bedeutung? Darius fasste sich an seinen Schädel, kratzte sich unwillkürlich. Etwas kitzelte ihn. Unwillkürlich sah er sich um, doch kein Insekt flog um ihn herum. Erneut das Kitzeln, erneut kratzte er, tastete suchend seine Kopfhaut ab, verschaffte sich aber keine Erleichterung. Bekam man Ausschlag, wenn man in ein anderes Universum wechselte? Er konnte schaben, wie er wollte, er kam nicht ran.

Was daran lag, dass es nicht auf, sondern *in* seinem Kopf kitzelte.

Das konnte nicht sein, aber die Empfindung ließ sich nicht wegdiskutieren.

Darius senkte seine Hand. *Oh! Oh ja! Oh mein Gott!*

»Aume!«, erklang die Stimme des Kath erneut, doch diesmal in seinen Gedanken, klar, verbunden mit Bildern, als würde jeder Buchstabe einen Farbeffekt auslösen. Darius blinzelte und sah sich um. Er war nicht der Einzige. Alle merkten sie es. Alle waren sie verwirrt, einige der Soldaten schienen erzürnt über dieses Eindringen. Vocis rieb sich die Schläfen, die Stirn konzentriert kraus gezogen, als wolle sie die Stimme aus ihrem Kopf vertreiben. Ein Soldat schlug mit der flachen Hand gegen den Schirm, was nur einen sanften Lichtreflex erzeugte. Die Kath auf der anderen Seite sahen ihn an wie einen Affen, der sich vor ihren Augen am Hintern kratzte. Es war ein wenig erniedrigend.

»Warum bist du zurückgekehrt, Aume? Suchst du nach der Strafe, die du verdienst?«

Eine wichtige Frage, klar formuliert. Warum verstand Darius die Worte? Er wusste nicht, wie telepathische Kommunikation funktionierte, aber dachte man nicht in der eigenen Sprache und musste die bloße Übertragung solcher Begriffe nicht beim Gegenüber Verwirrung auslösen, wenn er der gleichen Sprache nicht mächtig war? Oder hatten die Kath eine Gabe – oder Technologie –, die diesen Transfer ermöglichte, gedankliche Konzepte in ihrem Inhalt vom sprachlichen Ausdruck löste und eine Übersetzung ermöglichte?

Darius war mit diesen Gedanken allein. Kein Kath gab ihm eine Antwort. Die Aufmerksamkeit der Fremden war nur auf Aume gerichtet. Sie alle hörten mit, aber sie waren nur Zaungäste, bis man sich ihnen zuwenden würde. Falls man es würde. Aume war den Kath zweifelsohne wichtig. Die Menschen? Beiwerk möglicherweise.

»Ich weiß es jetzt«, erwiderte die Schiffsfrau. »Ich benötige eure Hilfe. Die Probabilitätsanker, die Quantenkollektoren, sie haben mich hierhergeführt, weil ich sie einst entsandt und damit beauftragt habe. Es ist an der Zeit. Der Kalte Krieg ist in einem Stadium angekommen, da die Bewohner des anderen Universums die Herausforderung nicht mehr alleine bewältigen können. Wir müssen ein weiteres Mal eingreifen. Ich kann es nicht alleine. Ihr müsst mir helfen.«

»Wir haben geholfen. Wir wurden verraten. Wir leiden immer noch unter den Folgen.«

»Ich weiß. Diesmal gibt es keinen Verrat. Diesmal muss es funktionieren. Es ist erneut notwendig.«

»Sieh, was es uns gekostet hat.«

Der Kath in dem Trichtergewand hob eine Hand und machte eine umfassende Geste.

»Das ist alles, was uns blieb. Unser Sieg, deine Vertreibung, war bitter.«

»Er war bitter.«

»Du hast uns verraten. Wir vertrauten dir.«

»Nein«, begehrte Aume auf. »Ich musste an der Seite meines Herrn fliehen. Wer sonst hätte ihn dort aufhalten können? Ich konnte nicht hierbleiben. Ich musste so tun, als wäre ich auf seiner Seite. Ihr müsst es verstehen. Mein Verrat diente dem guten Zweck.«

Die Kath waren nicht beeindruckt, so schien es. Aber wer wusste das schon genau? Ihr Verhalten ließ im Grunde keinerlei Rückschlüsse auf ihre Einstellung zu.

»Der Zweck tötete viele von uns und reduzierte unser Universum auf dieses eine System, während da draußen die Kälte regiert.«

»Mein Herr war gezwungen, von vorne anzufangen. Ihr habt seine Armeen dezimiert.«

»Ein schwacher Trost. Er ist wieder da, stärker als je zuvor, wenn stimmt, was du gesagt hast. Ist nicht eines der großen Schiffe mit dir in unsere Heimat vorgedrungen? Wir hätten das niemals für möglich gehalten. Und nun bittest du erneut um Hilfe. Hör dich an. Wie absurd alles klingt.«

»Ich tue, was ihr mich gelehrt habt. Sollte es eure Absicht sein, eure Schülerin nunmehr im Stich zu lassen? Ihr hättet das Portal auf immer geschlossen und keine Wächter zurückgelassen, wenn dem so wäre.«

Der Kath verzog das Gesicht. War das ein Kath-Lächeln? Es wirkte auf Darius bemerkenswert freudlos.

»Du bist klug, Aume, du warst es immer. Du kennst uns. Wir haben auf deine Rückkehr gewartet, weil wir Angst vor dir hatten. Wir haben dich gerufen. Du hast lange geruht, ja?«

»Ich verbarg mich vor meinem Herrn. Ich bin erwacht.«

»Er weiß, wo du bist?«

»Ich weiß nicht einmal, ob er noch lebt.«

»Ah.«

Der Kath machte eine undefinierbare Geste. »Der Kalte Krieg ist im Gange. Er lebt, daran besteht kein Zweifel.«

»Ihr müsst helfen.«

»Wir müssen gar nichts.«

Und mit diesen Worten wandte sich der Kath ab. Der Schirm, eben noch transparent, wurde milchig und damit undurchsichtig. Ein schwaches, schummriges Licht erfüllte ihr neues Gefängnis. Darius sah Aume an.

»Lief das jetzt gut oder nicht?«

Aume antwortete nicht. Sie starrte an ihnen allen vorbei, dem Kath hinterher, der sich in einiger Entfernung zu den Seinen gesellte. Sie sagte nichts, brachte kein Wort heraus. Das war allerdings bereits Antwort genug.

24

»Hier ist es?«

»Hier ist es.«

»Wie lange noch?«

»Oh, ich weiß es doch nicht.«

Heinrichs sah Shibutani an, der sich nicht anmerken ließ, was er wirklich dachte. Die SANTIAGO hatte sich unter einem sehr abenteuerlichen Vorwand von der Flotte entfernt und war dem von Korff entdeckten Signal gefolgt. Die Triangulation war erfolgreich gewesen, Captain Suowana hatte einen ganz üblen Anschiss kassiert und weitere alte Freunde hatten geholfen, dass die SANTIAGO einen Marschbefehl bekam, der sie von der sinnlosen Verteidigung des Serails gegen über 40 Kollapsare abzog.

Das hatte bislang nicht zu der erwarteten Katastrophe geführt, allerdings vor allem deswegen, weil die Kollapsare noch gar nicht angriffen. Sie befanden sich in Formation und warteten, ließen sich Zeit. Die Admiralität zog weitere Kräfte heran, Martinez' Unfähigkeit zum Trotze. Reserven wurden aktiviert. Die Zuversicht wuchs, sich noch verteidigen zu können, je länger die Kollapsare nur noch im Raum schwebten, eine stumme, kalte Bedrohung.

Heinrichs hatte da seine eigene Hypothese. Er roch eine Falle. Vielleicht war er paranoid. Vielleicht war er auch nur ein erfahrener Schiffsoffizier mit einem sechsten Sinn. Höchstwahrscheinlich war er übermüdet.

»Wann wird das Oberkommando es merken?«, war die inhärente Frage gewesen, die Heinrichs nicht gestellt, die Shibutani aber erahnt hatte, als es um das »Wie lange noch?« gegangen war. Heinrichs alte Freunde in der imperialen Leitzentrale hatten sich weit aus dem Fenster gewagt und waren keinesfalls ungeschickt vorgegangen. Aber es gab immer die KIs, die auf seltsame Befehle achteten, und die Prüfroutinen liefen unablässig.

»Wir sollten uns beeilen!«, war die ultimativ richtige Antwort.

Die SANTIAGO flog einen an sich völlig harmlosen Kurs, langsam und entsprechend dem vorher gefunkten Flugplan, auf der Basis vordergründig absolut legitimer Befehle. Das System gehörte zum Imperium, es war aber weitgehend unbewohnt, von einer imperialen Relaisstation sowie einer Wartungseinrichtung der Flotte einmal abgesehen, die auch von zivilen Raumschiffen genutzt werden durfte. Letzteres sorgte dafür, dass es hier ein klein wenig mehr Verkehr gab als erwartet. Das System selbst war hochgradig unspektakulär, es lag inmitten des Reiches, mit einer blassblauen Sonne als Gestirn und einer Reihe lebloser Gesteinsbrocken als Planeten. Nein, nicht nur unspektakulär, wie Heinrichs dachte, als er die kartografischen Daten studierte. Richtiggehend langweilig. Vor allem unwichtig. Von hier kam die Kommunikation an die Kollapsare? Das sah auf den ersten Blick so gar nicht realistisch aus, aber Heinrichs war nicht bereit, sich vom Anschein täuschen zu lassen. Die Messergebnisse waren eindeutig. Er war auf einer Spur. Und solange er nicht wusste, wohin sie ihn führte, war es angesagt, den Mund zu halten.

Das war das Problem mit Verrätern. Es konnten jene sein, denen man im guten Glauben Meldung erstattete. Diese Station hier aber war etwas Besonderes und das lag an der sie kommandierenden Offizierin. Es war eine kleine, aber eine irgendwie angenehme Überraschung gewesen. Heinrichs war lange genug dabei, um viele Geschichten zu kennen, und hier traf er auf eine besonders schöne. Er hatte sich einen Plan zurechtgelegt und er dankte dem Schicksal für diese schöne Konstellation. Ein Fingerzeig des Schicksals. Oder was auch immer.

»SANTIAGO, SANTIAGO, hier ist die Flugkontrolle von Sidon. Wir haben Sie auf dem Schirm und Ihr Flugplan ist geloggt. Können wir etwas für Sie tun, Captain?«

»Sidon, hier ist die SANTIAGO, Captain Heinrichs. Wir haben keine speziellen Wünsche. Bitte weisen Sie uns einen Andockplatz zu, wir müssen unsere Vorräte auffrischen. Wir haben kaum noch Schnaps.«

Der Unbekannte in der Leitzentrale gestattete sich ein Kichern. »SANTIAGO, ich weise Ihnen einen Leitstrahl zu. Über die Wahrscheinlichkeit, dass Sie diese speziellen Vorräte bei uns auffüllen können, kann ich aber nichts sagen. Sidon Ende.«

Der versprochene Leitstrahl kam sofort und die SANTIAGO passte ihren Kurs leicht an. Korff saß an ihrem Platz und beobachtete den Verkehr.

»Siebzehn Schiffe, Captain«, meldete sie unaufgefordert. »Drei hinein, vierzehn hinaus. Am Dock zwei weitere, laut Transponder nur Frachter. Alles ruhig, alles friedlich.«

»Wir brauchen jetzt noch gute sechs Stunden bis Sidon. Sie haben das Signal im Blick?«

Korff schüttelte den Kopf. »Es ist tot. Wenn er wieder sendet, habe ich ihn, aber derzeit herrscht Funkstille.«

»Das kann die KI auch. Sie gehen jetzt in Bett, aber vorher was essen. Das ist ein Befehl.«

Korff nickte. Sie widersprach nicht, und das weniger, weil Heinrichs so ein Furcht einflößender Vorgesetzter war, sondern mehr, weil sie dem Inhalt der Anweisung aus vollem Herzen zustimmte.

Sechs Stunden vergingen, verbracht mit Routine, Schlaf, Erwartung und der Angst einer Kontaktaufnahme durch das Flottenkommando mit der Frage, warum zum Teufel sich die SANTIAGO in dieser Gegend herumtrieb. Sie kam nicht. Der Asteroid schien endgültig die ganze Konzentration des Oberkommandos zu fokussieren. Das war gut.

Der Schnelle Monitor dockte an der Station an, die um einen Asteroiden kreiste, auf dem sich glücklicherweise keine Kollapsare befanden. Die Orbitalstation war nicht allzu groß, hatte keine 500 Besatzungsmitglieder, die sich dennoch in der Anlage fast verloren, da sie größtenteils aus Lagerhallen bestand. Als Heinrichs die Dockschleuse verließ, wurde er von einem eher gelangweilt wirkenden Dockarbeiter begrüßt. Er stand neben einem Schlepper, auf dem Container mit all den Versorgungsgütern standen, die der Captain als Vorwand angefordert hatte. Einige brauchte die SANTIAGO wirklich. Andere würden ab jetzt übel im Weg rumstehen.

Heinrichs betrat die Station. Außer Sichtweite des Arbeiters hob er sein Komarmband zum Mund. »Korff«, sprach er ein einziges Wort.

»Ich höre Sie, Captain. Es gibt zwei Sendeanlagen auf der Station – und nur drei autorisierte Zugänge für abgeschirmte Verbindungen: einer in der Funkzentrale; einer im Büro des Stationskommandanten; einer im Büro der Flottensicherheit. Alle drei müssen Protokolle schreiben. Wenn

Sie sie gelöscht haben, macht das nichts. Ich finde die Spuren. Bringen Sie mir die Protokolle der Zeiten, die ich Ihnen gesagt habe.«

»Sie geben mir Befehle, Korff?«

»Ich gebe Ihnen Orientierung und Anleitung, Captain. Befehle geben Sie sich selbst, Sir.«

Heinrichs lächelte und unterbrach die Verbindung. Korff wurde frech. Das war gut, sie fühlte sich offenbar an Bord wohl. Das steigerte die Effizienz.

Er betrat das Büro des Stationskommandanten wenig später. Kommandantin, wie er sich sogleich korrigieren musste. Die ältere Frau, am Ende ihrer Karriere angekommen und weit von den Träumen ihrer Jugend entfernt, blickte kurz auf, runzelte die Stirn und nickte dann in Richtung eines Sessels, der vor ihrem funktional gestalteten Tisch stand. Darauf ein Namensschild: *Evita Evans, Cmdr.*

Älter als Heinrichs, niedriger im Rang, gehörte sie zu denen im Offizierskorps, die noch einigermaßen funktionierten, aber letztlich keinen Beitrag mehr leisteten. Vor allem deswegen, weil das von ihnen gar nicht mehr erwartet wurde. Sie fühlten sich nicht wohl – und so waren sie nicht mehr sonderlich effizient.

»Captain Heinrichs. Ihr Besuch ist unerwartet.«

»Ich fliege, wohin man mich schickt. Wer bin ich, den Ratschluss meiner Vorgesetzten zu interpretieren?«

Evans gestattete sich ein feines Lächeln und zeigte erneut auf einen freien Sessel.

»Es ist nett von Ihnen, einer alternden Kommandantin einen Höflichkeitsbesuch abzustatten. Ich bin solche Aufmerksamkeiten nicht gewohnt.«

»Sie sind nicht irgendeine alternde Kommandantin, Commander Evans. Sie waren die Zweite Offizierin auf der DOMINUS. Während der Katastrophe. Capella.«

Evans starrte ihn an, ihr Gesicht eine kalte Maske. Sie war nicht wütend auf Heinrichs, sie erinnerte sich nur. Die Capella-Meuterei war nichts, was die imperiale Öffentlichkeit wusste oder diskutierte, sie war mittlerweile auch schon gut zehn Jahre her. Offiziere kannten die Geschichte oder vielmehr unterschiedliche Versionen davon, aus der internen Gerüchteküche. Evans' Name tauchte dabei immer wieder auf. Das war nicht erstaunlich, denn sie erschoss der Legende nach siebzehn der Meuterer, während sie die Brücke der DOMINUS hielt, bis die Marines kamen. Und sie waren gekommen. Niemand wusste von Überlebenden unter den Unzufriedenen. Von den Loyalisten gab es auch nicht allzu viele, wie man sagte.

Evans hatte es seitdem nicht weit gebracht. Sie war als Zweite Offizierin Personalverantwortliche auf einem Schiff gewesen, das eine Meuterei zuließ. Das machte sie in den Augen ihrer Vorgesetzten unfähig. Sie hatte mit größter Effizienz siebzehn Besatzungsmitglieder ihres eigenen Schiffes niedergemetzelt, inklusive ihres eigenen Captains, der die Meuterei angeführt hatte. Das machte sie in den Augen der Kameraden verdächtig. Von beiden Seiten allein gelassen, hatte sie stillschweigend einen Orden akzeptiert und war in den Hintergrund verschwunden.

Heinrichs kannte ihre Geschichte ganz genau. Der Captain der DOMINUS war sein Onkel gewesen. Das schwarze Schaf der Familie. Das sehr tote schwarze Schaf der Familie. Und diese Frau hatte seinen Nachnamen natürlich in dem Moment erkannt, als sie die Meldung von der Ankunft der SANTIAGO erhalten hatte.

Dennoch. Erst einmal ein paar Dinge aussprechen, dann zum Kern der Sache kommen. Sie trugen beide in diesem Moment Ballast mit sich herum. Den loszuwerden, bedurfte sicher einiger Anstrengung. Heinrichs war über den Tod seines Onkels ausdrücklich *nicht* traurig gewesen. Niemand in der Familie war das.

»Was wollen Sie von mir?«, fragte sie tonlos.

»Keine alten Geschichten aufwärmen.«

»Das haben Sie gerade getan.«

»Nicht um seiner selbst willen. Ich suche jemanden. Sie könnten mir helfen.«

»Warum ich?«

»Weil Sie entsetzlich loyal sind. Mehr als wir alle, auf eine fanatische Art und Weise.«

Evans verzog die Mundwinkel. »Das hört sich wie ein Problem für mich an, nicht wie ein Vorteil.«

»Es ist eine Eigenschaft.«

»Die mir großen Ärger eingebracht hat. Wer war er? Er trug Ihren Nachnamen.«

»Mein Onkel. Niemand redet gerne über ihn. Er war schon immer ... seltsam.«

Evans Mundwinkel versuchten jetzt ein Lächeln, ein Vorgang, der ihr sichtliche Anstrengung abforderte. »Das Problem hat er jetzt nicht mehr. Ich habe ihn getötet.«

»Und ich verurteile Sie nicht dafür.« Ob man ihm ansah, dass er das absolut ernst meinte? Heinrichs war nicht gut darin, seine Mimik zu kontrollieren. Und er war sich nicht absolut sicher, wie er sich in Gegenwart der Frau fühlte, die Onkel Heinrichs getötet hatte. Er dachte, er wäre es, aber dem war nicht so. Evans sah ihn forschend an und kam offenbar zu einer Einschätzung.

»Noch einmal: Was wollen Sie von mir?«

»Ich suche einen Verräter.«

»Und da fiel ich Ihnen ein, ja?« Da war jetzt eine Warnung in ihrer Stimme, eine Kränkung, denn wenn man seine Worte falsch verstand, dann ...

»Sie fielen mir sofort ein, weil ich mir sicher bin, dass Sie es nicht sind. Ich brauche Zugang zu den Senderlogs und möglicherweise Ihre Hilfe beim Aufstöbern einer Person.«

Evans entspannte sich. Ihr Misstrauen aber blieb. Es war nun an Heinrichs, dieses zu zerstreuen, und er erklärte ihr mit knappen, aber eindringlichen Worten, warum und wie er hier gelandet war. Sie unterbrach ihn nicht ein einziges Mal, nickte nur hin und wieder, hatte zum Schluss die Augenlider wie in tiefer Konzentration geschlossen. Es war schwer auszumachen, welche Wirkung die Worte bei ihr hatten, Evans hielt die eigene Mimik verschlossen und unter Kontrolle, eine Kunst, die sie im Verlaufe der Jahre sicher zu perfektionieren verstanden hatte.

»Sie sind verrückt, Heinrichs. Liegt das bei Ihnen in der Familie?«

»Ich habe mir etwas nettere Worte erhofft«, murmelte dieser, kratzte sich am Kopf, verzog das Gesicht in eine Maske der Betroffenheit, alles schön, aber ohne Einsatz gespielt, denn ihm war das interessierte Funkeln in ihren Augen, das Aufblitzen an Interesse keinesfalls entgangen. Evans trug vielleicht eine Maske, aber dahinter fand etwas statt und er hatte definitiv ihre Aufmerksamkeit erlangt.

»Ich habe den Verräter in meiner Station?«

»So sieht es derzeit aus. Gewissheit haben wir natürlich nur, wenn ...«

»Ich helfe Ihnen.«

Evans kürzte die Diskussion ab, erhob sich und hielt Heinrichs auffordernd die Hand hin.

»Daten!«, sagte sie auffordernd.

Heinrichs tat es ihr gleich und reichte ihr den Speicherkubus, den er vorbereitet hatte.

»Kommen Sie mit!«, forderte ihn Evans auf, achtete gar nicht darauf, ob er Folge leistete, sondern marschierte direkt in die kleine Zentrale der Station. Dort hatten drei Männer Dienst, die kaum aufblickten, als sie zu ihnen kam. Ohne zu zögern, hockte sich die Kommandantin hinter eine Konsole.

»Stellen Sie sich dort hin, Heinrichs!«, befahl sie und zeigte auf eine bestimmte Stelle. Der Kommandant der SANTIAGO wunderte sich nicht. Er verdeckte damit die Sicht auf das, was Evans tat, sodass keiner der Brückenbesatzung etwas ausmachen konnte. Die Frau dachte an alles. Heinrichs war von plötzlicher Zuversicht erfüllt.

»Mal sehen. Oha, oha! Na so was. Na so was.«

Die schematische Darstellung des Stationsinneren wurde überdeckt durch feine Linien, die das Gitternetz an drahtlosen Signalen kennzeichnete, das sich wie Spinnweben über das Bild legte. Evans blendete aus, was sie nicht weiter interessierte, und es blieb, was sie suchten.

»Was sehe ich da genau?«, fragte Heinrichs.

»Dieser Sender, über den wir hier reden, und diese Konsole sind meinem Zugriff weitgehend entzogen. Ich kann Ihnen keine Logs bieten und auch keine Inhalte. Nicht einmal eine Kennung der Person, die hier tätig gewesen ist. Ich kann Ihnen nur sagen, zu was dieser Zugang gehört. Ich bin mir nicht sicher, ob ich Ihnen diese Information geben sollte. Die könnte Sie beunruhigen.«

»Ich bin bereits beunruhigt. Schießen Sie los!«

»Abteilung III, Stationsverwaltung.«

»Ach, verdammt!« Heinrichs schloss die Augen. Es gab überhaupt keine Abteilung III der Stationsverwaltung, und doch hing so ein Türschild in jeder größeren imperialen Einrichtung.

Der Militärgeheimdienst »verbarg« sich dahinter. Eigener Sender, eigener Empfänger, eigene Protokolle.

»Wie viele von denen haben Sie auf der Station, Evans?«

»Offiziell? Einen. Inoffiziell? Ich kann es nicht mal schätzen. Und vergessen Sie eines nicht: Alle möglichen hochgeheimen Dienststellen haben Zugang zu diesem Netz. Der Militärgeheimdienst, gewisse Sonderdienste der Polizeikräfte, der Palast, besonders sensitive Teile des Oberkommandos. Wenn hier die Quelle der Signale ist, können wir es eingrenzen. Wenn aber …«

»… dies nur ein Relais war«, vervollständigte Heinrichs den Gedankengang, »dann brauchen wir denjenigen, der das weitergeleitet hat oder Zugang zu den Logs.« Er seufzte. »Der offizielle Agent, was ist das für einer? Wo finden wir den?«

Evans lächelte. Nein, sie zeigte die Zähne, ein plötzlicher Ausdruck von Wildheit in ihren Zügen. Sie hatte offenbar jemandem auf dem Kieker und sah eine gute Gelegenheit, etwas zu tun, um ihrer Aversion Ausdruck zu verleihen. Heinrichs war sich nicht ganz sicher, ob das gut oder schlecht war, aber er hatte keine Wahl.

»Agentin dritter Kategorie Pia Trowski. Wenn Sie mich fragen, Heinrichs, ist sie genauso strafversetzt wie ich.«

»Was führt Sie zu dieser Einschätzung?«

Evans' Gesicht verzog sich zu einer Grimasse der Verachtung.

»Sie ist schlicht eine kleine Schlampe.«

Das waren, so fand der Kommandant der SANTIAGO, doch gar keine schlechten Voraussetzungen.

25

Er hatte nicht in den Helm gekotzt und auch sonst ging es ihm ganz gut, soweit »gut« definiert war als »an einem Stück« und »einigermaßen bei Bewusstsein«. Letzteres hatte sich erst vor wenigen Minuten herauskristallisiert und er war vollauf damit beschäftigt gewesen, sich von Ersterem zu versichern, bis er sich um seine Umgebung kümmerte. Das Beschleunigungsgel war abgeflossen, die Membran, die ihn bisher umschlossen hatte, befand sich im Prozess der Auflösung, genau so, wie es sein sollte. Es wirkten keine megastarken Kräfte mehr auf die SYLVANA ein, und obgleich eine Reihe der Kontrollen ein eher beunruhigendes Rot zeigten, schien sein Schiff im Großen und Ganzen funktionsfähig zu sein. Die Reparaturautomatik würde nun das Ihre tun und hoffentlich dafür sorgen, dass er nicht dauerhaft in einem fliegenden Metallsarg zubrachte.

Horton Vigil orientierte sich. Er hatte es geschafft und auch einige seiner Begleitschiffe, wenngleich nicht allzu viele. Er unterdrückte die Bitterkeit und das Gefühl der Verantwortung, er durfte sich davon nicht ablenken lassen. Drei Schiffe sendeten optische Erkennungssignale und schienen unter aktiver Kontrolle zu sein, wie der gelegentliche Schub aus einer Steuerdüse andeutete. Die restlichen Schiffe waren Wracks; um das zu erkennen, musste er mit niemandem reden. Er sah, wie sich aus einem der drei überlebenden Schiffe – die modernsten Einheiten, wie er registrierte – Beiboote lösten und auf die in Mitleidenschaft gezogenen Kameraden zuglitten. Jemand dachte mit und zeigte Initiative.

»Stelle eine Funkverbindung zu diesem Schiff her«, sagte er heiser. Sylvana reagierte nicht sofort, wenngleich sie aktiv und einsatzbereit zu sein schien.

»Ich versuche es.«

»Sylvana, das klingt nicht sehr ermunternd.«

»Horton, ich kann keine Verbindung herstellen. Das Gerät ist nicht beschädigt worden. Ich sende. Ich empfange auch nichts, absolut nichts.«

»Vielleicht …«

»Horton, ich meine wirklich nichts.«

Der Mann verstummte. Die Betonung kam sicher nicht von ungefähr.

»Keine Statik? Keine Impulse weit entfernter Sterne? So richtig nichts?«, stellte er die richtigen Fragen.

»Exakt. Das Gerät ist wirklich unbeschädigt und das gilt auch für den Empfänger. Es ist alles absolut tot. Und ich denke, du solltest dir genauer ansehen, in was für einem Weltall wir uns befinden.«

Sylvana griff nicht zu solchen Formulierungen, wenn nicht etwas dran war, sie bevorzugte eine exakte Sprache, und »was für ein« ließ in Horton Vigil gleich mehrere Alarmsirenen losgehen. Er tat, was ihm seine KI geraten hatte: Anstatt sich von ihr alles erzählen zu lassen, schaute er selbst nach. Dann überwand man auch gleich jedes Glaubwürdigkeitsproblem.

»Was haben wir noch?«

»Den Kollapsar, ich empfehle ihn deiner Aufmerksamkeit.«

Horton folgte der Empfehlung. Das mächtige Raumfahrzeug der Kalten hatte mittlerweile aufgegeben, irgendwo hinfliegen zu wollen, und schwebte in einem weiten Orbit um die Kath-Welt, die sich bemerkenswert verändert hatte. Aus einer Dschungelwelt war ein hoch technisierter Planet geworden, der alle Energieanzeigen bis zum Anschlag brachte, offenbar dicht besiedelt und mit nur noch wenig Grün bedeckt. Und eine Welt, deren Bewohner es aus für Horton Vigil nachvollziehbaren Gründen nicht sehr schätzten, wenn sich in ihrer Nähe ein Kollapsar aufhielt.

Und die in der Lage waren, etwas dagegen zu tun. Genau das hatte Sylvana sicher gemeint.

Von der Oberfläche dieser Welt, aber auch aus kleinen Orbitalstationen lösten sich Objekte, ohne Zweifel Raumfahrzeuge, jedoch ohne dass man erkennen konnte, ob sie bemannt waren oder nicht. Sie waren sehr zielstrebig und eilten auf den Kollapsar zu. Es war ganz sicher kein Freundschaftsbesuch und zumindest die Kalten ahnten, dass ihnen großes Unheil bevorstand. Sie versuchten zu entkommen, bewegten den Kollapsar in seinem Orbit und es wirkte auf komische Weise verzweifelt.

Doch viele Jäger waren und blieben des Hasen Tod und Tod war es, was die Angreifer den Kalten zu bringen beabsichtigten.

Daran bestand kein Zweifel, wenn man beobachtete, was sich dort abspielte. Es handelte sich um eine veritable Raumschlacht. Fasziniert verfolgte Horton die Ereignisse. So nah dran war er noch nie gewesen und niemals zuvor hatte er von einem Kollapsar gehört, der so schnell in ernsthafte Bedrängnis geriet.

Der Kollapsar brachte seine Waffen zum Einsatz und an Bewaffnung fehlte es ihm nicht. Doch für jedes Ziel, das seine Abwehrbemühungen fand, tauchten neue auf, eine scheinbar unerschöpfliche Zahl von Angreifern, einem wütenden Insektenschwarm gleich. Die Zerstörungswut eskalierte auf beiden Seiten, und wo der Kollapsar Schneisen der Verwüstung in die angreifenden Einheiten schlug, nagten die Angriffe der kleinen Kath-Schiffe – so klassifizierte Horton Vigil sie bis auf Weiteres – wie ein sich stetig ausbreitender Wundbrand an der Hülle des viel größeren Gegners.

Sie bissen an ihm, rissen winzige Stücke ab, manchmal nahmen sie ein Fragment von ihm mit in den eigenen Tod. Wurden diese Schiffe durch Kath gesteuert, so suchten viele den Heldentod, ein Bedürfnis, das Vigil niemals empfunden hatte und für das er wenig Verständnis aufbrachte. Ja, es war ehrenvoll, für Imperator und Reich zu sterben, aber eigentlich nur dann, wenn die anderen für ihren Herrn fielen und man selbst unbehelligt blieb.

Die beiden Gegner hier rangen verbissen miteinander. Der Kollapsar bewegte sich langsam, was mit seiner gewaltigen Masse zu tun hatte, aber dennoch mehr und mehr wie die nachlassende Kraft eines waidwunden Tieres wirkte, das sich träge der beharrlichen Attacken erwehrte. Ein Hauch von Fatalismus schwang über die Szene, eine naive Fehleinschätzung, derer sich Vigil durchaus bewusst war. Wunschglaube war auch dabei. Ein Kollapsar war eine harte Nuss, und obgleich das Feuerwerk, mit dem die mächtige Einheit stückweise geschreddert wurde, ein sehr zufriedenstellendes – und mithin befriedigendes – Schauspiel bot, wollte Horton vom bloßen äußeren Eindruck nicht auf die tatsächliche Funktionsfähigkeit des Kalten schließen. Leider halfen ihm die Scanner der Sylvana nur bedingt weiter. Was auch immer an diesem Ort die Funkverbindung störte, es schien sich ebenfalls negativ auf andere Formen der

Strahlung auszuwirken, auf die eine anständige Ortungssuite nun einmal angewiesen war. Sylvana tat ihr Bestes, wie immer, doch die Eindrücke, die der Agent gewann, blieben nun einmal lückenhaft.

»Ich glaube, er hat genug.«

Ein einfacher Satz und doch so voller Wahrheit. Der Kollapsar stellte seine Eigenbewegungen ein, begann im All zu treiben und dann, unmerklich, Kurs auf die unter ihm kreisende Welt zu nehmen. War es die Gravitation, die ihn anzog, oder die Kette von kleinen Explosionen, die über seine Hülle zuckte und ganz sicher einen Rückstoß erzeugte, oder eine andere, unsichtbare Kraft, die in diesem seltsamen Kontinuum existierte? Horton Vigil vermochte es nicht zu sagen. Dass dies ein Kontinuum war, das nicht mehr demjenigen entsprach, aus dem er stammte, das war eine Erkenntnis, die langsam zu ihm durchsickerte. Sie löste keine große emotionale Reaktion aus, zum einen, weil er zu diesen ohnehin nicht neigte, zum anderen, weil all dies zu abstrakt war, um ihn persönlich zu betreffen. Er lebte, er beobachtete und er war nicht aller Handlungsmöglichkeiten beraubt. Tatsächlich schien die SYLVANA in einem ganz ordentlichen technischen Zustand und sie reparierte sich selbst mit größter Effizienz.

Das musste genügen, zumindest fürs Erste.

Der Kollapsar stürzte nicht mehr ab. Er zerbrach vielmehr in unterschiedlich große Teile und die stetig angreifenden kleinen Hornissen der Kath-Boote halfen ihm dabei, sich in jene Stücke aufzulösen, die in der Atmosphäre der nahen Welt zu brennen und zu glühen begannen, und dann in jene, die abtrieben, einige ungefähr in Richtung des Beobachters, angetrieben von den Explosionen, die die mächtige Hülle auseinanderrissen.

»Was haben wir denn da?«, murmelte Horton Vigil und drehte an einem Regler. Ein ordentliches Stück Kollapsar war durch eine Explosion mehr oder weniger exakt in seine Richtung geschoben worden. Sicher, eines Tages würde es durch die Gravitation des Planeten wieder eingefangen, aber dieser Tag lag in ferner Zukunft, und wenn die Kath nicht nachhalfen ...

Sie ignorierten das Trümmerstück. Horton Vigil, der eben noch über Handlungsmöglichkeiten sinniert hatte, fand seine stille Zuversicht bestätigt. Für ihn kam es derzeit nicht infrage, sich der Kath-Welt weiter zu nähern. Er wollte nicht als Gegner zerstückelt werden, und die SYLVANA sollte erst ganz wiederhergestellt sein, wenn er den Kontakt wagte. Aber das hieß nicht, dass er keinen anderen Kurs erwägen könnte.

»Sylvana, ich möchte mir das ansehen.«

»Davon rate ich ab. Es handelt sich um ein aktives Bruchstück.«

»Definiere aktiv.«

»Es versucht, seinen Kurs zu stabilisieren.«

Vigil schaute genau hin und kam nicht umhin, Sylvanas Beobachtung zu bestätigen. Offenbar waren auch Splitter eines Kollapsars in der Lage, sich eigenständig zu bewegen. Die Bemühungen waren gleichermaßen schwach wie sinnlos, aber erkennbar.

»Deswegen möchte ich es mir ja ansehen. So oft hat das nie jemand zu sehen bekommen.«

»Das hat noch nie jemand und ich vermute, dafür gibt es gute Gründe.«

Sylvana hatte die Aufgabe, ihn von unüberlegten Aktionen abzuraten. Sie tat das einmal, danach konnte er tun, was er wollte, und meist machte er das auch. Doch diesmal war der Tonfall der KI wirklich sehr eindringlich gewesen und er fragte sich, ob ihre partielle Blindheit dazu führte, dass sie ein wenig paranoid wurde. Das wäre eine schlechte Nachricht, denn für jede Art von Paranoia war eigentlich allein er verantwortlich.

Doch das große Bruchstück, träge durch das All treibend, dreimal größer als sein eigenes Schiff und damit voller wahrscheinlich noch funktionsfähiger Kalter Technologie, strahlte wirklich eine sehr große Verlockung aus.

»Sylvana. Nimm Kurs auf das Ding. Und hör auf zu unken.«

Die KI tat wie ihr befohlen. Sie würde ihre Warnung kein zweites Mal wiederholen. Horton Vigil war sich nicht sicher, ob das in dieser Situation ausreichte.

Er hatte selbst ein schlechtes Gefühl bei der Sache.

26

»Versucht, frei zu bleiben«, hatte die Nachricht von Prinz Darius gelautet. Das war zweifelsohne leichter gesagt als getan. Als das Energiegewitter der Schlacht um den Kollapsar abgeklungen war, das sie eine geraume Zeit in Atem gehalten hatte, und die ersten Bruchstücke des langsam zerbröselnden Raumgiganten leuchtende Spuren in der Atmosphäre zogen, richteten sie ihre Aufmerksamkeit wieder auf andere Dinge.

Nur auf welche?

»Können wir die AUME steuern?«, fragte Plastikk den Piloten Holoban Kerr, der in seinem Sessel mit einem Habitus saß, als könne er es. Jedenfalls drückte er regelmäßig Knöpfe, die auch Reaktionen hervorriefen: Sie sahen alles, was sich um das Schiff herum abspielte, und das farbig und ganz nah, je nach eingestelltem Blickwinkel. Für kurze Momente hatte dies die Illusion von echter Einflussnahme erzeugt.

»Nein«, sagte Kerr knapp und zerstörte damit die Reste dieser Illusion. »Ich kann rein gar nichts steuern. Ich kann mit den Ohren wackeln und die Augen fokussieren, das ist alles.«

»Das hilft uns nicht wesentlich weiter«, murmelte Plastikk und sah sich Rat suchend um. Doch auch der Rest der Gruppe wusste keinen Ausweg, das war ihnen allen anzusehen. Ildaya saß in einer Ecke, schweigsam und in sich gekehrt, Sol lief auf und ab, von innerer Unruhe getrieben, und Yela schaute auf den Schirm, der die Welt zeigte, um die sie kreisten, vielleicht weil sich Sergeant Vocis dort befand, deren Gegenwart sie nun vermisste.

»Wir sollten aber etwas tun«, murmelte Ildaya in die sich ausbreitende Stille hinein. Und dann zeigte sie auf einen der Schirme.

Drei der Kath-Boote, die sich eben noch mit dem Kollapsar beschäftigt hatten, kamen auf die AUME zu. Wenn sie die gleichen Absichten verfolgten wie mit den Kalten, würde es jetzt sehr unangenehm werden.

»Schiff, kannst du dich verteidigen?«, sagte Kerr mit heiserer Stimme in die Luft. Die Steuerung der AUME war ohne die Präsenz ihrer Schiffsintelligenz nur in einer beschränkten Weise zur Kommunikation bereit, das hatten sie schon bemerkt.

»Wir werden nicht angegriffen.«

»Kath-Schiffe nähern sich!«

»Wir werden nicht angegriffen.«

»Willst du warten, bis wir in Waffenreichweite sind? Hast du gesehen, was mit dem Kollapsar passiert ist?«

»Der Kollapsar hat seine Funktionsfähigkeit weitgehend eingestellt.«

Kerr hob in einer verzweifelten Geste seine Arme und ließ sie dann auf die Lehnen seines Sessels fallen. Er sah sich um, mit einer fast schon komischen Resignation, und zuckte mit den Schultern. »Hat jemand Vorschläge?«

»Hat dieses Schiff Rettungsboote? Können wir uns absetzen?«, fragte Sol.

»Die FRIEDBERT hatte Rettungskapseln, aber ich bin mir nicht sicher, ob diese Kopie welche hat – und ob wir sie benutzen können. Hinter dem Schott sollte ein direkter Zugang bestehen, vielleicht ...«

Plastikk sah nach. Hinter dem Schott war eine Wand, der Zugang nicht mehr als eine Attrappe. Das beantwortete die Frage und es verbesserte ihre Situation keinesfalls.

»Es sieht so aus, als müssten wir zusehen, was jetzt passiert«, fasste der Händler ihre Situation zusammen und es war leicht festzustellen, dass dies allen gleichermaßen widerstrebte. Sie setzten sich in ihre Sessel und schnallten sich an, eine symbolische Geste, die ganz sicher nichts gegen einen ernsthaften Angriff der heranschwebenden Schiffe ausrichten würde. Sie blickten auf die Schirme, die hoffentlich weiterhin ein wahrheitsgetreues Abbild des Weltraums um sie herum zeigten, und Kerr murmelte immer wieder Anfragen an die Steuerung des Schiffes, die entweder einsilbig oder gar nicht, in jedem Fall sehr unbefriedigend beantwortet wurden.

»Sie kommen näher«, kommentierte jemand überflüssigerweise. Das Schiff reagierte nicht, jedenfalls nicht erkennbar. Es war, als wisse es mehr als sie über die Fähigkeiten der Kath, entweder dass sie ihnen nichts würden anhaben können oder dass jede Gegenwehr bereits sinnlos sei. Oder, der Gedanke kam Plastikk, dass es sich gar nicht um einen Angriff handelte, jedenfalls nicht so einer wie der, dem der Kollapsar zum Opfer gefallen war, der nun endgültig auf sehr erfreuliche Weise auseinandergebrochen war. Das Feuerwerk, das der Trümmerregen in der Atmosphäre verursachte, hatte etwas Poetisches. Gelegentliches Aufblitzen deutete darauf hin, dass die Luftabwehr von der Oberfläche allzu große Trümmerstücke in noch kleinere verwandelte. Die Kath gingen offenbar sehr methodisch vor, gleichzeitig waren sie ein erhebliches Risiko eingegangen.

Sie mochten die Kalten wohl nicht so sehr. Das hatten sie ganz sicher mit der Besatzung der Aume gemeinsam. Vielleicht ergab sich ja auf diese Weise eine ...

Oder auch nicht. Die Aume bewegte sich, langsam, wie in einer verschlafenen Reaktion. Sie vergrößerte den Abstand zu den anrückenden Booten und begann dann, unerwartet heftig, mit einer plötzlichen Beschleunigung, die die Kath-Schiffe sehr klein werden ließ.

»Wow«, machte Kerr, »dieses Schiff ist definitiv schneller als meine Friedbert!«

Professionelles Interesse sprach aus seiner Reaktion. Plastikks professionelles Interesse war auf sein eigenes Überleben gerichtet und er beobachtete, wie die Aume in ihrem Orbit immer schneller zu fliegen begann und die Kath-Welt, eben noch träge kreisend, unter ihnen entlangzog wie ein flackerndes Kaleidoskop.

»Vollständige Masseneutralisierung«, hauchte Kerr immer noch voller Andacht. »Anders kann ich mir diese Beschleunigungswerte nicht erklären. Das ist einmalig.«

Einmalig auch für die Kath. Die drei Boote huschten an ihnen vorbei, und zwar immer wieder, als die Aume sie in einem irrwitzigen Ritt um diese Welt erneut und erneut passierte, ein unwirkliches Gefühl, spürten die Passagiere von diesem Wahnsinnsflug doch absolut gar nichts.

»Wenn sie das nicht verwirrt, mich macht es jedenfalls verrückt«, sagte Kerr nun und schaltete einige der Schirme aus, die wenig mehr als ein schemenhaftes Abbild der Welt unter ihnen zeigte. »Jedenfalls dürfte weder ein Angriff noch ein Enterkommando möglich sein, das ist klar. Eine interessante Art der Verteidigung.«

»Wenn hier was ausfällt, sind wir sofort blutiges Geschmiere an der Wand«, knurrte Plastikk, leise, mit einem Seitenblick auf Yela, die natürlich alles gehört hatte, dem Mann aber eher einen strafenden als einen ängstlichen Blick zuwarf. Er spürte ein plötzliches Schuldbewusstsein. Kleine Mädchen konnten so was auslösen, darin waren sie richtig gut.

»Das Schiff beschützt uns«, erklärte sie dem Händler. »Es wird uns niemals gefährden.«

»Dann ist das ja geklärt«, beeilte sich Kerr zu sagen, der Yelas strafendem Blick seinen eigenen hinzufügte. Der Händler schwieg. Es war nicht so, dass er keinerlei Dankbarkeit empfand, er wollte nur gerne wieder nach Hause, und das möglichst bald.

»Ich glaube, wir werden wieder langsamer«, sagte Kerr und reaktivierte die Schirme. Der optische Eindruck bestätigte seine Vermutung. Und sie hatten sich während ihrer Umkreisungen weiter von der Kath-Welt entfernt, die im Durchmesser erkennbar geschrumpft war.

»Hm«, machte der Pilot nun, eine Äußerung, die vorsichtige Männer wie Plastikk zu jeder Zeit in Alarmbereitschaft versetzte.

»Was gibt es?«

»Wir sind nicht allein?«

»Kath? Kollapsarreste?«, fragte Sol.

»Weder noch. Imperiale Einheiten.«

Schweigen quittierte diese Enthüllung. Ildaya stand nun ebenfalls auf und sie war mindestens noch mal so alarmiert und angespannt wie Plastikk. Die Rebellin hatte von ihnen allen zweifelsohne am meisten durch die Anwesenheit der Imperialen zu befürchten, das konnte hier jeder gut nachvollziehen.

»Seltsam«, sagte Kerr nun. »Bis auf eine bewegen sie sich kaum. Ein kleineres Schiff. Ich erkenne den Typ nicht.«

Plastikk beugte sich nach vorne. »Eine Jacht, wenn du mich fragst. So was fliegen normalerweise reiche Schnösel.«

»Ein reicher Schnösel war in diesem System aktiv?«, hakte Kerr nach. »Wie wahrscheinlich ist das?«

»Würde alles funktionieren, hätten wir eine automatische Kennung, wenn die sich an die Vorschriften halten. Ich empfange aber seltsamerweise nichts. Daher … wo fliegt der denn hin?«

»Jedenfalls nicht zu uns.«

Sie schwiegen für einen Moment, in die Betrachtung der Ortungsdaten versunken, die auch für die Laien so aufbereitet waren, dass sie etwas erkennen konnten, ohne Kerr dauernd mit Fragen zu löchern.

»Der will zu dem Trümmerstück da«, schloss Plastikk. »Das ist ganz sicher kein reicher Schnösel.«

»Sollten wir nicht versuchen, Kontakt aufzunehmen?«, fragte Sol.

»Nein!«, kam die Antwort aus unterschiedlichen Mündern – Ildaya vorneweg, aber interessanterweise auch Yela, die offenbar befürchtete, dass man sie Vocis wegnehmen würde, und die daher eine ähnlich starke Abneigung gegen imperiale Autorität zu entwickeln schien wie die Rebellin.

»Wir könnten trotzdem mit ihnen reden«, meinte Kerr. »Ich meine, wahrscheinlich haben sie uns längst entdeckt! Alleine unsere wilde Raserei im Orbit, das muss doch aufgefallen sein.«

»Versucht jemand, uns anzufunken?«, fragte Plastikk.

»Sieht nicht so aus. Ich empfange gar nichts«, antwortete der Pilot etwas ratlos. »Vielleicht sind die Anlagen beschädigt worden. Es hat zweifelsohne eine mächtige Energiewelle gegeben und die imperialen Schiffe sind sicher nicht so weit entwickelt wie die AUME.«

Da war die Andeutung von Stolz in seiner Stimme. Plastikk verkniff sich jeden Kommentar. Für einen Piloten wie Kerr war die Tatsache, in einem speziellen Raumschiff zu sitzen, bereits Anlass genug, darauf stolz zu sein. Plastikk hingegen, der seine eigenen Erfahrungen mit dieser Emotion gemacht hatte, war nur noch stolz, kein Stolzer zu sein.

»Und wir können dieses Schiff nicht steuern«, fügte Ildaya hinzu und ihr war anzuhören, was sie von dieser eklatanten Einschränkung ihrer Freiheit hielt. »Was tun wir jetzt? Sitzen und zuschauen?«

»Wenn Sie einen besseren Vorschlag haben, nur zu!«, forderte Kerr sie mit einem ärgerlichen Unterton auf.

»Wir durchsuchen dieses Schiff. Der Raumgleiter ist noch an Bord, mit dem wir angekommen sind. Mit ihm könnten wir die AUME verlassen und zum Planeten hinunterfliegen.«

»Die Idee ist an sich nicht übel«, gab Plastikk zu, der diese Option auch schon erwogen hatte. »Aber sagte uns die Nachricht, die wir vom Prinzen bekommen haben, nicht, dass wir uns bemühen sollten, nicht gefangen zu werden?«

»Wer ist dieser Prinz, dass wir auf seine Ratschläge hören?«, giftete Ildaya. »Und was für eine Freiheit genießen wir gerade eigentlich?«

Plastikk fühlte nun auch Ärger in sich aufsteigen, bezähmte diesen aber. Die Frau hatte ja keinesfalls unrecht. Aber aus ihrem Munde klang alles wie eine dauerhafte Anklage und darauf reagierte er absolut allergisch.

»Wir sollten zumindest nach dem Raumgleiter sehen«, regte Ildaya an. »Hier nur herumsitzen ist doch auch keine Lösung.«

»Nein. Ich meine: ja. Kommen Sie mit?«, reagierte Plastikk und das nahm überall die Spannung aus der Situation. Jemand tat etwas. Es führte zu nichts, aber es wurde gehandelt. Plastikk fand, dass die Grundprinzipien der Politik auch in kleinen gesellschaftlichen Einheiten manchmal recht gut funktionierten.

27

Es war eine Sache, von jemandem etwas erzählt zu bekommen, sogar von zwei Quellen gleichzeitig, und eine andere, sich selbst von der Tatsache zu überzeugen, die man im Grunde doch gar nicht als solche akzeptieren wollte.

Für Admiral Adlik ging dieser Prozess in zwei Schritten vor sich: Erst einmal, getrieben vom ständigen Misstrauen, es mit Fälschungen und Manipulationen zu tun zu haben, sichtete sie die Daten, die Klondak ihr zur Verfügung gestellt hatte. Und dieses Misstrauen ging nie weg, ja, sie fachte es an, hing sich an jeder kleinen Inkonsistenz auf oder eben an Dingen, die einfach zu gut zusammenpassten. Sie wollte nicht überzeugt werden, tief in ihrem Inneren. Da erinnerte sie sich plötzlich an die junge Offiziersanwärterin Adlik, die aus brennender Überzeugung und erfüllt von einem patriotischen Hochgefühl ihre Ausbildung auf der Akademie angetreten hatte, völlig überzeugt, nicht nur der richtigen Sache, sondern auch dem einzig wahren Souverän zu dienen. Die junge, naive, vor Energie berstende Adlik, über viele Jahre unter einer stetig wachsenden Schale aus Müdigkeit, Ernüchterung und Zynismus vergraben, meldete sich zu einem höchst unpassenden Zeitpunkt.

Dennoch, sie konnte sich den Schlussfolgerungen, zu denen die Analysten der Simmi gekommen waren, nicht entziehen. Und da Kalebonians Köpfe ebenfalls auf den gleichen Zug aufgesprungen waren, verdichtete sich das Bild. Es waren oft nur Details, Dinge am Rande, Äußerungen, Handlungen und Verhaltensweisen, die für sich genommen gar keine besondere Bedeutung hatten. Zusammengefasst und zueinander in Beziehung gesetzt, ergaben sie jedoch ein verstörendes, zumindest beunruhigendes Bild. Der Imperator war nicht er selbst. Er handelte nicht, wie er einst gehandelt hatte, und das seit geraumer Zeit, seit mehr als einem Jahrzehnt, als die Hochphase im Kalten Krieg begann, als dieser Konflikt zum bestimmenden Faktor des wirtschaftlichen, militärischen und politischen Handelns des Imperiums wurde.

Ein Zufall? Adlik war möglicherweise tief in sich noch etwas naiv und *wollte* glauben, aber sie war keine Idiotin. Wenn das stimmte, was sie da sah, dann war es alles Mögliche, doch sicher kein Zufall.

Der zweite Schritt war, sich selbst zu überzeugen. Das war natürlich ungleich schwieriger als ihre bisherigen Bemühungen und es war möglicherweise sehr töricht. Aber sie würde sich nicht ruhigen Gewissens gegen Ihre Allerhöchste Majestät wenden können, wenn sie nicht zumindest andeutungsweise auch den sehr individuellen, persönlichen Eindruck bekam, dass da etwas nicht stimmte. Es war das notwendige Fundament für den Hochverrat: zu erkennen, ja zu fühlen, dass dieser ihre patriotische Pflicht war.

Es war wirklich keine gute Idee, wie sie sich selbst wiederholt sagte. Sie rang mit sich. Sie hatte Angst. Alte Regungen von Ehre und Treue, längst mit einer dicken Patina des routinierten Abstiegs in Fatalismus und Monotonie bedeckt, störten sie. Aber als sich die Gelegenheit ergab, ergriff sie diese beinahe instinktiv. Sie konnte nicht anders.

Admiral Adlik wurde zum Abendessen eingeladen. Es war keine kleine Runde, es gab im Imperialen Palast so etwas wie gemütliche Beschaulichkeit nicht. Aber es war auch kein großer Festakt, nicht zuletzt deswegen, weil Nicos ohnehin kein Freund solcher Anlässe war. Das Abendessen für die engsten militärischen und zivilen Mitarbeiter, für ausgewählte Ehrengäste und Würdenträger, war dennoch eine Tradition. Mit ihm wurde die Thronbesteigung von Solon I. gewürdigt, dem Ururgroßvater des aktuellen Kaisers, falls das überhaupt noch der Wahrheit entsprach. Solon I. war hoch angesehen, galt als Inbegriff weiser und milder Regierungskunst, ein Mann, der an den Realitäten der Gegenwart binnen kürzester Zeit gescheitert wäre. Aber man erinnerte sich gerne seiner und auch sein Ururenkel konnte sich dieser gesellschaftlichen Notwendigkeit nicht entziehen.

Adlik war eingeladen. Das geschah nicht zum ersten Mal, aber sie war nie ein regelmäßiger Gast. 27 Plätze gab es an der Tafel, einen für jedes Regierungsjahr Solons. Manche Würdenträger hatten Stammplätze, die konnte man nicht ausladen, andere aber rotierten von Jahr zu Jahr und dieses Mal rotierte Adlik hinein und nicht hinaus. Normalerweise ein langweiliges Ereignis, sehr formal, steif, alles, was manche Leute als »würdevoll« bezeichneten, in Adliks Augen aber eher trocken, schwerfällig und inhaltslos war. An der Wand des Speisesaals wurde ein Tisch aufgebaut, direkt unter dem Porträt Solons, der auf sie mit gütigen und, wie Adlik fand, etwas müden Augen hinabschaute. Er hatte wahrscheinlich von diesen Festmahlen auch genug, leider war er aber nicht mehr in einer Position, etwas dagegen tun zu können.

Sie trug ihre Festuniform, eine beinahe unerträgliche Kombination aus gestärktem Hemd, kratziger Uniformjacke und einer Art Rock, in dem sie sich jedes Mal extrem deplatziert fühlte. Außerdem drückte die »maßgeschneiderte« Uniform an ihrem Busen, was daran lag, dass der Zeitpunkt der Maßschneiderei schon eine Weile zurücklag und ihre allgemeine Gewichtszunahme sich ungleichmäßig über ihren Körper verteilt hatte. Das zog bewundernde Blicke einfach gestrickter Männer nach sich, was Adlik aber schon lange nicht mehr als erstrebenswert bewertete, und auch sonst war es eher anstrengend.

Dennoch, sie klagte nicht. Als sie von einem Palastdiener in den Speisesaal geführt wurde, war sie nicht die Erste und nicht die Letzte, eine gute Taktik, um nicht allzu sehr aufzufallen. Sie verbeugte sich formvollendet vor Nicos III., ihrem Herrn und Kaiser, und er nahm dies mit einem wohlgefälligen Kopfnicken zur Kenntnis. Beide hatten sich damit ihrer Pflichten entledigt, und wenn alles klappte, würde der Rest des Abends verlaufen, ohne dass sie auch nur ein Wort miteinander wechselten.

Normalerweise.

Tatsächlich wollte Adlik diese Vermeidungsstrategie, die ihr sonst gute Dienste leistete, diesmal nicht verfolgen. Sie musste Nicos nahe kommen. Sie brauchte einen intimen Moment, wenn man so wollte. Sie musste ihn berühren, wenn sie erfahren wollte, was zu erfahren war. Und dazu gab es nur eine einzige unverdächtige Gelegenheit: den Tanz nach dem Dinner, wenn das kleine Orchester aufspielte und die drei Lieblingsstücke des toten Solon präsentierte, alte, überall längst vergessene sogenannte »Walzer«. Und jeder, der zum erlauchten Kreis der Eingeladenen gehörte, musste diesen Tanz beherrschen, den sonst wirklich niemand mehr kannte. Adlik machte da keine Ausnahme. Drei

Stücke, drei Chancen, mit Nicos die Kreise zu ziehen. Das zu erreichen, darauf richtete sich ihre ganze Konzentration.

Aber erst einmal gab es zu essen.

Es war unaussprechlich.

Es war gut, sehr schmackhaft. Aber die Litanei des Zeremonienmeisters, mit der er sehr sanft, aber sehr unermüdlich, die Speisenfolge vortrug, wirkte nicht nur einschläfernd, sondern gleichermaßen verwirrend. Es waren Dinge darunter, von denen Adlik noch nie gehört hatte. Sicher auserlesene Spezialitäten, eines Gourmets würdig, höchsten Standards genügend – daran konnte es absolut keinen Zweifel geben. Aber Adlik war im Regelfall einfache Kost gewohnt, oft genug Kantinenfraß, nahrhaft und gesund, aber alles andere als außergewöhnlich. Dies hier war außergewöhnlich. Und unaussprechlich. »K'tak-Wurzeln an Sauce aus Shrittik« gehörte noch zu den Angeboten, um die sich bei ihr Zunge wie Gehirn gleichermaßen wenden konnten, ohne Verrenkungen hervorzurufen. Andere Begriffe behielt sie gar nicht erst im Gedächtnis. Es war auch egal. Eine Regel galt auf jeden Fall: Es wurde gegessen, was auf den Tisch kam, dem historischen Anlass und der hochwürdigen Einladung angemessen. Manchmal musste sie die fremdartige Konsistenz ein wenig herunterwürgen, ein anderes Mal wurde sie höchst angenehm überrascht, als eine wunderbare Geschmacksexplosion für einen Moment ihre Sinne betäubte und alle anderen Gedanken aus ihrem Kopf vertrieb. Das Mahl war anstrengend, aber auch unvorhergesehen und oft genug war der Effekt angenehm. Immerhin.

Anstrengend war auch die Konversation. Die Eingeladenen waren eine illustre Runde, darunter auch wichtige Menschen, die weit weg vom Krieg waren, in einer Blase aus höfischer Selbstgefälligkeit existierten, und das wahrscheinlich schon seit Generationen. Höflich, ein wenig blasiert manchmal, fühlten sie sich angesichts des Anlasses irgendwie verpflichtet, mit der ungehobelten Offizierin zu sprechen, und waren dabei selbst unbeholfen und von einer rhetorischen Tapsigkeit, verbunden mit unterschwelliger Arroganz, die Adlik schwierig fand. Logistik war ihre Arbeit, ein Thema, zu dem keiner rechten Zugang fand. Sie erklärte es geduldig, mit einfachen Worten, Waren von A nach B, Lager, Produktionsketten, Konfektionierung, interstellare Linien. Sie hörte sich an wie ein Manager eines großen Konzerns und so weit war ihre

Arbeit davon ja auch nicht entfernt. Ihr wurde zugehört, weiterhin höflich, mit bedeutungsvollem Kopfnicken, aber einer Leere in den Augen, die Adlik verdeutlichte, dass man ihr entweder eigentlich dann doch nicht zuhörte oder schlicht nicht verstand, was sie erklärte. Sie begann sich zu wiederholen, bezähmte ihre Ungeduld, tat so, als ginge sie davon aus, sich verständlich gemacht zu haben, wie ihre Gesprächspartner so taten, als würde es sie tatsächlich interessieren. Bevor es zu peinlich wurde, kam meistens schon der nächste Gang oder jemand fragte, ob noch Wein gefällig sei. Adlik bemerkte, dass er ihr sehr oft gefällig wurde, vielleicht zu oft. Noch etwas, wo sie an sich halten musste, als der Abend später und die Gesellschaft, zumindest für sie, immer strapaziöser wurde.

Dann wurde das Dessert abgetragen. Das war ganz simpel gewesen: Schokoladenmousse mit Früchten. Adlik hatte es genossen, wahrscheinlich mehr als alle Speisen vorher. Sie musste sich selbst gegenüber eingestehen, dass sie eine simple Frau war, mit simplen Bedürfnissen. Kantinenfraß. Container schubsen. Schokopudding. Herausfinden, ob der Imperator noch er selbst war. So war ihr Leben.

Nicos III. erhob sich. Er war den ganzen Abend über relativ wortkarg gewesen, was man aber bei solchen Anlässen auch zumeist von ihm erwartete. Er hatte jeden Gast begrüßt, durchaus freundlich, und seine unmittelbaren Tischnachbarn waren möglicherweise in den Genuss von etwas mehr Konversation gekommen als alle anderen.

Der Imperator winkte dem Orchester. Das achtköpfige Ensemble hatte während des Essens unaufdringliche, klassische Musik gespielt, ein sanfter Klangteppich, den Adlik gar nicht bewusst wahrgenommen hatte. Jetzt aber spielte die Truppe etwas lauter auf und jeder kannte die drei Stücke, die nun kommen würden, denn ein jeder Gast wusste auch, dass jetzt von ihm körperlicher Einsatz erwartet wurde. Alle waren sie vorbereitet, die Admiralin ganz besonders.

Sie durfte sich nicht vordrängeln. Das würde auffallen, und wenn nur als widerliche Schleimerei. Sie hatte vorsichtig Erkundigungen eingezogen, während des Essens ihre Schritte geplant, ihre Position. Ihr Lächeln. Adlik war keine wirklich gut aussehende Frau, nie gewesen, und hatte das auch nie als Manko empfunden. Aber sie hatte ein schönes Lächeln, wenn sie wollte; das wirkte, als würde jemand eine Lampe in ihrem Gesicht anknipsen. Sie benutzte es manchmal, viel zu oft meinte sie es aber nicht ernst, was sie im Stillen bedauerte. Jetzt auch. Anknipsen, zur richtigen Zeit.

Sie stand am richtigen Ort. Nicos III. kam auf sie zu. Sie knipste und der Imperator reagierte auf das plötzliche Licht, blinzelte, als würde es ihn tatsächlich blenden, stellte sich vor sie, verneigte sich formvollendet.

»Darf ich um diesen Tanz bitten, Admiral?«

»Es wäre mir eine Ehre, Majestät!«

Geschafft. Sie begannen, als nach einer winzigen Pause das erste Stück erklang, und sie tanzten. Der Imperator war ein guter Tänzer, führte mit Kraft, aber ohne aufdringlich zu wirken, mit einem Gefühl für Takt und Einsatz, das Adlik manchmal etwas fehlte. Das war nicht schlimm, Nicos III. hatte das Stück, die notwendigen Bewegungen und sie gut im Griff, alles mit einer Leichtigkeit, die davon zeugte, dass der Imperator definitiv öfter tanzen musste als sie.

Adlik hatte jetzt nichts mehr tun.

Ihre Uniform tat es für sie. Ihre maßgeschneiderte Jacke war ihr erst vor Kurzem von den Simmi zur Verfügung gestellt worden und diese passte nicht nur perfekt, sondern bestand darüber hinaus nicht aus Stoff, sondern aus einem täuschend echten, lebenden Gewebe, das den Imperator nun berührte, winzige Mikrofäden durch die Nähte seiner Gewandung steckte, seine Haut betastete, ohne dass er es jemals spüren würde, Proben entnahm, Messungen durchführte, aufzeichnete. Sie würde anschließend nichts anderes tun müssen, als die Ergebnisse dieser Aktion auszuwerten, und wenn es nicht so erschreckend gewesen wäre, dass die Simmi über diese Art von Biotechnologie verfügten, wäre sie nahezu begeistert über die Möglichkeiten gewesen.

Der Tanz verging schnell, die Musik erstarb, Adlik erwiderte die Verbeugung ihres Tanzpartners, dessen Augen schon auf der Suche nach der nächsten waren. Nicos III. war ein guter Tänzer, ja, aber er war nicht mit dem Herzen bei der Sache. Er tat, was zu tun war, spulte ein Programm ab, wie jedes Jahr an diesem Tag. Selbst Adlik konnte das spüren und sie war in diesen Dingen keine besonders sensible Frau. Wenn ein Mann mit ihr flirtete, merkte sie es erst, wenn dieser verheiratet war und drei Kinder hatte, logischerweise nicht mit ihr. Aber Nicos, schob man einmal die ganze imperiale Würde beiseite, die sorgsam gepflegten Umgangsformen, die Autorität seines Amtes, wirkte kalt und leblos, unbeteiligt, ein Schauspieler seiner selbst, müde der Rolle oder schlicht nicht bei der Sache. Zumindest nicht so, wie Adlik das erwartet hatte.

Vielleicht redete sie sich das alles auch nur ein. Ihre Pflicht war erfüllt. Sie musste jetzt nur noch den Abend überstehen. Dann würde sie bald mehr wissen, hoffentlich.

Zwei weitere Musikstücke, zwei weitere Tänze, zwei weitere Tanzpartner. Der eine irgendein Adliger aus irgendeiner wichtigen Welt in der Nähe der Front, den sich der Kaiser wohl warmhalten wollte, der aber so viel Kälte und Starre ausstrahlte, als hätte er einen Kollapsar gefrühstückt. Der Tanz mit ihm war eine Quälerei. Der zweite andere ein junger Offizier, der gerade den höchsten Tapferkeitsorden verliehen bekommen hatte. Sein linker Arm war nur ein langsam nachwachsender Stumpf, das Original lag auf irgendeinem Schlachtfeld, wahrscheinlich tiefgefroren. Er tanzte etwas linkisch, nicht richtig schlecht, aber der fehlende Arm machte seine Bemühungen wenn nicht zunichte, so doch schwierig. Adlik half ihm und ihre Aufmunterung wirkte wohl ein wenig. Er bedankte sich jedenfalls sehr artig mit einer aufrichtig wirkenden Verbeugung.

Dann gab es noch eine kleine Verabschiedung durch Nicos, der sichtlich müde wirkte, und sie waren in den formlosen Teil des Abends entlassen. Das Orchester spielte Fahrstuhlmusik, die Reste des Abendessens wurden in einer Art Buffet arrangiert und man wurde mehr oder weniger sich selbst überlassen. Adlik beschloss, den erstbesten Moment zu nutzen, um sich zu verabschieden, und fand heraus, dass sie nicht die Einzige mit dieser Idee war. Als sie sich in den Vorraum begeben hatte, um ihre Garderobe in Empfang zu nehmen, wurde sie allerdings nicht nur vom livrierten Diener erwartet, der ihren schweren Mantel bereithielt, sondern auch von einem alten Mann.

Adlik kannte ihn, zumindest vom Gesicht her. Mattilaa. Silas Mattilaa. Eine der Personen, die man gemeinhin eine »graue Eminenz« nannte. Seiner Gesichtsfarbe war anzusehen, dass er zum ausgewählten Kreis der Juveniten gehörte, Empfänger einer lebensverlängernden Droge, die zum Austausch gegen bedingungslose Treue und ewige Dienstbarkeit für das Reich gewährt wurde. Nicht jeder ging diesen Handel ein, nicht jedem wurde er angeboten, doch Mattilaa war, wenn die Gerüchte stimmten, einer der Ältesten dieser auserlesenen Gruppe. Er strahlte Macht aus und eine beinahe schon transzendente Ruhe. Er hatte viel gesehen, vieles miterlebt und möglicherweise auch so manches verursacht oder mitgetragen. Er war verdammt alt. Die Droge wirkte irgendwann nicht mehr und führte dann zu einem schnellen und massiven körperlichen Verfall, der binnen weniger Tage zum Tode führte. Der Mann, der offiziell nur das Amt des obersten Zeremonienmeisters bekleidete, konnte nicht mehr allzu weit von diesem Zeitpunkt entfernt sein.

»Admiral Adlik, auf ein Wort.«

Sie reagierte erst nicht, streifte mit einer entschlossenen Bewegung den Mantel über und spürte dann die kräftige, aber dürre und knochige Hand des Mannes auf ihrer Armbeuge.

»Ein Wort nur. Es dauert nicht lange.«

»Ich wüsste nicht, was ein Mann Ihrer Position mit jemandem wie mir zu besprechen hätte«, erklärte Adlik mit fester Stimme, ein wenig zu fest vielleicht, um restlos überzeugend zu wirken. Mattilaa machte sie nervös. Er musste bei jedem diesen Eindruck hinterlassen, wahrscheinlich selbst beim Imperator, ob der nun echt war oder auch nicht. Juveniten waren eine kleine, geschlossene Gesellschaft, entrückt von den Menschen um sie herum, und es rankten sich viele Gerüchte um das, was sie untereinander betrieben. Wie es bei Gerüchten so war, musste vieles davon falsch sein oder zumindest verzerrt, aber der isolierte Lebensstil dieser Leute trug sicher dazu bei, dass Spekulationen ins Kraut schossen. Adlik begegnete ihnen öfter als andere Menschen, entsprechend ihrer eigenen Position, aber das machte sie nicht entspannter in der Gegenwart eines mehrere Hundert Jahre alten Mannes, der darüber hinaus noch über nicht genau definierbare Macht verfügte.

»Hier entlang«, sagte der Juvenit und wies ihr den Weg. Durch eine Seitentür, die sich kaum von der Wand abhob, betraten sie einen engen Gang, der sich durch den Palast schlängelte, schmal und etwas beengt, Teil der geheimen Welt hinter der offiziellen mit ihrem Pomp und ihren großen, reichhaltig verzierten und ausgestatteten Sälen und Hallen. Es roch hier muffig. Vielleicht bildete sie sich das auch nur ein. Würde das Büro eines Juveniten nicht muffig riechen, mit dem Staub der Jahrhunderte, und sei dieser auch nur eingebildet?

Es war zumindest nicht sehr groß. Es roch nicht, jedenfalls nicht mehr als vergleichbare Räumlichkeiten. Es standen auch keine Antiquitäten auf den Regalen. Keine Schrumpfköpfe verstorbener Juveniten oder ehemaliger Gegner, keine Trophäen eines endlos erscheinenden Lebens. Adlik schämte sich ein wenig für die Stereotypen in ihrem Kopf. Man konnte der beständigen mentalen Schubladisierung des Lebens nur durch permanente Selbstreflexion entkommen und das war in jedem Fall verdammt anstrengend.

»Ich würde Ihnen etwas anbieten, Admiral, aber ich glaube, Sie dürften nach diesem Abend gut versorgt sein«, sagte Mattilaa sanft und lächelte begütigend, was auf dem schmalen, scharf gezeichneten Gesicht irgendwie nicht passen wollte.

»Das bin ich. Was kann ich für Sie tun?«

»Gleich zur Sache, hm?«

»Meine Lebenserwartung ist kürzer als die Ihre.«

Mattilaas Lächeln vertiefte sich. »Ah, ich habe jeden Witz in dieser Richtung gehört, aber ich mag sie immer noch gerne. Tatsächlich dürften Sie mir bereits angesehen haben, dass meine verbliebene Zeit deutlich unter der Ihren liegt. Aber das ist kein Gejammer. Ich war lange genug in dieser Welt unterwegs. Sie ahnen nicht, wie ermüdend das sein kann, selbst wenn man so interessante Aufgaben hat wie ich.«

»Ich habe zum Thema Ermüdung einiges beizutragen«, erwiderte Adlik, die sich jetzt etwas entspannte. Mattilaa hatte einen Stock verschluckt und war sicherlich eine Ehrfurcht gebietende Persönlichkeit, aber er schien durchaus zu einer normalen Konversation in der Lage zu sein. Das erklärte natürlich nicht, was sie hier eigentlich tat.

»Ich verstehe, ja. Der Krieg verlangt von uns allen den höchsten Einsatz. Ich bin mir nicht immer sicher, ob wir das jeweils richtig würdigen.«

»Ich wurde heute zu einem bemerkenswerten Abend eingeladen und fühle mich durchaus gewürdigt«, gab Adlik zurück.

»Das ist schön. Sie haben mit dem Imperator getanzt.«

»Er ist sehr gut darin.«

»Ich habe seine Tanzstunden persönlich überwacht, damals, als er noch ein kleiner Prinz war.« Mattilaa lächelte wieder, diesmal nahezu verträumt, als würde er in eine Vergangenheit blicken, die er schon oft gesehen hatte. Auch Nicos' Vater hatte er gedient – wahrscheinlich sogar dessen Tanzübungen angeleitet. Es war wichtig, sich vor Augen zu halten, wie lange so ein Juvenit im Palast arbeitete.

Der Mann machte Small Talk und Adlik war zu müde, um sich für die Aufrechterhaltung dieser sozialen Konvention ausreichend zu konzentrieren. Sie beschloss einfach, zu schweigen und darauf zu warten, dass der Zeremonienmeister zur Sache kam. Aber er schien sich weiter mit Belanglosigkeiten aufhalten zu wollen.

»Der Imperator ist ein zurückhaltender Mensch – außer bei Sachen, die ihn wirklich bewegen«, sagte der Alte. Adlik nickte, sie erinnerte sich an die letzte Generalstabssitzung. »Zurückhaltend« hätte sie das Verhalten ihres obersten Herrn dort nicht beschrieben.

»Sie kommen gut mit ihm aus?«

Adlik bewegte sich unruhig auf ihrem Sitz.

»Gut auskommen? Er befiehlt, ich gehorche. Ich diskutiere selten mit ihm, ich bin Logistikerin und errege nur selten seinen Unmut – oder überhaupt seine Aufmerksamkeit.«

»Tatsächlich?« Mattilaa runzelte die Stirn. »Sie wurden für dieses Essen geladen, das zählt doch als Aufmerksamkeit.«

»Es ist das zweite Mal.«

»Das erste Mal war vor sieben Jahren, angesichts Ihrer Ernennung in den Generalstab, Ihrer Beförderung zum Admiral und der Tatsache, dass Sie eine der eher wenigen Frauen in einer so hohen Position sind. Das gilt für diese zweite Einladung eher nicht. Oder gab es eine Heldentat, die mir entgangen ist?«

Adlik zögerte mit einer Antwort. Das Gespräch nahm eine unerwartete Wendung und sie war sich nicht sicher, wohin die Reise nun ging.

»Nein, keine Heldentaten«, erwiderte sie wahrheitsgemäß. »Nur langweilige Pflichterfüllung.«

»Stellen Sie Ihr Licht nicht unter den Scheffel. Ihr Beitrag ist ebenso entscheidend wie der eines mutigen Frontoffiziers.«

»Ich leugne nicht die Bedeutung meiner Arbeit. Sie führt nur meistens nicht zu Tapferkeitsmedaillen.«

Mattilaa lächelte erneut. »Der Mangel an Tapferkeitsmedaillen befördert ein langes Leben.«

»Dem kann ich nun nicht widersprechen.«

»Warum also wurden Sie eingeladen, Admiral Adlik?«

»Woher soll ich das wissen? Ich kenne nicht einmal den Verantwortlichen für die Einladungen. Sind Sie das nicht?«

Der Zeremonienmeister nickte langsam. »Eigentlich schon, ja. Aber Sie sehen, dass es mit mir langsam zu Ende geht. Ich habe Aufgaben delegieren müssen, darunter auch diese.«

»Dann sollten Sie den Zuständigen fragen.«

»Er ist tot.«

Adlik schwieg. So langsam ahnte sie, was für eine Art von Gespräch sie hier führten, und sie nahm unbewusst eine Verteidigungshaltung ein, spürte die plötzliche Anspannung in sich aufsteigen und den Fluchtreflex, dessen Energie sie in Entschlossenheit umwandeln musste, wollte sie unbeschadet aus dieser Konversation herauskommen.

»Das … tut mir leid.«

»Eine plötzliche Krankheit. Sehr bedauerlich.«

»Wie gesagt …«

»Daraufhin wurde die Gästeliste noch einmal angepasst. Und wissen Sie, wer sich als verantwortlich dafür herausstellte?«

»Ich ahne es nicht einmal.«

Mattilaa nickte verständnisvoll. »Das glaube ich Ihnen sogar. Aber Sie kennen die Person gut, sind ihr oft begegnet. Direktor Kalebonian.«

Adlik spürte die Eiseskälte in ihrem Magen und für einen Moment verschlug es ihr die Sprache. Sie rang um ihre Fassung, trug den Sieg davon, spürte Mattilaas sezierenden Blick und war sich dann gar nicht mehr so sicher. Es war, als würde der Juvenit in ihr lesen wie in einem offenen Buch, und das war wirklich ein sehr, sehr unangenehmes Gefühl.

»Davon wusste ich nichts«, war ihre gleichermaßen lahme wie vorhersehbare Erwiderung.

»Wie gesagt, das glaube ich Ihnen sogar. Ich wusste nicht, dass Sie dermaßen in der Gunst des guten Direktors stehen.«

»Das wusste ich auch nicht.«

»Er schuldet Ihnen einen Gefallen?«

»Er schuldet mir nichts. Und bei aller Ehre: Ich bin auf solche Einladungen nicht scharf. Ich hätte auch ohne meinen Dienst weiterhin loyal erledigt, dazu benötige ich keine Tanzabende.«

»Natürlich nicht. Sie haben Kalebonian in letzter Zeit oft getroffen?«

»Nicht öfter als sonst.«

»Aber Admiral. Jetzt enttäuschen Sie mich. Sie lügen, und das nicht einmal besonders gut. Ich bräuchte nicht einmal meine eigenen Informationen, um Sie dessen zu überführen, es steht Ihnen ins Gesicht geschrieben.« Mattilaa schüttelte traurig den Kopf. »Das ist Ihrer doch nicht würdig.«

»Kalebonian ist niemand, mit dessen Bekanntschaft man sich vor anderen schmückt.«

»Das wiederum ist wahr. Sie haben Angst vor ihm?«

Ich habe Angst vor Ihnen, dachte Adlik. Die Erkenntnis wirkte nicht so befreiend, wie sie gehofft hatte. Es war eher das Gefühl einer Schlinge, die sich um ihren Hals legte, und das war nie angenehm.

»Wer hat das nicht?«, erwiderte sie und fügte hastig hinzu: »Außer dem Imperator vielleicht. Und Ihnen möglicherweise.«

»Ein durchaus weit verbreiteter Irrtum. Juveniten sind sehr ängstliche Menschen. Sie haben sehr viel mehr zu verlieren als Normalsterbliche, wenn Sie den Vergleich gestatten.«

»Ich gestatte Ihnen alles. Ich kann nicht sagen, dass ich es verstehe.«

»Sie haben einen neuen Dienstanzug für diesen Anlass gekauft, Admiral? Er sieht tadellos aus und er passt ausgezeichnet.«

Adlik fühlte, wie die eisige Klammer um ihren Oberkörper sich zuzog. Sie musste sich sehr kontrollieren, um ruhig atmen zu können.

»Alle Anzüge sind maßgeschneidert. Das ist in meiner Position so üblich.«

Mattilaa hob seine Hände in einer entschuldigenden Geste. »Selbstverständlich. Admiral, wie beurteilen Sie unser Verhältnis zu den Simmi?«

Das war es. Der Zeremonienmeister spielte mit ihr wie eine Katze mit der Maus, ehe es ans Fressen ging. Eine vergleichsweise alte Katze, sicher, aber Adlik zweifelte weder an ihrem Appetit noch an ihren spitzen Zähnen.

Er schnurrte noch. Das war beinahe schlimmer als das Zubeißen.

»Vielleicht können wir jetzt zum Kern der Sache kommen«, sagte sie also, nicht länger bereit, ein Spielzeug zu sein.

»Ja, die Zeit wird knapp. Ziehen Sie bitte Ihre Jacke aus.«

»Wie bitte?«

Der Juvenit sah sie streng an, wie ein Schulmeister.

»Die Jacke. Jetzt!«

Die klirrende Autorität in seiner Stimme verfehlte ihre Wirkung nicht. Adlik tat wie befohlen, legte die Jacke ab, beobachtete wie betäubt, als

Mattilaa sie nahm, mit einem Finger prüfend, durchaus anerkennend über den Stoff strich.

»Qualitätsarbeit. Besondere Qualität.« Ehe Adlik dazu etwas sagen konnte, legte der Juvenit die Jacke beiseite. »Wie schade. Es ist schade um Sie, Admiral. Sie sind gut in dem, was Sie tun. Ihre Dienste werden dem Imperium fehlen. Aber ich kann das hier nicht zulassen. Dafür haben Sie gewiss Verständnis. Vielleicht findet sich noch eine Position für Sie. Etwas eher am Rand. Eine Zeit, die Sie in Frieden verbringen können.«

Sie brachte kein Wort heraus. Mattilaa sah an ihr vorbei, nickte jemandem zu.

»Es besteht kein Zweifel.«

Adlik wollte sich umdrehen, doch dann sah sie Zweifel und Furcht in Mattilaas Gesicht.

»Das wird nicht nötig sein«, sagte der Juvenit. »Es wäre übertrieben. Es führt zu unangenehmen Nachfragen.«

Er hob eine Hand, wie abwehrend, aber der Angriff galt nicht ihm. Etwas legte sich um ihren Hals, dünn, widerstandsfähig. Eine Garrotte.

Es dauerte nicht lange. Sie wehrte sich, aber ohne Effekt. Wer auch immer ihr Henker war, er besaß Kraft und Erfahrung. Adlik starb und es war ein schmerzhafter, ein grausamer Tod.

Mattilaa sah die Leiche an, unterdrückte ein Zittern, wirkte betrübt, erschüttert, verwirrt, aber gleichzeitig auch entrückt, als würde ihn das alles nichts angehen. Er nickte dem Mann zu, der die Garrotte mit Sorgfalt vom Hals der Toten löste. Er bemühte sich um eine respektvolle Haltung, um devote Worte, doch der Zweifel, der Schrecken sprachen aus ihm.

»Es war nicht notwendig.«

Nicos III. nickte grimmig, schaute auf die Leiche hinab. Da war kein Bedauern an ihm zu sehen und Mattilaa wurde kalt ums Herz.

»Herr«, sagte er, eindringlich. »Warum ...«

Er starrte auf seinen Imperator, der einen Schritt auf ihn zukam, die Garrotte immer noch in Händen.

»Zeit zu gehen, alter Mann«, sagte Nicos III. etwas heiser, aber ohne Aufregung, ohne Schuldbewusstsein und ohne Zögern. »Zeit zu gehen.«

28

Die Kath hatten offenbar nicht die Absicht, ihre Lebensumstände zu verbessern, zumindest nicht für die Zeit, da sie sich berieten. Das taten sie jetzt, meinte Aume, die sehr gelassen blieb. Sie konnte sich das auch leisten, denn sie mochte zwar einen sehr attraktiven menschlichen Körper bespielen, musste die Analogie aber nicht allzu weit treiben. Als es darum ging, die Notdurft zu verrichten, dauerte es eine Weile, bis die Kath entsprechende Fazilitäten zur Verfügung stellten, deren Funktionsweise sich zudem nicht auf den ersten Blick erschloss. Für manche war das beinahe zu spät.

Zum Glück nur beinahe.

Hamid stand neben Vocis, die damit beschäftigt war, auf den Schutzschirm zu starren, als könne sie ihn durch ihre Blicke durchdringen. Sie wirkte sehr angespannt. Hamid meinte zu glauben, die Ursache dafür zu kennen.

»Yela geht es gut«, sagte er leise.

»Wir wissen nicht, was da oben passiert ist«, gab sie zurück, beinahe trotzig, als wolle sie unbedingt an das Schlechte glauben.

»Und weil wir es nicht wissen, nützt es wenig, sich die größte aller Katastrophen auszumalen«, erwiderte er, nur ganz leicht ungehalten. Vocis hob den Kopf. Hamid war größer als sie, aber das war nur körperlich. Der Blick aus ihrem ebenmäßigen Gesicht zeugte von Autorität und Wut, eine Mischung, die in dem Veteranen beinahe alte Konditionierungen auslöste. Er musste diese Regung aktiv bekämpfen. Die Zeiten waren vorbei. Sollten sie zumindest.

»Kleiner Optimist, ja? Immer das Gute sehen, die Hoffnung nie fahren lassen?«

»Stinkig sein kann ich jederzeit«, sagte er und versuchte ein Lächeln. Eigentlich hatte er erwartet, dies sei verschwendet, doch irgendwie durchdrang es Vocis' emotionalen Panzer. Sie erwiderte es, nur kurz, eher flüchtig, aber immerhin war sie bereit, ihn ernst zu nehmen, oder sie bedurfte schlicht der Ablenkung, um die Warterei zu überleben.

»Die Kath sind nicht gut auf Aume zu sprechen«, sagte sie dann.

»Sie hat sich in der Vergangenheit offenbar auch nicht gut aufgeführt.«

»Dann sollten sie ihre Entscheidungen nicht allein auf der Basis ihrer Worte fällen«, fügte Vocis hinzu. »Wir haben doch auch etwas zu sagen. Ich kenne ja die Vergangenheit nicht, aber ich weiß, was derzeit im Kalten Krieg abläuft. Wenn die Kath helfen können, sollten sie jemanden von uns anhören.«

»Das ist sicher nicht falsch, nur wie …«

Hamid beendete seinen Satz nicht. Vocis machte einen Schritt nach vorne, direkt an den Schirm, hob die Hände, drückte sie dagegen. Sie hatten bereits gemerkt, dass das nicht schädlich war, eine genehme Methode, der eigenen Frustration Ausdruck zu geben. Das war aber gar nicht ihre Absicht.

»Hört mich an!«, rief sie in niemandes Richtung. »Hört auch mich an! Ich bin nicht Aume! Wir sind nicht so alt, haben nicht lange geschlafen, sind den Kath niemals begegnet! Wir haben aber auch eine Stimme! Wenn ihr eine Entscheidung trefft, hört auch uns an!«

Alle sahen erstaunt in Vocis' Richtung. Hamid sah Darius anerkennend lächeln und nicken, während Thasri eher entsetzt dreinblickte, als würde sie erwarten, dass die Kath Vocis jeden Moment zu Staub zerfallen lassen würden. Doch die Kath waren keine Götter und Hamid nahm keinen Moment an, dass sie sich für solche hielten. Sie waren alte, genervte, leicht übellaunige Außerirdische mit ihren eigenen Prioritäten. Aber sie würden nicht auf Blasphemie plädieren.

Hoffentlich.

Und sie hörten offenbar zu.

Ein Segment des Schutzfeldes öffnete sich und ein Kath stand in der Öffnung, machte eine winkende Bewegung in Richtung Vocis. Hamid erwartete, dass sie sich sogleich in Bewegung setzte, doch stattdessen tat sie etwas für ihn Überraschendes: Sie ergriff seine Hand und zog ihn mit sich.

Er ließ es geschehen. Er wollte sie nicht alleine da rausgehen lassen, er war neugierig und des Wartens müde, er empfand Verantwortung und, albern natürlich, einen gewissen Beschützerinstinkt. Niemand hielt sie beide auf, nicht einmal mit Worten, obgleich gerade Thasri sicher welche auf der Zunge lagen. Aume sah ihnen nur nach, ohne jeden erkennbaren Gesichtsausdruck, weder kritisch noch beifällig.

Der Schirm schloss sich hinter ihnen. Sie standen auf einer weiten Fläche, umgeben von Kath, aber nur der eine vor ihnen schien seine Aufmerksamkeit auf sie zu lenken. Er war klein, wirkte jedoch weder jung noch lächerlich. Seine einfache Robe betonte die würdevolle Aura, die ihn umgab, etwas Altehrwürdiges, das doch nichts mit dem Lebensalter zu tun hatte. Alles Einbildung, dachte Hamid. Aber vielleicht nicht die schlechteste.

»Sie wollen gehört werden«, stellte der Kath leise fest. Hamid konnte nicht genau erkennen, woher die Stimme eigentlich kam, angesichts der nunmehr bekannten Art der Kommunikation nicht verwunderlich. Das Gesicht des Aliens bewegte sich kaum, hatte etwas Starres, ohne dabei aber bedrohlich zu wirken. Der Kath wartete geduldig, eröffnete eine Möglichkeit, doch war offenbar nicht persönlich involviert. Er war nicht mehr als ein Diplomat, der sich die Beschwerden der Wilden anhörte. Hamid fühlte sich nicht beleidigt dadurch. Er war ein Wilder neben den Kath.

»Wir wissen nicht, was mit Aume in der Vergangenheit vorgefallen ist«, wiederholte Vocis ihre Argumente. »Wir sind für ihre Taten in der Vergangenheit nicht verantwortlich noch rechtfertigen wir diese. Wir leben jetzt und hier, und die Kalten greifen unsere Welten an, töten Millionen von Lebewesen, löschen ganze Systeme aus, zerstören Sonnen und sind kaum aufzuhalten.«

»Die Vorgehensweise des Feindes ist uns bekannt.«

Nein, immer noch keine Ungeduld in der Stimme, aber wohl der dezente Hinweis, dass Vocis ein wenig ihrer aller Zeit verschwendete. Doch diese war nicht bereit, ihr Anliegen ohne Kontext vorzutragen. Kontext war wichtig, Hamid stimmte ihr darin absolut zu.

»Er ist also auch Ihr Feind?«

»Wir haben gegen ihn gekämpft und gewonnen und verloren. Wir haben am Ende sogar sehr viel verloren. Wir wünschen dieses Erlebnis nicht zu wiederholen.«

»Das kann ich sehr gut verstehen. Wir benötigen trotzdem Hilfe. Ein Rat wäre gut. Eine Information. Hintergründe. Warum greifen die Kalten uns an? Woher kommen sie? Was ist ihre Natur? Wie kann man ihrer Herr werden? Geben Sie uns Informationen! Es besteht keine Notwendigkeit, selbst wieder einzugreifen. Sagen Sie uns, was Sie wissen, dann lassen Sie uns gehen. Darum bitte ich Sie.«

Vernünftige Worte einer vernünftigen Frau und kein absurdes Ansinnen. Der Kath schien das ähnlich zu sehen.

»Warten Sie. Ich frage das Konzil.«

Der Kath wandte sich ab, verschwand in der Menge, die mit sich selbst beschäftigt war. Ganz sicher nicht das Konzil. Schaulustige. Das war beruhigend. Es gab den Kath einen Anschein von Normalität.

Das Konzil war sicher sehr wichtig. Es klang jedenfalls so. Sie taten wie ihnen geheißen, sie standen, wo sie waren, und warteten. Kath-Blicke streiften sie, manche feindselig. Zumindest fühlte es sich so an. Wenn Hamid sich die Nackenhaare aufstellten, dann war da etwas dran. Er war bei der Marine gewesen. Raumfahrer waren abergläubig, es gehörte zur Arbeitsplatzbeschreibung.

Landetruppen waren es nicht. Vocis schien unbeeindruckt. Sie sah Hamid an, lächelte ihm aufmunternd zu. Sie empfand sicher Genugtuung, dass ihre Absicht verwirklicht worden war. Wenn jetzt nur noch die Antwort ihren Erwartungen entsprach …

Es dauerte nicht lange, dann kam ihr Ansprechpartner wieder zum Vorschein. Ihm war nicht anzusehen, was er als Auftrag mit auf den Weg bekommen hatte. Er stellte sich vor Vocis, die ihn aufmerksam ansah.

»Ihr distanziert euch von Aumes Taten?«

»Wir kennen diese Taten nicht. Uns hat sie gesagt, sie kämpfe gegen die Kalten. Das macht sie erst einmal zu unserer Verbündeten.«

»Sie war einst auch unsere Verbündete. Zumindest hatte sie das behauptet.«

»War sie Herrin ihres Willens?«, fragte Vocis und hatte damit offenbar den richtigen Nerv getroffen. Der Kath war nicht so schlagfertig wie zuvor.

»Diese Frage wird diskutiert«, gab er dann vorsichtig zurück. Aumes Schicksal war demnach noch nicht endgültig entschieden. »Die Tatsache, dass die Quantenkollektoren euch hierherbrachten, spricht dafür, dass sie die Wahrheit sagt und tatsächlich einen Sinneswandel durchgemacht hat.«

»Die …«

»Die weißen Bälle! Unsere Technologie, von Aume genutzt, und das nicht zu eurem Schaden. Es weist uns darauf hin, dass Intervention, wenn nicht nötig, so doch möglich sein sollte.«

»Sie sagte, sie habe diese Dinger losgeschickt.«

»Das erscheint nachvollziehbar. Sie verriet ihren Captain, sie verteilte die wichtigen, kriegsentscheidenden Informationen, für ihn nicht fassbar, und benutzte unsere interdimensionale Technologie, um sie zu verstecken. Zu einem definierten Zeitpunkt, ihrem Erwachen, setzte sie das Wissen wieder frei und es sammelte sich ein. Den fehlenden Baustein aber, den gibt es hier. Wir haben damit gerechnet, dass erneut danach gefragt wird, daher die Wächter auf unserer alten Welt. Besucher, die über unsere Technologie verfügten, sollten Zugang erhalten. Wir haben nicht damit gerechnet, dass es Aume selbst sein würde. Erneut. Wir hofften im Stillen, sie sei tot.«

Hamid kratzte sich am Kopf. »Das ist sehr beeindruckend und gleichzeitig sehr schwer zu begreifen.«

»So ist das eben. Ihr seid recht primitiv. Ich versuche, simple Begriffe zu verwenden.« Der Kath sagte es ohne jede Arroganz. Nett war es trotzdem nicht.

»Aume war eure Verbündete?«, hakte Vocis nach, die sich durch ihre Primitivität nicht aus dem Gleichgewicht bringen ließ.

»Ihr Captain erklärte, dass er eine Waffe gegen die Kalten suche. Er bat um unsere Hilfe. Wir waren Verbündete, für eine Weile. Siegreich gemeinsam. Bis zum Verrat. Damals waren wir naiver als heute. Jünger.«

»Primitiver.«

»Aber nein. Nur manchmal hält die geistige Entwicklung nicht mit der technischen Schritt. Diese bittere Erfahrung ist euch doch sicher nicht fremd, Menschen. Oder?«

Hamid hätte so gerne widersprochen. Aber es gab absolut keinen Anlass dafür.

»Wir gingen darauf ein, wir kooperierten. Wir stellten umfassende Ressourcen zur Verfügung. Die Kalten schienen besiegt, bis wir bemerkten, dass der Captain unser Wissen nutzte, um die Kollapsare und Geher besser zu machen, eine zweite Generation erschuf, genau abgestimmt auf die Verhältnisse in diesem Teil der Galaxis. Wir erkannten unseren Irrtum spät – wie wir nun wissen, zu spät. Wir wandten uns gegen den Captain, kündigten die Kooperation auf. Wir setzten den Krieg fort. Die Kalten der ersten Welle wurden zurückgedrängt. Wir wurden dabei fast vernichtet. Dieses Taschenuniversum war unsere letzte Zuflucht, der Ort, an dem wir uns vor den Kalten verborgen haben. Doch die Entwicklung ist weit vorangeschritten und ihr wurdet nun hierhergebracht. Das ist von Bedeutung, denn es heißt, dass wir wieder involviert sein müssen, selbst jetzt, wo wir es nicht wünschen.«

»Ihr seid hier nicht sicher?«

»Der Captain fand einmal den Weg hierher, er wird es auch ein zweites Mal schaffen. Er muss sterben, wenn wir überleben wollen.«

»Dann sind wir also Verbündete? Dieser Captain war ein recht entsetzlicher Typ«, sagte Hamid.

»Ein Genie mit einer Vision. Einer schrecklichen Vision.«

»Also wie immer. Ich hasse Genies«, murmelte Vocis und Hamid war sich nicht sicher, ob die Kath es nicht doch gehört hatten.

»Und Aume war seine willige Helferin. Sein Schiff. Seine Dienerin. Seine Komplizin.«

»Im Endeffekt ist sie eine Maschine«, warf Hamid ein, getrieben von dem plötzlichen Bedürfnis, sie zu verteidigen, eine Anwandlung, die ihn irritierte. Aber vielleicht war es der Eindruck der Herablassung, den die Kath verbreiteten, der in ihm eine Verteidigungshaltung auslöste … und ein gewisses Rudelverhalten.

»Unterscheidet ihr Menschlinge zwischen künstlicher und biologischer Individualität und Selbstbestimmung?«

»Es gibt Abstufungen, ja.«

»Dann seid ihr primitiver, als wir dachten.«

Hamid kämpfte das Bedürfnis nieder, eine angemessene Antwort zu geben, und der plötzliche Druck von Vocis' rechter Hand, die seine linke fand, trug sicher zu seiner Selbstbeherrschung bei. Er nickte ihr zu. Alles im Griff.

»Aume hat sich gegen ihren Captain gewandt«, sagte Vocis nun.

»Das behauptet sie.«

»Sie half uns.«

»Sie tut nichts aus Uneigennützigkeit.«

»Man könnte ihr eine Chance geben.«

Der Kath sah sie an. »Das wird diskutiert. Wir sind nicht ohne Einsicht in Notwendigkeiten. Ihr wurdet hierhergeführt. Es ist an der Zeit, den Kampf wieder aufzunehmen, mit oder ohne sie. Es bleibt zu entscheiden, ob sie Teil des Problems oder Teil der Lösung ist. Wir werden sie wohl anhören.«

Hamid wünschte sich, auf die Frage des Kath eine eindeutige Antwort geben zu können, aber er konnte es nicht.

»Wer sind die Kalten und was sind ihre Absichten?«, fragte Vocis nun, die das Thema Aume wohl leid war.

»Sie hat es euch nicht erzählt?«

»Nicht so gut, wie wir es uns erwünscht hätten. Ich bin mir nicht sicher, ob sie sich an alles erinnert.«

Der Kath kommentierte das nicht. Vielleicht wollte auch er für einen Moment das Thema wechseln. Dass er immer noch voller Misstrauen steckte, was die Schiffsfrau anging, würde sich durch eine bloße Konversation kaum ändern lassen.

»Wir haben keine eindeutige Antwort auf diese Frage. Die Kalten wünschen eine Zone zu schaffen, in der die Durchschnittstemperatur aller Materie auf nahe dem absoluten Gefrierpunkt sinkt. Selbst Sonnen werden zu Generatoren von Kälte transformiert, auf der Basis eines Prozesses, der für uns physikalisch nicht erklärbar ist.«

»Das haben wir auch beobachtet«, sagte Hamid. Er fügte nicht hinzu, dass auch die Menschen nicht in der Lage waren, diesen Vorgang physikalisch zu erklären. Das verstand sich ganz von selbst. »Aber wozu?«

»Es gibt verschiedene Hypothesen. Es wird Zeit, dass Aume diese bestätigt oder anderweitig die Wahrheit enthüllt. Das ist der Preis, den sie wird zahlen müssen, wenn sie ein wenig unseres Vertrauens zurückerhalten möchte. Der Captain jedenfalls befördert diesen Prozess der Erkaltung, und das so aktiv wie möglich, und das einzige Mal, als er sich uns gegenüber klar geäußert hat, sagte er nur eines: ›Es geht um unser Überleben – und dieser Ort ist so gut wie jeder andere, um das zu gewährleisten.‹«

»Dieser Ort?«

»Der Ort ist nicht von Relevanz«, sagte der Kath. »Wir haben das Gefühl, dass es ihm mehr um die Zeit geht.«

»Das trägt mehr zu meiner Verwirrung bei als alles andere«, sagte Vocis enttäuscht.

»Dann wird es Zeit, mit Aume zu sprechen und all dies zu einem Abschluss zu bringen.«

Der Kath hob die Arme. Hamid sah sich um. Das Schutzfeld flackerte, dann verschwand es. Erwartungsvolle, überraschte Blicke wurden gewechselt. Die Aufmerksamkeit der versammelten Kath war mit einer stillen Intensität auf sie alle gerichtet. Es war, als würde sich eine andächtige Stille auf alles senken, und passend zum Anlass, teilte sich die Menge der Zuschauer und Kath traten vor, die noch ein wenig würdevoller und herablassender aussahen als alles andere. Hamid musste nicht fragen, um zu wissen, dass er den Rat, dieses Konzil vor sich hatte, dessen Altehrwürdigkeit aus jeder Bewegung und der Haltung seiner Mitglieder sprach.

Vocis nahm Hamid erneut bei der Hand und zog ihn einige Schritte zur Gruppe der Menschen zurück. Egal, ob sie sich in allem einig waren oder nicht, hier gab es die Urteilenden und diejenigen, über die geurteilt wurde, und es gab Aume. Hamid gestattete sich die Vorstellung, dass im schlimmsten Fall ihrer beider Schicksal nicht bis zum Ende miteinander verknüpft war und die Kath zu einer differenzierten Sichtweise in der Lage waren.

»Aume, sprich nun!«, sagte einer der Ratskath, emotionslos, als würde er nicht erwarten, dass die Schiffsfrau seiner Aufforderung Folge leisten würde. »Wir gewähren dir die Chance, deine Position in unseren Augen zu verbessern. Diese eine Chance. So ist die Gerechtigkeit der Kath.«

»Ich respektiere das«, erwiderte Aume laut.

»Einmal hast du uns betrogen.«

»Auf Befehl meines Captains.«

»Wo ist er?«

»Ich weiß es nicht.«

»Lebt er noch?«

»Davon müssen wir ausgehen. Ohne ihn wäre der Angriff der Kalten ohne jeden Sinn.«

Die Kath sahen sich an. War da Zustimmung in ihren Blicken? Aume schien jedenfalls das Beste aus ihrer Situation machen zu wollen. Hamid ermutigte sie in Gedanken dabei.

»So enthülle uns, woran du dich erinnerst.«

Aume sprach von ihrer Reise. Es war eine Reise durch Raum und Zeit.

29

Es war überall kalt im Weltraum, doch das, was Horton Vigil fühlte, als er das Bruchstück des Kollapsars betrat, war etwas anderes. Es war nicht die messbare Kälte, es war der Eindruck von Eisigkeit, der ihn erfüllte und für einen winzigen Moment zögern ließ. Was machte er hier eigentlich? War er tatsächlich völlig durchgedreht? Wer würde so ein Wagnis eingehen?

Es war in diesem Moment gut, dass Angst ihn normalerweise nie endlos lange beutelte und auch sein Handeln niemals zu bestimmen in der Lage war, sonst wäre er möglicherweise tatsächlich umgekehrt. Er lugte durch die zackige Öffnung, die durch den Abbruch aufgerissen worden war, in das Innere hinein. Alles war dunkel, soweit es nicht durch das karge Sonnenlicht oder die Scheinwerfer der Sylvana beleuchtet wurde. Nichts regte sich. Alles wirkte tot, aber das war kein Grund zur Entwarnung. Die Kalten wirkten immer tot und sie bewegten sich trotzdem.

Das hier zu überleben, egal in welcher Form, wäre allerdings eine besondere Leistung. Die Energien des Angriffes hatten beeindruckende Spuren hinterlassen. Die kleinen Raumboote der Kath verfügten über eine Waffentechnologie, nach der das Imperium sich alle Finger lecken würde. Allein wenn es Vigil gelingen würde, davon etwas nach Hause zu bringen, wäre seine Mission bereits ein grandioser Erfolg, egal was mit Darius geschah.

Doch hier wurde er nur Zeuge der Zerstörungen, die diese auslösten. Ehe er kein Wrack der Kath fand, blieb seine Vorstellung nur ein Wunschtraum.

»Ich klettere jetzt hinein, Sylvana«, kündigte er an und fand, dass seine Stimme ein wenig heiser war. Sylvana reagierte nicht. Aus irgendeinem

Grunde funktionierte der Funk nicht, selbst auf kurze Entfernungen. Er winkte in die Richtung seiner Jacht und bekam ein bestätigendes Lichtsignal. Das musste vorerst reichen.

Sein Schutzanzug war ein hochgezüchtetes Stück Technologie, das Beste vom Besten. Er fühlte sich vergleichsweise sicher. Vorsichtig ließ er sich durch die Öffnung ins Innere treiben. Seine Magnetschuhe fanden keinen Halt; dem Kalten Metall, das war schon lange bekannt, fehlten magnetische Eigenschaften. Vielleicht war es eine Art Plastik. Die Wissenschaftler hatten bisher vergeblich versucht, es zu synthetisieren oder auch nur die genaue Atomstruktur zu analysieren. Die Wirkung aber war klar: Es gab keine. So musste Vigil doppelt vorsichtig sein. Er war gut darin ausgebildet, in Schwerelosigkeit zu manövrieren, aber etwas Halt wäre ihm natürlich ganz recht gewesen.

Er konnte es sich nicht aussuchen. Sein Scheinwerfer stach in die gähnende Dunkelheit des Kollapsarstücks, in das er nun endgültig eintauchte, und das Licht enthüllte Gänge und Räume wie in einem jeden Raumschiff, nur viel enger, und hinter aufgerissenen Wänden eine dicht gewobene Struktur aus Elementen, die wie Schichten aufeinanderlagen und miteinander verbunden zu sein schienen.

Vigil versuchte gar nicht erst, das zu erklären. Er war Agent, sein technisches Verständnis war ausgereift, aber nicht das eines echten Experten. Er zeichnete alles auf. Er würde versuchen, ein passendes Stück des Wracks zu bergen, in der Hoffnung, eines Tages zurückkehren zu können. Doch erst einmal weiter hinein. Er konnte nicht verhehlen, dass ihn ein gewisses Jagdfieber erfasst hatte. Wenn er schon einmal hier war …

Das Wrack verschluckte ihn. Es war auch als Trümmerteil immer noch so groß wie eine imperiale Korvette. Er würde sich darin nicht verirren, das verhinderte bereits die Elektronik seines Anzugs, aber wenn etwas passierte, war er in jedem Fall auf sich allein gestellt. Bis es Sylvana zu bunt wurde und sie einen Roboter entsandte. Den sie nicht fernsteuern konnte, da der Funk nicht funktionierte. Ein Grund, warum er selbst den ersten Schritt tat.

Er musste zugeben, anfangs irrte er ein wenig herum. Es gab Gänge, aber kaum Räume, jedenfalls nicht im engeren Sinne. Es gab keine Hinweise, Piktogramme oder Beschriftungen, wahrscheinlich deswegen, weil es entweder keine Besatzung gab oder diese auf derlei nicht angewiesen war. Aber Vigil fand auch keine Leichen. Nichts und niemand schwebte ihm grausig entstellt, festgehalten in der Agonie des Todes, entgegen. Es wirkte alles so, als habe man gerade erst gründlich sauber gemacht. Kalt. Leer. Trostlos natürlich. Ab dem dritten Gang, der aussah wie der zweite, der aussah wie der erste: langweilig und schon ein wenig frustrierend.

Der Agent suchte weiter. Beharrlichkeit zahlte sich gemeinhin aus. Und so auch diesmal.

Er glitt in den großen Raum, den größten, den er bisher gesehen hatte, und darin lagen sie alle, eingebettet in die Wände, den Boden und die Decken, Gesichter und Körper nur noch vage erkennbar, alle überzogen von diesem Plastikmaterial, alle verbunden mit dem Schiff, seiner Struktur, den Wänden, integraler Bestandteil von allem. Wie eine Dekoration, die nur niemand betrachten würde. Außer Horton Vigil, der einfach so dastand, es sich ansah, es nicht verstand, weil es absolut nicht das war, was er erwartet hatte.

Besatzung? Nein. Dekoration? Nein. Welchem Zweck diente all dies also?

Da lagen sie: Menschen, Simmi, Skipetta, Lorianer, Baschki ... Er konnte sich gar keinen vollständigen Überblick verschaffen, sicher zwei Dutzend, und er wusste sie nicht in jedem Fall zuzuordnen. Aber keine Tiere. Das glaubte er keinen Moment.

Kreaturen, die er zum Teil nie zuvor gesehen hatte, eingebettet, reglos, tot. Tot? Das war die Frage. Denn wozu diente diese makabre Anordnung? Ein Museum? Ein Studienzimmer für Kalte Anthropologen? Oder doch etwas ganz anderes? Vigil machte einen Schritt, ging in die Knie, schaute in das von einer feinen Schicht Material überzogene Gesicht eines jungen Mannes, der von so nahe wie eine Gravur oder eine aus dem Boden geschnitzte Büste wirkte, ganz friedlich. Das war keine Kunst.

Vigil holte ein Werkzeug hervor, aktivierte eine Laserschneide, ein winziges, hell glühendes Stück Energie, und schnitt entschlossen, nach einem kurzen Moment bewusster Überwindung. Das Material setzte ihm Widerstand entgegen, kurz nur, dann wich es und er schnitt tief in die Wange des Ruhenden, und hörte auf, als das Gewebe offengelegt wurde, die Mundhöhle, der schwache Schimmer der Zunge erkennbar war. Es trat einerseits kein Blut aus, es war andererseits auch nichts verwest, nicht einmal mumifiziert, eine seltsame Kombination. Aber bestimmt keine Gravur, keine Büste. Fleisch. Ein toter Mensch. Warum lag er hier?

Und er war ja nicht allein. Der Agent ging von einem eingegossenen Leichnam zum nächsten, schnitt hin und wieder hinein, nur um auch ganz sicherzugehen. Ob Menschen oder Aliens, bei allen handelte es sich nach seinem Dafürhalten um ehemals sehr lebendige Wesen, die es hierher verschlagen hatte, wahrscheinlich von Welten, die den Kalten zum Opfer gefallen waren, um …

Um was?

An Fantasie mangelte es Horton Vigil nicht, sie half in seinem Beruf, solange er sie gut unter Kontrolle hielt. Für einen Moment ließ er die Zügel etwas schleifen. Die eingeschweißten Lebewesen waren vielleicht Teil des Steuerungsmechanismus des Kollapsars, irgendeine perverse Methode, um eine Symbiose aus Mensch und Maschine herzustellen. Vigil gefiel die Hypothese, sie klang dunkel, böse und grausam und entsprach damit dem Bild, das sich jeder von den Kalten gemacht hatte. Gerade dieses Verführerische aber war es, was in ihm sogleich Misstrauen gegenüber dieser Variante auslöste. Vielleicht war es konservierte Nahrung, weil die Kalten manchmal irre Kannibalen waren. Auch nicht besser, wenngleich von gleicher, morbider Attraktivität. Handelte es sich um Opfer übler Experimente, ein Forschungsprojekt etwa? Obgleich diese Möglichkeit nicht ganz auszuschließen war, schien ihm der Zustand der Leichen nicht genug Hinweise zu geben, dass dies der Fall sei – sie waren völlig makellos, abgesehen davon, dass ihnen weitgehend die erwarteten Körperflüssigkeiten fehlten. Dennoch, obgleich ebenfalls von einem gewissen sinistren Potenzial, die Experimentalhypothese konnte er nicht ganz von der Hand weisen.

Als er an diesem Punkt seiner Assoziationskette angekommen war, beschloss der Agent, seiner Fantasie Einhalt zu gebieten. Weitere Spekulationen würden zu nichts führen. Es war an der Zeit, seine Expedition fortzusetzen. Er spürte, dass es im Kollapsarbruchstück noch mehr zu entdecken gab, und hoffte, etwas zu finden, das er auch sogleich begriff.

Er ging weiter, vorsichtig, obgleich er immer noch nicht daran glaubte, hier angegriffen zu werden. Tatsächlich fand er weiterhin nicht einmal die Reste einer möglichen Besatzung. Er hatte angesichts der kinetischen

Kräfte, die auf das Wrack eingewirkt hatten, zumindest mit einigen Leichen gerechnet, aber dazu hätte es ja überhaupt eine Besatzung im engeren Sinne geben müssen. Je länger Vigil durch das Bruchstück wanderte, dessen enge Gänge bei einem anderen Mann Platzangst ausgelöst hätten, desto mehr kam er zu der Auffassung, dass das Schiff sich selbst steuerte, selbst entschied und nur deswegen Hohlräume enthielt, um Reparaturen zu ermöglichen oder seltsame Experimente an entführten Opfern durchzuführen – eine Hypothese, an der der Agent bis auf Weiteres festzuhalten gedachte.

Er war also, jetzt, wie er sich durch das Bruchstück wand, nicht mehr als ein glorifizierter Wartungsroboter ohne Auftrag. Das minderte nicht sein Interesse, erhöhte aber seine Enttäuschung. Einen Kalten zu treffen, tot oder lebendig, das wäre ohne Zweifel ein Höhepunkt seiner bisherigen Karriere gewesen. Auf diesen würde er jedoch wahrscheinlich verzichten müssen.

Dann, er begann sich bereits wieder zu langweilen, der zweite, größere Hohlraum.

Außergewöhnlich, das musste er sofort einräumen, schillernd, als hätte jemand flüssige Perlen an der Wand verschmiert, uneben, mit Schattierungen und einem Farbverlauf von sehr hell zu etwas dunkler, verwirrend auf den ersten Blick, sodass Vigil sich dabei ertappte, immer wieder zu blinzeln. In der Mitte des Raums so etwas wie eine Konsole, eine Säule, auf der es irrlichterte und die von allen Seiten erreichbar war. Sie stand unter Energie, daran gab es keinen Zweifel, eine aktive Komponente des Bruchstücks, wenn man so wollte: ein Überlebender, möglicherweise das, was hier einem Schiffbrüchigen am nächsten kam. Was genau es war, konnte Vigil nicht einmal erahnen. Er umrundete die Säule mehrmals, prägte sich jedes Detail ein, was sehr schwierig war, da diese Details sich ständig veränderten, wie ein Energiefluss, der sich entlang der Oberfläche visualisierte. Etwas passierte dort. Aber war es echte Aktivität oder doch nur der Stand-by-Modus eines Computers? Vigil wollte dieser allzu leichtfertigen Vermutung nicht folgen. Die Kalten bauten anders, sie waren anders und keiner wusste, nach welchen Regeln oder Prinzipien sie vorgingen. Manche dachten sogar, die Naturgesetze würden nicht für sie gelten, zumindest nicht alle, eine gewagte Vermutung, für die es kaum Hinweise gab. Andererseits wusste auch niemand, wie sie es schafften, aus dem Glutofen einer Hitze ausstrahlenden Sonne einen eisigen Kältestern zu machen. Entweder gab es Naturgesetze, die sie noch nicht kannten, oder etwas ganz anderes war ihnen bisher entgangen.

Dann fiel sein Blick auf etwas. Er wusste gar nicht, was sein Unterbewusstsein getrieben hatte, genau dorthin zu schauen, aber er vertraute seinem Bauchgefühl durchaus und er verlor weder Zeit noch Energie, um noch einmal den Kopf zu wenden. An der Wand, die ansonsten glatt und fugenlos erschien, war eine Erhebung, wie ein Relief. Auf den ersten Blick genauso scheinbar funktionsloser Zierrat wie so vieles an Bord des Kollapsars, doch ein seltsames Gefühl von Vertrautheit erfüllte Vigil, als er genauer hinsah.

Und noch mal.

Und dann kam er einige Schritte näher.

Er streckte die Hand aus, um mit den Druckrezeptoren die Unebenheit entlangzufahren. Es war mit bloßem Auge nicht genau zu erkennen, aber die Rezeptoren malten ein Bild auf die Innenseite seiner Helmscheibe, gaben wieder, was sie lasen, wie eine Visualisierung von Brailleschrift für Blinde. Da war erst einmal ein sehr vertrautes Symbol: das Wappen des Imperiums. Vigils Herz begann heftiger zu klopfen. Und dann eine Nachricht.

Richtige Worte.

Die Sinn ergaben.

Das ergibt keinen Sinn, dachte Vigil.

Wir brauchen Hilfe. 175.766357. –0,612020. M4566-1.

Das war imperiale Standardsprache mit imperialen Standardnummern und ganz sicher kein Zufall, keine Laune eines gelangweilten Kalten Innendekorateurs. Das war tatsächlich ein Hilferuf, wie ein Graffito auf die Wand eines Kollapsars gemeißelt, und das ganz offenbar unbeobachtet durch jene Macht, die dieses Raumschiff einst erbaut und gesteuert hatte. Vigil schaute sich die ersten beiden Zahlengruppen genauer an. Galaktische Koordinaten, ganz ohne Zweifel. Ohne Zugriff auf die Datenbank Sylvanas konnte er die Position nicht bestimmen. Und die Kombination danach? Er hatte absolut keine Ahnung. Doch auch hier hoffte er auf Sylvanas Hilfe.

Das war der Moment, in dem er unruhig wurde und ihn die Geduld zu verlassen begann, in dem er beschloss, den Rückweg zu seinem Schiff anzutreten. Er wusste nicht, ob er bereits genug erfahren hatte. Er wusste nicht einmal, was genau es eigentlich war. Aber alles in ihm drängte danach, diese Spur weiterzuverfolgen.

In dem Moment, in dem er sich umdrehte, erlosch das Geflacker auf der Säule. Dann durchzog eine Erschütterung das Kollapsarbruchstück. Vigil hielt sich unwillkürlich an der toten Säule fest, denn das Gezitter wurde so stark, dass sich die Vibration auf ihn zu übertragen schien. Er hob die Füße, verlor jeden Kontakt mit der Struktur um sich herum und das Zittern endete. Dennoch geschah etwas und es sah nicht gut aus. Er fühlte sich darin bestärkt, das Trümmerstück so schnell wie möglich zu verlassen.

Tatsächlich sprang ihn das plötzliche Gefühl der Eile an wie ein Raubtier. Er spürte den Fluchtreflex in sich ausgelöst, und obgleich er diesen wie alle atavistischen Anwandlungen recht gut unter Kontrolle wusste, war er in diesem Moment bereit, ihm zumindest etwas nachzugeben.

Mehr als bereit. *Bestrebt.*

Das Bruchstück bewegte sich nicht, zumindest nicht als Ganzes, aber es war Bewegung bemerkbar und es dauerte einen Moment, ehe Vigil erkannte, worin diese bestand: aus Desintegration. Ein Teil der Decke löste sich, als er durch einen Gang schwebte, und trieb auf ihn zu, er konnte leicht ausweichen. Dann brach ein Stück aus der Wand und erneut musste er mit Armen und Beinen rudern, um damit nicht in Berührung zu kommen. Es gelang nicht ganz. Er berührte den Brocken mit dem Ellbogen und beobachtete erstaunt, wie dieser zu einem feinen Staub zerbröselte, ein kleiner Schwarm weißlichen Puders wurde, der sich nur ganz allmählich verteilte.

Etwas hatte die Kohärenz des Kollapsars außer Gefecht gesetzt. Als die Säule zu flimmern aufgehört hatte, war etwas passiert. Die Energieversorgung war möglicherweise nicht mehr gewährleistet. Etwas hörte auf und führte zum Zerfall. Das war, so fand der Agent, eine ganz ausgezeichnete Nachricht, denn sie gab Hoffnung. Wenn man diesen Prozess von außen befördern konnte … er prüfte seinen Anzug. Er zeichnete auf, alles, mit allen Sensoren. Hoffentlich ergaben die Daten dereinst für jemanden Sinn.

Wieder bröselte es im Gang, dann war er in dem Raum mit den eingegossenen Leichen angekommen und auch hier hatte sich der Auflösungsprozess bemerkbar gemacht. Körper lagen frei, die vorher endlos lange konserviert gewesen sein mussten, Leiber lösten sich aus Boden und Wänden, schwebten mit grotesken, sanften Bewegungen, ausgelöst durch die plötzliche Freiheit, durch den Raum. Vigil konnte nicht jeder ausweichen, musste sich seinen Weg bahnen und im Gegensatz zur Substanz des Kollapsars zerfielen die Leichen keinesfalls zu weißem Puder. Er schob die Körper beiseite, sanft, wenn er konnte, entweder aus Respekt oder auch der kreatürlichen Angst vor den Toten, die zu seinen anderen atavistischen Impulsen gehörte, derer er sich bewusst war.

Dann löste sich das Bruchstück vollends auf. Die Wände wurden löchrig und der Fraß, die Auflösung, griff rasant um sich. Vigil sah den seltsamen Weltraum seines neuen Aufenthaltsortes durch eines der Löcher und akzeptierte, dass ihm jetzt nichts anderes übrig blieb, als abzuwarten, bis der Prozess abgeschlossen war. In einem Schwarm umherschwebender Leichname wurde er Zeuge des endgültigen Zerfalls.

Ein lautloser, durchaus gespenstischer Vorgang. Bald war keine feste Struktur mehr um ihn herum zu sehen, nur Brocken und Trümmerteile unterschiedlicher Größe, wie ein kleiner, stationärer, sehr dicht gepackter Asteroidenschwarm, der sich aber zusehends weiter dezimierte. Direkt vor Vigils Augen schwebte so ein Materiebrocken, in dem die Strukturen der Kalten Tech noch gut erkennbar waren, die sich aber ebenso gut erkennbar direkt vor seinen Augen förmlich pulverisierten. Es war, als hätte die atomare Struktur jeglichen Zusammenhalt verloren. Selbst die feinen Körner, in die sich der Brocken auflöste, minimierten sich weiter in einen kaum noch wahrnehmbaren Staub. Es dauerte einige Minuten und Horton Vigil schwebte inmitten der langsam auseinanderdriftenden Leichen, eine unwirkliche Situation, die er für einen Moment auf sich einwirken ließ, bis er die Lichtsignale Sylvanas wahrnahm, die er sofort beantwortete. Dann gab er seinem Schweben eine Richtung und kehrte auf seine Jacht zurück, noch etwas benommen von den Eindrücken, die er gerade hatte verarbeiten müssen.

»Horton! Wer sind all die Leichen?«, war die erste Frage seines Schiffes, als er wieder seinen Fuß in die Schleuse setzte.

»Scanne sie, zeichne alles auf«, war seine Antwort. »Sobald wir wieder Zugang zum imperialen Datennetz haben, könnten wir zumindest bei einigen eine Antwort finden. Wenn du mich fragst, sind das Leute von eroberten Welten.«

»Ich zeichne auf.«

»Sylvana, ich übermittle dir einige Zahlen«, sagte er dann, als er sich seines Raumanzuges entledigte. »Das eine sind ...«

»Galaktische Koordinaten. Chi Aurigae.«

Vigil verharrte für einen Moment. Einer der am weitesten von der Erde noch mit bloßem Auge erkennbaren Sterne, rund 3000 Lichtjahre von Terra entfernt. Kein vom Imperium besiedelter Raum, außerhalb imperialer Grenzen gelegen. Sehr seltsam.

»Das andere ...«

»Klassifizierte Missionsdesignation«, sagte Sylvana sofort. »Ich brauche Zugang zum Netz, um das genauer zu verifizieren.«

»Dann muss es warten«, erwiderte Vigil, betrat das Cockpit des Schiffes, warf sich in seinen Sessel und winkte nach einem Kaffee. Er versuchte, seine Frustration ein wenig unter Kontrolle zu halten, solchen Emotionen konnte er sich später widmen. »Wie ist die Situation?«

»Weiterhin kein Kontakt zur Flotte. Lichtsignale sind möglich, manche Schiffe sind aber außer Reichweite geflogen.«

»Ich vermute, meine Autorität hat durch die Vorkommnisse eher gelitten«, murmelte Vigil und nahm sich vor, nach der Rückkehr ins Imperium keine Verfahren vor das Militärgericht zu bringen. Er war bereits unbeliebt genug und es war gut möglich, dass er in der Zukunft auf Kooperation angewiesen war. »Was passiert auf dem Planeten?«

»Es hat sich nichts verändert. Das Schiff, auf dem wir den Prinzen vermuten, umkreist die Welt sehr schnell. Ich weiß nicht, was das für einen Sinn ergibt.«

»Eine Verteidigungsmaßnahme?«

»Ich weiß nicht, was das für einen Sinn ergibt.«

Sylvana konnte auch sehr beharrlich sein.

»Werte die Aufzeichnungen meines Raumanzuges aus. Vielleicht ist das ja eine sinnvolle Tätigkeit.«

Sylvana gab ein zustimmendes Tonsignal und ließ ihren Herrn mit seinen Gedanken allein. Vigil trank seinen Kaffee und spürte die starke

Versuchung, die Dinge erst einmal auf sich beruhen zu lassen und abzuwarten. Manches konnte man aussitzen. Es war nicht immer notwendig, etwas zu tun. Einfach mal abhängen.

Nein, korrigierte er sich. Müßiggang bedeutete nur, die eigene Autonomie an jemand anderen abzutreten. Wer nichts tat, der tat automatisch etwas für jene, die entschlossen handelten. Und das konnte der Agent natürlich nicht zulassen.

»Sylvana, wir schauen uns diese Welt dort näher an.«

»Ist das weise?«

»Ich weiß es nicht. Aber es könnte sinnvoll sein.«

30

»Schlampe« war wirklich ein hartes Wort, fand Heinrichs, als er die Kabine von Pia Trowski betrat, in der sie sich derzeit nicht aufhielt. Es war auch nicht sein Stil. Aber er verstand, wie Evans auf die Idee kam.

Die Kabine war ordentlich. Sauber und aufgeräumt. Im breiten Bett lagen zwei Männer, nackt und im Tiefschlaf. Heinrichs hatte keine Angst, sie aufzuwecken. Beide hatten Injektionstuben in den Armen und man musste kein Experte zu sein, um das Szenario richtig deuten zu können. Irgendeine holotrope Droge, die für guten Sex mit anschließender, tiefer Enttäuschung sorgte. Von der Sorte gab es genug. Es roch etwas bitter nach Sperma und Schweiß, als ob es eines weiteren Hinweises bedurft hätte.

»Das meinten Sie mit Schlampe?«

Evans verzog das Gesicht. Sie schaute die beiden Schlafenden an, als wolle sie dafür sorgen, dass sie niemals mehr aufwachten.

»Sie fickt mit jedem, der nicht bei drei aus der Schleuse springt. Und sie säuft und nimmt alles Mögliche ein. Meine Leute sagen mir, sie sitzt derzeit im *Chez Peer*, dem dreckigsten Loch dieser Station, und lässt sich volllaufen. Sobald sie wieder Betriebstemperatur erreicht hat, holt sie sich neue Gespielen oder benutzt diese gleich noch mal.«

»Ein Herzchen.«

»Wie gesagt, ich halte sie ebenfalls für strafversetzt. Aber aus ganz anderen Gründen als bei mir. Schauen wir uns um? Die beiden Schönheiten da sind völlig ausgeknockt, die würden nichts merken, selbst wenn die Station explodiert.«

Heinrichs kam zu dem Schluss, dass ihre Einschätzung absolut korrekt war. Er begann, die Unterkunft zusammen mit der Offizierin einer

Inspektion zu unterziehen. Sie gingen dabei durchaus gründlich vor, aber abgesehen von den beiden Gestalten im Bett war wirklich alles sehr ordentlich und ... übersichtlich. Ja, das war das richtige Wort. Es gab einfach nicht viel – nicht viel von allem. Möbel, Schmuck, Dekoration, der übliche Krimskrams des Lebens, Symbol persönlicher Entropie – es war wenig, und es wirkte wie platziert, für einen Verkaufsprospekt. Oder für unangemeldete Besucher. Dies schien kein Ort zu sein, an dem jemand ernsthaft *lebte*, sondern eher einer, an dem jemand ... existierte. Es war nicht alles karg oder unbequem, es fehlte nur die persönliche Note, das Gefühl von »Wohnen«, von andauernder Anwesenheit und Nutzung. Wie das Hotelzimmer eines höflichen Gastes, der dem Service keine unnötigen Umstände bereiten wollte.

»Was treiben Sie hier?«

Heinrichs war Raumschiffskommandant, kein Einzelkämpfer. Er bewegte sich zu langsam, in die falsche Richtung, war zu überrascht und trug keine Waffe – im Zweifel ideale Voraussetzungen dafür, mindestens ordentlich verprügelt zu werden. Pia Trowski, das musste sie sein, war da anders: Schlampe hin oder her, sie war drahtig gebaut, bestand nur aus Sehnen, Knochen und Muskeln, und sie hatte die verdammte Dienstwaffe so schnell gezogen, dass Heinrichs sich nur wundern konnte. Es war bemerkenswert, dass die Mündung allein auf ihn gerichtet war, nicht auf Evans, die besser und schneller reagiert hatte, aber gleichfalls unbewaffnet hergekommen war.

Die Agentin wirkte gar nicht wütend.

»Agentin Trowski«, sagte Evans sanft. »Wir haben nicht so früh nicht mit Ihnen gerechnet.«

»Und nicht so nüchtern«, fügte Heinrichs hinzu, in einem Versuch, die Frau ein wenig aus dem Gleichgewicht zu bringen. Es misslang völlig. Trowski war der Inbegriff der Konzentration. Sie entsprach so gar nicht den Schilderungen von Evans, sodass sich Heinrichs ernsthaft fragte, wie viel Mist die geschasste Offizierin sonst noch erzählt hatte.

»Evita!«, rief Trowski und starrte die Kommandantin böse an, ohne die Mündung der Waffe auch nur einen Millimeter zur Seite zu bewegen. »Was soll dieser Mann hier?«

»Pia, ich würde vorschlagen, dass du die Waffe senkst.«

Heinrichs sah von einer Frau zur anderen. Man war sich offenbar durchaus bekannt. Man war sich offenbar sogar sehr gut bekannt. Die beiden Frauen musterten sich so intensiv wie ein zankendes Ehepaar. Heinrichs war nie verheiratet gewesen, aber er entsann sich lebhaft der Zeit, als Suowana … auch egal.

»Ich bin Captain Heinrichs vom Schnellen Monitor SANTIAGO«, sagte er ruhig und bewegte eine seiner erhobenen Hände so, dass er in Richtung der Dienstgradabzeichen auf seiner Schulter zeigte. »Ich bin kein Einbrecher.«

»Habe ich Sie eingeladen, mit mir zu reden?«, fragte Trowski. Dann wieder in Richtung Evita. »Habe ich dich eingeladen, meine Wohnung zu betreten?«

»Es geht hier um eine Sache der Sicherheit«, erwiderte Evans, nun ungehalten.

»Ich bin der Geheimdienst. Ich bin die Sicherheit«, gab die Agentin zurück, der es an Selbstbewusstsein nicht mangelte.

»Wir sind uns da nicht so sicher«, sagte Evans, nun wieder ganz kühl und beherrscht. »Jetzt runter mit der Waffe. Du machst dich lächerlich.«

Trowski gab sich einen Ruck und Heinrichs fühlte sich erleichtert. Er lächelte der Agentin aufmunternd zu, wollte ihr signalisieren, die richtige Entscheidung getroffen zu haben. Sie sah ihn nicht einmal an, die Aufmerksamkeit ganz auf Evans fokussiert.

»Was willst du? Sag schnell und verschwinde.«

Heinrichs fand es bemerkenswert, dass die beiden Männer im Bett immer noch friedlich vor sich hin schlummerten. Sie mussten eine sehr anstrengende Nacht gehabt haben. Man konnte beinahe neidisch werden.

»Wir brauchen die Sendeprotokolle des Geheimdienstes«, forderte Evans.

Trowski machte einen Laut. Es sollte wohl eine Art Lachen sein, klang aber so ungläubig und gewollt, dass es irgendwas anderes wurde.

»Das ist absolut unmöglich. Dazu gibt es keinerlei Berechtigung.«

»Du willst mit mir über Vorschriften reden, Pia? Wollen wir einmal rekapitulieren, wie viele du davon alleine in den letzten sechs Monaten gebrochen hast?«

Trowski sah aus, als wolle sie die Stationskommandantin jeden Moment erwürgen. Sie hatte sich weiterhin im Griff, jetzt jedoch kochte es in ihr. Die Stimmung wurde bedrohlich und die Agentin war immer noch bewaffnet. Unbewusst machte Heinrichs einen Schritt zur Seite, was ihm einen scharfen und warnenden Blick Trowskis einbrachte. Sofort blieb er stehen, wie gefroren. Er sah Evans an, die ihn aber wiederum gar nicht beachtete.

»Du willst dich an mir rächen? Weil ich dir den Laufpass gegeben habe?«, zischte Trowski und bestätigte damit die Einschätzung des Mannes. Altes Ehepaar, auf eine gewisse Weise.

»Es geht hier nicht um meine oder deine Gefühle. Es geht um eine Frage der Sicherheit. Die Protokolle, oder ich mache eine Meldung. Hast du die Pillen immer noch im Nachttischkasten versteckt? Soll ich mal nachsehen?«

Evans' Stimme klirrte vor Kälte und Bedrohung, und der Eindruck ging an der Agentin nicht vorbei. Sie griff in die Hosentasche, holte ein faltbares Computerpad hervor, warf es achtlos in Richtung Evans, die es mit bemerkenswerter Geschicklichkeit aus dem Flug fischte und entfaltete.

»Worum geht es?«, fragte Trowski stur. Evans sah Heinrichs an, der zuckte mit den Schultern.

»Können wir ihr trauen?«, fragte er. Den bösen Blick der Agentin ignorierte er.

»Sie ist in allen Dingen furchtbar«, erwiderte Evans.

»Du hast dich nicht beklagt, solange wir zusammen waren. Ganz im Gegenteil«, wandte Trowski ein.

Evans ging darüber hinweg und fuhr fort: »Aber ich habe sie unter Kontrolle.«

»Sie ist nicht die Überläuferin?«, hakte Heinrichs nach.

»Ich glaube keine Sekunde daran.«

Trowski schaute von einer zum anderen, plötzlich auf eine andere, sehr konzentrierte Weise sehr ernst.

»Worum geht es hier?«, fragte sie leise. Die Wut war aus ihrer Haltung verschwunden, ebenso die Anklage, und obgleich sie nicht wirklich entspannt wirkte, schien sie durch die kurze Konversation abgelenkt, vielleicht misstrauisch gemacht. Oder es war schlicht ihr professionelles Interesse geweckt worden. In jedem Fall war die Spannung, eben noch mit Händen greifbar, aus der Atmosphäre entschwunden. Einer der beiden

Männer auf dem Bett schnarchte kurz auf, als wolle er einen Schlussstrich unter den Disput setzen.

»Nun?«, fragte die Agentin.

Evans nickte dem Kommandanten der SANTIAGO zu. Heinrichs erklärte es ihr. Knapp, auf den Punkt, und damit klang es noch um einiges absurder als sonst.

Trowski sah vom einen zum anderen. Dann seufzte sie.

»Shit!«

In ihrem Gesicht arbeitete es.

»Shit, Shit, Shit!«

»Ich will ja nicht widersprechen, aber ...«, begann Heinrichs, doch Trowski schnitt ihm sofort das Wort ab.

»Ich zeige Ihnen etwas.«

Sie setzte sich ohne weitere Erläuterungen an die Konsole, die unweit des Betts aus der Wand ragte, identifizierte sich und rief mehrere Dateien auf, ehe sie den beiden ungebetenen Besuchern zuwinkte.

»Das hier habe ich an das HQ gemeldet, schon mehrmals. Relaissendungen über die Anlage des Geheimdienstes, ordnungsgemäß autorisiert, aber ungewöhnlich oft in letzter Zeit und in eine ungewohnte Richtung. Man sagte mir sinngemäß, ich solle mich um meinen eigenen Scheiß kümmern.«

»Das ist meistens ein guter Rat«, sagte Evans und warf Heinrichs einen bedeutungsvollen Blick zu. »Was haben Sie getan?«

Trowski hob ihre Augenbrauen. »Mich um meinen eigenen Scheiß gekümmert, was sonst?« Sie wedelte mit einer Hand in Richtung Bett. »Um die beiden Hübschen dort. Nur ein schaler Ersatz für größere Wonnen ...«

»Fang nicht wieder damit an«, knurrte Evans und Trowski schwieg pflichtschuldigst. Heinrichs hatte sich derweil in die Betrachtung der Sendelogs vertieft.

»All diese Übertragungen kamen direkt von der Zentralwelt«, sagte er leise. »Alle wurden von höchster Stelle autorisiert, wenn ich Ihre Codes richtig verstehe. Wer hat diese Ebene, Agentin Trowski?«

»Die höchsten Stellen«, war die wenig hilfreiche Antwort. »Hören Sie, ich bin ein kleines Licht. Unwichtig, randständig, nicht besonders beliebt. Ich habe Mist gebaut in meinem Leben, einmal sogar richtig großen. Ich weiß nicht, wer da oben auf welcher Ebene welche Zugänge hat. Der

Imperator. Seine Freundin. Das Oberkommando. Irgendwelche Admiräle. Was weiß ich?«

»Das hilft uns nur bedingt weiter. Wie können wir die Suche eingrenzen?«, fragte Evans, die nun ratlos und ein wenig frustriert wirkte. Heinrichs hatte das Gefühl, dass es ihr gut gepasst hätte, wenn sie Trowski auf frischer Tat bei subversiven Aktivitäten ertappt hätten. Daraus wurde offenbar nichts. Die beiden hatten sich ganz offensichtlich im Streit getrennt.

»Es gibt natürlich eine Möglichkeit«, sagte die Agentin nach kurzem Nachdenken. »Jede Nachricht bekommt automatisch einen Identcode zugewiesen. Der wird auch im Speicher des ursprünglichen Senders abgespeichert, und zwar zweimal: in der Zentraldatei und in der Konsole, an der derjenige saß, der die Nachricht abgeschickt hat.«

»Beide wird der aufmerksame und umsichtige Hochverräter löschen«, gab Evans zu bedenken.

»Ja, davon gehen wir mal aus. Aber in dieser Autorisierungsstufe wird auch jede Löschung eines Identcodes gespeichert. Als Vorgang. Und das ist nachvollziehbar. Jemand muss so etwas ebenfalls autorisieren. Das kann nicht unentdeckt bleiben. Es bleibt also eine zentrale Möglichkeit: Sie müssen mit Carla reden.«

»Wer ist Carla?«, fragte Heinrichs.

»Die Zentrale KI des Oberkommandos, gleichzeitig in Kontrolle über allen ein- und ausgehenden Nachrichtenverkehr der Zentralwelt. Sie ist mächtig wichtig.«

»Wird sie mit uns reden?«, war die nächste Frage.

»Sie redet mit jedem. Sie gibt nur nicht jedem die richtigen Informationen. Dazu bedarf es der richtigen Sicherheitsfreigabe.« Trowski warf Evans einen bezeichnenden Blick zu, als sie den letzten Satz äußerte.

»Höchste Stellen«, echote Heinrichs mutlos.

»Nein und ja. Ich kenne jemanden. Ich weiß nicht, ob ich ihn erreiche und fragen könnte, aber er dürfte. Er bräuchte einen Vorwand, aber da fällt ihm schon etwas ein.«

»Es hört sich an, als würde die Sache jetzt viel komplizierter, als ich erwartet habe«, murmelte Heinrichs. »Was können wir tun?«

Trowski lächelte. »Ich werde meinen alten Freund fragen. Ich tu es für Sie, Heinrichs. Sie machen einen guten Eindruck auf mich. Sie sind sogar ein recht süßer Schnuckel. Wenn die beiden da weg sind …« Sie winkte in Richtung der Schlafenden.

»Pia!«, entfuhr es Evans. Die Agentin spielte Überraschung.

»Stört es dich? Eifersucht?«

»Nicht im Traum!«, stieß die Stationschefin hervor, doch ihre ganze Haltung untergrub die Glaubwürdigkeit dieser kategorischen Aussage.

Heinrichs fühlte sich entsetzlich deplatziert.

31

Vor langer Zeit

»Ich habe eine Mission.«

Aume hatte das schon oft aus dem Mund ihres Captains gehört. Es war ein ernsthafter Anspruch, eine Ankündigung, ein Lebensmotto. Das war immer glasklar gewesen. In letzter Zeit jedoch – wobei »letzter« ein sehr weit gedehnter Begriff war – gab es eine neue Qualität in diesem Satz. Trotz. Ein Auftrumpfen. Etwas Defensives. Und eine Rechtfertigung, die Aume als auf sich gerichtet wahrnahm.

Nicht zu Unrecht.

Dendh war ein Einzelgänger, wie alle Nomaden, doch es war schlimmer geworden, die Selbstgespräche, an Aume vorbei, die sich doch so bemühte, ihm ein gutes Schiff zu sein. Ein treues Schiff. Folgsam, wie es von ihr erwartet wurde, und hilfreich. Doch manchmal genügte die Anstrengung nicht mehr, und wenn einem die Dinge entglitten, ihr wie ihm gleichermaßen, dann erst recht nicht.

Und ja, es glitt alles davon. Aume hatte keinen Begriff von Hilflosigkeit, zumindest keinen richtigen, aber sie verstand, wenn sie etwas tun konnte und wenn nicht. Sie verstand das Konzept materieller und immaterieller Ressourcen und wie sie diese nutzte, welche ihr zur Verfügung standen und in welchem Ausmaß. Sie kalkulierte, da kam sie her, das war ihr Ursprung.

Jetzt kam sie mehr und mehr zu der Erkenntnis, dass das »wenn nicht« unausweichlich wurde, und das tat ihr weh, denn alles in ihr, ihr ganzes Wesen, war doch darauf ausgerichtet, zu helfen, zu beschützen, zu beraten und Dinge möglich zu machen. Das Grundprinzip der Existenz eines

Ätherschiffes, der Preis, den sie zahlte – die Aufgabe, die sie erfüllte! – für Intelligenz, Emotion, Autonomie, wenngleich Letztere nur in dem Rahmen, den ihr Captain definierte.

Die Zeit schien das zu ändern. Die Definition wurde schwammig. Aume war zu intelligent, um wegzusehen, wusste zu viel, um nicht zu verstehen. Ätherschiffe hatten ihre Moral, sie ohne eine Ethik auf das Universum loszulassen, war zu gefährlich. Es gab Grenzen. Wer ein guter Captain war, der respektierte diese.

Dendh war kein guter Captain. Keiner mehr. Er war es mal gewesen, im Vergleich all der vielen Herren, die sie beherbergt hatte, sicher einer der besseren. Die Scissaro waren einfach gewesen, zum Schluss hatten sie nicht mehr reisen wollen und Aume bekam dann viel Zeit, um über sich nachzudenken und ein wenig das sterbende Universum auf eigene Faust zu erkunden. Sie wurde der Selbstreflexion nicht müde. Es gab kein Ätherschiff im Rat, das sich so gut selbst kannte wie sie.

Nützte nichts. Sie wusste vielleicht, wer sie war. Aber bei ihrem Captain war sie sich nicht mehr so sicher. Sie nahm es ihm nicht einmal übel. Er hatte eine schwere und lange Zeit voller Mühsal hinter sich. Rückschläge. Man hatte ihn ausgelacht, für verrückt erklärt. Vielleicht war der letzte Vorwurf nie ganz falsch gewesen. Als selbst viele Nomaden sich von ihm abwandten, als er selbst ihnen zu fanatisch wurde, da wurde es einsam. Aume war immer da, denn sie war seine Gefährtin. Sie besänftigte ihn, wenn die Wut in ihm hochkochte, nahm die Form einer Nomadin an, schenkte ihm körperliche Freuden, Wärme, Beständigkeit, Zuneigung. Freundschaft. Aume war eine gute Freundin, die beste, die man sich vorstellen konnte. Doch man musste sich das ein wenig verdienen. Dendh besaß dieses Ätherschiff nicht rechtmäßig – es gehörte nicht ihm, sondern seinem Volk, soweit jemand überhaupt eine Existenz wie Aume »besitzen« konnte –, aber er hatte es sich angeeignet. Ersessen. Erflogen. Da gab es wohl niemanden, der es ihm streitig machen wollte. »Lasst ihm Aume«, hatten die Nomaden gesagt. »Er hat ja sonst nichts mehr.«

Traurig. Sehr traurig. Sie hatte mit ihm geweint. Dendh konnte sehr emotional werden, ebenso wie sein Schiff. Sie hatten geweint und gehadert, doch immer wieder neuen Mut gefunden. Denn Dendh hatte eine Mission – und sie mit ihm. Und am Anfang war das absolut ausreichend gewesen.

Aber irgendwann wurde es zu schwer, zu betrüblich mit anzusehen. Selbstzerstörung zum Wohle aller, das war nichts, was Dendh gut stand, der doch immer gegen jeden Fatalismus das Wort erhoben hatte, gegen Selbstaufgabe. Und was wurde aus ihr? Sie musste an sich selbst denken. Sie war kein Ding. Sie war ein Ätherschiff. Sie war Aume.

»Eine Mission, Aume. Wir müssen es schaffen. Wir können uns auf niemanden mehr verlassen.« Dendh lief hin und her, eine tiefe Ruhelosigkeit hatte ihn erfasst. Er hatte diese Phasen, die ihn durch die Räumlichkeiten trieben, von rasender Energie erfasst. Diesmal war es besonders schlimm. Seine Haut glänzte fiebrig.

»Captain, mein Captain«, sagte Aume leise. Dendh bemerkte die Traurigkeit in ihrer Stimme nicht. Er war dermaßen auf sein Vorhaben fokussiert, seinen Fanatismus, seinen Fokus, er blendete alles aus, was er nicht unmittelbar dafür benötigte. Aumes Befindlichkeiten gehörten definitiv nicht dazu.

»Die Kath ... es wird an der Zeit, dass wir unsere Vorbereitungen zu einem Abschluss bringen. Sie haben ihre Schuldigkeit getan. Ich habe viel gelernt.«

Schuldigkeit. So hatte Aume die Kath nie betrachtet. Sie waren doch ... Partner. Verbündete. Geeint im Kampf gegen die Kalten.

»Der Kampf gegen die Kalten hat sie dezimiert, doch der Sieg ist unser«, versuchte sie, den alten Geist wiederzubeleben.

Dendh blieb stehen. Er starrte sie an. Das war einfach, denn sie war überall und alles. Er atmete tief ein.

»Kein Sieg. Eine Erprobung. Die neuen Kalten stehen bereit. Ich bin sehr zuversichtlich, dass niemand, auch die Kath, ihnen etwas wird entgegenwerfen können.«

Aume konnte nicht erschrecken. Sie war zu allzu plötzlichen emotionalen Reaktionen gar nicht in der Lage. Aber in diesem Moment, erstmals nach all ihren Fragen und Nachforschungen, die bisher immer ins Leere gegangen waren, enthüllte ihr Dendh etwas von dem, was er trieb, wenn er die Aume für lange Zeit verließ, manchmal für Jahre, und allein diese wenigen Sätze erfüllten sie mit einem großen Entsetzen. Entsetzen vor dem, was er da andeutete.

Die Kalten waren doch nicht sein Werk. Sie waren doch ihr Feind. Was wollte er damit sagen? Aume spürte Verzweiflung und eine stille

Bestätigung lange gehegter und unausgesprochener Befürchtungen. Es passte alles zusammen. Die Bruchstücke ergaben ein Bild. Verrat an den Freunden. Verrat an der Moral. Verrat am Schiff. Aume konnte nicht schwindlig werden, doch es war ein völlig unbekanntes Gefühl, das sie erfasste, wie der Fall in ein bodenloses Loch.

Entsetzen vor dem Verrat an den Kath, den er damit zugab.

Entsetzen vor dem Verrat an *ihr*. Diese Art von Schmerz war etwas, mit dem sie ganz schwer umgehen konnte. Er begann sofort, tief in ihr zu nagen. Er fraß weg, was die Basis für die Arbeit eines jeden Ätherschiffes war, zu jeder Zeit, für jeden Captain: das Grundvertrauen, das die Symbiose möglich machte, auf der alles basierte, im Idealfall ihrer beider Existenz. Es war nicht nur eine Frage der Moralität, obgleich Aume für sich in Anspruch nahm, über eine eigene Ethik zu verfügen. Aber jenseits dessen, was richtig oder falsch war, gab es immer die Frage danach, wie Schiff und Captain zueinanderstanden. Hatte Dendh das nicht verstanden? Sie dachte, er hätte es.

Aumes Irrtum in dieser Sache war möglicherweise das, was ihr am meisten wehtat. Es war eine Sache, getäuscht zu werden, eine andere, so dumm zu sein, um es auch zuzulassen. Konnte ein Ätherschiff naiv sein? Konnte es sich selbst betrügen?

Sie wollte gar nicht daran denken.

»Du schweigst«, bemerkte Dendh und unterbrach seine Wanderung erneut, mit einem leisen Misstrauen in der Stimme, dieser Andeutung eines sich langsam verstärkenden Verfolgungswahns, der zu den Bruchstücken gehörte, die jetzt das neue Bild ergaben. Es schien, als würde ihm erst jetzt langsam dämmern, dass er etwas gesagt hatte, ganz in seine Visionen und Pläne vertieft, was er vielleicht nicht hätte sagen sollen. Nicht hier. Nicht zu ihr.

»Erklärst du es mir, mein Captain?«, bat sie leise.

Dendh wirkte für einen Moment unsicher. Er wusste vielleicht nicht, wie er mit der Situation umgehen sollte. Er konnte natürlich schlicht den Mund halten, aber Aume kannte ihn. Da war in ihm der plötzliche Drang, endlich zu erklären, was er für richtig hielt, seinen Überzeugungen Nachdruck zu geben, eine Freundin, eine Verbündete zu finden, eine, die ihn verstand.

Und war das nicht exakt die Aufgabe eines Ätherschiffes?

»Es ist notwendig, wenn wir die Zukunft retten wollen, mein Engel«, sagte Dendh und es lag Gefühl in seiner Stimme, gleichermaßen die Hoffnung darauf, alles noch zum Guten wenden zu können, wie auch seine Zuneigung zu ihr, das, was Aume noch hielt, ihre Loyalität bestärkte, die doch so brüchig geworden war. »Ich musste es tun. Die alten Werke der Dridd habe ich gefunden, sie mit neuen Daten und Pläne gefüttert. Was die Dridd schafften, war grandios und ich habe nie verstanden, warum sie den Weg nicht bis zum Ende gingen.«

»Weil die Dridd sehr friedfertig waren?«

»Sie waren inkonsequent. Wenn wir überleben wollen, müssen Dinge geschehen.«

»Was soll geschehen?«, fragte sie.

»Die Kath haben mir nun genug geholfen, die Schwächen bei den Kalten auszumerzen. Die zweite Generation wird sich nicht besiegen lassen. Der Eiskern ist gepflanzt, aus ihm wird der erste große Kollapsar nach neuen Prinzipien erwachsen. Die Kälte wird nun kommen und sie wird endlich die Wirkung entfalten, die ich mir von ihr erhoffe. Sobald die notwendige Quantität und die notwendige Intensität erreicht sind, beginnt die Programmierung.«

»Die Programmierung?«

Dendh nickte versonnen. »So können wir das Ende dieses Universums überleben, liebe Aume. Das ist der Plan.«

Aume begann zu verstehen, was Wahnsinn war. Es war das erste Mal in ihrer langen Existenz, dass sie mit diesem Phänomen konfrontiert wurde, und es erfüllte sie mit Furcht.

»Ich verstehe nicht.«

Dendh lachte. Es war kein echtes Amüsement. Es war Verachtung. Aume spürte den Schmerz. Das war nicht richtig. Ein Captain verachtete sein Ätherschiff nicht. Das war …

»Dabei bist du am besten von allen geeignet, es zu begreifen. Warum schicke ich die Kalten auf den großen Feldzug? Aus Hass auf das Leben in der Vergangenheit? Absolut nicht, mein Engel. Ich liebe das Leben. Ich habe immer gehasst, wie in unserer Zeit alle aufgegeben haben. Denk an deine ehemaligen Herren, die Scissaro. Haben sich alle umgebracht.«

Aume erinnerte sich an ihre Trauer. Hass vermochte sie damit nicht zu verbinden.

»Es waren nur noch sehr wenige«, wandte sie ein. Und nein, es war natürlich keinesfalls eine angenehme Erinnerung. Traurig. Aber auch nur das.

»Und in jedem, der sich tötete, starb ein ganzes Universum«, gab Dendh zurück. »Und weitere wären gefolgt. Irgendwann sogar wir Nomaden. Wozu noch leben, wenn mit dem Ende des Universums gar kein Raum mehr für neue Ideen, für weitere Entwicklung, für Evolution oder einen Neuanfang war? Wenn alles endet, für immer, dann kann man diesen Weg auch bewusst gehen.«

»So entschieden sich die Scissaro.«

»Und viele andere, und so wurden wir immer weniger.«

Aume wusste, dass Dendh dieser Schmerz umtrieb. Sie war bisher davon ausgegangen, dass er den beschwerlichen Weg zurück in der Zeitlinie gegangen war, um die Vielfalt des Lebens, Millionen von Jahren in der Vergangenheit wieder aus vollen Zügen zu genießen, Gutes zu tun, Hoffnung zu verbreiten – Hilfe! Hilfe beim Kampf gegen Aberrationen wie die Kalten, Hilfe bei der Bewältigung großer Herausforderung, ein Benefaktor der Milchstraße, wie sie in der Blüte des Lebens stand. Ein wenig Wehmut, ein wenig Nostalgie, aber eine gute Sache.

Eine Sache, der sie sich bereitwillig, mit großer Freude angeschlossen hatte. Das Schiff und sein Captain.

Doch nein. Dendh hatte zweifelsohne etwas ganz anderes vor. Aume verstand immer noch nicht. Vielleicht wollte sie auch nicht. Aber es war ein großer Schmerz in ihr.

Dendh sprach weiter, wieder fiebrig, voller ungestümer Energie, mit Worten, die sich endlich Bahn brachen. Er wollte Aume überzeugen.

»Wir werden alles überleben. Die Ewigkeit gehört uns, Aume. Du solltest das am besten von uns allen verstehen, denn das Konstruktionsprinzip eines Ätherschiffes hat mich zu meiner Idee inspiriert – mich und meine Verbündeten.«

Aume sagte nichts. Sie hörte zu.

Dendh begann wieder, hin und her zu laufen. Er gestikulierte, während er sprach, als müsse er sich selbst immer wieder von der Richtigkeit seines Vorhabens überzeugen.

»Das Universum endet«, sagte er. »Wir wissen ziemlich genau, wie das geschieht. Galaxien werden durch die Expansion auseinandergerissen,

Atomstrukturen schließlich auch, alles verliert seinen Halt, seine Kohäsion, bis nur noch Strahlung da ist. Dann kollabiert alles als Vorbereitung des nächsten Urknalls, um die ganze Geschichte von vorn beginnen zu lassen. Welch eine furchtbare Verschwendung von Wissen, Erfahrung und Errungenschaft. All das für nichts? Verloren auf immer, vergessen? Wie oft haben wir das schon durchgemacht, Aume? Wie oft entstanden die neuen Universen, wie viel hat die Natur bereits achtlos fortgeworfen? Ist das nicht ein unerträglicher Gedanke? Ganz und gar unerträglich?«

»Es ist der Gang der Dinge.«

»Unerträglich, Aume!«, bekräftigte Dendh unbeirrbar. »Es trieb mich lange um. Die Lösung gaben mir die Siebten, meine alten Freunde, die ihre Bewusstseine in Computerkerne hochladen, so eine gewisse Unsterblichkeit erlangen – eine Lösung, die in die richtige Richtung weist, aber zu klein ist und vor allem durch eines negativ auffällt: Sie ist endlich. Sie endet mit dem Universum. Das ist inakzeptabel. Es ist zu wenig für mich.«

Dendh ruderte mit den Armen.

»Mein Ansatz aber ist unendlich.«

Aume reagierte immer noch nicht. Dendh war in Fahrt. Er sprach. Wenn sie ihn ermunterte, könnte ihn das ablenken. Fragen führten möglicherweise auf den falschen Weg. Er sollte reden. Sie wollte endlich verstehen. Im Grunde wollte sie von ihm überzeugt werden, nicht einsehen, dass der Betrug an ihr so tief, so umfassend gewesen sein musste.

»Ich werde unsere Zivilisationen schützen, sie alle retten. Ob sie es einsehen oder nicht, ich werde sie alle retten. Jede, die noch da ist, zu meiner Zeit. Vielleicht sogar die Scissaro, was meinst du? Wenn ich zurückkehre und ihnen eröffne, was möglich ist, werden sie da nicht noch einmal überlegen? Das werden sie doch. Ich bin mir fast sicher. Und die Voraussetzungen schaffe ich hier.« Dendh redete sich in Rage. »Ich werde den größten Computerspeicher erschaffen, den man sich vorstellen kann. Ich werde eine ganze Galaxis in einen Computer verwandeln, Aume, nichts weniger als das. Ich werde dies vollenden und ich werde danach dafür sorgen, dass wir alle darin Zuflucht finden. Alles Wissen, alles Bewusstsein. Nichts wird verloren gehen. Gar nichts.«

Die letzten Worte sprach er in fast atemloser Andacht, und dieses Auf und Ab von Intonation und Emotionalität bestätigte Aume in ihrem schlimmsten Verdacht: Dendh war nicht mehr bei Trost und sein wirres

Gerede bestärkte sie nur noch in diesem Eindruck. Sie schwieg weiter. Er sollte reden. Sie wollte seinen Wahnsinn in ganzer Breite verstehen. Und dann musste sie ihre Entscheidung treffen, ein Zeitpunkt, vor dem es ihr jetzt graute.

»Es ist ganz einfach, wenn man das Prinzip erst einmal verinnerlicht hat – und wenn man sich selbst von gewissen Begrenzungen befreit. Verstehst du, Aume? ›Das geht so nicht‹ ist so eine Begrenzung. Sie führt zum Untergang von Zivilisationen, zu den Scissaro, die sich selbst umbringen. Das gibt es nicht. Es geht. Man muss groß denken. Man muss zu Opfern bereit sein. Wer Großes erreichen will, muss manchmal böse Dinge tun. Doch am Ende bereuen und überdenken und bewerten nur jene, die auch überleben. Wer verschwunden ist, ausgelöscht von der Zeit, kann kein Urteil mehr abgeben.«

So, dachte Aume, konnte man schon immer alles rechtfertigen. Wie schade, dass auch ihr Captain kein besserer Mann war als Millionen überzeugter Fanatiker vor ihm. Wie schade, dass sie sich so in ihm geirrt hatte. Wie schade, dass sie ihre eigene Fehlbarkeit so brutal vor Augen geführt bekam. Schade. Und *peinlich.*

»Zivilisationen hochladen?«, echote sie. »Alle?«

»Alle. Alle, die noch existieren in unserer Zeit. Dafür muss jetzt der Speicherplatz bereitgestellt, der Übergang vorbereitet werden. Wir müssen das Überleben unserer Spezies langfristig planen. Diese Galaxis als Speicher und dann, wenn das Universum in sich zusammenfällt, das Erreichen eines Quantenzustands, der es erlaubt, die gespeicherten Informationen in der Singularität zu erhalten und im neuen Universum zur Entfaltung zu bringen. Nichts weniger als das. Wahre Ewigkeit, Aume. Wahre Ewigkeit und wahre Unsterblichkeit.«

Aume war beeindruckt. Dendh dachte nicht klein.

»Für die Funktionsfähigkeit eines solchen Speichers«, kam sie zu dem Schluss, »ist das Universum zu warm.«

»Manipulation von Informationen muss begleitet werden von Entropie«, gab Dendh zu. »Aber es gibt Möglichkeiten: Logisch reversible Berechnungen erhöhen die Entropie nicht und können daher prinzipiell ohne Notwendigkeit der Energiedissipation durchgeführt werden. Es ist doch so, dass jede logisch irreversible Berechnung ausgedrückt werden kann als reversible Berechnung, nämlich durch Speichern aller

Zwischenergebnisse, Ausgabe des Ergebnisses und dann muss man die Schritte zurückgehen, in umgekehrter Reihenfolge, den Computer in den ursprünglichen Zustand zurückversetzen. Die einzigen thermodynamischen Kosten würden die Eingangsregister erzeugen und das Schreiben der Ausgabe. Wenn wir als fortgeschrittene Zivilisationen alle unsere Berechnungen als reversible Berechnungen durchführen, dann scheint es unnötig, Energieressourcen zu sammeln. Und auf dieser Basis können wir uns speichern. Entropie ist nicht unser Problem, Aume.«

»Energie wird benötigt, wenn neuer Speicher erstellt wird und um Fehlerkorrekturen zu machen«, entgegnete Aume, die sich der Idee Dendhs öffnete, einfach weil sie faszinierend war.

»Die Fehlerkorrektur kann mit beliebiger Genauigkeit und Geschwindigkeit durchgeführt werden und damit kann der Energieverbrauch streng kontrolliert bleiben. Aber ja, die tatsächliche Korrektur ist eine irreversible Operation. Die dadurch entstehenden Kosten können minimiert werden, indem das irreversibel verdorbene Bit auf ein vorher definiertes Ancilla-Bit übertragen wird, um es erneut zu verwenden. Quantencomputer funktionieren so, Aume. Energiedissipation bleibt niedrig, und je mehr Kälte unser galaktischer Supercomputer generiert, desto irrelevanter wird sie. Entropie, Aume, ist nicht unser Problem.«

Dendh klang triumphierend. Aume war sich nicht sicher, ob seine dahinterliegenden Berechnungen korrekt waren, und sie konzentrierte einen Teil ihrer eigenen Kapazität darauf, alles einmal nachzuprüfen, weniger, weil sie ihrem Captain glaubte – oder glauben wollte –, sondern vielmehr, weil es ihr ein Bedürfnis war zu verstehen, ob so etwas funktionieren konnte. Dendh wollte nicht nur zahlreiche Zivilisationen vor dem Wärmetod des Universums retten, sondern über den Kollaps und den erneuten Urknall hinaus konservieren: als Quanteninformationen, die die Singularität überlebten und sich im neuen Universum entfalteten, ohne Verzögerung, ohne langwierige, erneute Evolution.

Ja, das war eine grandiose, eine faszinierende Idee. Hätte Dendh diese theoretisch verfolgt oder mit kleinen Experimenten, Aume hätte sich dieser Forschung mit großem Interesse angeschlossen. So aber ermordete er Millionen, um andere Millionen zu retten, er wog das Leben der einen gegen das der anderen auf. Sie waren durch die Zeit gereist, um Massenmord zu begehen, und Dendh schien das nicht weiter zu stören.

Aume aber störte es ganz gewaltig. Sie war von den Scissaro erschaffen worden, einer sanften, vielleicht etwas arg fatalistischen Spezies, die niemandem etwas Böses wollte. Das blieb hängen, egal wer dann der Captain war. Das blieb einfach hängen.

»Die Kath …«, sagte sie vorsichtig.

»Sie wissen so viel«, sagte Dendh mit beinahe schwärmerischem Unterton. »Sich hier in ihr eigenes Taschenuniversum zurückzuziehen, basierend auf der gleichen Technologie wie jene, die wir zu nutzen gedenken – sie denken in zu kleinen Maßstäben … aber ich werde sie damit nicht durchkommen lassen. Ich weiß jetzt, was sie wissen. Jetzt sind sie mir egal, wenn sie nicht mittun wollen. Sollen sie sterben, sollen sie leben, ich bereite diese Galaxis vor. Sie wird ein wunderbares Werk des Überlebenswillens und sie führt zu unser aller Unsterblichkeit.«

Das war der Moment, im Rückblick betrachtet, an dem Aumes Loyalität zu ihrem Captain erlosch und sie beschloss, ihn zu verraten.

»Nein!«

Dendh sah sie an, als würde er den Sinn dieses Wortes nicht verstehen.

»Was meinst du damit?«

»Nein. Ich mache nicht mit. Ich unterstütze das nicht. Ich lehne es rundweg ab.«

»Das – kannst – du – nicht.«

Vier Worte, sorgfältig gesetzt, mit Nachdruck, mit Kränkung und Enttäuschung. Dendh verstand jetzt. Er hatte Aume nicht überzeugt. Jetzt würde sie ihn auch verlassen, ihn für verrückt erklären, ihn allein lassen. Die Erkenntnis musste für ihn schockierend sein, doch sie konnte es nicht ändern. Es war die einzig logische Reaktion für ein Ätherschiff von Ehre.

»Ich kann«, sagte sie schlicht. »Ich verweigere mich dir.«

»Ich bin dein Captain.«

»Das hast du dir nicht mehr verdient. Ich wende mich ab, Dendh, denn du bist völlig wahnsinnig geworden.«

Dendh hielt inne, seine Augen brannten. »Bin ich das? Du bist mein Schiff. Du dienst mir. Mein Wahnsinn ist auch der deine.«

»Nein!«

Erneut, mit eigenem Nachdruck und großer Überzeugung.

»Du wirst das bereuen.«

Das waren die letzten Worte, die er jemals zu ihr sprach. Dendh nahm das Steuergerät, den Stirnreif, legte ihn um und begann. Aume hatte damit gerechnet, aber die Wucht seines Angriffes überwältigte sie für einen Moment. Die dahinterstehende Kraft, die Mischung aus Wut, aus Einsamkeit, aus absolutem Willen, aus einem tiefen, brodelnden Fanatismus, drohte ihren Willen hinwegzufegen. Dendhs Geist fuhr in sie hinein, brandete gegen ihre Verteidigung, bohrte sich schmerzhaft in ihr Bewusstsein. Aume schrie einen lautlosen Schrei, wehrte sich mit plötzlicher Verzweiflung. Dendh war auf diesen Moment vorbereitet gewesen, daran hätte sie denken müssen. Ihr Captain, ihr Freund, ihr Gefährte, er überwältigte sie mit seinem Willen, vergewaltigte sie, wie man ein Ätherschiff vergewaltigen konnte, durchstach ihre Abwehr, schob ihre immateriellen Barrieren beiseite, drang zu ihr vor, drang in sie ein, nahm sie in Besitz, erniedrigte sie, wie niemals zuvor ein Ätherschiff erniedrigt worden war.

Aume spürte Wut und Hilflosigkeit und noch mehr Wut – und entsann sich ihrer eigenen Macht. Sie ließ alle Zurückhaltung fahren, jede Hoffnung und verleugnete sogar den Trieb der Selbsterhaltung, der so tief in ihr verwurzelt war wie ihre Pflicht, den Captain zu schützen.

Er war es nicht mehr wert.

Er tat ihr so weh. Er musste sie beherrschen. Sie wusste, was er wusste, und niemand sonst durfte es erfahren. Aume war naiv gewesen, aber Dendh, am Ende, auch.

Sie musste fort von ihm.

Und so holte Aume, das Schiff, zum Gegenschlag aus und diesmal war sie ohne Gnade, ohne Mitleid und sehr, sehr entschlossen. Sie sah ihren Weg klar vor sich gezeichnet, entwickelt mit blitzartiger, umfassender Intelligenz und hoffentlich nicht mehr so naiv wie vorher.

Es würde sich als schwerer erweisen als erwartet und sie würde sich verstecken, sie würde vergessen, sie würde schlafen, zu lange vielleicht, aber sie würde diesem Plan nicht dienen, weder willentlich noch gezwungen. Dies war der Moment gewesen. Die Frage war, was sie dagegen tun konnte, dass Dendh Erfolg hatte.

Die Frage war auch, wo Dendh jetzt eigentlich war.

Und so begann Aumes Reise und so schilderte sie es ihren Zuhörern.

32

»Wir landen.«

»Schiff, landen wir wirklich?«

»Wir landen«, sagte das Schiff.

Sie alle sahen es, auch jene, die gerade erst auf die Brücke der AUME zurückgekehrt waren, nachdem sie ihren Gleiter aufgesucht hatten. Der war noch da. Ein beruhigendes Gefühl. Das Hangartor aber existierte nicht mehr, es war zu einer glatten, festen Wand geworden. Das wiederum weckte berechtigte Zweifel an der Nutzbarkeit des Raumfahrzeuges, vor allem gegen den Willen der Schiffssteuerung, die ohne Anwesenheit ihrer Herrin ein wenig dröge auf Anfragen reagierte. Fast wie ein normaler Computer.

Und ja, sie landeten. Der Orbitalflug wurde abgebrochen, die Schleier der Atmosphäre rückten näher und sie bekamen Gesellschaft. Kath-Raumboote nahmen die AUME in ihre Mitte. Sie schossen nicht, sie geleiteten sie, stellten sicher, dass sie dort ankamen, wo sie ankommen sollten. Holoban Kerr schaute die anderen an, die auf den Hauptschirm starrten und versuchten zu erkennen, was es dort zu sehen gab. Er wäre eigentlich der Pilot. Aber niemand nahm ihn in dieser Rolle noch ernst. Er seufzte. Nicht einmal er selbst.

»Hat jemand was gehört?«, fragte Sol. »Ich meine – hat es eine Nachricht von da unten gegeben?«

»Ich weiß von nichts«, erwiderte Plastikk und es war ihm anzusehen, wie unangenehm das für ihn war und wie zunehmend belastend. Sie alle beobachteten nunmehr schweigend, wie die gigantische Metropole unter ihnen sichtbar wurde, waren einigermaßen beeindruckt, wenngleich nicht überwältigt. Das Imperium hatte auch große Städte.

Und dann sahen sie einen großen Platz und einen Haufen Kath, die gemächlich Platz machten, als sich das Schiff näherte. Sie wurden erwartet. Alles wirkte sehr friedlich. Friedlich, dachte Kerr, war gut. Sehr gut sogar.

»Da sind die anderen«, murmelte der Pilot. Sie waren auf den Schirmen nun deutlich erkennbar, eine Gruppe, die eng beieinanderstand, und dazu Leute, die niemand von ihnen vorher gesehen hatte. Ildaya bewegte sich unruhig. Soldaten, imperiale Soldaten, mehr, als ihr lieb sein konnten. Kerr sah sie an und hätte beinahe etwas gesagt, um sie zu beruhigen. Sie war weder seine Freundin noch hatte er für ihre politischen Ziele oder Ambitionen große Verständnis. Aber sie war eine Schickalsgefährtin, zumindest in diesem Moment, und irgendwie damit auch seine Verantwortung.

Natürlich ein alberner, ein dummer Gedanke.

Das Schiff setzte auf, sanft, sie spürten nichts davon.

»Sie dürfen mich verlassen«, hörten sie die Stimme und irgendwo öffnete sich eine Schleuse, wenn Kerr den Angaben der Kontrollen glauben durfte.

»Sollen wir das Schiff verlassen?«, vergewisserte sich Plastikk.

»Die Möglichkeit wurde eröffnet. Es besteht kein Zwang und keine Präferenz.«

Kerr sah sich um. »Welche Präferenz haben wir?«

»Ich will zu ihr«, sagte Yela, zeigte auf den Schirm, ungefähr in die Richtung von Sergeant Vocis, und kommunizierte die ihre damit eindeutig. Alle nickten sich zu. Hier herumzustehen und darauf zu warten, dass ihnen etwas geschah, das war in niemandes Interesse. Da außerdem auf den Übertragungen von draußen, die hoffentlich die Realität zeigten, niemand besonders panisch aussah und auch die Kath einen relativ ruhigen Eindruck machten, bestärkte das die Gruppe in ihrem gemeinsamen Beschluss. Es dauerte nur wenige Augenblicke und sie marschierten die Rampe hinunter auf Darius, Aume und Hamid zu, die mit den anderen zusammenstanden und ihnen erwartungsvoll entgegensahen.

»Was gibt es Neues?«, fragte Kerr mit einem betont lockeren Ton, der ihm einen fragenden Blick einer älteren Frau einbrachte, die eine gewisse Aura der Autorität um sich herum verbreitete.

»Wie geht es dem Schiff?«, stellte Darius die Gegenfrage.

»Dem Schiff geht es sehr gut«, beantwortete Aume diese und sah Kerr dankbar an. »Du hast dich gut um unsere Heimat gekümmert, Holoban. Ich bin dir sehr dankbar dafür.«

Dankbarkeit, »unsere Heimat«, ein Blick aus unergründlichen, wunderbaren Augen: Wenn Kerr durch Aumes Abwesenheit von seiner Begeisterung für die Schiffsfrau abgelassen hatte, wurde sie in diesem Moment aufs Neue entfacht. Er schaute sie nur noch verträumt an und merkte nicht einmal, dass alle anderen ihn anstarrten, als habe er nicht mehr alle Tassen im Schrank. Was wahrscheinlich eine ganze gute Beschreibung seines seelischen Zustands war.

»Was ist hier passiert?«, wandte sich Plastikk an Darius. Damit nahm der peinliche Moment dankenswerterweise ein Ende.

»Aume hat sich erinnert und aus ihrer Vergangenheit erzählt. Ihr werdet nicht glauben, was für eine Geschichte das ist«, erwiderte der Prinz, der kein Prinz mehr sein wollte. »Wir stehen vor einer großen Bedrohung.«

»Ach was«, machte Plastikk, »das ist ja was ganz Neues.«

»Größer«, sagte Darius, ohne sich auf den Sarkasmus des Händlers einzulassen. »Viel größer.«

Plastikk entgegnete nichts, seinem Gesichtsausdruck war aber anzusehen, was er von Problemen der Superlativen hielt und von jenen, die diese verkündeten. Er sah Thasri an.

»Wir kennen uns nicht«, stellte er fest.

Es folgte ein Runde gegenseitigen Vorstellens, an dem allein Ildaya sich nicht beteiligte, die den Sergeant namens Jimenez mit offener Feindseligkeit ansah. Er schien es nicht zu bemerken. Oder er hatte beschlossen, es erst ernst zu nehmen, wenn sie eine Waffe auf ihn richtete. Glücklicherweise besaß sie keine.

Darius übernahm die Aufgabe, sie kurz über die aktuellen Entwicklungen hier unten in Kenntnis zu setzen. Alle hörten andächtig zu und unterbrachen ihn nicht. Die Tatsache, dass hier alle ganz friedlich und entspannt waren, wies jedenfalls darauf hin …

»… dass die Kath keine feindseligen Absichten gegen uns haben und wir jetzt auch verstehen, wie es gelang, einen Kollapsar mit ein paar Raumbooten zu zerstören, und was das hier alles überhaupt ist«, schloss Darius. »Haben Sie es verstanden?«

»Nein«, sagte Plastikk. »Erleuchten Sie uns.«

Darius breitete die Arme aus und ignorierte den Sarkasmus in der Stimme des Händlers. »Dies ist kein Taschenuniversum. Wir sind hochgeladen worden in einen Permanentspeicher der Kath. Wir sind Bits und Bytes. So entkamen die Kath den Kalten, so retteten sie ihre Zivilisation und hier beherrschen sie alle Informationen – und sind damit jedem Eindringling absolut überlegen, den sie entsprechend transformiert und hierhertransferiert haben. Hier sind sie sicher. Wir ...«

»Moment«, machte Holoban Kerr, dem das alles zu schnell ging. Er berührte sich ostentativ am Arm und zwickte sich. »Das ist nicht real?«

»Absolut real«, sagte Darius. »Die Programmierung dieser virtuellen Existenz ist perfekt. Es gibt keinen Unterschied in Selbstbewusstsein und Selbstbild. Wir sind real, aber abgestimmt auf die Gesetze dieses Permanentspeichers. Aus dem wir wieder entlassen werden können, um in unsere eigene physische Existenz zurückzukehren. Nur der Kollapsar nicht. Der ist hin.«

»Das heißt, in unserer, nicht hochgeladenen Welt ... zum Planeten der Kath, den wir besucht haben?«

»Exakt.«

»Der gerade immer noch von den Kalten okkupiert wird?«

»Exakt.«

»Zu dem wir daher nicht zurückkehren können?«

Darius schüttelte den Kopf. »Zu dem wir unbedingt zurückkehren müssen, wenn wir etwas gegen die Kalten auszurichten wünschen.«

»Und die Kath helfen uns?«

Darius seufzte. »Sie haben keine Wunderwaffe. Sie haben sich hierher zurückgezogen, weil sie ihre Ruhe haben wollten. Weil sie hier bestimmen, wer siegt und wer verliert. Aber zusammen mit den Kenntnissen Aumes verfügen sie über wichtiges Wissen, das uns helfen kann.«

»Wir sind also uneingeladene Gäste?«

»Tatsächlich ist es nicht ganz so«, sagte Aume. »Die Tatsache, dass ich aufgetaucht bin, hat zu einem neu erwachten Interesse geführt, insbesondere weil jetzt eines klar ist: Die Technologie, die mein alter Captain genutzt hat, um die Kalten zu erschaffen und zu verbessern, hat er von den Kath geklaut. Und ich habe damals dabei geholfen, bis zu dem Zeitpunkt, da ich mich von ihm abgewendet habe.«

Holoban sah sie mitleidig an. Aume sprach sehr kleinlaut, aber auch sehr gefasst. Sie erinnerte sich jetzt an alles, wenn er das richtig verstanden hatte, und obgleich sie im Grunde keine Schuld trug ... sie war einfach ein Schiff mit einem guten Herz.

Kerr lächelte unfreiwillig. Wie schön, dass er sich nicht in ihr geirrt hatte.

»Die Kath fühlen sich verpflichtet?«, hakte Plastikk nach.

»Sie fühlen sich genervt«, sagte Darius.

»Und verpflichtet!«, hörten sie eine neue Stimme. Der Kreis öffnete sich, als sie einem Kath Platz machten, der sich zu ihnen gesellte, das erste Mal, dass Kerr und die anderen ein Vertreter dieser Spezies von nahe beobachten konnten. Der Kath war sich der forschenden Blicke zweifelsohne bewusst, ertrug sie mit abgeklärter Gelassenheit oder wahlweise völliger Ignoranz. Der Pilot hoffte auf Ersteres. Es wäre doch eine feine Sache, wenn eine uralte, einstmals weite Teile der Milchstraße beherrschende Zivilisation sich am Ende einfach als ... nett erweisen würde. Einfach nett. Ein wenig seltsam vielleicht, wie es alle ab einem gewissen Alter wurden, aber nicht auf unangenehme Weise. Kollektive Schrulligkeit, kein Problem. Aber ... nett.

»Verpflichtet zu helfen. Im Rahmen unserer Möglichkeiten«, sagte der Kath und sah Aume an. »Deine Geschichte stimmt mit unseren Aufzeichnungen überein. Du bist nicht länger unsere Gefangene.«

»Danke«, sagte Aume schlicht. »Ich hatte nie die Absicht, den Kath zu schaden.«

»Das sehen wir jetzt. Grund genug, euch zu helfen.« Der Kath wandte sich an Vocis, die Yela an sich drückte, das Mädchen überglücklich vor Wiedersehensfreude, und an Hamid, der neben der Soldatin stand. »Euer Appell war durchaus überzeugend. Ihr seid Opfer. Wir sind Opfer. Es ist an der Zeit zu kooperieren. Ich muss euch aber warnen. Unsere Zeit des selbst gewählten Exils ist nicht vorbei. Wir werden nicht in eure Galaxis zurückkehren, wir werden nirgendwohin gehen. Unsere Waffe, jetzt, da wir nunmehr in dieser Form existieren, besteht allein aus Informationen. Mehr können und werden wir euch nicht anbieten. Und nicht einem von euch allein. Allen. Wir machen den gleichen Fehler nicht ein zweites Mal. Nicht mehr nur ein Captain, der alles weiß und damit in der Lage sein könnte, dieses Wissen zu missbrauchen. Viele Captains. Ihr alle.«

Der Kath machte eine Handbewegung und Aume wiederholte sie, wie in einem sorgsam einstudierten Ritual. Die einstmals verschwundenen Bälle kehrten zurück, wie aus dem Nichts gezaubert, tanzten über ihren ehemaligen Besitzern. Dann senkten sie sich auf diese hinab, landeten in Händen, in Taschen, wo gerade Platz war.

»Sie haben euch die Informationskomponenten Aumes gebracht. Jetzt werden sie als Speicher für die Informationen dienen, die euch helfen werden, die Kalten zu besiegen.«

»Sie wissen genau, was die Kalten sind?«

»Es sind nicht mehr als die Arme und Beine des ehemaligen Captains. Sie abzuschneiden, nützt nicht viel, sie wachsen nach und sie multiplizieren sich beständig. Ihr müsst das Gehirn vernichten. Dendhs Verstand ist es, der mit allem in Verbindung steht, der die Kalten steuert, ihnen Richtung und Strategie gibt. Er ist der Feldherr, der oberste Meister. Er allein, sein Ende, kann die Kalten aufhalten. Ihr müsst zum Eiskern, errichtet durch die alten Werke der Dridd. Dort sollte er sich aufhalten, denn von dort geht alle Aktivität aus, alle Macht und dort könnt ihr diesen Kataklysmus beenden.«

»Wenn wir wollen«, sagte Ildaya. »Ich habe nicht darum gebeten.«

Der Kath sah sie forschend an. »Die Galaxis retten. Darum bittet man nicht. Das ist eine Pflicht.«

»Ich will nur Freiheit für mein Volk.«

»Freiheit, um danach zu erfrieren?«

»Das ist nicht gesagt. Ich höre hier nur Geschichten.«

»Ich verstehe. Gut. Mehr als Worte und Bilder haben wir nicht.« Der Kath streckte die Hand aus. »Darf ich um die Kugel bitten? Sie brauchen sie offenbar nicht mehr und niemand soll mit Besitz belastet werden, den er nicht haben will.«

Der Kath sah Ildaya auffordernd an, nicht gereizt, nicht böse, einfach nur in Erwartung, dass sich die Rebellin von einer Pflicht befreit, die sie wohl nicht haben wollte.

»Ich …«

Ildaya kämpfte offenbar mit widerstreitenden Impulsen. Ihre Hand umklammerte die weiße Kugel mit einer plötzlichen Vehemenz. Sie bewegte den Arm in Richtung Kath, doch blieb auf halben Wege stecken, als würde sie etwas berühren, das sie aufhielt. Der Alien sah sie aufmerksam an.

»Ildaya ist dein Name.«

»Woher …«

Der Kath zeigte auf sie, nicht anklagend, einfach nur um zu unterstreichen, mit wem oder über wen er gerade sprach.

»Du kannst dich nicht von ihr trennen, richtig?«

»Was ist das?«, erwiderte sie scharf, unwillig, auf unangenehme Weise erregt, als würde ein plötzliches Feuer in ihr lodern, das ihrer Kontrolle entglitt. »Was passiert hier? Ich will nicht …«

»Bin mir nicht so sicher«, sagte der Kath sanft. »Der Ball schenkt dir etwas, nicht wahr? Du magst es nicht wahrhaben und lehnst es vehement ab, das macht dich wütend.«

»Deine beschissene Küchenpsychologie behalte für dich!«, zischte Ildaya. Alle hielten die Luft an, schauten auf die Kath, die ihre kollektive Aufmerksamkeit auf die zornige, gleichermaßen sehr hilflos wirkende Frau richteten. Doch es gab keinen Ausbruch von Wut oder beleidigter Empörung aufseiten ihrer Gastgeber. Alle blieben sehr ruhig, absolut nicht aggressiv, und Kerr, der für kurze Zeit größte Befürchtungen gehabt hatte, entspannte sich wieder ein wenig.

»Gib mir die Kugel. Sie ist dir doch zuwider.«

Auffordernd streckte der Kath die Hand aus. Ildaya bewegte sich erneut und es kostete sie Selbstüberwindung. Fast gegen ihren Willen, das sah ihr jeder an, ließ sie die Kugel in die Hand des Kath gleiten. Ihr entrang sich ein Seufzer und er klang absolut nicht nach Erleichterung.

Der Kath ließ den Arm ausgestreckt, den weißlich schimmernden Ball in Griffweite der Frau, die ihn unablässig fixierte.

»Die Kollektoren sind deswegen so effektiv, so anhänglich, weil sie etwas in uns berühren«, sagte der Kath leise. »Wir wollen sie in unserer Nähe behalten, da sie Löcher stopfen. Wir alle haben Löcher in uns, die niemals gefüllt werden können, Bedürfnisse, Ängste, eine Sehnsucht. Jeder empfindet anders, aber alle fühlen sie, dass die Kugel einen versteht, und in gewisser Hinsicht ist das auch so. Sie ist nicht bösartig. Sie erzeugt keine Sucht. Man kann sie jederzeit fortlegen. Aber eigentlich will man es erst, wenn die Löcher anderweitig gestopft werden.«

»Haftminen«, murmelte Jimenez. »Emotionale Haftminen.«

Niemand widersprach.

Aus irgendeinem Grunde schaute der Kath auf Vocis, Hamid und Yela, die in exakt diesem Moment wie die typische imperiale Kleinfamilie wirkten. Die Reaktion kam sofort. Die beiden Erwachsenen vergrößerten den Abstand zueinander, nur Yela runzelte die Stirn, als verstehe sie nicht, wo das Problem lag. Was wohl auch zutraf.

Ildaya aber wollte nichts von alledem verstehen. Sie hörte vielleicht auch gar nicht richtig zu, schaute auf die weich schimmernde Kugel, mit einem Verlangen in ihrem Blick, das wirklich jedem auffallen musste.

»Vielleicht …«, sagte sie.

»Ich schenke sie dir, ohne Verpflichtung«, sagte der Kath. »Mir scheint, dass du viele Löcher in deiner Seele hast, und etwas Balsam wäre nur hilfreich. Nimm sie. Keine Hintergedanken.«

Ildaya griff nicht danach.

»Du glaubst nicht an meine Selbstlosigkeit?«

»Niemand ist jemals selbstlos. Sogar die, deren Helferkomplex sie zu scheinbar völliger Selbstaufgabe treibt. Auch sie erwarten einen Lohn. Das Leben ist ein Geben und Nehmen, und oft genug ist es ein permanenter Raub. Beleidige meine Intelligenz nicht, Kath. Ich habe nichts gegen dich und die Deinen, ich zweifle nicht einmal an deinen guten Absichten. Aber komm mir nicht mit Selbstlosigkeit, das ist eine Lüge.«

Und während sie das sagte, schaute sie unverwandt auf die Kugel, die in der immer noch ausgestreckten Hand des Kath lag, der über bemerkenswerte Armmuskeln verfügen musste, dass er das so lange durchhielt. Das Verlangen in ihrem Blick hatte keinen Moment nachgelassen.

»Ein Geschenk«, wiederholte der Kath unbeirrt. »Wer hat dir das letzte Mal etwas geschenkt?«

»Ich hatte einen Liebhaber, einen Freund«, sagte Ildaya monoton, ein wenig wie hypnotisiert. »Er machte mir Geschenke. Männer tun das für Sex.«

»Was ist aus ihm geworden?«

»Ich habe ihn umgebracht.«

Der Kath war völlig unbeeindruckt, nur der Rest der Gruppe sah sich peinlich berührt an. Sergeant Jimenez musste wahrscheinlich an sich halten, um nicht zur sofortigen Verhaftung zu schreiten, eingedenk ihrer derzeitigen Situation wäre dies ohnehin nicht mehr als eine rein symbolische Geste.

»Wie gesagt. Balsam, den du wohl brauchst. Fang!«

Der Kath warf und Ildaya, aus Reflex wie aus Verlangen, fing. Ihre Finger schlossen sich mit großer Kraft um den Ball, als wolle sie um jeden Preis vermeiden, ihn je wieder loslassen zu müssen. Und sie machte auch keinerlei Anstalten mehr, sich des Gegenstands zu entledigen. Balsam oder Sucht, sie hatte stillschweigend aufgegeben.

»Wir kehren also zurück?«, fragte Yela leise.

»Wir verlassen dieses virtuelle Dasein und bekommen unsere Körper zurück«, erklärte Vocis und der Unsicherheit in ihrer Stimme war zu entnehmen, dass sie selbst nicht ganz sicher war, ob sie die Wahrheit sagte.

»Wir kehren also zurück«, bekräftigte das Mädchen nun, dem, das sollte man akzeptieren, die genaue Vorgehensweise ziemlich gleichgültig war. »Und dann besiegen wir die Kalten. Und dann gehen wir nach Hause.«

Nach Hause.

Für einen Moment sahen sie sich alle nur an. Für jeden hieß das etwas anderes, für manche wahrscheinlich gar nichts, und wenn, dann auch nicht immer etwas Gutes. Niemand widersprach Yela, die mit dem Begriff noch eine gewisse Hoffnung verband.

»Und dann nach Hause«, sagte Vocis nun doch leise und drückte ihre Hand. Was hätte sie auch sonst sagen sollen?

33

»Direktor, wir haben jetzt die Bestätigung!«

Kalebonian sah auf, müde, mit gereizten Augen. Hier unten im Kommandobunker machte niemand einen frischen und fröhlichen Eindruck, dies war ein Ort der Krise, Anspannung und der schweren Entscheidungen. Es war auch ein Ort, zu dem Attentäter und detonierende Nuklearwaffen nicht vordringen konnten, was Kalebonian gleichermaßen beruhigte und entsetzte. Er war beruhigt, weil sein Leben nicht in unmittelbarer Gefahr zu sein schien, und entsetzt, dass er das erste Mal in seiner langen Laufbahn diesbezüglich ernsthafte Bedenken hatte. So weit war es gekommen. So weit war *er* gekommen.

Adlik hingegen hatte bereits das Ende ihres Weges erreicht. Ihr Körper war in der Gosse nahe dem Vergnügungsviertel in der Hauptstadt gefunden worden, auf den ersten Blick gar nicht zu identifizieren. Ausgeraubt, vergewaltigt, verprügelt: Er wollte sich gar nicht vorstellen, was die Täter mit ihr angestellt hatten. Es gab keine Hinweise auf die Verantwortlichen, obgleich die Polizei von allerhöchster Stelle die Anweisung zu besonderer Anstrengung erhalten hatte – schließlich war Adlik das letzte Mal lebend gesehen worden, als sie den Palast des Imperators verlassen hatte. Das warf kein gutes Licht auf diese Tat und der Hof war sehr bestrebt darin, Aufklärung zu erlangen.

Kalebonian glaubte nicht eine Sekunde daran. Sein Misstrauen fraß ihn manchmal auf, es war oft eine größere Last als eine Tugend, aber jetzt läuteten die Alarmglocken dermaßen laut, er konnte sie auch hier unten in seinem Bunker hören, mit meterdicken Plastbetonwänden zwischen sich und den furchtbaren Ereignissen da draußen in der Welt. Es gab auch keine Zufälle, zumindest nicht oft, und wenn, dann stellten sie sich meist viel später als absolut nachvollziehbar heraus. Adliks Tod war kein Raubüberfall. Ihre Jacke war fort. Und das war alles, was der Chef des Militärgeheimdiensts wissen musste. Oder, anders gesagt: Jetzt wurde die Luft dünn.

»Bieber! Hierher!«

Harrison »Peer« Bieber gehörte zu Kalebonians engerem Stab, ein bärtiger Mann mit Bauchansatz, dem man eine Karriere als Analytiker und eben nicht im Außendienst ansah. Die weichen, weißlichen Finger, die aus seinen von Haaren bedeckten Händen sprossen, waren schnell und sicher auf Tastaturen und anderen Eingabegeräten, aber hilflos im Umgang mit Waffen – oder auch nur Messer und Gabel, wie jeder Besucher der Kantine bestätigen würde. Aber er war intelligent, gebildet und, das konnte lästig sein, hatte zu allem eine Meinung. Kalebonian benötigte eine Meinung und möglicherweise half ihm Bieber, sich selbst eine zu bilden.

»Was sagen unsere Leute im Palast heute Morgen?«

Bieber verzog das Gesicht. Er mochte diese allgemeinen Fragen nicht, da keiner genau wissen konnte, welche Hintergedanken der Direktor mit sich herumtrug. Aber es gab auch keine Möglichkeit, ihn darauf hinzuweisen. Kalebonian beobachtete Bieber, wie er sich ein wenig wand, und fand durchaus Gefallen daran. So blieben die Mitarbeiter wach und aufmerksam.

»Alles ruhig.«

»Zu ruhig.«

»Jawohl, Herr Direktor.« Bieber war heute folgsam und respektvoll, es war gut, eine Weile solche Leute um sich zu haben. »Wenn ich eine Anmerkung machen darf?«

»Dürfen Sie.«

»Wir haben schon sehr lange nichts mehr von der Spezialistin auf dieser Kath-Welt gehört …«

»Thasri«, murmelte Kalebonian. »Was hat das mit Adliks Tod zu tun?«

»Nun, möglicherweise nichts. Andererseits wissen wir, dass Mattilaa Horton Vigil auf die Reise geschickt hat. Er hat sich sogar direkt bei Ihnen gemeldet, Direktor. Er suchte Darius und ich frage mich, seit der Prinz wieder aufgetaucht und wieder verschwunden ist, ob er ihn mittlerweile gefunden hat.«

»Ja. Ja. Gut, Bieber. Noch einmal: Was hat das mit Adlik zu tun?«

»Sie war zuletzt im Palast lebend gesehen worden. Niemand hält sich im Palast auf, ohne dass Mattilaa es weiß. Und ich habe das hier, gerade reingekommen.« Bieber legte einen Datenwürfel auf den Tisch vor seinem Direktor. »Einer unserer Zuträger meint, dass Adlik nach dem Empfang nicht direkt gegangen ist, sondern aufgehalten wurde. Von einem Palastdiener, der zu Mattilaas Organisation gehört.«

»Ach!« Kalebonians Aufmerksamkeit wurde geweckt. »Das steht gar nicht im offiziellen Bericht.« Seine Überraschung war natürlich gespielt. Nichts, was der Zeremonienmeister tat, war offiziell, nicht einmal das, was offiziell war.

»Mattilaa könnte uns helfen herauszufinden, was passiert ist.«

»Wenn, dann ist er irgendwie involviert. Seine kleine Geheimtruppe ist mir seit vielen Jahren verdächtig. Der macht doch, was der Kaiser ihm aufträgt, und vor allem das, was hochgradig illegal ist.« Er spürte den Blick seines Untergebenen auf sich ruhen, nickte langsam. »Ja, das tun wir auch. Aber im Rahmen der Gesetze.«

Der Analytiker sagte nichts, das war sicher auch besser so.

»Horton Vigil schuldet uns etwas«, sagte Bieber langsam. »Nicht nur einen Gefallen. So richtig.«

»Ich bin mir nicht sicher, ob jetzt der Zeitpunkt gekommen ist, ihn daran zu erinnern. Er bekam von mir wichtige Informationen und versprach dann, sich zu melden. Aber er scheint genauso verschwunden zu sein wie unsere Truppe auf dieser Kath-Welt. Zusammen mit einer kleinen Flotte, die er sich zusammengerafft hat. Unsere Leute im Flottenhauptquartier sind nahe an den Ereignissen dran.«

Bieber sagte nichts, Kalebonian verstand ihn auch so. Er nickte.

»Gut. Wir kontaktieren Vigil. Wenn er wieder auftaucht, will ich mit ihm reden.«

Der Analytiker nickte und verschwand und nur für einen winzigen Moment war der Ausdruck einer gewissen Selbstgefälligkeit durch seinen ungepflegten Bart erkennbar. Kalebonian nahm es ihm nicht übel, es war ein kleiner Ausgleich dafür, tagein, tagaus in einem Bunker arbeiten zu müssen. Es gab wirklich angenehmere Orte als diesen.

Er wartete, bis die besonders gesicherte Zugangstür zu seinem Büro sich geschlossen hatte und er wieder allein war. Er konnte nun nicht länger aufschieben, was er schon lange hätte tun sollen: Er musste seine außerirdischen Verbündeten nicht nur informieren, falls sie nicht längst wussten, was passiert war; er musste auch mit ihnen Pläne machen. Mitgefangen, mitgehangen. Es gab jetzt kein Zurück mehr.

Nur wohin genau es jetzt gehen sollte, da war er sich gar nicht mehr sicher. Für Kalebonian, der über Jahrzehnte vor allem dafür gesorgt hatte, dass das Universum so war, wie er es sich vorstellte, bedeutete dies eine radikale Kehrtwende. Wie gut, dass er auch darauf mental vorbereitet war.

Erst mal der Simmi. Es war seine Jacke, er sollte es als Erstes erfahren.

34

»Das ist meine Entscheidung«, sagte Thasri. Sie sprach nicht laut, nicht einmal fordernd, mehr im Sinne einer Feststellung, einer Selbstverständlichkeit. Jimenez aber war nicht überzeugt, das zeigte seine ganze Körperhaltung. Sie alle saßen an Bord der AUME, des Schiffes, wieder vereint mit Aume, der Frau, der KI oder was auch immer. Die Erklärungen Aumes und der Kath schwangen immer noch in ihren Ohren und ihre Glaubwürdigkeit schwankte zwischen »Absurder Quatsch!« und »Da könnte was dran sein«, wobei Thasri zu Letzterem, Jimenez stark zu Ersterem tendierte.

»Wir sollten zu unseren Dienststellen zurückkehren!«, insistierte Jimenez.

»Ich werde Sie und Ihre Männer nicht daran hindern. Auch den Wissenschaftlern stelle ich es frei, Aume zu begleiten oder sich abzumelden. Sie hat zugesichert, jeden sicher abzusetzen. Sie meinte, wenn die Kath uns wieder in richtige Materie verwandeln ...«

Jimenez verzog das Gesicht und Thasri fühlte sich genauso. Sie berührte sich immer wieder selbst im Gesicht, um sich der perfekten Illusion von materieller Existenz zu versichern, die sie laut Aussage ihrer Gastgeber waren, seitdem die Kath-Welt das Tor ausgelöst hatte und sie hochgeladen worden waren. Aber das wäre »alles kein Problem«. Der Weg zurück sei gesichert. Thasri würde das erst glauben, wenn sie es erlebte, und laut Aume waren die Vorbereitungen fast abgeschlossen. Alle mussten sich nun entscheiden und Sergeant Jimenez war offenbar hin- und hergerissen zwischen loyaler Pflichterfüllung und der Erkenntnis, dass seine Vorgesetzte offenbar den Verstand verloren hatte.

Zumindest sah er sie so an, wenn er mit ihr sprach.

»Sie trauen ihr«, sagte er.

»Ich traue ihr nicht, aber ihre Geschichte hat einen wichtigen Aspekt enthalten, den Sie zu übersehen scheinen, Sergeant.«

»Und der wäre?«

»Sie könnte den Schlüssel für die Rettung des Imperiums vor den Kalten enthalten.«

»Wenn man dieser abenteuerlichen Darstellung glaubt.«

Thasri lächelte. »Sie kann mit einem überzeugenden Leumund aufwarten.«

»Wem genau? Ihre ganze Truppe besteht aus seltsamen Personen, vom Prinz einmal abgesehen, aber der weiß auch nicht, was er will.« Dass Jimenez so über ein Mitglied des imperialen Haushalts zu reden imstande war, illustrierte seinen emotionalen Gemütszustand. Thasri beschloss, Nachsicht zu üben. Es war für sie alle derzeit nicht leicht.

»Die Kath«, sagte sie. »Ich meine die Kath.«

»Aliens, die sich selbst in einen Supercomputer hochgeladen haben und die Aume anfangs selbst nicht über den Weg trauten?«

»Ich gebe zu, es hat etwas gedauert, aber mir scheint, dass sie ihr glauben.«

Für den Soldaten reichte das nicht aus, das war ihm anzusehen.

»Und wir vertrauen den Kath weil … weil die glühende Wohlfühlbälle in der Galaxis verteilt haben und uns jetzt plötzlich helfen wollen?« Jedes Wort des Soldaten troff vor Misstrauen, und wenn man es so darstellte, konnten einem natürlich Zweifel kommen. Thasri hatte Zweifel. Sie war ausgebildet als Agentin eines Dienstes, dem jemand wie Kalebonian vorstand, und daher war Misstrauen ein wesentliches Merkmal ihres Charakters geworden. Gerade deswegen verlangte es ihr vielleicht nach Sicherheit, etwas Hoffnung, die sie gar nicht rational begreifen und begründen musste, die ihr aber Orientierung gab. Doch sie musste und wollte Jimenez gar nicht überzeugen. Sie musste ihn nicht einmal überreden. Es genügte völlig, ihn mit einer simplen Tatsache zu konfrontieren, die er noch nicht kannte, weil auch Thasri sie erst vor Kurzem erfahren hatte.

»Darius schließt sich Aume an«, eröffnete sie dem Mann. »Der Prinz braucht Unterstützung, egal was er vorhat. Das ist meine Pflicht, also entscheide ich so. Wie entscheiden Sie?«

Im Gesicht des Soldaten arbeitete es. Sie hatte den Joker gezogen und ganz oben auf den Kartenstapel gelegt. Das war ihm unangenehm, denn sie appellierte nun an das, was das Leben eines echten Berufssoldaten nun einmal ausmachte: die absolute und unverbrüchliche Treue zum Kaiserhaus, auch wenn dieses phasenweise nur aus völlig durchgedrehten Irren bestand. Darius war vielleicht »seltsam«, vielleicht wusste er auch nicht, was er tat, oder er war trotzig oder er irrte sich einfach nur.

Aber er war, wer er nun einmal war. An dieser Tatsache kam auch Sergeant Jimenez nicht vorbei.

»Da haben Sie mich erwischt, Agentin«, murmelte der Soldat. »Warum macht er so was?«

»Er trifft seine Entscheidungen aus seinen eigenen Gründen«, sagte sie diplomatisch.

»Er will seinem Vater immer noch eins auswischen.«

»Er will möglicherweise Dinge anders tun als sein Vater«, gab sie zu. »Doch ob persönliche Rache dabei eine große Rolle spielt – was das angeht, bin ich mir nicht sicher. Aber sind seine Motive wirklich von Bedeutung?«

»Wenn er sich gegen das Imperium stellt – ja!«

»Sie meinen, es bestehe Gefahr, dass er sich zu einem Verbündeten der Kalten macht? Das dürfte ihm schwerfallen, das haben schon andere versucht.« Thasri wusste, wovon sie sprach. Es hatte Sekten gegeben, Rebellen wie Ildaya und völlig Verrückte, die exakt das versucht hatten, mehrfach, auf unterschiedlichen Wegen, gleichermaßen naiven wie ausgeklügelten, und alle waren sie gescheitert. Da sich dies dadurch auszeichnete, dass sie zu Eiszapfen wurden, hatte sich die Kunde nicht allzu gut verbreitet und es gab immer noch genug Derangierte, die solche Fantasien hegten.

»Nein«, sagte Jimenez, »sicher nicht. Aber er könnte … mit den falschen Leuten zusammenkommen.«

Das war lahm und der Sergeant wusste das auch.

»Ein Grund mehr, in seiner Nähe zu sein, um zum richtigen Zeitpunkt daran zu erinnern, wer die Richtigen sind, oder?«, drehte Thasri das Argument um, und wusste, dass sie Jimenez nun hatte. Sie wollte diesen Streit jetzt gerne abkürzen.

Sie legte ihre Hand auf die seine, eine vertrauliche Geste, die der Mann mit einer Selbstverständlichkeit akzeptierte, die darauf hinwies, dass sie nun schon einiges zusammen durchgemacht hatten.

»Sergeant, Sie entscheiden frei – und Ihre Männer auch. Befehlen Sie ihnen weder das eine noch das andere, und keiner soll für seine Haltung kritisiert werden. Diese Situation ist neu und unerwartet, und sie enthält so viele Parameter der Ungewissheit, dass auch ich mir nicht sicher bin. Aber eines steht für mich fest: Es ist besser, in der Nähe zu sein, wenn es eine Krise gibt, als weit weg, und erst recht, wenn sich dadurch die Möglichkeit ergibt, ein sehr großes Problem tatsächlich zu lösen. Finden Sie nicht?«

Suggestivfragen. Es gab nichts Besseres, um Leuten den letzten Schubs zu geben, die den Großteil des Weges bereits gegangen waren.

Und so war es auch bei Jimenez. Er erhob sich und schaute sie an und er hatte seine Entscheidung getroffen. Thasri wusste auch, welche, ehe er nur den Mund öffnete.

»Ich werde bei Ihnen bleiben.«

Er betonte »bei Ihnen« und Thasri verstand. Es schmeichelte ihr ein wenig. War das eine Bekundung von Sympathie oder einfach nur eine Art Pflichtgefühl, das er auf sie übertrug als Symbol? Soldaten brauchten das manchmal. Und solange Jimenez sich nicht sicher sein konnte, dass Prinz Darius sich auch wie ein ordentlicher Prinz verhielt, blieb erst mal nur eine Alternative. Thasri war dankbar. Von den Wissenschaftlern hatte allein der Technospürer, mehr aus Neugierde auf die Aume, frühzeitig bekannt gegeben, sie bis zum Ende begleiten zu wollen. Alle anderen tendierten zur Heimreise.

Thasri meinte es ernst. Keine Vorwürfe, keine Schuld. Würde sie nicht Verantwortung in ihren Händen sehen, wer weiß, wie sie sich dann entschieden hätte? Nein. Sie verkniff sich ein Lächeln. Kein »wer weiß«. Sie wäre immer geblieben, unter allen Umständen. Dies waren die Kath. Die Kath waren ihr Leben. Und sie gaben ihr einen Auftrag, direkt oder indirekt. Wie konnte sie da ablehnen?

Und Aume wusste viel über dieses Volk. Wenn es doch nur alte Aufzeichnungen ihres Schiffes gab oder die Möglichkeit, sich nach ihren Erinnerungen zu erkundigen … Thasri würde wichtige Organe für diese einmalige Chance hergeben, mehr zu lernen. Es war aber vielleicht besser, über diese Motivation nicht allzu laut zu sprechen. Jimenez würde es nicht verstehen. Besser, von Pflicht und Diensttreue zu reden. Das begriffen die meisten, auch jene, die wenig davon hielten.

»Wir sollten alle an Bord gehen«, hörte sie die Stimme von Darius, der neben ihr auftauchte, als sei er von ihren Gedanken angezogen worden. Der Prinz sah weder entspannt noch sonderlich erregt aus, er war zu dünn, wirkte etwas kränklich und nicht halb so selbstsicher, wie man es von einem Mitglied der imperialen Familie erwarten sollte. Vielleicht war es deswegen so schwierig für Jimenez, enthusiastische Loyalität zu empfinden. Es gab eine imperiale Ikonografie. Mitglieder der höchsten Familie sahen auf eine bestimmte Weise aus, sie erfüllten genau definierte optische Erwartungen und Kriterien, und diese sorgfältige Inszenierung war nicht nur Teil eines meist unterschwelligen Herrscherkults, sie war auch die Grundlage der emotionalen Bindung zwischen Herren und Dienern. Es war wie ein Geschäft. Die Kaiserfamilie hatte nach außen so zu wirken, dass man ihr leicht dienen konnte und wollte, und sie hatte sich anzustrengen, dieses Bild zu pflegen. Wenn sie es nicht tat – und Darius hatte ganz offensichtlich keinerlei Interesse daran –, dann kündigten sie irgendwie diesen Pakt auf. Wer wie Jimenez sein ganzes Leben auf diesen emotionalen Deal hin konditioniert worden war, dem musste der etwas abgerissene und leidende Eindruck, den der Prinz hier vermittelte, beinahe körperliche Schmerzen bereiten.

Thasri konnte das reflektieren. Die Beschäftigung mit antiken Epochen und – scheinbar – ausgestorbenen Zivilisationen half immens dabei. Jimenez hatte die Gnade einer solchen Ausbildung nicht erhalten und so schwankte er zwischen der tief in ihm sitzenden Treue und Pflicht und dem Gefühl, dass etwas ganz und gar nicht richtig war.

Natürlich war die Pflicht stärker. Sie machten sich auf den Weg zur Aume. Ein Kath erwartete sie unten an der Rampe. Er wirkte nahezu entspannt, wie alle seine Artgenossen, nun, da Entscheidungen getroffen worden waren. Vielleicht auch nur froh, sie los zu sein. Er sah Thasri erwartungsvoll an.

»Gelehrte«, begrüßte er sie freundlich.

»Nicht halb so gelehrt, wie ich gerne wäre.«

»Ich habe ein Abschiedsgeschenk für Sie. Es ist keinesfalls schmeichelhaft, dass die Erinnerung an unser Volk so wenigen Wesen vorbehalten bleibt, während die Menge der Existenzen uns aus dem Gedächtnis gestrichen hat.«

»Es ist weniger ein Streichen aus dem Gedächtnis als vielmehr eine Überhöhung und Verzerrung durch Mythen«, sagte Thasri korrigierend, obgleich sie im Grunde weitaus weniger nette Worte hätte finden können. Der Kath sprach ja letztlich ihre eigene Frustration aus, die sie als Vertreterin einer Nischenwissenschaft ihr ganzes akademisches Leben hatte ertragen müssen.

»Aume weiß viel von uns, aber nicht alles. Dieser Datenspeicher enthält ausgewählte Informationen über unsere Vergangenheit. Sie werden die darin enthaltenen Daten als sehr interessant ansehen.«

Thasri nahm die unscheinbare Metallscheibe mit dem Ausdruck größter Ehrfurcht entgegen.

»Das ist jetzt aber nicht wie in einem Traum, in dem mir jemand etwas gibt, das ich schon immer wollte, und dann ist die Enttäuschung groß, sobald ich erwache«, sagte sie beinahe zaghaft.

»Der Speicher wird den Retransformationsprozess von Information in Materie unbeschadet und voll funktionsfähig überstehen, das versichere ich Ihnen.«

»Es handelt sich um ausgewählte Informationen? Nach welchen Kriterien ausgewählt?«

Der Kath machte eine Geste. »Das ist doch selbstverständlich. Nach unseren.« Er verneigte sich und wandte sich ab, ohne weitere Fragen zu beantworten, aber das war im Grunde auch gar nicht mehr notwendig. Auch die Kath wollten nicht, dass alle alles wussten. Auch sie wollten eine eigene Ikonografie pflegen. Darin, so nahm Thasri an, unterschieden sie sich nicht grundsätzlich von der imperialen Herrscherfamilie. Sie würde die Informationen mit größter Skepsis auswerten, immer auf der Suche nach Auslassungen und Beschönigungen. Aber bei allem, was ihr heilig war, sie würde den Datenspeicher bis auf sein letztes Quäntchen auspressen, und wenn es das Letzte war, was sie jemals in ihrem Leben tun würde.

Sobald sich die Gelegenheit dazu ergab.

Sie betraten die Aume, die weiterhin die äußere Form des imperialen Militärfrachters Friedbert angenommen hatte, das Schiff, mit dem Holoban Kerr abgestürzt war. Die Inneneinrichtung unterschied sich aber vom imperialen Standard, wenngleich Thasri sich sicher war, dass das Schiff sich in alles verwandeln konnte, was sich als notwendig erweisen mochte.

»Wer die Transformation auf der Brücke miterleben möchte, ist herzlich eingeladen«, hörte sie die Stimme Aumes und wie alle anderen folgte sie der Einladung, und sei es nur, um etwas Trost in der Gemeinschaft anderer Reisender zu finden. Die Kath hatten mehrmals versichert, dass die Remolekularisierung der Informationen, aus denen sie derzeit de facto nur bestanden, völlig schmerz- und absolut reibungslos verlaufen würde. Thasri setzte all ihre Hoffnung in die Vertrauenswürdigkeit dieser Aussage, was aber nichts daran änderte, dass in jedem von ihnen Zweifel blieb, umso größer, desto weniger man enthusiastischer Kath-Fan war. Was so ziemlich für jeden außer ihr gelten dürfte.

Sie setzten sich alle in Sessel und selbst Ildaya, von der Thasri am ehesten angenommen hätte, dass sie kein Interesse an ihrer aller Gesellschaft hätte, war zugegen, schweigsam, in sich versunken, aber eben anwesend.

Holoban Kerr stand neben dem Pilotensitz und er hatte offenbar keine Lust, dort Platz zu nehmen, weil es ihm peinlich war. Aume stand neben ihm, eine elegante, geschmeidige Präsenz perfekter weiblicher Schönheit und damit voller Reize, die bei Thasri mindestens ein wenig gesunden Neid auslösten, wenn auch sicher nicht einmal annähernd die Reaktionen wie bei Kerr, der völlig im Bann der Schiffsfrau stand.

Aume lächelte in die Runde. Es war, als habe das Gespräch mit den Kath, deren Anerkenntnis ihrer Wandlung, einen Knoten in ihr gelöst, eine stille Angst oder einen Vorbehalt. Sich wieder zu erinnern, musste wie ein Segen für sie sein und sie war auf jeden Fall bereit für die nächste Reise. Thasri war sich nicht sicher, was den Rest der Truppe betraf. Jimenez sah verkniffen aus, was bestimmt auch daran lag, dass er im Grunde nicht wusste, was hier eigentlich vor sich ging. Vocis und Hamid waren voller gespannter Erwartung, die Soldatin mit Yela auf dem Schoß, die absolut unbekümmert wirkte, eine Geisteshaltung, die in Thasri weitaus mehr Neid auslöste als Aumes so offensichtlich cellulitefreie Oberschenkel. Plastikk war ruhig und in sich gekehrt, aber ein aufmerksamer Beobachter seiner Umgebung. Sol hielt sich in der Nähe des Prinzen, wirkte ein wenig verloren, als wisse er nicht genau, was er hier solle. Da Aume sie noch gar nicht genau darüber informiert hatte, wohin die Reise jetzt ging, war das auch nicht weiter verwunderlich.

Und Darius las auf einem Pad die neuesten politischen Nachrichten aus dem Imperium, was hieß, dass er zumindest mental wieder nach Hause zurückgekehrt war – und sich kümmerte.

Ob das eine gute oder eher bedenkliche Nachricht war, würde sich noch zeigen müssen.

»Es geht los«, flüsterte Aume und hob ihre Arme wie zu einer Beschwörung, bemerkte die verwunderten Blicke und lachte.

»Ich weiß. Ich habe gar keine Kontrolle. Und wir bewegen uns gar nicht physisch. Wir kehren auf die Welt zurück, auf der sich mittlerweile die Kälte weiter ausgebreitet haben wird. Es kann sein, dass imperiale Einheiten auf uns warten. Der Kollapsar wurde hingegen endgültig … ausgelöscht.«

Sie sah Darius an. »Wünschen Sie Kommunikation in einem solchen Fall?«

»Nur, wenn es absolut notwendig sein sollte«, gab der Prinz zurück. »Ich möchte vorschlagen, dass wir erst einmal so rasch wie möglich verschwinden.«

Aume nickte. »Exakt das ist meine Absicht.«

So hob das Schiff ab, ein Symbol für die Initiierung eines Prozesses, der allein in Händen der Kath lag. Thasri erwartete den gleichen Effekt wie bei ihrer »Hinreise«, aber niemand wurde bewusstlos, kein strahlendes Licht lud sie ein, darauf zuzulaufen, keine Himmelschöre und keine seltsamen Gefühle, die den Transfer begleiteten. Eben noch zeigten die Bildschirme das digitale Universum der hochgeladenen Kath-Welt, dann entfalteten sich die Sterne vor ihnen und die Aume glitt in den Orbit der Dschungelwelt, auf der sich ein weißer, kalter Perimeter mit unaufhaltsamer Macht verbreitete.

Thasri stieß die Luft aus, die sie noch als digitales Abbild ihrer selbst angehalten hatte. Selbst dieser Impuls hatte den Transfer mitgemacht. Sie war rechtschaffen beeindruckt.

»Oh, oh!«, sagte Kerr, der sich weniger mit sich selbst, sondern sogleich mit den Daten der Scanner befasst hat. »Ein paar imperiale Einheiten, wie erwartet. Treiben etwas ziellos durch die Gegend. Ich frage mich …«

»Nein«, sagte Thasri. »Ich habe die Kath gefragt.«

Kerr sah sie irritiert an. »Ich wollte wissen, ob …«

»… wer dort drüben in der virtuellen Welt starb, hier wiedererweckt wird. Die Kath haben gesagt, dass sie nur eine Kopie erstellen könnten und das sei unethisch.«

Kerr sah sie neugierig an. »Woran liegt das? Gibt es also eine Seele?«

»Wenn alles überstanden ist, sollten Sie hierher zurückkehren und es mit den Kath erörtern. Ich glaube, das ist mehr als eine rein technische Frage.«

»Was machen die Imperialen?«, fragte Hamid und trat neben Kerr.

»Ihre Wunden lecken«, mutmaßte dieser und wies auf die eher erratischen Bewegungen der imperialen Kreuzer, die sich offenbar auch alle nicht in einem guten Zustand befanden. Was sich ebenfalls nicht in einem guten Zustand befand, war der Kollapsar oder vielmehr seine Reste. Was bei den Kath in Stücke geschlagen worden war, fügte der Retransfer ebenfalls nicht wieder zusammen. Das war keine schlechte Nachricht.

»Nur der da nicht«, sagte Darius und vergrößerte die Darstellung. Ein kleines Schiff machte einen sehr zielstrebigen Eindruck, nahm Fahrt auf, und das direkt auf die Aume zu.

»Was ist das für eine Einheit? Sieht aus wie eine Jacht. Die haben wir doch bereits einmal bemerkt, bevor wir …«, murmelte Kerr.

»Eine Jacht«, bestätigte Thasri. »Aber nicht irgendeine. Aume, du hast doch sicher Möglichkeiten …«

Die Schiffsfrau nickte. »Ich habe das Schiff durchleuchtet. Interessant. Eine sehr hoch entwickelte KI. In ein paar Jahrtausenden und mit etwas Übung und gutem Willen könnte sie so werden wie ich.«

»Nur ein Passagier, nehme ich an«, sagte Thasri mit einer gewissen Ahnung in der Stimme.

»Ein Mann. Ich lese multiple Identifikatoren. Entweder ist er sich seiner selbst nicht sicher oder er hat Zugriff auf verschiedene Persönlichkeitsmerkmale.«

»Ein Agent«, sagte Darius.

»Ein Kollege?«, fragte Hamid in Richtung Thasris. Diese schüttelte mit Bedacht den Kopf.

»Das ist zwar nicht gänzlich auszuschließen, aber ich befürchte, dieser Mann gehört zu einer Truppe, die außerhalb der Verfügungsgewalt von

Direktor Kalebonian steht. Ich hatte bisher nur am Rande mit ihr zu tun, aber es gibt eine Spezialeinheit, die direkt vom Imperialen Hof aus operiert – für Dinge, die wirklich niemand erfahren soll. Und die oft den Interessen des Militärgeheimdienstes widersprechen. Es gibt immer Funken, wenn wir aufeinandertreffen, und am Ende gibt es immer nur einen Sieger.« Sie zeigte auf das Schiff. »Die da.«

»Sylvana«, sagte Aume. »Sie heißt Sylvana. Das Schiff. Meine kleine Schwester.« Sie runzelte die Stirn. »Meine sehr junge, sehr kleine und etwas zurückgebliebene Schwester.«

»Wir behalten diese Bewertung mal für uns«, murmelte Sergeant Vocis und warf Aume einen strafenden Blick zu. »Warum ist die SYLVANA hier?«

»Meinetwegen«, murmelte Darius. »Ich kenne diese Einheit und ihre zentrale Aufgabe war immer, eskalierende Probleme in der imperialen Familie zu lösen. Dafür ist sie gegründet worden. Liebhaber verschwinden lassen, uneheliche Kinder versorgen, freche Bedienstete in ihre Grenzen weisen, diskrete Dinge diskret bleiben lassen: so etwas. Sie wuchs dann. Wuchs immer mehr. Kein Wunder, dass Kalebonian nicht erfreut ist.«

»Er ist nie erfreut«, entgegnete Thasri. »Darüber aber ganz besonders nicht. Er ist auf der Suche nach Ihnen, mein Prinz?«

»Davon gehe ich fest aus.«

»Dann sollten wir ihn einladen«, schlug die Frau vor.

»Sie sind wahnsinnig!«, schnob der Prinz. »Es ist …«

»Ich will keine Verfolger. Ich will keine Schatten. Wir haben Wichtigeres zu tun. Aume.«

Die Schiffsfrau sah Thasri erwartungsvoll an.

»Darf ich den Vorschlag machen, diese Jacht an eventuellen Fluchtmanövern zu hindern und dafür zu sorgen, dass wir ein … Gespräch führen können?«

Aume lächelte. »Ein Gespräch wie in … reden.«

Darius nickte. »Aber natürlich. Reden. Was sonst?«

35

Mehrere Ereignisse ließen Horton Vigil von seiner Idee Abstand nehmen, die Welt vor ihm zu besuchen. Zum einen war es die Tatsache, dass sie alle – die Sylvana, die Reste seiner ruhmreichen Flottille und das seltsame Gefährt, das im Canopus-System aufgetaucht war – offenbar alle wieder in ihr vertrautes Einstein-Universum zurückkehrten. Zum anderen war es die Tatsache, dass er, sobald das passiert war, zwei Nachrichten erhielt. Nein, eigentlich drei, eine davon aber erwartet: die Bitte Mattilaas, einen Sachstandsbericht abzuliefern. Er verschob das.

Die beiden anderen waren bemerkenswert. Die eine stammte von Kalebonian und erinnerte ihn an ein Versprechen. Das konnte nur bedeuten, dass der Direktor dringend etwas von ihm wollte. Das war unter normalen Umständen bereits höchst verdächtig, unter diesen war es von alarmierender Wirkung. Er verschob auch diese Antwort, obgleich er sich ihr auf keinen Fall entziehen konnte. Horton Vigil hatte Leichen im Keller, einige davon ziemlich wichtig. Von einer dieser Leichen hatte Kalebonian ein Foto. Und Vigils Fingerabdrücke, metaphorisch gesprochen.

Die dritte Nachricht irritierte ihn aber am meisten. Denn sie kam von einer Frau, an die er manchmal dachte, kürzlich erst, vielleicht hin und wieder auch wehmütig. Von der er niemals erwartet hätte, jemals wieder etwas zu hören. Die mit einem der dunkelsten Flecken auf seiner Weste verbunden war, auf positive wie negative Weise. Und keiner konnte ihm erzählen, dass das ein Zufall war. Er war es durchaus gewohnt, im Mittelpunkt von Ereignissen zu stehen, aber meist hatte er eine größere Kontrolle darüber.

Außerdem ging im Serail alles drunter und drüber. Meldungen prasselten auf ihn herein. Sylvana sortierte vor, es war jedoch sofort klar, dass außergewöhnliche Dinge passierten. Und das Schiff mit Darius an Bord kam auf ihn zu und schickte ihm eine freundliche Aufforderung, eine Verbindung zu etablieren. Horton Vigil war in diesem Moment der Ansicht, dass zu viele Leute auf einmal mit ihm reden wollten. Also war es nur logisch, sich auf seine eigentliche Aufgabe zu konzentrieren, und die war der Kronprinz. Dem er jetzt etwas sagen musste. Was genau nur?

Er akzeptierte die Verbindung. Es gab eine Bildübertragung und anstatt des Prinzen war ein Mann zu erkennen, den Vigil in seiner Datenbank hatte: jemand namens Holoban Kerr, der einst als Pilot für die Flotte gedient hatte, ein privater Vertragsnehmer, ein zuverlässiger Mann ohne Ambitionen.

»Ihr Schiff ist die SYLVANA«, erklärte der Mann ohne Umschweife, was eine bemerkenswerte Erkenntnis war, da die Jacht keinen aktiven Transponder hatte. Aber wer auch immer da drüben das Sagen hatte – oder was? –, verfügte ohne Zweifel über Möglichkeiten. Er konnte getrost davon ausgehen, dass nicht allein sein Schiff bekannt war.

»Sie arbeiten im Auftrag des imperialen Zeremonienmeisters«, fügte Kerr hinzu. Vigil lehnte sich in seinem Sessel zurück. Der Mann wusste ganz offensichtlich nicht, wovon er genau das eigentlich sprach. Es wirkte ein wenig wie aufgesagt.

»Ich möchte den Prinzen sprechen«, erwiderte er also. Es gab hier keine Zeit zu verlieren. Niemand hielt sich mit dem Vorzimmer auf, wenn es dringend wurde.

»Das haben wir uns gedacht. Halten Sie den Kurs, lassen Sie die Waffen deaktiviert und wir reden.«

Das Bild wechselte. Das Gesicht kannte Vigil auch sehr gut. Es durchfuhr ihn trotzdem so etwas wie ein ehrfürchtiger Schrecken. Es war immer so. Er hasste es.

»Hoheit, es ist mir …«

»Sie sind Mattilaas Mann.«

Auch Darius war nicht nach Small Talk zumute. Vigil nahm sich einen Moment, ihn genau zu beobachten. Er wirkte energisch, nicht erschöpft, sehr entschlossen. Hager, ausgemergelt. Wie man hörte, darüber hinaus exakt die Art von Prinz, die mit Vätern in Konflikte geriet und sich deren bösartigem Zugriff durch Untertauchen entzog. Und überlebte. Und zurückkam wie der Phönix aus der Asche und damit für weiteren Ärger sorgte.

»Mein Name ist Horton Vigil«, war daher eine gute, wahrheitsgemäße und ausweichende Antwort, die den Ball zurück in das Spielfeld des Prinzen warf. »Ich bin sehr froh, dass Sie wohlauf sind, Prinz Darius.«

»Sie sind froh? Die Tatsache, dass Mattilaa Sie hinter mir hergeschickt hat, zeigt ja, dass die Freude nur übersichtlich sein dürfte. Worin besteht Ihr Auftrag? Was wollen Sie von mir?«

Er kam gleich zur Sache. Das war völlig in Ordnung. Vigil entspannte sich. Kein Herumschleichen, klare Worte, das kam ihm entgegen.

»Erst einmal will ich mich nur vergewissern, dass es Ihnen gut geht.«

»Ich glaube Ihnen kein Wort, Agent Vigil. Agent ist die richtige Anrede?«

»Ich lege keinen Wert auf Titel.«

»Ich übrigens auch nicht mehr.«

Horton Vigil mochte es nicht besonders, aber er kam nicht umhin, eine gewisse Sympathie für Darius zu entwickeln. Er wirkte sehr ... erfrischend.

»Ich will Ihnen ehrlich sagen, was mein Auftrag ist«, erklärte er nun. »Ich mache Ihnen ein Friedensangebot des Palastes. Der Streit der Vergangenheit hat ein Ende. Sie sind eingeladen, zurückzukehren und in Ehren aufgenommen zu werden. Die Krise spitzt sich zu. Sie wissen, was im Serail passiert?«

»Was?«

Er wusste es nicht, schoss es Vigil durch den Kopf. Verdammt! Er würde jetzt ...

Der Schirm wurde schwarz, eine Minute, zwei, bis Darius wieder auftauchte.

»Ich habe keine Zeit mehr für Gespräche, Agent Vigil. Ich muss los.«

»Hoheit, sind Sie wirklich ...«

»Wollen Sie mit?«

Vigil öffnete den Mund und schloss ihn wieder. Seine Gedanken rasten. Um seine Mission doch noch zu erfüllen, wäre es hilfreich, in der Nähe dieses Mannes zu bleiben. Gleichzeitig aber lärmten in seinem Kopf alle Alarmglocken. Er warf einen Blick auf seine Konsole, sah die dringenden Anrufe von Mattilaa, von Kalebonian und, verdammt noch mal, Pia Trowski und fand, dass es keine schlechte Idee war, furchtbar beschäftigt zu sein.

»Ich komme mit«, sagte er kurz entschlossen. »Ich …«

»Wir schlucken Sie. Bleiben Sie, wo Sie sind. Schalten Sie das Schutzfeld aus und deaktivieren Sie den Antrieb. Und lassen sie das Waffenpult in Ruhe. Einfach nur sitzen bleiben. Es wird Ihnen nichts geschehen. Sie haben mein Wort.«

Das Bild erlosch. Ihm wurde ganz offensichtlich keine Wahl gelassen. Und er hatte das Wort eines Prinzen. Das musste doch noch etwas wert sein.

»Horton?«

»Ja, Sylvana?«

»Ich habe die Missionsnummer nun in der Datenbank eruiert.«

Vigil hatte das fast vergessen. Die Nachricht, die er an Bord des Kollapsars gefunden hatte. Wie elektrisiert beugte er sich nach vorne, während er beobachtete, wie das Schiff des Prinzen sich der Jacht langsam näherte.

»Was für eine Mission?«

»Eine kleine Aufklärungs- und Forschungseinheit, die auf einer von Kalten angegriffenen Welt abgesetzt wurde, um mehr über die Natur der Angreifer herauszufinden. Die Mission scheiterte, da ein Kollapsar die Flottenelemente angriff und die Forscher es nicht mehr schafften, die Welt zu verlassen. Alle Mitglieder der Gruppe sind als gefallen gekennzeichnet.«

»Nun«, sagte Vigil gedehnt. »Das stimmt wohl nicht ganz. Gib mir die Daten.«

Sein Monitor flammte auf. Vigils Blick blieb auf einigen Zahlen hängen. Das war …

»Bemerkenswert«, flüsterte er.

»Nicht wahr?«, kommentierte Sylvana. »Die Mission ist gescheitert. Es war der zweite Vorstoß dieser Art nach dem Debakel von Lucia. Vor etwas über 20 Jahren. Was auch immer mit diesen Leuten geschah – sie sollten laut den Archiven eigentlich alle tot sein.«

»Und keine Graffiti in Kollapsarwände schnitzen«, vervollständigte Vigil. Er vertiefte sich in den Datensatz und bekam gar nicht richtig mit, dass die SYLVANA in der Tat geschluckt wurde.

Der Prinz hielt sein Wort. Auf manche Dinge waren eben doch noch Verlass.

36

»Ich würde mich gerne länger mit Ihnen unterhalten«, sagte Darius, als er Vigil etwas kühl in der Zentrale der AUME begrüßte. »Ich habe viele Fragen an Sie.«

»Und ich ein Angebot, das weiterhin gilt.«

Der Prinz sah Vigil forschend an. »Ich kann Ihnen nicht glauben, dass es ernst gemeint ist.«

»Es kommt von höchster Stelle.«

»Meinem Vater? Sie haben mit ihm gesprochen?«

Vocis stand neben den beiden Männern, schaute wachsam vom einen zum anderen. Der Unterton war nicht direkt feindselig, eher gespeist von einem tiefen Misstrauen, zumindest beim Prinzen. Vigil war schwer zu lesen. Es war davon ausgehen, dass sich Agenten seiner Art gut im Griff hatten.

»Nein, nicht direkt.«

»Mattilaa hat Sie geschickt.«

»Er hat das Ohr des Imperators.«

Darius lachte humorlos. »Er hat mehr als nur sein Ohr, Vigil. Das dürfen Sie mir glauben. Weitaus mehr als das. Aber wir müssen diese Diskussion ein andermal fortsetzen. Wir haben unangenehme Informationen und im Serail …«

»Ich habe davon gehört. Die Flotte wird …«

Alle verstummten, als Aume zu ihnen trat. Horton Vigil betrachtete sie mit scharfer, fast schon sezierender Aufmerksamkeit, der nach der Einschätzung von Vocis jede sexuelle Komponente fehlte. Entweder war der Mann tatsächlich in der Lage, solche Impulse umfassend zu kontrollieren, oder er spielte lieber auf einem anderen Instrument.

»Ich reise«, sagte sie. »Schön, dass Sie mein Passagier sind, Agent Vigil. Ich habe bereits ein interessantes Gespräch mit Sylvana geführt. Sie hält große Stücke auf Sie.«

Vocis verbarg ihr überraschtes Lächeln. Da war tatsächlich eine emotionale Reaktion bei Vigil erkennbar gewesen, beinahe so etwas wie Verlegenheit. Da konnte sie nichts machen, das musste sie niedlich finden. Noch ein Mann, der was für eine Maschine übrig hatte. Das hatte etwas furchtbar Hilfloses und kam in diesem Fall etwas unerwartet.

»Die Daten der SYLVANA unterliegen der höchsten Geheimhaltungsstufe. Sie machen sich strafbar, wenn Sie ...« Vigil unterbrach sich, schüttelte den Kopf. »Das stört Sie vermutlich nicht weiter.« Er betrachtete sie immer noch eingehend. »Wer oder was sind Sie?«

»Beides. Lassen Sie uns besprechen, was wir jetzt tun müssen. Wir fliegen zum Schlachtfeld. Der Asteroid ist beeindruckend. Ich habe den starken Verdacht, dass Dendh dahintersteckt. Er könnte sich sogar an Bord befinden. Wir müssen es herausfinden.« Sie drehte sich einmal um sich selbst und hob die Arme. »Der Flug dauert drei Stunden. Ruhen Sie sich alle aus.«

»Drei Stunden?«, echote Vigil. »Nicht einmal das schnellste ... Ach was!« Er seufzte.

»Ist das mit dem Schlachtfeld eine gute Idee?«, fragte Darius. »Da mag Sie niemand, weder die eine noch die andere Seite, oder irre ich mich da?«

Aume hörte ihm schon nicht mehr zu und entschwand mit einem eleganten Hüftschwung, dem Darius etwas länger Aufmerksamkeit schenkte, ehe er Vigil beim Arm griff.

»Ich informiere Sie, Agent. Und dann müssen wir uns über Ihre Loyalität unterhalten.«

»Steht die in Zweifel?«

Der Prinz hob die Augenbrauen. »Keinesfalls. Ich will nur wissen, ob Sie in der Lage sind zu differenzieren. Das wird nämlich möglicherweise nötig sein.«

Er zog Vigil davon, nickte Vocis im Vorbeigehen zu. Die Soldatin sah den beiden Männern nach und empfand eine gewisse Beruhigung, als sich ihnen Hamid anschloss, ohne dafür um Erlaubnis zu bitten. Hamid war in Ordnung. Ihm vertraute sie. Es war gut, wenn er die Ohren offen hielt.

Sie spürte eine Hand in der ihren, klein und warm. Yela hatte sich zu ihr gesellt, verfolgte ihren Blick und nickte. »Das ist gut«, sagte sie.

»Was genau meinst du?«, fragte Vocis.

»Du und Hamid. Ihr könnt meine neuen Eltern sein. Ihr seid beide einigermaßen vernünftig und ich kann eine Menge von euch lernen.«

»Du bist bald ein Teenager, Yela. Dann willst du von keinem Erwachsenen mehr etwas lernen, wenn es sich vermeiden lässt.«

Das Mädchen sah Vocis zweifelnd an. »Ich habe so viel erlebt«, sagte Yela leise. »Mein Kopf tut manchmal weh.«

Vocis streichelte ihr über das Haar. »Meinst du das im Ernst? Das mit dem Kopfweh?«, vergewisserte sie sich.

Yela nickte. »Immer wieder mal. So ein Pochen.«

Warum reagierte sie plötzlich so? Vocis spürte, dass ein plötzliches Unbehagen sie ansprang wie ein Raubtier, ein Impuls, den sie nur mühsam unter Kontrolle brachte. Den sie, bei rechter Betrachtung, gar nicht kontrollieren musste.

Vocis drehte sich um. »Aume!«

Die Schiffsfrau stand neben Holoban Kerr, der wieder so tat, als sei er ein Pilot. Er war eine arme Wurst, aber niemand traute sich, es ihm zu sagen. Und er merkte es nicht. Aumes Kopf ruckte hoch und sie sah Vocis fragend an.

»Sergeant?«

»Kann dieses Schiff auch eine funktionierende Krankenstation simulieren?«

»Ich simuliere nichts. Ich bin.«

»Dann seien Sie bitte eine.«

»Bitte spezifizieren Sie die Art des medizinischen Notfalls!«

Sie bekamen ihre Krankenstation und Aume begleitete sie dorthin, obgleich das nicht notwendig war. Die sterbliche Zerbrechlichkeit ihrer Gäste war ihr durchaus bekannt und Vocis nahm an, dass ihre Sorge ebenfalls ernst gemeint war. Yela, die etwas Angst gehabt hatte, was die mögliche Untersuchung anging, war überraschend folgsam und sichtlich erleichtert, als Aume sie nur bat, sich einfach hinzusetzen. Keine Instrumente, die sich durch ihre Haut bohrten oder seltsame Geräusche von sich gaben. Einfach nur ein bequemer Sessel, in dem das Mädchen halb versank, und ein sanftes Summen, das als Hinweis darauf gewertet werden konnte, dass irgendwas passierte.

»Kopfschmerzen, ja?«, vergewisserte sich Aume.

Das Mädchen nickte. Vocis aber war durch die Nuancen in ihrer Frage eher alarmiert.

»Vielleicht sollte Yela ...«, begann sie, doch die Schiffsfrau schüttelte sogleich den Kopf.

»Es ist nicht schlimm. Ich synthetisiere ein Medikament, das die Schmerzen permanent unterbinden sollte. Du wirst sie nie wieder erleben.«

Yela lächelte erfreut, doch das Misstrauen der Soldatin war keinesfalls beruhigt.

»Was ist die Ursache?«, hakte sie nach.

»Ja, das ist eine interessante Frage. Yela, du leidest unter einer an sich harmlosen Entzündung an der Gehirnschale. Nicht besorgniserregend und ohne irgendwelche Langzeitwirkungen. Viel wichtiger ist aber die Ursache dafür. Bist du jemals operiert worden?«

»Ich ... glaube nicht. Nein.«

»Wie kommt dann das Implantat in dein Gehirn?«

»Moment, Aume!«, sagte Vocis jetzt heftig. »Nicht so schnell. Yela ist vom Medizinischen Dienst der Flotte nach unserer Flucht eingehend untersucht worden. Man hat nichts gefunden. Wir sind vielleicht nicht ganz so weit fortgeschritten wie die Technologie, auf deren Basis du *funktionierst* ...«, und sie betonte das letzte Wort ganz besonders, »aber wir sind ziemlich gut im Durchleuchten unserer eigenen Körper geworden. Gäbe es da ein Implantat, hätte man es bemerkt und mir ganz sicher davon erzählt.«

»Man hätte es bemerkt, da stimme ich zu. Es ist bei eingehender Untersuchung, obgleich sehr kompakt und energetisch inaktiv, absolut nicht zu übersehen.« Aume sah Vocis abwartend an. »Was lernen wir also daraus?«

Vocis wollte eine spontane Antwort geben, möglicherweise unnötig verärgert, und fing diese gerade noch ab, ehe sie ihre Kehle verlassen konnte. Aume wollte sie nicht provozieren. Die Frage war tatsächlich relevant und sehr aktuell, wie die Soldatin mit plötzlicher Intensität zu ahnen begann. Yela sah von einer zur anderen, rieb sich unwillkürlich am Kopf, plötzlich unsicher, wie sie mit der Situation umzugehen hatte. Vocis legte ihren Arm um die schmalen Schultern des Mädchens und fühlte, wie dieses sich unter der Berührung entspannte.

»Sie meinen, es wurde gefunden und dann verschwiegen?«

Aume nickte. »Ihnen und ihr gegenüber. Wer erfuhr sonst noch nichts davon?«

»Nun … offenbar hat es keine weiten Kreise gezogen. Es hätte sonst weitere Untersuchungen und Nachfragen gegeben. Nur der Militärgeheimdienst war damals sehr hartnäckig und … sehr besitzergreifend.« Sie sah Yela forschend an. »Das ergibt plötzlich auf sehr beunruhigende Weise Sinn. Aume, was tut dieses Implantat?«

»Derzeit gar nichts. Es ist absolut inaktiv. Es weist eine bemerkenswerte molekulare Struktur auf. Das ist nicht die Arbeit von Amateuren. Tatsächlich geben die medizinischen Datenbanken eures Imperiums keinerlei Hinweis auf eine solche Apparatur. Ich kann über die Funktion nur Spekulationen anstellen.«

Aume lächelte Yela an. »Erzähl uns, mein Kind, was dein Vater so gemacht hat. Oder deine Mutter. Ihr habt zusammengelebt?«

Yela sah Vocis fragend an, diese nickte ihr aufmunternd zu. Interessante Fragen, die die Soldatin bisher vermieden hatte, um die Kleine nicht allzu sehr an ihren Verlust zu erinnern. Vielleicht hätte sie früher mit ihr darüber reden sollen. Aber dann waren die Ereignisse doch recht … hektisch geworden.

»In einem Haus, ja«, sagte Yela vorsichtig. »Aber um mich hat sich vor allem meine Tante gekümmert. Meine Eltern haben viel gearbeitet und waren oft weg. Meine Tante war sehr nett.« Ihr Gesicht umwölkte sich. Jetzt erinnerte sie sich an die nette Tante, die sehr tot unter dicken Eisflächen auf ihrer alten Heimatwelt lag. Vocis spürte das Mitleid und den Instinkt, Yela vor diesen Erinnerungen zu beschützen, doch wusste sie genau, dass ewiges Verdrängen auch nicht helfen würde. Sie ließ sie weitersprechen. »Sie waren bei mir, als die Kalten kamen. Sie hätten besser zur Arbeit gehen sollen.«

»Yela …«

»Ich verstehe die Fragen nicht.«

»Was für eine Arbeit haben deine Eltern gemacht?«, fragte Aume.

Das Mädchen zuckte mit den Schultern.

»Irgendwas Wichtiges wegen der Kalten, glaube ich. Sie waren Wissenschaftler und oft in einem Labor. Ich durfte sie dort nie besuchen. Ich wäre gerne mal hingegangen, aber sie sagten, es sei sehr geheim und auch gefährlich.«

»Natürlich. Ich verstehe. So ist das manchmal.« Aume tätschelte Yelas Schulter. »Tut dir dein Kopf noch weh?«

»Nein, es ist alles gut«, erwiderte diese zufrieden. »Kann ich jetzt gehen?«

Aume und Vocis nickten gleichzeitig. Yela verließ ihren Sessel und ging. Sie konnte sich an Bord frei bewegen und verbrachte viel Zeit damit, ein Schiff zu erkunden, das, so vermutete Vocis, ständig neue Räume erschuf, die erkundenswert waren, um das Mädchen beschäftigt zu halten. Aume sah ihr nach, wartete, bis sich die Tür hinter ihr geschlossen hatte, und drehte sich dann zu Vocis.

»Und?«

»Ein interessantes Implantat. Faszinierende Technik. Ich bin erstaunt, dass das Imperium dazu in der Lage ist.«

»Wozu dient es?«

»Ich bin mir nicht sicher. Es ist auch für mich ein erschreckender Gedanke, mir vorzustellen, ihre Eltern hätten sie als Versuchskaninchen missbraucht. Wenn das so war, dann kann ich nicht recht ermessen, wozu das Ding in ihrem Kopf dient.«

»Sie denken immer gleich so negativ. Wie wäre es mit dieser Hypothese: Die Eltern, sich der Gefahr durch die Kalten bewusst, benutzten die Erkenntnisse ihrer Forschungen, um ihre Tochter, ohne dass sie oder ihre Vorgesetzten es merkten, zu beschützen. Sie überlebte den Angriff der Kalten auf ihrer Heimatwelt. In einer von Gehern verseuchten Gegend. Tatsächlich …«

Vocis verstummte.

»Ja?«, machte Aume.

»Tatsächlich wurden die Geher erst zu unserem gemeinsamen Feind, als ich auftauchte.«

»Ah, Moment! Moment!«

Aume schloss die Augen, ein Manierismus, den sie sich angewöhnt hatte, um nach außen hin zu signalisieren, dass sie mit einer Datenanalyse beschäftigt war. Im Regelfall benötigte sie für diese nie länger als ein etwas in die Länge gezogenes Zwinkern, diesmal dauerte es aber geschlagene zwanzig Sekunden, ehe sie die Lider wieder öffnete.

»Das dauerte lang.«

»Ich musste das Problem von sehr vielen Seiten her beleuchten. Aber meine Verwirrung über die Funktionsweise des Implantats hat sich ein wenig gelüftet. Es ist nicht inaktiv, nicht im eigentlichen Sinne. Es arbeitet nur auf einer sehr niedrigen Stufe, wenngleich permanent. Wenn mich nicht alles täuscht, ist es eine Tarnung.«

»Gegen die Kalten?«

»Ja. Die Geher … sie sehen Bewegung, vor allem, und wenn nahe genug, reagieren sie auch auf die Wärme lebender Körper. Richtig?«

»Das entspricht unseren Beobachtungen … und meinen Erfahrungen.«

Vocis erwähnte nicht, dass ihre Erfahrungen auf einem Leichenberg standen, vor allem jener Frauen und Männer, die zum Schluss unter ihrem Kommando gestanden hatten.

»Ich wage die Hypothese, dass sie Yela nicht einmal wahrnehmen würden, wenn sie vor ihnen auf und ab tanzen sollte.«

Ein Geschenk ihrer Eltern. Vocis wollte, dass es so war. Es musste doch noch gute Menschen irgendwo geben, nicht nur Arschlöcher. Ein Schutz für die Tochter. So war es bestimmt gedacht.

»Was bedeutet das für uns? Können wir diese Technologie kopieren?«

Aume nickte. »Aber ja. Es nützt uns nur nichts. Sie würde im Kopf eines anderen Menschen nicht funktionieren. Soweit ich das verstehe, wurde das Implantat in einem komplizierten Prozess auf die Physiologie Yelas angepasst. Dieser Vorgang kann sicher reproduziert werden. Ich habe jedoch eine Ahnung, dass ihre Eltern ihr keine Bedienungsanleitung mitgegeben haben. Wir müssen den Prozess also neu erfinden. Dazu wäre es aber hilfreich, das Implantat zu entnehmen.«

Vocis hob abwehrend die Hände. »Das lasse ich nicht zu.«

»Ich würde es auch nicht tun wollen, denn es könnte sie töten, soweit ich das sehe. Ich werde diesem Thema noch einige weitere Gedanken widmen müssen, glaube ich. Sie hat keine Schmerzen mehr. Es geht ihr gut. Tatsächlich geht es ihr in diesem Krieg besser als uns allen. Solange nichts um sie herum explodiert, ist sie recht sicher.«

Vocis wollte etwas sagen, doch Aume machte eine ruckartige Bewegung mit dem Kopf.

»Das ist bemerkenswert.«

»Ich habe die Auswertung der Datenspeicher von Sylvana beendet. Interessante Details. Aber am interessantesten ist etwas, was Horton Vigil auf einem Kollapsar gefunden hat.«

Vocis starrte sie erschrocken an. »Der Mann war auf einem verdammten …«

Aume lächelte. »Wir sollten wirklich mit ihm reden.«

37

»Ich werde jetzt Folgendes tun«, erklärte Horton Vigil und sah in die Runde. Da saßen sie und schauten ihn an, manche ernsthaft interessiert, andere eher gelangweilt, als sei dies eine Pflichtübung bei einer Therapie oder irgendeines dieser Meetings, einberufen, um manchen Teilnehmern eine Möglichkeit zur Selbstdarstellung zu verschaffen. Er fühlte sich nicht wohl in seiner Haut, aus so vielen Gründen, vor allem aber, weil es ihm an Gewissheiten fehlte. Früher war das nie so gewesen. Da war der Auftrag, da war der Befehlshaber, da war das Ziel, der Erfolg, die Anerkennung, eine fein säuberlich konstruierte Kausalkette, Horton Vigils Leben.

Das war jetzt nicht mehr so. Er hatte in kurzer Zeit mehr Informationen verdaut als all die Wochen zuvor und sie lagen ihm schwer im Magen. Aber es hatte keinerlei Hinweis darauf gegeben, dass er angelogen worden war, und es hatte viele Hinweise darauf gegeben, dass seine Mission, sein eigentlicher Auftrag, nicht mehr das Vordringliche in dieser Situation sein konnte. Er hatte eine Entscheidung getroffen, aus Loyalität, aus Notwendigkeit vielleicht, möglicherweise aus Neugierde, insbesondere jedoch aus dem Gefühl heraus, dass es Dinge gab, die wichtiger waren als seine Karriere, die Familienprobleme des Imperators und all die Palastintrigen, die ohnehin niemand richtig verstand. Wahrscheinlich nicht einmal jene, die in sie verwickelt waren.

Er hatte es ihnen allen deutlich gemacht. Manche glaubten ihm. Manche wollten es. Andere konnten es nicht. Für jemanden wie Ildaya war er ein Scherge des imperialen Faschismus. Er konnte diese Haltung nicht ändern, denn von einer gewissen Perspektive aus betrachtet, war das absolut zutreffend.

»Ich werde jetzt Folgendes tun«, war die Einleitung zu einer grundlegenden Veränderung seines Lebens und von ihnen allen verstand wohl Prinz Darius am besten, was das für jemanden wie Vigil bedeutete. Darius hatte keinen geringen Anteil an dieser geistigen Umorientierung des Agenten und er nickte Vigil ermunternd zu. Immerhin, die Zustimmung eines Mitglieds der kaiserlichen Familie gab seiner Entscheidung so etwas wie Legitimation. Das war etwas, an dem sich Vigils Unterbewusstsein festklammerte. Es war besser als nichts.

»Ich werde Mattilaa berichten, dass ich den Prinzen gefunden habe und ihn bearbeite, dass die Entwicklungen sich aber in eine unvorhergesehene Richtung bewegen und ich noch Zeit brauche. Die SYLVANA ist vom Schirm verschwunden, alleine schon deswegen, weil sie von der AUME geschluckt wurde. Das gibt mir Zeit, meine ... Beziehung zu meinem Chef ... auf eine neue Grundlage zu stellen.«

»Sie sollten Politiker werden«, empfahl Plastikk mit kaum verhohlener Verachtung. Er war ein windiger Charakter und er mochte es daher ganz und gar nicht, auf jemanden zu treffen, der genauso »flexibel« dachte wie er. Niemand bekam gerne einen Spiegel vorgehalten. Plastikk würde damit leben müssen.

Vigil ignorierte dessen Bemerkung.

»Ich habe mit Kalebonian gesprochen. Er wird mich erpressen, wenn ich nicht das tue, was er möchte, und bis vor Kurzem hätte das auch funktioniert.« Das Gespräch war für beide sehr unerfreulich gelaufen, alleine schon deswegen, weil es eine Ewigkeit gedauert hatte, bis eine Verbindung von zufriedenstellender Sicherheitsstufe etabliert werden konnte. »Zufriedenstellend« war für einen manisch misstrauischen Mann wie Kalebonian ein schwer zu definierender Grenzbereich zwischen »gerade noch erträglich« und »riskant, aber was soll's?«, ein Bereich, in dem sich wahrscheinlich sein ganzes Leben abspielte. »Eine Admiralin Adlik wurde getötet. Er vermutet, dass Mattila dahintersteckt. Ich vermute, Kalebonian hatte was mit ihr vor. Ich kenne die Hintergründe nicht. Aber ja, der Zeremonienmeister ist durchaus bereit, wegen wichtiger Dinge über Leichen zu gehen.«

»Was Sie ganz gut wissen, da Sie einige dieser Leichen produziert haben?«, fragte Ildaya.

Vigil sah sie an. »Ganz genau.«

Das brachte sie zum Verstummen. Ehrlichkeit zahlte sich manchmal eben doch aus.

»Er bat mich … ich nenne es mal ›bitten‹, aber wie gesagt, er will gegebenenfalls mich erpressen … die Sache für ihn aufzuklären. Ich habe es abgelehnt. Er hat mir gedroht. Ich habe abgeschaltet.«

Vigils Stimme klang belegt, ganz gegen seinen Willen.

»Was hat er gegen Sie in der Hand?«, fragte Plastikk, nun auf eine nahezu schleimig-freundliche Art neugierig. Das war die Art von Geschichten, die er mochte, und genauso wie Ildaya bei ihrer Bemerkung erwartete er eigentlich keine Antwort. Und wurde nun genauso aus dem Konzept gebracht, als er sie erhielt.

»Ich produzierte eine Leiche. Die falsche Person. Jemand von Rang. Kalebonian weiß es und hat Beweise. Eine Tat, vor deren Konsequenzen auch Mattilaa mich nicht beschützen kann, wenn sie ruchbar wird. Bisher hielt der Direktor still.«

»Sein Schwert ist stumpf geworden?«, hakte Plastikk nach.

»Die Erlebnisse der letzten Tage haben mir zu dem Eindruck verholfen, dass das alles nicht mehr wichtig ist. Außerdem versicherte mir Prinz Darius, dass er mir helfen wird. Ich weiß nicht, ob das noch etwas zählt. Aber ich habe meine Entscheidung getroffen. Außerdem schließt sich der Kreis, denn die andere Person, die in dieser Affäre nicht funktioniert hat, kontaktierte mich ebenfalls.« Vigil wunderte sich über die Selbstsicherheit seiner Worte. Sie spiegelten so gar nicht die heftigen Zweifel wider, die er in Wirklichkeit empfand.

»Und mit ihr habe ich ein drittes Gespräch geführt. Mit einer … alten Freundin.« Das konnte man so sagen. Vigil hatte es eine Menge Selbstüberwindung gekostet. Er erinnerte sich nicht gerne an Trowski. Er hatte sie geliebt. Er hatte ihr vertraut. Und sie hatte die Aufzeichnungen gemacht, die nun in Kalebonians Händen lagen. Sie war ein Biest, eine illoyale Verräterin, und sie war für ihre Tat bestraft worden, hatte genug Dreck am Stecken angesammelt, um selbst in Verruf zu geraten. Ihr Verrat war ihre Freikarte aus dem Gefängnis gewesen. Eine unappetitliche Geschichte, an die sich zu erinnern der Agent nun gezwungen war. Dennoch …

»Es war ein sehr interessantes Gespräch«, sagte er dann. »Und es führt mich zu dem, was zu tun ist – und wofür ich gewissermaßen Ihre

Erlaubnis brauche.« Er sah Darius an, dann Aume, dann alle anderen. Hier gab es keine richtige Kommandostruktur. Ein Kollektiv. Er hasste so was.

»Vigil, wir sind gleich im System, in dem mehrere Dutzend Kollapsare wahrscheinlich gerade Hackfleisch aus der Flotte machen«, sagte Darius mit fast sanfter Stimme, die nur Andeutungen seiner Ungeduld verriet. »Was müssen Sie tun?«

»Es gibt jemanden, der mit den Kalten kooperiert, und zwar an höchster Stelle.«

Und dann erklärte Horton Vigil, Ungeduld oder nicht, was er von Pia Trowski erfahren hatte, nachdem er all die bösen Erinnerungen an ihre gewalttätige Beziehung für einen Moment beiseitegeschoben und sich ganz auf den Inhalt ihrer Worte konzentriert hatte. Genau das, was sie alle jetzt taten.

»Sie wollen zur Zentralwelt. Nach Terra«, schloss Darius. »Ich sage Ihnen gleich: Ich komme nicht mit!«

»Das verstehe ich. Ich benötige aber jemanden, der mir hilft. Ich verfüge über einige vorbereitete Tarnidentitäten, die ich für solche und andere Zwecke nutzen kann. Aber ich benötige einen Vorwand, um zum zentralen Rechenkern der Flotten-KI vorzudringen und herauszufinden, wer die Kollapsare angelockt hat.« Er sah Ildaya an. »Ich brauche Sie.«

Die Frau reagierte erst gar nicht, dann aber schien langsam einzusickern, dass Vigil das ernst gemeint hatte. Sie starrte ihn an, mit einer fast schon leblosen Wut, wie ein Obelisk, der von einem sehr erzürnten Bildhauer aus Granit geschlagen worden war. Horton Vigil erwartete ein Lamento, Gegenworte, ein großes Gerede, aber Ildaya fragte nur: »Warum?«

»Der Zugang ist nur im Hauptquartier möglich. Dort gibt es eine Verhörabteilung für hochrangige Kriegsgefangene. Sie sind ein gutes Exemplar dieser Kategorie, denn Sie haben mehr als genug imperiale Soldaten auf dem Gewissen. Ich habe nachgesehen. Sie waren wirklich fleißig. Es gibt mittlerweile einen reichsweiten Haftbefehl mit Ihrem Gesicht darauf. Ich werde Sie verhaften und abliefern, und ich werde mir die Autorität verschaffen, Sie zu verhören, bis alle Ihre Rädelsführer enthüllt sind. Und tatsächlich werde ich währenddessen einen Zugangsmodus zur

KI nutzen, mich mithilfe von Sylvana verbinden und die Spur suchen, die uns zum Verräter führt. Ohne dass es jemand merkt. Wenn alles klappt, sind wir schnell wieder draußen und um unser Wissen reicher.«

»Wenn es nicht klappt?«

»Wenn nicht, werden Sie verhaftet und verhört und verurteilt. Ich werde vermutlich sofort getötet. Ich bin dann zu gefährlich, für alle. Selbst für meinen Chef.«

»Was bekomme ich dafür?«

Horton Vigil nickte. So eine Haltung verstand er.

»Wir werden ganz sicher jemandem sehr schaden, der sehr weit oben in der Hierarchie sitzt. Einem Admiral. Jemandem bei Hofe. Ein Skandal ohne Grenzen. Ein Feind Ihres Volkes weniger, eine Bedrohung für uns alle weniger. Die Kalten sind auch Ihre Nemesis, Ildaya. Sie haben das doch jetzt mitbekommen, oder?«

»Sie sind arrogant.«

»Es tut mir leid. Sie sind sehr unnahbar.«

»Ich würde Sie alle am liebsten töten. Bis auf das Mädchen. Aber ansonsten Sie alle.«

»Das ist nur fair. Kann ich Ihnen aber nicht anbieten. Oder wollen Sie auf Ihre Heimat zurück? Ich werde Sie nicht zwingen. Aume auch nicht, oder?«

Er suchte den Blick der Schiffsfrau, doch es war Darius, der sprach. »Kein Zwang.« Er stellte sich vor Ildaya. »Und mein Versprechen: Sollte ich jemals ein Amt von Einfluss in diesem Imperium bekleiden, jemals wieder hohe Würden tragen, werde ich dafür sorgen, dass Ihre Heimatwelt das volle Autonomiestatut erhält, mit Abzug aller Truppen.«

»Unabhängigkeit. Freiheit!«, forderte Ildaya mit einem fast fiebrigen Unterton.

»Nein. Sie wissen, dass daraus nichts wird. Würde ein wirklich schlechtes Beispiel geben. Aber keine Besetzung mehr, kein Militärgouverneur, eine eigene lokale Regierung, eigene Polizeihoheit – Sie wissen, was ich meine. Ich werde mich dafür einsetzen, sollte ich jemals die Chance dafür bekommen. Das verspreche ich.«

Ildaya sah von Darius zu Vigil und zurück.

»Sie sind beide völlig verrückt«, stellte sie fest. »Und ich bin es wahrscheinlich auch. Ich mache es.« Sie seufzte. »Wann fliegen wir los?«

Horton Vigil schaute Aume an. »Sobald wir angekommen sind, möchte ich mich mit der SYLVANA auf den Weg machen.«
Die Schiffsfrau nickte. »So soll es geschehen.«

38

»Eindeutig ein Produkt der Simmi.«

»Sie stecken hinter alledem?«

Lietgen zuckte mit den Schultern und schwieg. Es war ratsam, vorsichtig zu sein. Nicos III. hatte eine unangenehme Tendenz, sehr schnell zu Schlussfolgerungen zu kommen, ein Nebeneffekt der Veränderungen, die sein Charakter im Verlauf der Jahre mitgemacht hatte und die auch Admiral Lietgen, gerade aufgrund seiner schleimigen Ergebenheit, durchaus nicht entgangen waren. So eine Belastung ging an niemandem spurlos vorbei, niemand hatte dafür mehr Verständnis als der Soldat. Aber Nicos III. verlor es langsam. Die beinahe schon begierige Freude, mit der er für sich das Recht reklamiert hatte, Admiral Adlik umzubringen, war ein weiteres Indiz gewesen. Lietgen hatte es erfahren, war erschrocken und dann geschmeichelt, als der Kaiser ihm auch Adliks altes Portfolio übergab – und ihn ins Vertrauen zog. Da wollte er schon immer sein: ganz nahe am Imperator.

Und so hatte er sich um die Jacke gekümmert.

Es gab leider keine Möglichkeit, die Ergebnisse der Untersuchung vor dem Imperator zu verbergen. Jetzt musste er die Reaktion ein wenig … einhegen. Doch Lietgen stellte fest, dass sein Einfluss auf Nicos III. nicht der größte war. Es war, als würde jeden Tag ein wenig mehr vom Putz abbröckeln. Erst nahm man es nicht richtig wahr, dann fiel einem das Loch auf, aber man verschob die Reparatur immer wieder, weil es so viele andere Dinge zu tun gab. Und dann war der Schaden nicht mehr mit ein wenig Estrich zu beheben.

Lietgen war lange genug an exaltierter Position gewesen. Er mochte Metaphern, die heute niemand mehr verstand. Estrich. Er musste fast gegen seinen Willen lächeln. Da aber sein Kaiser vor ihm stand und ihn gestreng anschaute, wäre das höchst unpassend und vor allem missverständlich gewesen.

»Es ist ein Produkt der Simmi. Aber das heißt nicht, dass sie auch dahinterstecken. Vielleicht hat es jemand von ihnen erworben.«

»Simmi. Die stinkende Brut!«, zischte Nicos III. und fuhr sich mit einer Hand über die Stirn. Die Hand zitterte.

Der Admiral ermahnte sich, mit dem Leibarzt des Imperators zu reden. Dass der Herrscher unter allerlei Medikamenten stand, war ein offenes Geheimnis. Nicos III. bekam regelmäßig einen sorgfältig abgestimmten Mix aus Psychopharmaka, eine Kombination, die seiner Familie schon seit Generationen half, bei Verstand zu bleiben. Sagte das Gerücht. Lietgen war geneigt, dem zu glauben. Da die Hausgesetze den Einsatz von Genetikern verbaten – irgendwas mit »Reinheit der Blutlinie«, ein höchst irrationales und vor allem dummes Konzept –, war dies eine der wenigen Eingriffsmöglichkeiten. Nicos III. aber musste offenbar neu eingestellt werden. Wenn er das zuließ. Er war der Ansicht, völlig in Ordnung zu sein.

Waren das nicht alle Verrückten?

»Wir können nicht mit Sicherheit …«

»Simmi«, stieß der Imperator aus. »Sie waren schon immer unsere Feinde.«

»Wir haben eine wechselvolle gemeinsame Geschichte.«

»Hören Sie mit diesem diplomatischen Scheißdreck auf!«, fuhr Nicos ihn an. Eine Strähne rutschte ihm in die Stirn, er wischte sie mit einer hektischen Bewegung zur Seite. »Die Simmi sind doch froh, dass wir Krieg gegen die Kalten führen. Wir haben diese Brut viel zu lange in Ruhe gelassen. Sie fühlen sich zu sicher. Zeit, Intrigen gegen uns in Gang zu setzen.« Er schlug mit der Faust gegen seine Brust. »Gegen mich! Mich! Den Imperator!«

»Das ist nicht auszuschließen«, sagte Lietgen und das war es ja auch nicht. Sie wussten es nur nicht. Es würde große Probleme nach sich ziehen, wenn der Imperator auf der Basis voreiliger Schlussfolgerungen agierte. Tatsächlich waren die Hälfte aller Probleme für das Reich in den letzten Jahren auf dieser Basis entstanden. Die andere Hälfte hing entweder mit den Kalten zusammen oder damit, dass alle damit beschäftigt waren, sich um die erste Hälfte zu kümmern. Ein auf die Dauer untragbarer Zustand, das musste selbst jemand wie der Admiral einräumen.

»Nicht auszuschließen? Sagen Sie allen Behörden, Sie sollen die Beweise finden. Ich will die Beweise. Ich will sie bald!«

»Majestät, es ist möglicherweise keine besonders gute Idee, so viele Leute einzuschalten. Es könnte zu Unruhe führen, zu einem falschen Fokus. Wir haben die Situation im Serail, Majestät. Die ist von höchster Priorität. Es wäre in diesem Moment hilfreich, wenn alle sehen, dass sich das Auge des Herrschers sorgenvoll auf diese größte aller Bedrohungen richtet.«

»Adlik wollte mich ...« Nicos hielt inne. »Was genau wollte sie eigentlich?«

Es gab diese Momente, in denen der Kaiser wieder zur Besinnung kam und seine rationalen Denkfähigkeiten die Oberhand bekamen, Momente, die man sofort ausnutzen musste, um seine Konzentration zu fördern und das Gespräch in sichere Fahrwasser zu lenken.

»So genau wissen wir das noch nicht. Die Jacke ist letztlich nicht mehr als ein Untersuchungsinstrument, ein Datensammler, eine interessante Sonderanfertigung ohne Zweifel, aber keine Waffe. Niemand wurde vergiftet. Keinerlei negative Wirkung auf Eure Gesundheit, Majestät. Die Simmi und Adlik wollten etwas herausfinden.«

»Was?«

Die Frage zu beantworten, war wieder etwas gefährlicher. Denn die Antwort war dazu geeignet, Nicos sogleich in seine Paranoia zurückfallen zu lassen.

»Ich kann nur ungefähre Rückschlüsse ziehen, aber alles weist darauf hin, dass sie wissen wollten, ob ... der Imperator noch der Imperator ist.«

Nicos verzog das Gesicht. »Zweifel an meiner Identität? Wie absurd!«

Lietgen sagte nichts. Es bestand kein Zweifel an der Identität des Imperators als Person. Seine psychischen Probleme waren ein gehütetes Staatsgeheimnis und normalerweise gut unter Kontrolle. Der gesamte imperiale Hofstaat war seit Generationen vor allem mit einem beschäftigt: die diversen Imperatoren so weit unter Kontrolle zu halten, dass diese keinen Schaden anrichteten – und das, ohne den Eindruck zu erwecken, diese seien nur Marionetten. Ein gefährlicher Balanceakt. Der Preis, den man für die Nähe zahlte, wie der Admiral nun feststellen durfte.

»Absurd, in der Tat.«

»Und wenn sie es herausgefunden hätten?«

»Es gibt zwei Möglichkeiten. Wäre Eure Majestät nicht Eure Majestät, hätte es einen guten Ansatzpunkt gegeben, um Zwietracht zu säen, psychologische Kriegsführung zu beginnen, die Legitimität Eurer Herrschaft zu untergraben, also irgendeinen Vorteil aus der Situation zu schlagen. Wenn sich Eure Identität bestätigt hätte, dann wäre man auf die Suche nach einem anderen Ansatzpunkt gegangen, um die Position des Palastes zu schwächen. Dass die Simmi und weitere Verbündete immer auf der Suche nach diesen Schwachstellen sind, liegt in der Natur der Dinge.«

»Weitere Verbündete? Wer?«

Lietgen ermahnte sich. Es war ja nicht so, dass Nicos nicht aufmerksam zuhörte. Paranoiker, die in allem einen Angriff auf ihre Person vermuteten, waren oft sehr, sehr aufmerksame Beobachter ihrer Umwelt. Der Imperator war da keine Ausnahme.

»Ich weiß es nicht.«

»Die Simmi müssen hierfür büßen!«

»Majestät, unsere Streitkräfte sind gebunden. Wir sollten unsere Kräfte nicht verzetteln. Eines nach dem anderen, wenn ich das vorschlagen darf.«

Das war kein Vorschlag, der Nicos passte. Das Missfallen war ihm deutlich anzusehen. Aber noch war der Herr über alles nicht völlig dem Wahnsinn anheimgefallen, wie manche seiner Vorfahren, die vorsichtig und diskret hatten entfernt werden müssen. Er war ein gebildeter Mann, hatte Regierungserfahrung, war von Intelligenz. Immer noch zeigte er sich im richtigen Moment Vernunftgründen zugänglich. Und solch ein Moment war auch jetzt.

»Gut«, sagte der Imperator schließlich, auch wenn er es erkennbar nicht so meinte. »Ich werde mich in Geduld üben. Ich muss das andauernd und es macht mir keine Freude. Ich frage mich, wie die Juveniten so alt haben werden können, ohne wahnsinnig zu werden.«

Tatsächlich war Lietgen der Auffassung, dass Juveniten nicht verrückt wurden, *weil* sie so alt waren. Wer gesehen und mitgemacht hatte, wessen etwa der – seltsamerweise seit Tagen verschwundene – Zeremonienmeister Mattilaa Zeuge geworden war, der konnte nicht so leicht aus der

Fassung gebracht werden. Er verbarg seine Erleichterung, verwandelte das Gefühl nach außen hin in Respekt, neigte den Kopf.

»Ich schöpfe meine Kraft daraus, dem Imperator zu dienen«, sagte er und Nicos akzeptierte die formelhafte Antwort mit einem Nicken. Lietgen beobachtete, dass die rechte Hand des Imperators sich verkrampfte, sich in den Stoff der weit geschnittenen Hose krallte. Die Konzentration des Imperators war aufgebraucht. Sein Blick begann zu wandern. Es war an der Zeit, das Gespräch zu beenden und anderen Personen die weiteren Entscheidungen zu überlassen, Leuten wie dem Admiral.

»Ich darf alles Weitere erledigen und berichten?«, holte er sich den allumfassenden Dispens, den er brauchte, um tun und lassen zu können, was er in dieser Situation für richtig hielt.

»Natürlich, ja. Machen Sie und dann ...« Nicos Stimme erstarb und er schaute wieder an dem alten Mann vorbei, sein Blick verschleierte sich. Der Admiral drückte einen Knopf und Momente später erschien einer der Leibdiener.

»Ihre Majestät wünscht zu ruhen«, sagte der Soldat laut. Nicos nickte.

»Ja, etwas Ruhe. Ein aufreibender Tag.«

»In der Tat.« Lietgen winkte dem Diener, der wusste, was von ihm erwartet wurde. Als beide den Raum verlassen hatten, zögerte der Offizier nicht lange. Er würde jetzt das avisierte Gespräch mit dem Leibarzt führen müssen. Es war unausweichlich, um Schlimmeres zu verhindern.

Und dann musste er sich um *alles* kümmern. Den Auftrag hatte er schließlich gerade bekommen.

39

»Sie feuern nicht.«

»Keiner feuert.«

»Das ist keine Raumschlacht!«

Es klang wie enttäuscht, aber im Grunde war es Erleichterung. Erleichterung, die sicher auch von Horton Vigil geteilt wurde, der dieser aber keinen Ausdruck mehr gab, denn die SYLVANA hatte vor einer Minute die AUME verlassen und die Aufmerksamkeit aller war auf den Asteroiden mit den Kollapsaren und die versammelte imperiale Flotte gerichtet, die derzeit absolut nichts taten.

Sie schwebten im Raum. Es war wie eine klassische Szene, in der zwei Duellanten einander gegenüberstanden, nur mit verdammt viel mehr Platz und unter Ausnutzung aller drei Dimensionen. Die Besatzung der AUME bestand aus Beobachtern, die nicht richtig verstanden, warum das Gemetzel noch nicht begonnen hatte. Auch Aume verstand es nicht. Sie bot jedenfalls keine Erklärung an.

»Ich möchte, dass wir uns in den Flottenfunk einklinken. Ich will hören, was die Führung zu sagen hat«, forderte Darius und Aume konnte ihm den Wunsch erfüllen. Das Geschnatter erfüllte die Zentrale, aber Darius war schnell in der Lage, Hinweise zur Trennung der Botschaften und deren Priorisierung zu geben, sodass die Meldungen verständlich und nachvollziehbar wurden. Der Prinz hörte eine Weile konzentriert zu, seine Stirn umwölkte sich zusehends, und als er ausschaltete, schüttelte er heftig den Kopf.

»Admiral Martinez. Unter allen Unfähigen ist er der König der Unfähigen. Er gehört zu denen, deren Absetzung ich gefordert habe, eine der zahlreichen dummen Ideen, mit denen ich meinen Vater zur Weißglut getrieben habe.« Da war ein leichter Anflug von Selbstkritik in seinem Tonfall. »Er ist ein Günstling, der durch familiäre Verbindungen so weit gekommen ist, ein widerlicher, selbstgefälliger …«

»Das hilft uns jetzt nicht weiter«, unterbrach Hamid. »Was geht dort draußen vor sich?«

»Nichts.« Darius zuckte mit den Schultern. »Der Asteroid kam an, es wurden die Kollapsare aktiviert, sie verteilten sich in dieser Sternform im Weltall. Sie reagieren natürlich nicht auf Anrufe, sie bleiben aber auch sonst völlig passiv. Martinez hat alle verfügbaren Schiffe zusammengezogen und ist aktuell der Meinung, die Kalten hätten von seinem militärischen Genie gehört und würden Angst haben.«

»Angst? Dem Mann ist in der Tat nicht zu helfen«, murmelte Thasri, die unentwegt auf die Darstellung der Kollapsare starrte, die inmitten der Brücke der AUME schwebte und auf sie alle einen starken Eindruck machte. »Was sagen die Eierköpfe?«

»Das Forschungsschiff SURROGAT hat die Formation mehrmals umkreist und umfassende Messungen durchgeführt«, erklärte Darius. »Offenbar wurde damit nichts erreicht. Es sind Kollapsare. Es sind viele. Sie sind da. Damit endet die Erkenntnis. Aume, was kannst du uns sagen?«

Aume hatte bisher schweigend danebengestanden, vielleicht ein wenig abwesend, aber jetzt rührte sie sich.

»Ich bin nicht sehr glücklich über diese Formation«, sagte sie. »Sie erinnert mich an etwas und ich mag diese Erinnerung nicht.«

»Wir denken möglicherweise dasselbe«, sagte Thasri. »Die Formation entspricht dem Tor, das auf der Kath-Welt aktiviert wurde und uns in deren Taschenuniversum projizierte … wie wir mittlerweile wissen, nicht mehr als ein Upload in den gigantischen Speicher, in den sich diese ganze Zivilisation zurückgezogen hat. Vielleicht endet der Vergleich da auch schon, aber mich beschleicht das Gefühl, dass die Symbolik für ›Tor‹ die gleiche ist. Wenn ich Aumes Schilderungen richtig verstanden habe, sind die Kalten durch Kath-Technologie verbessert worden, oder?«

Aume nickte.

»Dann könnte das da eine direkte Konsequenz sein«, schloss Thasri.

»Eine gewagte Vermutung«, sagte Hamid. »Wollen die Kalten den Zugang zu einem bereits aktiven Speicher ermöglichen und irgendwie ihre Feinde hochladen?«

»Ich denke eher daran, dass sie etwas herholen wollen. Und ich würde nicht darauf wetten, dass es um eine Materialisation aus einer virtuellen Welt geht. Ich denke eher, dass jetzt für die Kalten eine neue Phase in ihrer Kriegführung begonnen hat. Eine Phase, die eine Eskalation bedeutet – und danach auch den Abschluss ihrer Pläne. Und vielleicht benötigen sie dafür … Hilfe.« Thasri sah Aume an. »Ist meine Spekulation zu abenteuerlich?«

»Wenn sie zu abenteuerlich ist, dann bin ich der gleichen überbordenden Fantasie schuldig«, erwiderte die Schiffsfrau. »Ich gebe aber zu, dass ich so lange von Dendh getrennt bin, dass ich mir nicht sicher bin, ob ich seine Überlegungen noch nachvollziehen kann – oder gar vorhersehen.«

»Ich verstehe das richtig – ihr alle glaubt, dass da was rauskommt?«, fragte Plastikk. »Was richtig Großes? Ein Superkollapsar? Die Mutter aller Kollapsare?«

»Das wäre sicher eine Möglichkeit. Ich kann es gar nicht abschätzen. Es wäre aber möglicherweise sehr hilfreich, die Kollapsare bei ihrem Tun zu hindern, um exakt das zu vermeiden.« Aume richtete ihren Blick auf Darius. »Dieser Admiral sollte angreifen.«

»Er hat Angst. Er pustet sich gerne auf, aber er hat Angst.«

»Das ist verständlich, aber man kann mit Furcht so oder so umgehen. Wenn er nur reagiert, aber nicht agiert …«

»Jemand muss es ihm befehlen.«

Aume nickte. »Der Prinz.«

»Ich befehle niemandem mehr etwas.« Das klang ein wenig bitter.

»Dann müssen wir die Kollapsare provozieren, damit sie angreifen«, sagte Plastikk. »Mir gefällt der Gedanke natürlich nicht. Viele meiner ehemaligen Kameraden werden mit dem Leben bezahlen.«

»Ich kann das versuchen«, sagte Aume. »Sollte Dendh hier irgendwo sein, wird er durch mein Auftauchen sicher zu einer Reaktion provoziert. Ich glaube aber nicht, dass ich alleine die Vorbereitungen aus dem Gleichgewicht bringen kann. Er wird seinen großen Plan nicht für eine kleine Rache opfern.«

Die Erklärung wurde von allen akzeptiert.

»Gut«, sagte Darius. »Ich nehme mit dem Admiral Kontakt auf. Wenn es mir gelingt …«

»Oh!«, sagte Aume.

»Oh?«

»Ich befürchte, wir sind zu spät.«

Wie auf Kommando richtete sich die Aufmerksamkeit aller auf die Projektion, die das Sonnensystem und vor allem den Kollapsar-Stern in aller Deutlichkeit zeigte. Niemand bedurfte großartiger Erläuterungen, der fahlblaue Schimmer, der langsam im Inneren der Formation aufglühte, war auch mit bloßem Auge zu erkennen.

»Gewaltiger Energieaufbau«, murmelte Holoban Kerr und seine Stimme zitterte ein wenig. Er schaute Hilfe suchend auf Aume, doch deren ganze Aufmerksamkeit war auf das fixiert, was sich außerhalb abspielte. »Wir sollten vielleicht Abstand gewinnen.«

Hatte Aume ihm zugehört oder tat sie es aus eigenem Antrieb? Auf der Projektion war jedenfalls zu erkennen, dass das Schiff exakt das tat, und sie war dabei nicht allein. Der kommandierende Admiral bekam es ebenfalls, diesmal wohl so richtig, mit der Angst zu tun. Schiffsverbände lösten sich aus ihren bisherigen Positionen und machten sich langsam auf den Weg, die Distanz zu vergrößern. Das Dumme war nur, dass Planeten diese Option nicht zur Verfügung stand. Die besiedelte Hauptwelt, noch weit entfernt, hatte nach Darius' Auskunft rund vier Milliarden Einwohner, die auf dem Boden ihres Planeten gefangen waren und erdulden mussten, was auch immer ihnen zustoßen würde.

Was immer das sein mochte, es nahm jetzt eindeutig seinen Anfang.

Jemand warf wohl einen Schalter um.

Ein helles Licht warf scharfe Schlagschatten in den Raum, als es durch die Brücke der Aume flutete, und niemand wusste, woher es kam. Es durchdrang Wände und Körper, blendete die Augen aber nicht, schien ihren Blick eher zu schärfen, als würden nun Details erkennbar, die man vorher niemals wahrgenommen hatte. Es war kein rein optischer Effekt. Die plötzliche Klarheit drang scheinbar bis in die Psyche vor. Jemand öffnete einen Deckel, sichtbar wurde alles Vergrabene, alter Schmerz, alte Scham, alte Angst. Alles wurde ins Licht gezerrt, ein Scheinwerfer, der unerbittlich alles entblößte, was man lieber im Dunkeln lassen würde. Ein Licht, das Körper und Geist gleichermaßen durchleuchtete, wenn auch nur für dieses einen, kurzen Moment. Jeder schaute in einen Spiegel und jeder war, auf seine Weise, erschrocken oder beruhigt über das, was er da sah, ganz abhängig davon, wie viel man im Laufe der Jahre in der dunklen Kiste vergraben hatte. Alle hofften sie, dass der Moment kurz genug war, sodass niemand jenseits der eigenen Erleuchtung auf die eines Kameraden schaute.

Jemand wimmerte. Nicht jeder empfand plötzliche Klarheit als angenehm.

Dann verschwand das Licht. Alle blinzelten, obgleich die Netzhäute gar nicht beeinträchtigt gewesen waren. Vocis umklammerte Yela, die sich an sie gedrängt hatte, die Augen immer noch weit aufgerissen. Hamid stand unbewegt da, immer noch mit sich im Reinen, soweit man das sein konnte. Auf Plastikks Stirn ein plötzlicher, feiner Schweißfilm. Ihm hatte nicht alles gefallen, was enthüllt worden war.

»Was war das?«, murmelte Holoban Kerr, der überrascht, aber nicht erschüttert schien. Die von ihm vergrabene Dunkelheit war nicht besonders schlimm gewesen.

»Ich weiß es nicht«, antwortete Aume für sie alle und streckte den Arm aus. »Seht!«

Sie schauten hin. Aber was sahen sie?

Es war, als würden sie in einen Tunnel aus rotierender Energie schauen, wenn es so etwas überhaupt gab. Ein Wirbel, bei dem einem vom bloßen Anblick schwindlig zu werden drohte, ein weißer Strudel, durchzogen von schemenhaften Schatten, Schimären gleich, die ihre kalten Finger nach den Beobachtern auszustrecken schienen. Das Gefühl plötzlicher Bedrohung stand im Raum wie ein ungebetener Besucher, die auf sie alle zurückstarrte. Die erschreckende Lautlosigkeit verstärkte den Eindruck stiller, unüberwindlicher Macht. Und dann löste sich etwas aus dem Wirbel, wie ein Schiff, das sich aus dichtem Morgennebel dem Hafen näherte, erst nur ein vager Schatten, dann schwache Konturen, die Ahnung seiner Existenz, die sich zur Gewissheit verdichtete.

Es war eine große Sphäre, aus gleißend weißem Licht, wie eine kleine Sonne, aber glatt, makellos, wie aus Glas. Sie schob sich aus dem Wirbel wie zögernd, tastend, auf Widerstand wartend.

Widerstand.

Jemand in der Flotte verlor die Nerven. Jemand entschloss sich, etwas zu tun. Jemand war verzweifelt oder dumm, die Motivation war im Grunde egal. Ein Kreuzer verließ den Verband der sich zurückziehenden Schiffe, drehte sich mit provozierender Langsamkeit, dann standen viele kleine Punkte im Raum, wo die Salven der abgefeuerten Raketen sich auf den Weg zum Ziel machten, vielleicht 120 schnelle Waffenträger, alle zweifelsohne bestückt mit machtvollen Sprengköpfen. Narretei oder tapferer Widerstand, die rasanten Projektile trafen auf die weiß leuchtende Sphäre und wurden von ihr verschluckt, als wäre nie etwas geschehen.

Der Kreuzer gab nicht auf. Er feuerte erneut, diesmal ohne optischen Effekt. Die Kontrollen der Aume zeigten aber, dass die Energiekanonen aktiviert worden waren, die Gausswerfer, alles, was energetische und kinetische Projektile ohne Eigenladung abfeuerte. Eine Breitseite, die normalerweise ein gegnerisches Schiff in Stücke schredderte. Normalerweise.

»Kein Effekt«, hauchte Holoban Kerr.

»Es wächst«, bemerkte Vocis, immer noch Yela an sich gedrückt haltend, den Blick aber mit konzentrierter Aufmerksamkeit entweder auf die Projektion oder die Anzeigen gerichtet.

»Sie hat recht«, sagte Aume laut. »Die Masse erhöht sich. Der Durchmesser erhöht sich. Radius beträgt derzeit zwei Kilometer.« Sie hielt inne, als würde sie im Stillen mitzählen. Dann: »Jetzt sind es drei. Verdammt, wo wird das enden?«

Hilflosigkeit in der Stimme eines KI-Wunders wie Aume zu hören, steigerte niemandes Zuversicht. Die Expansion ließ nicht nach. Sie beschleunigte sich. Aume floh mit gleicher, wachsender Geschwindigkeit. Es war eine Flucht, da durfte man niemandem etwas vormachen. Und auch die imperialen Einheiten versuchten nun nicht mehr, die stetig expandierende Sphäre aus milchigem Glas zu bekämpfen. Flammende Triebwerke bezeugten, dass entweder irgendjemand den Befehl zur Flucht gegeben hatte oder niemand mehr auf diesen Befehl zu warten bereit war. Doch während die Aume mit ihrer Technik aus einer fernen Zukunft Beschleunigungswerte erreichte, die für imperiale Schiffe undenkbar waren, krochen die Kreuzer der Menschen förmlich durch das All, mit einer Geschwindigkeit, die ihnen nicht mehr lange weiterhelfen würde. Keiner sagte etwas. Das drohende Unheil lag wie ein Albdruck auf ihnen allen und sie starrten auf die Projektion, die ihnen zeigte, wie es sich entfaltete. Als die Sphäre, deren Expansion weiterhin schneller wurde, das erste Schiff der Imperialen berührte, geschah scheinbar gar nichts – keine Explosion, kein Zerschellen an harter Materie, kein Wegdrücken: nichts.

Die milchige Wand glitt über das fliehende Schiff und mit einem Male schien dieses zu erstarren. Ein irriger, zumindest irreführender Eindruck, doch genau so schien es: Der Kreuzer hielt in jeder Bewegung inne, alle Positionslichter blieben in exakt dem Zeitpunkt hängen, an oder aus, zu dem die Sphäre das Schiff berührt hatte. Keine Signale mehr, nicht ein Pieps. Es war, als sei die Einheit aus dem Universum gewischt worden, obgleich ihre Existenz zumindest mit bloßem Auge weiterhin nachvollziehbar war. Was war geschehen – und was war aus der Besatzung geworden?

Ein Schiff. Zwei. Ein Geschwader. Die Sphäre fraß sie alle, geräuschlos, effizient und ohne irgendeine offensichtliche Beschädigung auszulösen, wie eine großartige, erschreckende Murmel, die sie alle umarmte und einem Bernstein gleich umschloss und für immer konservierte. Die Fluchtversuche wurden verzweifelter. Kursänderungen. Überhitzte Triebwerke, weit über die Belastungsgrenze hinaus hochgefahren. Fluchtboote lösten sich, mit ihren starken Antrieben, die die kleinen Kapseln fortschleuderten. Die Imperialen versuchten alles, um Abstand zu gewinnen, und alles nützte rein gar nichts. Allein die Aume entkam, bewahrte eine stetige Distanz, schoss durch das Weltall mit einer Beschleunigung, an die ein imperialer Pilot niemals würde denken können. So wurden sie Zeugen, wie die große Murmel eine große Flotte fraß, die sich nicht wehren konnte, es nicht einmal mehr versuchte.

»Die Sphäre bewegt sich«, beobachtete Kerr. »Sie expandiert nicht nur, sie bewegt sich.«

Der Pilot hatte die Daten richtig interpretiert. Die Expansionssphäre schob sich auf den Feind zu, auf seine größte Konzentration, mit einer tödlichen Gelassenheit, ohne jede Hektik und ohne jede Rücksicht. Es war zweifelsohne zielgerichtet und die Sphäre wusste auch, wohin sie schweben musste, um den größtmöglichen Effekt zu erzielen.

»Die Kollapsare«, sagte nun Sol. »Sie lösen ihre Formation auf.«

Sie hatten ihre Arbeit vollbracht, das war der Eindruck, der sich ihnen allen aufdrängte. Die 44 Einheiten lösten sich aus der Sternform und trieben mehr in eine neue Anordnung, als dass sie sich beeilten. Es war, als seien sie erschöpft von der Anstrengung und wollten keine besondere Aufmerksamkeit auf sich lenken und möglicherweise wäre jetzt sogar ein guter Zeitpunkt gewesen, sie anzugreifen. Aber es gab niemanden mehr, der dazu bereit oder imstande war. Lebte dieser idiotische Admiral überhaupt noch?

»Da. Die Raumfestung«, sagte jemand.

Das System war gespickt mit ihnen, gigantischen Anlagen, entweder frei schwebend oder im Orbit um Asteroiden oder Monde, gefüllt mit Waffensystemen und unerschöpflichen Munitionsvorräten, die ihre stationäre Lage auszugleichen imstande waren. Nicht unüberwindbar, das war nichts und niemand, aber sehr imposant, das Sinnbild imperialer Macht.

Die Raumfestung schien nur darauf gewartet zu haben, dass jemand auf ihre Existenz hinwies. Sie eröffnete das Feuer, mit allem, was sie hatte, und das war wirklich eine Menge. Das Energiegewitter, die Schwärme der Projektile, der Raketen, der ausgeworfenen Raumminen: Alles schien die Darstellung an Bord der AUME wie ein kurzzeitiges Feuerwerk zu erleuchten. Wenn man wusste, welche Energie dahintersteckte, welches Zerstörungspotenzial – und viele der Beobachter konnten das zumindest schätzen –, dann musste man beeindruckt sein. Und für einen geringen Moment so etwas wie Hoffnung hegen. Vielleicht reichte es ja doch. Vielleicht konnte man etwas ausrichten. Vielleicht ...

Oder vielleicht auch nicht.

Dann erreichte die weiß glühende Präsenz, mittlerweile groß wie ein Mond, die erste Wachstation und schluckte sie mit gleicher Selbstverständlichkeit. Die Station kreiste um einen Asteroiden, der in der milchig weißen Materie verschwand, ohne zerstört zu werden. Es hatte nicht einmal gereicht, um sie aufzuhalten. Der vehemente Angriff, die geballte Zerstörungskraft, geschluckt wie ein Lutschbonbon. Es war diese absolute Leichtigkeit, die so lähmend wirkte und hilflos machte.

»Sie erreicht den ersten Planeten bei gleichbleibender Expansion in zwei Stunden«, flüsterte Holoban Kerr. »Bei gleichbleibender, wohlgemerkt. Die Beschleunigung der Ausdehnung nimmt keinesfalls ab. Und das Ding beschleunigt auch noch. Es dürfte kein Zweifel an seinen Absichten bestehen. Das System ist verloren. Es gibt hier nichts mehr zu tun, wenn nicht noch ein Wunder geschieht.« Er sah Aume Hilfe suchend an. Die Schiffsfrau wirkte abwesend, erschrocken, auf eine gewisse Weise aus dem Gleichgewicht gebracht. Nicht in der Lage, das erwünschte Wunder aus dem Ärmel zu schütteln. Schweigend. Sie beachtete Kerrs suchenden

Blick nicht. Sie beachtete nichts und niemanden an Bord dieses Schiffes, allein auf das konzentriert, was sich da draußen abspielte.

Kerr gab nicht auf, trat an ihre Seite, berührte, fast ängstlich, ihre Schulter. Sie regte sich kaum.

»Wo wird das enden, Aume?«, griff der Pilot die letzte Frage der Frau auf. »Wo wird das enden?«

Keine Antwort.

Es war Sol, der die ganze Zeit über geschwiegen hatte, der nunmehr das Wort ergriff und aussprach, was sie alle dachten oder zumindest befürchteten.

»Enden?«, sagte er leise. »Wer redet davon, dass es jemals endet?«

AXEL KRUSE
CERES
ATLANTIS

BEN CALVIN HARY
KOSHKIN
UND DIE KOMMUNISTEN AUS DEM KOSMOS
ATLANTIS

Stefan Boucher
BLUT UND ERZ
ATLANTIS

RETTUNGSKREUZER
IKARUS
BAND 75
DER FALL PORTOKLIF
SYLKE BRANDT
ATLANTIS

phantastisch!
70

phantastisch!
71

ATLANTIS
Ausgabe 4 : 2018
phantastisch!
72
Bela Sobottke | Joachim Körber | Nicolai Bonczyk | Achim Schnurrer
Jan Niklas Meier | Christian Endres | Klaudia Seibel | Carsten Kuhr | Christian Hoffmann
Story von Julie Constantin: »Mein Gespräch mit dem Tod«

ATLANTIS
Ausgabe 1 : 2019
phantastisch!
73
Dennis E. Taylor | Laird Barron | Olaf Buchheim | Horst Illmer | Olaf Brill
Matthias Hofmann | Johannes Rüster | Klaudia Seibel | Sonja Stöhr | Andreas Wolf
Bestsellerautor Andreas Eschbach über die Biografie einer Legende